DIE SINCLAIRS, BUCH 1

J. S. SCOTT

Ebenfalls von F. A. Scott

Die Sinclairs – Die Serie:

Kein gewöhnlicher Milliardär (Buch 1)

Der verbotene Milliardär (Buch 2)
(ab Ende Juli 2017 erhältlich)

Ein Milliardär voller Leidenschaft – Die Serie:

Entfesselte Leidenschaft (Buch 1 der Serie erzählt die Geschichte
von Simon und Kara)

Das Herz des Milliardärs ~ Sam (Buch 2)

Die Erlösung des Milliardärs ~ Max (Buch 3)

Der Milliardär und sein Spiel ~ Kade (Buch 4)

Ein Milliardär außer Kontrolle ~ Travis (Buch 5)

Ein Milliardär ohne Maske ~ Jason (Buch 6)

Milliardenschwer und ungezähmt ~ Tate (Buch 7)

Milliardenschwer und ungebunden ~ Chloe (Buch 8)

Milliardenschwer und unerschrocken ~ Zane (Buch 9)

Milliardenschwer und unerkannt ~ Blake (Buch 10)
(ab Mitte Juni 2017 erhältlich)

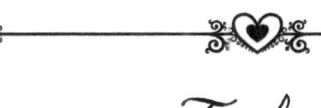

Inhalt

Kapitel 1

Es war absolut unerfreulich, dass der Tag von Patricks Beerdigung hell und sonnig war. Am Himmel zeigte sich nicht eine einzige Wolke, als ein Meer von Männern in Uniform, deren Dienstmarken alle mit einem schwarzen, waagerechten Streifen versehen waren, um des Verlustes einer ihrer Männer zu gedenken, sich am Friedhof versammelte. Ihre Gesichter waren ernst und unter der südkalifornischen Hitze schwitzten einige von ihnen sichtbar in ihren schweren Uniformen.

Die Augen von Detective Dante Sinclair waren fest auf den Bildschirm gerichtet, als er das Video auf seinem Laptop anschaute. In seinem Hals steckte ein dicker Kloß, während er den traditionellen letzten Funkspruch an Detective Patrick Brogan anhörte, der unbeantwortet blieb. Patrick war offiziell für 10-7 erklärt worden, außer Dienst, und der Disponent verkündete, wie sehr er fehlen würde.

Dante schnappte nach Luft, als er den Laptop zuschlug, und wünschte sich nichts mehr, als dass der Tag der Beerdigung grässlich und regnerisch gewesen wäre. Auf irgendeine Weise schien es ungerecht, dass die Trauerfeier ausgerechnet an solch einem Tag stattgefunden hatte, den Patrick geliebt hätte, und er nicht dagewesen war, um ihn zu genießen. Es war ein Wetter, das Patrick dazu bewogen hätte, fischen zu gehen. Doch statt dessen war er tot, eingeschlossen in einem Sarg bedeckt von der US-amerikanischen Flagge, und nicht dazu in der Lage, jemals wieder auch nur irgendetwas zu genießen, das er liebte.

Er stieß den Laptop vom Bett, setzte sich auf und ignorierte gleichgültig den Schmerz, den er dabei fühlte. Es interessierte ihn in keiner Weise, ob das Gerät in tausend Teile zerschmettern würde. Herrgott nochmal! Er war nicht einmal dazu in der Lage gewesen, zur Beerdigung seines Partners zu gehen, weil er sich noch immer im Krankenhaus befand. Doch er hatte sich gezwungen gefühlt, sich die Beerdigung anzusehen. Patrick war viele Jahre lang sein Partner und Mitglied seiner Mordkommission gewesen. Und er war außerdem der engste Freund, den Dante jemals gehabt hatte.

Ich hätte sterben sollen. Patrick hatte eine Frau und einen Sohn im Teenageralter, der jetzt ohne Vater aufwachsen würde.

Zur Hölle, Patricks Ehefrau Karen und ihr Sohn Ben hatten ihn so gut wie adoptiert. Fast jeden Abend kam er zum Essen – das heißt, wenn er und Patrick es bei all der Arbeit überhaupt schafften, etwas zu essen, und das war nicht sehr häufig. Jobbedingt waren sie viel unterwegs, vor allen Dingen am Abend. In diesem Bezirk geschahen Morde sehr selten tagsüber.

Karen und Ben werden sich niemals um Geld sorgen müssen. Es wird ihnen Patrick nicht zurückbringen, doch es wird ihnen helfen.

Dante hatte sämtliche Probleme finanzieller Art von Karen und Ben gelöst, indem er einem Fonds der Brogan-Familie anonym mehrere Millionen Dollar gestiftet hatte. Dennoch würde es den Mann, den Partner, den Vater, den sie liebten, nicht zurückbringen. Angesichts der Tatsache, dass er genügend Geld hatte und es niemals vermissen würde, fühlte sich seine Hilfe wie eine erbärmliche Tat an.

Auch wenn er und Patrick zur gleichen Zeit zu Detectives befördert worden waren, war Dantes Partner dennoch mehr als zehn Jahre älter und um ein Vielfaches klüger, als Dante es damals gewesen war. Patrick hatte es geschafft, einem hitzköpfigen, neuen Detective Geduld beizubringen, wenn Dante ebendiese ausging, und ihm dabei geholfen, in unzähligen Aspekten des Lebens ein besserer Mann zu werden.

Herrgott! Es hätte mich treffen sollen! Warum stand ich nicht, wo Patrick stand, als der Schütze das Feuer eröffnete?

Er und Patrick waren so dicht dran gewesen – so verdammt dicht dran – einen Mörder zu stellen, der in ihrem rauen, von Gangs bevölkerten Gebiet drei Frauen vergewaltigt und getötet hatte. Sie hatten den Verdächtigen auf der Straße beschattet und nur auf Verstärkung gewartet, um ihn zu verhaften. Der Mörder war bei seinem letzten Opfer schlampig gewesen und hatte genügend DNA-Spuren hinterlassen, die ausreichten, um dem Scheißkerl endlich die Handschellen anzulegen.

Unter Schmerzen schwang Dante die Beine aus dem Bett und spulte noch einmal die letzten Sekunden von Patricks Leben vor seinem inneren Auge ab, genau bis zu dem Moment, in dem er seinen besten Freund verlor.

Er und Patrick sind nahe genug dran, um den Verdächtigen im Auge zu behalten.

Die ohrenbetäubenden Sirenen nähern sich kreischend.

Der Verdächtige bekommt plötzlich Panik, zieht eine halbautomatische Pistole hervor und beginnt zu schießen.

Warum der Verdächtige in diesem Moment die Nerven verloren hatte, war noch immer ein Rätsel. Es waren vermutlich die Sirenen, die einen Mörder erschreckt hatten, der bereits wusste, dass ihm die Gesetzeshüter auf der Spur waren und immer näher kamen. Paradoxerweise hatten die Sirenen nichts mit der Verhaftung des Mörders zu tun, sie heulten wegen eines ganz anderen Einsatzes. Als würde die Polizei tatsächlich ankündigen, dass sie auf dem Weg war, um dieses Arschloch zu schnappen! Und doch war dies genug gewesen, um ihn so aus der Ruhe zu bringen, dass er ohne Vorwarnung auf alles und jeden hinter sich schoss.

Patrick war der Erste gewesen, der mit einer Kugel im Kopf zu Boden ging. Dante hatte seine Glock herausgezogen, als er von einigen Kugeln des Schützen aus kurzer Distanz getroffen wurde. Er deckte Patrick mit seinem größeren Körper, bis er es schaffte, dem

Arschloch einen tödlichen Schuss zu verpassen. Zu diesem Zeitpunkt hatte Dante noch nicht realisiert, dass es für Patrick bereits zu spät war. Der Kopfschuss hatte seinen Partner auf der Stelle getötet. Glücklicherweise hatten sich die wenigen Zivilisten, die während der frühen Morgenstunden auf der Straße herumhingen, zerstreut, sodass Dante als einzig Verletzter zurückblieb – Patrick und der Verdächtige waren beide tot.

Er hatte seine kugelsichere Weste getragen, doch durch die aus kurzer Entfernung abgefeuerten Schüsse litt er unter der stumpfen Gewalteinwirkung. Dennoch *hatte* die Weste sein Leben gerettet und er hatte nur einige gebrochene Rippen, anstatt Kugeln in seiner Brust zu beklagen. Der auf sein Gesicht abgezielte Schuss war nicht in seinen Schädel eingedrungen, doch er hatte eine hässliche Wunde auf seiner rechten Wange hinterlassen, die sich bis zu seiner Schläfe hochzog. Die Kugel, die auf sein rechtes Bein gefeuert wurde, war durch das Fleisch in seinen Oberschenkel eingedrungen, was ihm nach dem Vorfall eine Operation bescherte, doch sie hatte nicht den Knochen zertrümmert. Am linken Arm hatte er lediglich einen Kratzer zu verzeichnen.

Du verdammter Glückspilz!

Dante konnte beinahe die Stimme seines Partners hören, wie er diese exakten Worte im Spaß zu ihm sagte, doch er fühlte sich momentan sehr weit entfernt davon, glücklich zu sein. Er war schlimm genug verletzt, um eine Woche im Krankenhaus zu verbringen, nicht dazu in der Lage, zu Patricks Beerdigung zu gehen, nicht dazu in der Lage, sich ein letztes Mal von seinem besten Freund zu verabschieden. Karen und Ben hatten ihn nach seiner Operation besucht und Patricks Frau hatte ihm unter Tränen erzählt, wie froh Patrick gewesen wäre, dass Dante überlebt hatte. Sie dankte ihm tatsächlich dafür, dass er versucht hatte, Patrick zu schützen. Keiner von ihnen machte Dante für das verantwortlich, was ihrem geliebten Ehemann und Vater zugestoßen war, doch Dante kam einfach nicht über den Gedanken hinweg, dass er wünschte, es hätte ihn getroffen und nicht seinen Partner, dass er Patrick auf eine Weise im Stich gelassen hatte, indem er nicht derjenige war, der gestorben war.

Überleben*sschuld-Syndrom.*

So hatte es der Abteilungspsychologe genannt und Dante
mitgeteilt, dass dies unter diesen Umständen nichts Ungewöhnliches
sei. Nach diesem Kommentar hätte Dante dem dämlichen kleinen
Seelenklempner gern so dermaßen eine mit der Faust verpasst, dass
er quer durchs Zimmer geflogen wäre. Was zum Teufel war normal
daran, dass er sich wünschte, er sei tot?

»Bist du okay?« Die tiefe, besorgte Stimme seines Bruders Grady
kam aus dem Eingang zu dem kleinen Schlafzimmer. »Brauchst du
irgendwas? Wir landen in etwa einer Stunde. Ich dachte, ich hätte
hier drinnen etwas zerbrechen gehört.«

Es war schon etwas ironisch, dass Dante und seine Geschwister
immer hatten Grady davor beschützen wollen, zur Zielscheibe ihres
missbräuchlichen Alkoholiker-Vaters zu werden. Zu oft ohne Erfolg.
Und jetzt war ausgerechnet *Grady* der Bruder, der versuchte, sich
um *ihn* zu kümmern. Alle seine Geschwister hatten ihn sofort im
Krankenhaus in Los Angeles besucht, nachdem sie erfahren hatten,
dass er verletzt war. Doch er flog mit Grady nach Hause, zu seinem
Ferienhaus in Maine. Ein Haus, das Dante zwar gehörte, doch
das er nur einige Male kurz gesehen hatte, seit es gebaut worden
war. Alle Sinclair-Geschwister hatten ein Haus auf der Amesport-
Halbinsel, doch nur Grady hatte sein Haus in ein dauerhaftes
Zuhause verwandelt. Dante hoffte, dass er dort würde entkommen
und aufhören können, die letzten Momente in Patricks Leben in
seinen Albträumen wieder zu erleben. Immer wenn er seine Augen
schloss, sah er jedes Mal wieder, wie Patrick starb.

Zu dem Zeitpunkt, als sein Freund keuchend auf dem Boden
aufschlug, mit offenen Augen, den Kopf blutüberströmt, hatte
Dante noch nicht realisiert, dass Patrick seinen letzten Atemzug tun
würde. Jetzt, da er es *wusste*, konnte Dante nichts dagegen tun, diese
entsetzlichen Bilder wieder und wieder in seinem Kopf zu sehen.

Sie befanden sich in Gradys Privatjet und waren auf dem Weg
von Los Angeles nach Amesport in Maine. Sie würden auf einem
kleinen Flughafen am Stadtrand landen.

»Ich könnte ein Bier vertragen«, sagte Dante mit gequälter Stimme zu Grady und schaute seinen Bruder nicht dabei an, als er sein Gesicht in seinen Händen verbarg. »Autsch! Scheiße!« Dante nahm seine Hände weg, sichtlich irritiert durch den Schmerz der noch immer empfindlichen Wunde in seinem Gesicht.

»Alkohol und Schmerzmittel vertragen sich nicht«, bemerkte Grady ruhig, als er den Laptop vom Boden aufhob. Wie durch ein Wunder funktionierte der Computer noch und Grady runzelte die Stirn, als er ihn öffnete und sah, was sein Bruder sich angeschaut hatte. »Du hast dir die Beerdigung angesehen? Wir waren alle dort, Dante. Ich weiß, dass du dich beschissen fühlst, weil du nicht dort sein konntest. Jeder von uns ist für dich gegangen, weil du nicht dazu in der Lage warst.«

Sie alle waren dort gewesen und die Tatsache, dass seine Brüder und seine Schwester für ihn zu einer Beerdigung gegangen waren, während er im Krankenhaus lag, um einem Mann, den sie nicht einmal gekannt hatten, die letzte Ehre zu erweisen, berührte ihn mehr, als sie jemals ahnen würden. Sie standen bei Patricks Beerdigung an seinem Platz, vereint in ihrer Unterstützung für ihn. Es hatte ihm sehr viel bedeutet, doch...

»Ich musste es selbst sehen.« Dante schaute zu seinem älteren Bruder auf, sein Gesicht versteinert. »Und die Schmerzmittel nehme ich nicht.« Vielleicht war es dumm, doch dadurch, dass er den Schmerz seiner Verletzungen spürte, fühlte er sich irgendwie weniger schuldig, noch immer am Leben zu sein. Wenn er verdammte Schmerzen hatte, dann zahlte er den Preis dafür, weiterhin lebendig zu sein, während Patrick unter der Erde lag.

Der Psychologe war der Meinung, dass er selbstzerstörerische Gedanken hatte.

Dante interessierte das einen Dreck.

»Warte kurz!«, antwortete Grady ernst, verließ das Zimmer und kam mit einer Flasche Bier zurück. Er öffnete den Verschluss und gab sie Dante. »Es ist nicht gerade das Gesündeste, das du zu dir nehmen solltest, doch ich bezweifle, dass es großen Schaden anrichten wird.«

Dante legte den Kopf zurück und nahm einen Schluck von dem kalten Getränk. Während er das Bier seine Kehle hinunterlaufen ließ, stellte er plötzlich seine Intelligenz in Frage. Der Geschmack brachte eine Flut von Erinnerungen zurück, alle von ihnen handelten von den unzähligen Malen, die er und Patrick über die Jahre miteinander bei einem Bier verbracht hatten. Er trank es schnell aus und gab seinem Bruder die leere Flasche zurück, während Grady ihn nachdenklich dabei beobachtete. »Danke.«

Grady nahm Dante die Flasche mit einem beunruhigenden, finsteren Blick aus der Hand. »Bist du okay?«, fragte er nochmals mit heiserer Stimme. »Ich weiß, deine Wunden tun verdammt weh, doch die heilen. Das ist nicht meine Frage. Ich muss wissen, ob *du* okay bist.«

Dante starrte seinen älteren Bruder an und die Sorge auf Gradys Gesicht ließ ihn fast die Kontrolle über sich verlieren. Auch wenn die Sinclair-Geschwister alle in verschiedenen Teilen des Landes verstreut waren, nachdem sie ihre höllische Kindheit und Jugend hinter sich gelassen hatten, so war die Zuneigung, die sie füreinander hatten, immer geblieben. Sie kamen vielleicht nur zu seltenen Anlässen zusammen, doch sie sorgten sich alle noch immer umeinander. Er hatte es in den Augen von einem seiner Brüder im Krankenhaus gesehen.

Die Angst und der Schmerz, der sich tief in Gradys grauen Augen zeigte, ließ Dante schließlich zum ersten Mal zugeben: »Nein. Ich glaube, ich bin nicht okay.«

Patrick war tot. Dante wünschte sich, an seiner Stelle gestorben zu sein. Sein Körper war von Schmerzen gequält und alles in ihm drinnen war kalt und dunkel.

Genau in diesem Moment, in dem seine schmerzerfüllten Augen seinen älteren Bruder ansahen, war sich Dante nicht sicher, ob er jemals wieder okay sein würde.

Kapitel 2

»Haben Sie heute meine Kolumne gelesen?«

Dr. Sarah Baxter biss sich auf die Lippe, um ein Lächeln zu unterdrücken, als sie ihre ältere Patientin anschaute, die nach einem Routinebesuch noch immer auf dem Untersuchungstisch saß. Elsie Renfrew war exzentrisch, doch sie war ebenso ein Mitglied der Stadtverwaltung von Amesport und die größte Klatschbase in der Stadt, weswegen sie weit davon entfernt war, verrückt zu sein. Sarah hatte die ältere Dame in ihr Herz geschlossen, doch sie wusste auch, wie gerissen sie war und dass Elsie die persönlichen Angelegenheiten von fast jedem Einwohner in Amesport kannte. Die meisten Leute nannten sie »Elsie, die Informantin«, doch Mrs. Renfrew hatte genügend Macht und Einfluss in der Umgebung, dass es niemand wagen würde, diesen Spitznamen in ihrem Beisein zu verwenden. Sarah bewunderte vielmehr den Mumm der alten Dame, und dennoch ertappte sie sich dabei, wie sie immerzu und vorsichtig jedes Wort abwog, das sie zu der lebhaften und neugierigen Mrs. Renfrew sagte. Sogar ein beiläufiger Kommentar über einen Einwohner von Amesport würde sehr wahrscheinlich in Elsies Kolumne »Neues aus Amesport« im *Amesport Herald* landen, wenn er auch nur ein kleines Anzeichen von pikanter Information enthielt. Sarah bewunderte zwar, dass ihre Patientin bereits weit über achtzig und noch immer so aktiv in der Gemeinde tätig war, doch sie würde auch ohne Umschweife zugeben, dass Mrs. Renfrew ihr manchmal Angst einjagte. Nur ein kleiner Ausrutscher und die scheinbar so zauberhafte Dame würde die Informationen verdrehen und losziehen, um sie zum Stadtgespräch zu machen. Nicht, dass Elsie ein schlechter Mensch war. Sie empfand es nur als ihre Pflicht, jegliche Neuigkeiten in Amesport zu verbreiten, da ihre Wurzeln in der Umgebung bis zu der Zeit zurückgingen, in der die Stadt gegründet wurde.

»Nein, Mrs. Renfrew, ich hatte heute noch keine Gelegenheit, die Zeitung zu lesen.« Sarah wusste, dass sie unverfroren log, doch sie verteidigte sich schnell damit, dass Flunkern besser war als die mögliche Alternative. Sie hatte die Zeitung am Morgen beim Frühstück gelesen, inklusive Elsies Artikel mit dem Titel »Ein weiterer Sinclair-Prachtkerl kehrt verletzt nach Amesport zurück«. Wenn es etwas gab, von dem Sarah definitiv *nicht* wollte, dass Mrs. Renfrew es erfuhr, dann war es, dass sie sehr viel mehr über *diese* Situation wusste als irgendjemand anderes in der Stadt – mit Ausnahme der Familie des sogenannten reichen Prachtkerls.

»Also, meine Liebe, ich habe Ihnen doch schon tausendmal gesagt, dass Sie mich Elsie nennen sollen.« Die kleine, grauhaarige Frau tätschelte Sarahs Arm und hüpfte schnell zu Boden, wobei ihre Turnschuhe den Aufprall abfederten. Erstaunlicherweise sah Elsie noch immer elegant aus, auch wenn sie in weiße Turnschuhe und einen roten Trainingsanzug gekleidet war.

Sarah seufzte, als sie eine Hand ausstreckte, um die alte Dame am Oberarm zu fassen und sicherzugehen, dass sie fest stand. Sie hatte sich noch immer nicht an die Informalität gewöhnt, die in dem freundlichen Küstenstädtchen Amesport herrschte. »Das haben Sie mir wirklich gesagt. Es tut mir leid, Elsie.« Auch nach fast einem Jahr des Praktizierens hier fiel es Sarah immer noch schwer, ihre Patienten beim Vornamen zu nennen, wenn sie darum baten. Sie hatte jedoch erkannt, dass sie sie tatsächlich gut genug kannte, um zu wissen, dass jeder ihrer Patienten diese Anrede bevorzugte.

Sie hatte ihre Facharztausbildung in innerer Medizin und ihr erstes praktisches Jahr in Chicago absolviert, wo sie einen Patienten niemals sehr lange gesehen hatte, bevor sie sich dem nächsten hatte widmen müssen. Ihr Schwerpunkt hatte auf der Behandlung von stationären Patienten gelegen, weshalb sie selten eine Möglichkeit gehabt hatte, sie persönlich kennenzulernen, mit Ausnahme von einigen wenigen, die für lange Zeit im Krankenhaus hatten bleiben müssen.

Sarah schauderte, eine Reaktion, die sie jetzt jedes Mal überkam, wenn sie daran dachte, ein Krankenhaus zu betreten.

»Ich dachte, Sie würden vielleicht die Ärztin sein, die sich die Verletzungen von Dante Sinclair ansieht, wenn er hier ankommt.« Elsie zog mit einem listigen Gesichtsausdruck eine Augenbraue hoch. »Es ist ja nicht so, als hätten wir viele Ärzte hier.«

Sarah schüttelte den Kopf und wendete ihre Aufmerksamkeit ihrer Patientin zu. »Selbst wenn ich seine Ärztin wäre, Elsie, ich dürfte es Ihnen nicht sagen. Ärztliche Schweigepflicht.« *Und Gott sei Dank dafür.* Ärztin zu sein gab Sarah eine gute Ausrede, sich in Schweigen zu hüllen, wenn Elsie Fragen über andere Einwohner stellte.

»Sie sagen also, dass Sie Dante Sinclairs Ärztin *sein werden?*«, fragte Elsie schlau und warf Sarah einen berechnenden Blick zu. »Doch Sie dürfen es mir wegen Ihrer ärztlichen Verpflichtung nicht sagen?«

»Nein. Das habe ich nicht gesagt.« Elsie würde sie nicht dazu bringen, irgendetwas zuzugeben. »Ich habe Sie nur daran erinnert, dass kein Arzt über seine Patienten tratschen darf«, sagte Sarah bestimmt. Sie wusste, dass Elsie ihr die Hand abbeißen würde, wenn sie ihr den kleinen Finger gab. Die willensstarke, alte Dame würde nicht eher lockerlassen, bis sie eine Antwort bekam.

»Er ist sehr reich, wissen Sie. Alleinstehend und ein Held. Er hat sich vor seinen Partner geworfen, um dessen Leben zu retten, und hat den Schützen getötet, damit niemand anderes zu Schaden kommt. Er wäre ein guter Fang für Sie, meine Liebe«, ließ Elsie sie fürsorglich wissen. »Beatrice und ich haben gerade heute Morgen noch über euch zwei gesprochen.«

Oh Gott. Allein der Gedanke daran, wie Elsie und Beatrice Gardener über ihr Schicksal sprachen, war furchterregend. Beatrice war die zweitgrößte Klatschbase in Amesport und sah sich selbst als die Verkupplerin der Stadt. Die beiden Frauen waren etwa im gleichen Alter und gemeinsam absolut tödlich. »Ich bin nicht auf der Suche nach einem Mann«, ließ sie Elsie schnell wissen, wobei ihre Stimme fast schon verzweifelt klang.

Elsie machte den Mund auf, um etwas zu entgegnen, doch noch bevor sie etwas sagen konnte, klopfte es an der Tür.

»Herein«, rief Sarah ungeduldig. *Bitte, bitte komm nur herein.*

Kristin, ihre freundliche, rothaarige Büroleitung und medizinische Assistentin, streckte ihren Kopf durch die Tür. »Alles bereit für Ihren Bluttest, Elsie.« Kristin öffnete die Tür vollständig und forderte Elsie mit einer Handbewegung auf mitzukommen.

»Danke«, flüsterte Sarah unhörbar in Kristins Richtung, als sich die Lippen von Elsie irritiert kräuselten. Die alte Dame war sichtlich unerfreut darüber, dass sie ihr Ziel nicht erreicht hatte, machte sich aber dennoch widerwillig auf den Weg zur Tür. Sarah verabschiedete sich erleichtert. »Einen schönen Tag. Ich sehe Sie in ein paar Wochen, wenn wir die Ergebnisse Ihres Bluttests haben.«

»Vergessen Sie nicht, was ich gesagt habe!«, rief Elsie über ihre Schulter hinweg. »Beatrice und ich irren uns selten. Ihr zwei seid perfekt füreinander. Beatrice hat da so eine Vorahnung, was euch beide betrifft.«

»Okay«, antwortete Sarah schwach und seufzte, als Elsie das Zimmer verließ. Kristin zwinkerte ihr wissend zu, als sie die Tür schloss und Sarah glücklich allein ließ.

Gott sei Dank.

Es war nicht so, dass Sarah ihre Patienten nicht mochte. Die meiste Zeit konnte sie sogar angeregte Gespräche mit Elsie führen, die sich um andere Dinge drehten als den neuesten Klatsch und Tratsch in Amesport. Doch ihre Patientin war heute definitiv auf einer Informations-Mission gewesen und Sarah hatte Angst, dass ihr Gesichtsausdruck unfreiwilligerweise etwas preisgegeben hatte, weil sie keine gute Lügnerin war. Genau genommen war sie richtig schlecht darin.

Vermutlich weil ich nie Freunde hatte, die ich anlügen musste, bevor ich hierherkam.

Sie hatte niemals einen Grund zum Lügen gehabt. Wenn man sich mit wissenschaftlichen Daten befasste, waren Lügen generell überflüssig.

Dante Sinclair würde ihr Patient sein. Sie hatte sich bereits seine Krankenakte angesehen und wusste, dass er heute per Flugzeug aus Los Angeles kommen würde. Sie hatte lange mit seinem zuständigen Arzt gesprochen, ebenso mit seinem Abteilungspsychologen. Am Abend zuvor hatte sie seine Verletzungen studiert, seine Geschichte gelesen und über vielen Notizen zu seinem Krankheitsbild und dem Vorfall gegrübelt, der ihm diese Verletzungen eingebracht hatte.

Er hat seinen Partner verloren. Es musste eine schreckliche Erfahrung für ihn gewesen sein. Doch er war trotzdem dazu in der Lage, einen Serienmörder zu töten, sogar nachdem er einige Male angeschossen worden war. Und er schoss, während er seinen Partner schützte, der bereits einen tödlichen Schuss abbekommen hatte.

Sarah konnte nicht abstreiten, dass Dante Sinclair ein Held war. Doch wenn sie den psychologischen Untersuchungsergebnissen Glauben schenkte, dann wurde er mit dem Tod seines Partners nicht fertig und hatte einige selbstzerstörerische Verhaltensweisen entwickelt.

Überleben*sschuld-Syndrom.*

Auch wenn Sarah keine Psychologin war und selbst ihre Schwierigkeiten damit hatte, emotionales Verhalten zu verstehen, machte die ganze Sache für sie auf eine komplizierte Art und Weise dennoch Sinn.

Das Überlebensschuld-Syndrom ist ein Geisteszustand, der dann auftritt, wenn ein Mensch eine Falschhandlung empfindet, nachdem er eine traumatische Situation überlebt, die andere das Leben gekostet hat.

Hätte Sarah sich nicht selbst im vergangenen Jahr mit ihrem eigenen psychologischen Trauma auseinandersetzen müssen, so hätte sie das Überlebensschuld-Syndrom als vollkommen unlogisch abgetan. Doch das konnte sie nicht mehr sagen. Geistige Reaktionen unterlagen keiner Logik und dennoch passierten sie und sie konnten die Leben derjenigen zerstören, die unter ihnen litten.

Sarah verließ schnell das Untersuchungszimmer, ging in ihr kleines Büro und tauschte ihren Arztkittel gegen eine Jeans und ein violettes T-Shirt. Nachdem Sie ihre Handtasche genommen hatte, schlüpfte sie in ihre Sandalen und ging leise durch den Flur. Sie wollte die Praxis unbedingt verlassen, bevor sie Elsie erneut in die Arme lief. Kristin nahm nur Blut für die üblichen Untersuchungen ab, das würde nicht lange dauern.

Ich kann nicht glauben, dass ich wie ein Verbrecher in meiner eigenen Praxis herumschleiche.

Als sie das Gebäude verließ, holte sie tief Luft und merkte, wie der Geruch und das Gefühl der Küstenstadt ihre Seele beruhigten. Amesport war gerade groß genug, um alles zu bieten, was sie brauchte, doch noch immer klein genug, um idyllisch zu sein. Ihre Praxis befand sich im Stadtzentrum, wo wie immer während der Touristen-Saison am frühen Nachmittag viel los war. Die Spitzen ihrer schulterlangen, blonden Haare kräuselten sich durch die Luftfeuchtigkeit ein und entwickelten ein Eigenleben, doch das ignorierte sie. Sie würde nicht in die Praxis zurückgehen, um eine Haarspange zu suchen, und hatte sich bereits daran gewöhnt, dass das Wetter in Maine verrückte Dinge mit ihren Haaren anstellte. Als sie sich auf den Weg zu ihrem kompakten Vierradantrieb machte, wünschte sie sich, sie hätte Zeit für einen Bummel über den Marktplatz. Sie konnte dringend einen Latte von Brew Magic, der örtlichen Kaffeerösterei, vertragen und außerdem mochte sie es, die Main Street entlangzuschlendern. Die meiste Zeit ging sie zu Fuß zur Arbeit, doch heute hatte sie das Auto genommen, weil sie wusste, dass sie auf die Halbinsel fahren würde.

Sarah fuhr unter Berücksichtigung der Touristen und Strandgänger langsam durch die Stadt und dachte über ihren neuen Patienten nach. Sie wusste sehr genau, warum sie Dante Sinclair als Patienten bekommen hatte. Ihre Praxis war nicht einmal annähernd so voll wie die der anderen Ärzte der Stadt, weil sie nur ambulante Patienten behandelte. Darüber hinaus war sie erst seit einem Jahr hier. Wenn sie einen Patienten hatte, der in das kleine Krankenhaus überwiesen werden musste, überschrieb sie ihn in die Pflege eines anderen Arztes. Sie hatte mehr Zeit als andere Ärzte, nach Dante Sinclair in dessen Zuhause zu sehen, etwas, das wegen seines momentanen Zustandes notwendig war. Und davon einmal abgesehen war er ein Sinclair und sie hatte von der wohlhabenden Sinclair-Familie gehört, seit sie zum ersten Mal Fuß in die Stadt gesetzt hatte. Grady Sinclair wurde ehrfurchtsvoll betrachtet, weil er seinen Reichtum und Einfluss dazu nutzte, die Dinge in der Stadt Amesport zum Besseren zu verändern. Und jeder kannte die Geschichte, wie Grady das Weihnachtsfest des Jugendzentrums gerettet hatte. Jetzt, da er mit der Direktorin des Jugendzentrums von Amesport verheiratet war, wurde er als Lokalheld angesehen.

Es war schwer zu glauben, dass Grady Sinclair einmal für ein unsoziales Scheusal gehalten worden war, was jetzt jedoch nicht der Wahrheit entsprach. Auch Gradys Ehefrau Emily war Sarahs Patientin geworden, weil sie es bevorzugte, ihre Routineuntersuchungen von einer Ärztin durchführen zu lassen, und hatte sich danach schnell mit Sarah angefreundet. Sarah mochte Grady, weil er freundlich war und mit beiden Füßen fest auf dem Boden stand, was nicht gerade selbstverständlich ist, wenn man von einer Familie aus Boston abstammte, die über Generationen hinweg fast schon obszöne Reichtümer angehäuft hatte.

Welcher Milliardär wird Polizist und dann noch Inspektor der Mordkommission in Los Angeles?

Sarahs Gehirn funktionierte zwar wie ein Computer, der versuchte, Daten zu analysieren, doch auf *diese* Frage hatte sie noch keine Antwort gefunden. Sie hatte den IQ eines Genies, doch die Entscheidung, die Dante Sinclair getroffen hatte, war einfach nur… irrational.

Er ist ein Patient wie jeder andere auch. Ich muss mir ganz sicher nicht den Kopf über seine ungewöhnliche Berufswahl zerbrechen.

Sarah überquerte kopfschüttelnd die Stadtgrenze und fragte sich, warum ihr Gehirn überhaupt diese Neugier für Dante Sinclair entwickelte.

Vielleicht weil ich das gesamte Wochenende damit verbracht habe, mir Nachrichten und Bitten seiner Kollegen, Geschwister und Freunde anzuhören.

Seit dem Ende der Beerdigung seines Partners hatte ihr Praxistelefon unaufhörlich geklingelt, was Kristin dazu gezwungen hatte, den Fernsprechauftragsdienst die Anrufe annehmen zu lassen. Sarah hatte vermutet, dass seine Geschwister seinen Polizeikollegen mitgeteilt hatten, wohin Dante Sinclair sich zurückziehen und wer seine Pflege übernehmen würde. Ein Anruf nach dem anderen erreichte sie aus Los Angeles in ihrer Praxis. Und alle, von seinen Geschwistern bis hin zu seinen Pokerfreunden, flehten sie an, Dante dabei zu helfen, wieder normal zu werden. Viele von ihnen hatten angeboten, alles zu tun, um ihn zu unterstützen. Sicher, es gab viele Polizisten in Los Angeles, doch Sarah hatte noch niemals eine solch große Bekundung der Sorge erlebt, wie Dante Sinclair sie erhielt. Viele von ihnen hatten sogar Geld angeboten, um ihm zu helfen, für den Fall, dass er es brauchen sollte. Dies waren meistens die Menschen, die nicht darüber nachdachten, dass er sich im Dienst verletzt hatte und deswegen alle seine Arztkosten vollständig gedeckt waren. Doch es war ziemlich klar, dass keiner der Anrufer wusste – mit Ausnahme seiner Geschwister – dass Dante und seine vier weiteren Geschwister zu den wahrscheinlich reichsten Menschen dieses Planeten gehörten. Die Bestürzung dieser Anrufer war echt gewesen und hinterließ bei Sarah den Eindruck, dass Dante Sinclair vor dieser Episode ein Teufelskerl gewesen sein musste.

Sie fuhr die mit einem Tor gesicherte Einfahrt zur Halbinsel hinauf und wartete, bis sich das automatische Tor öffnete und ihr den Zutritt zum Sinclair-Anwesen gewährte. Das gesamte Land, das sich hinter diesem Tor erstreckte, gehörte der Sinclair-Familie. Und was für ein fantastisches Stück Grundbesitz es war! Sarah hatte es schon immer erkunden wollen, doch nie einen Grund gehabt, das Areal zu betreten... bis jetzt. Emily lebte gemeinsam mit Grady in einem Haus am Ende der Halbinsel, doch sie hatte ihre Freundin bisher immer in der Stadt getroffen, weil es schlichtweg einfacher war.

Ein lautes Donnern ließ Sarah zusammenzucken und sie schickte einen besorgten Blick in Richtung der dunklen Wolken, die am Himmel vorbeizogen, als sie in die erste Einfahrt auf der rechten Seite einbog. Während sie sich dem Haus näherte und ihren Wagen parkte, wurden ihre Augen größer und größer. Sie registrierte kaum, dass der kurze Privatweg zu Dante Sinclairs Haus sich in eine Einfahrt geöffnet hatte, die groß genug war, um eine gesamte Fahrzeugflotte abzustellen.

Das Haus war gigantisch und im Cape-Cod-Stil erbaut, genau wie ihr kleines Anwesen außerhalb der Stadt. Doch dieses Haus war kein gemütliches Landhaus, denn die Quadratmeterzahl überschritt die ihres Hauses um mindestens das Zehnfache.

»Wer hat solch ein großes Haus und lässt es leer stehen?«, sagte sie leise zu sich selbst. Es hatte angefangen zu regnen und ihre Sicht begann, sich zu verschlechtern. Dicke Tropfen fielen schneller und schneller auf ihre Windschutzscheibe.

Sarah nahm ihre Handtasche, stieg aus und lief zur Eingangstür. Sie klopfte und betätigte dann mit einem flauen Gefühl die Türklingel. In der Praxis hatte sie keinerlei Probleme mit ihren Patienten, doch außerhalb der vertrauten, professionellen Umgebung fühlte sie sich oftmals unsicher, was möglicherweise daran lag, dass sie in der Schule einige Klassen übersprungen hatte. Bis sie nach Amesport gezogen war, hatte sie nie echte Freunde gehabt, und der Großteil der Menschen, mit denen sie zur Schule gegangen war, hatte sie entweder für eine Streberin gehalten – die sie tatsächlich gewesen war – oder war zu alt gewesen, um eine Freundschaft zu beginnen, weil sie wenig gemeinsam hatten.

In sozialen Situationen kamen ihr die Dinge einfach so aus dem Mund heraus, während sie über sie nachdachte. Die meisten ihrer Kommentare waren für die Mehrheit der Menschheit auf diesem Planeten wahrscheinlich todlangweilig, es sei denn, sie wollten jedes wissenschaftliche Detail über das Universum erfahren. Oder irgendeinen anderen der Millionen von Fakten abfragen, die sich in ihrem Kopf befanden, ganz egal wie lange es her war, dass sie diese gelernt oder gelesen hatte. Sie schien Informationen zu behalten wie ein Computer mit unbegrenzter Speicherkapazität.

Sie hatte sich vielleicht daran *gewöhnt*, etwas Smalltalk zu betreiben, seit sie nach Amesport gekommen war, doch es fiel ihr schwer, alltägliche Gespräche mit Leuten zu führen, die sie nicht sehr gut kannte.

Er ist immer noch ein Patient. Ich besuche ihn nur in seinem Zuhause. Ein Patient bleibt ein Patient, ganz egal, wo ich ihn sehe. Wir werden über seinen Gesundheitszustand sprechen, was er tun kann, um seine Genesung zu beschleunigen, und das war's. Er ist verletzt. Er wird keine soziale Unterhaltung erwarten oder wollen.

Sarah rieb ihre Hände an den Armen auf und ab und wünschte, er würde endlich die Tür öffnen. Der Vorbau hatte zwar ein Dach, doch der Wind war so heftig, dass sie noch immer vom Regen durchnässt wurde.

Er musste zu Hause sein. Sie war hier pünktlich auf die Minute zur gewünschten Zeit angekommen, um ihre erste Beurteilung abzugeben. Darüber hinaus war Dante Sinclair in keinerlei Verfassung, um irgendwo anders zu sein als *zu Hause*. Sie legte ihre Hand auf die verzierte Türklinke und drückte sie herunter. Die Tür war unverschlossen. Mit einer kleinen Anstrengung drückte sie die Tür auf und stand plötzlich in der riesigen Eingangshalle des Hauses.

Ich kann nicht einfach in sein Haus hinein spazieren!

Doch wie es aussah, konnte sie das sehr wohl – und hatte es gerade getan. Vielleicht war sie einen Schritt zu weit gegangen, doch was, wenn er sich verletzt hatte und Hilfe benötigte?

»Mr. Sinclair?«, rief sie deutlich, wenn auch etwas zögernd. Ihre Stimme verhallte in dem riesigen Raum, in dem sie stand. Sie rief lauter und etwas bestimmter, zog ihre nassen Sandalen an der Tür aus und begann, sich durch das Haus zu bewegen. Ihre Angst davor, dass ihm etwas passiert sein könnte, hatte ihre Bedenken darüber beiseite geschoben, dass sie sich gerade unbefugt Zugang zu seinem Haus verschafft hatte. Nach einer kurzen Weile, in der Sarah das gesamte Haus durchsuchte, war ihr Patient noch immer unauffindbar.

Sarah war kurz davor, aufzugeben und seinen Bruder Grady anzurufen, als sie einen lauten Knall in der Nähe der Küche hörte. Sie fand eine geschlossene Tür vor, von der sie annahm, dass sie zu einem Schrank gehörte, doch nachdem sie die Tür geöffnet hatte, stellte sie fest, dass sie in den Keller führte. Sie lief die Stufen hinunter und blieb stocksteif am Fuß der Treppe stehen. Sie beobachtete, wie eine riesige, männliche Person immer und immer wieder zwei extrem schwere Hanteln über dem Kopf zusammenführte.

In ihrem Verstand gab es keinen Zweifel, dass sie gerade Dante Sinclair zusah.

Er hatte sie nicht bemerkt, weil er ein Paar Kopfhörer trug, und der Heavy Metal, der aus ihnen herausdröhnte, war so laut, dass sie ihn vom Fuß der Treppe hören konnte.

Weitere Beweise, dass es sich bei dieser Person in der Tat um Dante Sinclair handelte, waren der sichtbare Schnitt in seinem Gesicht und der große Bluterguss auf seinem wohlgeformten Oberkörper, der ohne diesen absolut perfekt wäre. Er trug nur eine Trainingshose, bei welcher der Gummizug tief auf seinen Hüften saß und die den Blick auf eine kleine Spur dunkler Haare freigab, die unter seinem Bauchnabel begann und traurigerweise im Hosenbund verschwand.

Ihre Augen wanderten zurück zu seinem Gesicht, auf dem sich der Schweiß in Tropfen bildete, über seine Stirn und hervorstehenden Wangenknochen herunterlief und auf seiner Brust landete. Sein dunkles Haar war fast schon militärisch kurz geschnitten und von seinem Schweiß durchtränkt. Sein Gesicht war schmerzverzerrt und Sarah wusste, dass der Grund dafür nicht seine Hantelübungen waren. Normalerweise würde es etwas mehr brauchen, um einen durchtrainierten, definierten Körper wie seinen zum Schwitzen zu bringen. Doch sie hatte bereits erwachsene Männer mit ähnlichen Verletzungen wie den seinen vor Schmerzen weinen sehen, weil sie ein paar falsche Bewegungen gemacht oder einfach nur geatmet hatten. Gebrochene Rippen waren unglaublich schmerzhaft und die Übungen, die er in diesem Moment durchführte, machten überhaupt keinen Sinn.

Was zum Teufel denkt er sich nur?

Sie trat ein paar Schritte nach vorn und entriss ihm in einer Abwärtsbewegung eine der Hanteln, um sie dann auf den Boden gleiten zu lassen. Bevor er auf ihre Anwesenheit reagieren konnte, hatte sie ihm auch schon die zweite Hantel weggenommen und ließ sie mit einem lauten *Klonk* zu Boden fallen, wobei sie dieses Geräusch als das wiedererkannte, das sie zuvor im Erdgeschoss des Hauses gehört hatte. Er hatte offenbar das Gewicht fallen gelassen.

»Wer zur Hölle bist du?«, knurrte er mit tiefer, gefährlicher Stimme. Er zog die Kopfhörer ab und die Musik verstummte. Nachdem er sie auf einen herumstehenden Stuhl geworfen hatte, drehte er sich um und sah sie finster an.

Sarah war jetzt irritiert und ignorierte ihn. »Versuchen Sie, Ihre Verletzungen noch schlimmer zu machen, als sie es ohnehin schon sind?« Sie stemmte die Hände in die Hüften und schaute ihm direkt ins Gesicht. Für eine Frau war sie mit ein Meter sechsundsiebzig recht groß, doch sie musste ihren Kopf noch immer zurücklegen, um ihn ansehen zu können. Er war mindestens ein Meter neunzig. Sie war zugegebenermaßen überrascht, dass Dante Sinclair überhaupt aufrecht stehen, geschweige denn in seinem Zustand Hanteltraining durchführen konnte. »Wenn es wehtut, dann lassen Sie es, während Sie sich erholen! Sind Sie ein Masochist oder einfach nur vollkommen unwissend?« Nach dem, was sie gerade gesehen hatte, war dies eine berechtigte Frage. Es war offensichtlich, dass die Berichte über sein selbstzerstörerisches Verhalten der Wahrheit entsprachen. Ihre Frage war… warum tat er es? Bei der Anzahl an Schüssen, die ihn getroffen hatten, hatte er verdammtes Glück gehabt. Warum um alles in der Welt würde er einen sowieso schon schmerzhaften Zustand noch verschlimmern wollen?

Sarah beobachtete sein Gesicht und sah fasziniert dabei zu, wie seine Nasenlöcher sich aufblähten und seine haselnussbraunen Augen einen feindseligen Ausdruck annahmen. Er sah nicht mehr so aus, als würde er noch Schmerzen haben – zumindest keine körperlichen Schmerzen. Er warf ihr einen Blick zu, der aussah, als wollte er sie oder irgendjemand anderen erdrosseln, der ihn davon abhielt, genau das zu tun, was er tun wollte.

Ist das der gleiche Typ, von dem alle wollen, dass ich ihm helfe, weil sie sich Sorgen um ihn machen?

Sie konnte nicht glauben, dass der Mann, der vor ihr stand, und der Typ, den alle geheilt sehen wollten, die gleiche Person waren. Sein Kinn war stoppelig, als hätte er sich seit Tagen nicht rasiert, und er machte den Eindruck, als wollte er nichts lieber, als verdammt noch mal allein gelassen zu werden.

»Masochist *und* unwissend?«, murmelte Sarah laut vor sich hin und fragte sich, ob Dante Sinclair überhaupt etwas sagen würde.

»Du bist in mein Haus eingebrochen. Und ich habe Grady gesagt, dass ich kein verdammtes Kindermädchen brauche«, antwortete er schließlich mit rauer Stimme. »Geh!«

Sarah verschränkte die Arme vor der Brust. »Grady hat mich nicht geschickt. Und ich bin auch nicht in Ihr Haus eingebrochen. Die Tür war unverschlossen.«

»Es interessiert mich nicht, wer dich geschickt hat. Mach einfach, dass du aus meinem Haus verschwindest!«

»Das kann ich nicht. Ich bin kein Kindermädchen«, antwortete Sarah ruhig. »Ich bin hier, um mich um Sie zu kümmern.«

»In dem Fall… zieh dich aus und bück dich!«, antwortete er emotionslos. »Ich habe es schon einige Zeit nicht mehr besorgt bekommen und das ist die einzige Hilfe, die ich von dir brauche.«

Er meint das nicht so, was er gerade sagt. Er versucht, mich abzuschrecken, damit ich gehe.

»Sex ist eine weitere Aktivität, mit der Sie mindestens noch ein paar Wochen warten sollten«, ignorierte Sarah seinen anzüglichen Kommentar. »Sie müssen sich bewegen, doch Sie dürfen sich nicht anstrengen.« Sie war die lüsternen Kommentare einiger männlicher Patienten bereits gewohnt, doch die Patienten, von denen sie kamen, waren in der Regel bereits alle weit über achtzig und litten unter Alzheimer. »Brauchen Sie Hilfe?«

Sarah wartete und beobachtete, wie sein Gesichtsausdruck sich von feindselig und wütend zu verwirrt und irritiert änderte. Es war nicht viel, doch es war etwas und es verriet ihr genau das, was sie wissen musste. Sie begann zu verstehen, dass Dante, der ärgerliche

Mann, der vor ihr stand, eine Fassade war. Er hatte seinen besten Freund verloren – seinen Partner – und fast auch sein Leben. Ein Teil von ihm wünschte sich, an Stelle seines Partners gestorben zu sein, und er tat alles dafür zu leiden, weil er nicht gestorben war, auch wenn dieser Vorfall nicht seine Schuld gewesen war. Es war Teil ihrer Arbeit, darauf zu achten, dass er diese Heilungsphase überstand, ohne sich Schaden zuzufügen. *Er hat schon genug durchmachen müssen*, dachte sie sich und ihre Empörung wich einer Art Mitgefühl. Sie war noch immer sauer, dass er etwas so Dummes tat, doch sie konnte irgendwie verstehen warum.

»Ich brauche von niemandem Hilfe«, lehnte er mürrisch ab und machte sich humpelnd daran, die Treppe hochzugehen.

Sarah folgte ihm, nicht ganz dazu in der Lage, sein Hinterteil zu ignorieren, das so unglaublich fest war, dass es jeder Frau schwerfallen würde, die Hände davon zu lassen. Sie rügte sich dafür, auf seine perfekten Pomuskeln zu starren, und beobachtete, wie er seinen großen Körper unter Schmerzen die Treppe herauf schob. Ein paar Mal schwankte er, doch schließlich kam er oben an.

Er konfrontierte sie in der Küche. »Du musst gehen. Ich will niemanden hier haben.«

Er möchte seine Wunden alleine lecken. Sarah verstand das zwar, doch den Gefallen würde sie ihm nicht tun. Sie hatte ihre Arbeit zu erledigen und er hatte Verletzungen, die untersucht werden mussten.

Sie konterte: »Sie müssen duschen. Sie stinken nicht nur, Sie müssen auch Ihre Wunden sauber halten.«

»Hast du vor, mir dabei zur Hand zu gehen?«, fragte er platt und ohne Anzüglichkeit in der Stimme.

»Nein. Sie haben es allein die Treppe hinauf geschafft, da gehe ich davon aus, dass Sie sich auch allein waschen können.«

»Du bist doch schon nass«, erwiderte Dante heiser und wickelte eine Locke ihres feuchten Haares um seinen Finger. »Da kannst du dich doch auch nützlich machen und mir helfen.«

Sarah schlug seine Hand weg und entgegnete: »Falls Sie es nicht bemerkt haben sollten, draußen stürmt es. Darum habe ich Ihr Haus betreten. Wie ich bereits sagte, Ihre Tür war nicht abgeschlossen.

Schauen Sie, wenn Sie wirklich Hilfe benötigen sollten, dann werde ich Ihnen helfen. Ich kann Sie dann auch gleich untersuchen.« Es machte Sinn. Er war ein wenig unsicher auf den Beinen und Sie musste sich die Operationswunde an seinem Oberschenkel ansehen.

Ich bin Ärztin, verdammt noch mal. Es ist nicht so, als hätte ich noch nie einen nackten Mann gesehen.

Obwohl, das musste sie zugeben, sie vermutlich noch niemals einen nackten Mann gesehen hatte, der so gut gebaut war wie Dante Sinclair. Doch sie konnte selbstverständlich professionell bleiben. Diese ganze Hausbesuch-Situation brachte sie aus dem Konzept. Ihre Praxis war sicherer, es war ein Ort, an dem es definitiv Regeln dafür gab, worin ihre Pflichten bestanden. Hier fühlte sie sich absolut fremd. Mit all dem Geld, das die Sinclair-Familie besaß, hätte sie eine Art Hilfskraft erwartet. Er hatte das offenbar abgelehnt.

»Untersuchung?« Dante warf ihr einen zweifelnden Blick zu. »Wer zum Teufel hat dich geschickt?«

Sarah holte tief Luft, bevor sie antwortete: »Dr. Blair in Los Angeles. Er hat Sie an mich überwiesen. Ich bin als Ihre Ärztin hier in Amesport ausgewählt worden und Dr. Blairs Praxis hat mir bereits alle Ihre Krankenakten zukommen lassen. Ich habe mit ihm telefoniert, um einen Bericht über Ihren Zustand zu bekommen.«

»Verarschst du mich? Bist du überhaupt schon volljährig?«, verspottete Dante sie. »Dr. Blair hat mir gesagt, er würde mich hier in Amesport an einen *Arzt* überweisen. Ich benötige eine Bescheinigung, damit ich wieder zur Arbeit gehen kann. Ich habe eigentlich keine Lust, mich noch länger mit Ärzten zu beschäftigen, doch meine Abteilung schreibt das so vor.«

»Ich bin siebenundzwanzig Jahre alt, Detective Sinclair. Mein Name ist Sarah Baxter, *Dr.* Sarah Baxter, und ich *bin* Ihre Ärztin.«

Seine aufmerksamen, haselnussbraunen Augen musterten sie und Sarah zuckte ein klein wenig zusammen. Ohne Make-up und mit tropfnassen Haaren sah sie wahrscheinlich sehr viel jünger aus, als sie es war, und für eine Ärztin war sie tatsächlich noch sehr jung.

Dante schüttelte schließlich seinen Kopf und ein kleines Lächeln formte sich auf seinen Lippen. »Ich fasse es nicht. Du siehst mehr wie ein Kindermädchen aus.«

Ohne ein weiteres Wort drehte er sich um, humpelte zur Küchentür und ließ Sarah zurück, die erneut auf seinen perfekten Hintern starrte, als er sich entfernte. Während sie ihm nachging, fragte sie sich, ob er ihr überhaupt geglaubt hatte. »Ich bin Internistin und ich behandele keine Kinder. Doch mich um Sie zu kümmern fühlt sich gerade tatsächlich eher so an, als würde ich das Kindermädchen spielen«, brummte sie missmutig, während sie ihn ins Obergeschoss begleitete.

Kapitel 3

Dante saß am Küchentisch und beobachtete die schlanke, blonde Frau mit mehr als nur etwas Faszination, während sie sich sicher und effizient in seiner Küche herumbewegte. Er hatte es nicht übers Herz gebracht, sie dazu zu bringen, ihm beim Duschen zu helfen, auch wenn er nichts dagegen gehabt hätte, wenn sie sich zu ihm gesellt hätte. Es war eine Weile her, seit er das letzte Mal Sex gehabt hatte. Stattdessen hatte er sie im Schlafzimmer warten lassen, bis er fertig war, und sie dann seine Wunden ansehen lassen. Alles mit einem vollständig bedeckten Penis. Er grinste, als er sich fragte, ob sie wohl seinen Ständer bemerkt hatte, besonders immer dann, wenn sie die Wunde an seinem Oberschenkel berührt hatte. Verdammt, sogar ihr Geruch machte ihn scharf. Sie roch nach frischem Regen und Vanille, ein Duft, der ihn ganz plötzlich vollkommen berauschte.

»Du bist also wirklich Ärztin? Siebenundzwanzig ist verdammt jung, um schon eine Medizinerin zu sein.« Sie wäre bereits zu jung, wenn sie die Uni gerade erst verlassen hätte.

Aber sie ist so schrecklich gebieterisch. Nachdem sie herausgefunden hatte, dass er noch nichts gegessen hatte, hatte sie, ohne ihn zu fragen, seine Küche in Beschlag genommen und ihn nur wissen lassen, dass sie ihm und sich etwas zu Essen machen würde.

»Ich bin Ärztin. Mit zwölf begann ich das College. Als ich sechzehn war, hatte ich zwei College-Hauptfächer bestanden, Biologie und Musik. Ich habe mein Medizinstudium mit einundzwanzig abgeschlossen und meine Facharztausbildung in innerer Medizin in Chicago mit vierundzwanzig beendet. Ich habe über ein Jahr in Chicago praktiziert, bevor ich hierhergezogen bin, und lebe seit fast einem Jahr in Amesport. Ich bin erst vergangene Woche siebenundzwanzig geworden.«

»Ein Wunderkind«, schlussfolgerte Dante und sah Sarah dabei zu, wie sie zwei Sandwiches belegte.

Sie zuckte mit den Schultern. »Ich hasse dieses Wort. Bei mir ging alles nur ein bisschen schneller.«

Ein bisschen schneller, was für ein Scheiß. Sie ist ein verdammtes Genie!

Er hatte das bereits sehr schnell herausgefunden, indem er ihr nur beim Reden zuhörte. Ihr schlaueres Gehirn war jedoch nicht das, worauf er sich im Moment konzentrierte.

Während Dantes Augen ihren perfekt gerundeten Hintern und ihre langen Beine abtasteten, stellte er sich vor, wie sie diese fest um seine Hüften legte und er seinen Schwanz in ihre feuchte, heiße Muschi schieben würde. Wunderschön und begabt wäre eine passendere Beschreibung von Sarah Baxter, doch das sagte er ihr nicht. Er hatte vor einigen Minuten den Fehler begangen, ihre fantastischen Augen zu erwähnen, deren Iris ins Violette überging. Danach hatte er fast schon eine Abhandlung darüber erhalten, dass ihre Augen tatsächlich dunkelblau seien und dass violette Augen auf der Martin-Soundso-Augenfarbskala nicht existierten, außer bei Albinos. Sie erzählte dann über das Tragen von bestimmten Farben und wie die Lichtstärke die Augenfarbe, die wir wahrnehmen, verändern kann. Er hatte die meiste Zeit nicht wirklich zugehört, denn er starrte ihr noch immer in diese faszinierenden Augen, während sie erzählte, und fragte sich, welche Farbe sie wohl haben würden, wenn sie bei einem Orgasmus vor Lust glänzen würden. Er fand ihre Intelligenz nicht langweilig, ganz im Gegenteil: Sie machte ihn an. Sie war komplett anders als jede Frau, die er bisher getroffen hatte. Nichts schien sie zu überraschen oder zu verärgern – mit Ausnahme dieses dummen Moments im Keller – und deshalb hatte er damit aufgehört, sie wütend machen zu wollen, und stattdessen angefangen, Fragen zu stellen.

»Du hast also den IQ eines Genies?«, vermutete er und bemerkte, dass ihr Haar jetzt trocken und ein wenig heller war, als es nass ausgesehen hatte, und ihre Spitzen zu Locken eingekringelt waren.

»Einhundertsiebzig, als ich das letzte Mal getestet wurde. Das ist schon eine Weile her«, gab sie zu und klang verärgert.

»Einstein-Level«, bemerkte er beiläufig.

Sarah stellte ihm ein Schinken-Sandwich hin und forderte ihn mit einer Handbewegung zum Essen auf. »Genau genommen hat Einstein niemals einen IQ-Test gemacht. Es gibt nur grobe Einschätzungen, dass sein IQ zwischen 160 und 180 lag. Niemand kann das ganz genau sagen.«

»Einstein-Level«, bestätigte er und amüsierte sich darüber, dass die Informationen nur so aus ihr herauszusprudeln schienen. Führte sie jemals normale Gespräche? Dante nahm sein Sandwich und begann zu essen. Er war überrascht, dass er zum ersten Mal, seit er angeschossen worden war, so etwas wie Hunger verspürte. Doch unglücklicherweise schwand sein Appetit wenige Minuten später bereits wieder, als Sarah sich mit seinen Schmerztabletten und einem Glas Saft näherte. »Ich nehme die Tabletten nicht. Ich habe erst vor Kurzem ein paar genommen.« Er stellte sich vor, es würde einfacher sein, sie denken zu lassen, dass er die Tabletten bereits eingenommen hätte. Er brauchte jetzt wirklich keine weitere Lektion von jemandem über diese bescheuerten Pillen.

»Nein, das haben Sie nicht.« Sarah stellte Saft und Tabletten neben seinen Teller, holte ihr Sandwich und ihr Glas Milch und setzte sich auf den Stuhl ihm gegenüber.

Dante blickte finster drein, als er Sarahs unglückliches Gesicht sah. Nein, er hatte die Tabletten nicht genommen, doch normalerweise konnte er Menschen gut zum Narren halten. Er hatte dieses Talent in seinem Job ziemlich gut entwickelt. »Woher weißt du das?«

Ihre Augen durchbohrten ihn mit einem Blick, der ihm einen Stich in die Magengegend versetzte. Ein Blick, der bedeutete, dass sie seine Lüge durchschaut hatte und dass sie enttäuscht war. Sie biss in ihr Sandwich und kaute nachdenklich, bevor sie antwortete: »Beweislage und Schlussfolgerung, Detective Sinclair. Sie sollten das besser verstehen als irgendjemand anderes. Ihnen wurden sechzig Tabletten verschrieben und in der Dose befinden sich sechzig Tabletten. Ich habe nur die offensichtlichen Schlüsse gezogen. Sie haben nicht eine einzige Tablette genommen.«

Scheiße. Erwischt! Vielleicht gefällt es mir doch nicht, dass sie so verdammt schlau ist. Sie hat tatsächlich jede einzelne Pille gezählt. Welcher Arzt macht so einen Mist?

Sie nahm einen Schluck von ihrer Milch, bevor sie weitersprach. »Ihre Atmung ist kurz und flach. Ich bin mir sicher, Ihr anderer Arzt hat Ihnen gesagt, wie wichtig es jetzt ist, tief zu atmen und zu husten, um einer Lungenentzündung wegen Ihrer gebrochenen Rippen vorzubeugen. Sie müssen die Schmerzmittel eine Weile einnehmen, um den Schmerz zu kontrollieren, den Sie beim Husten und tief Atmen spüren. Alle Ihre anderen Wunden verheilen gut.«

»Ich will den Schmerz spüren«, gab Dante gereizt zurück.

»Warum?«

Dante beobachtete Sarahs Augen. Sie verurteilte ihn in diesem Moment nicht und versuchte auch nicht, ihn zu beruhigen, wie es der Abteilungspsychologe getan hatte. Sie war einfach nur… neugierig. Was er tat, ergab für ihr logisch denkendes Gehirn keinen Sinn.

»Patrick ist tot. Ich lebe. Er hatte eine Frau und einen Sohn, die ihn vergötterten.« *Scheiße.* Wie konnte er Sarah erklären, wie er sich fühlte, wenn er selbst es nicht einmal verstand? Er wusste nur, dass es ihn hätte treffen sollen. Was hatte er schon? Seine Geschwister sorgten sich um ihn, das wusste er. Doch es war nicht das Gleiche wie das Leben, das Patrick mit Karen und Ben geführt hatte. Sie waren eine Familie gewesen. Patrick war ein Vater gewesen. Sein Sohn war jetzt vaterlos und seine Ehefrau eine Witwe.

Dante war noch niemals einer Frau so nahe gewesen. Sicher, er vögelte bei jeder sich bietenden Gelegenheit, doch dies passierte meist mit Frauen, die das Ganze genau so locker sahen wie er. Als Inspektor der Mordkommission war er so gut wie vierundzwanzig Stunden am Tag und sieben Tage die Woche im Dienst. Er war der Job. Er aß, atmete und schlief den Job. Und ihm gefiel es so.

»Ich verstehe, dass Sie Ihren besten Freund und Partner verloren haben, doch was hat das damit zu tun, dass Sie auf sich achten? Was ändert sich, wenn Sie einfach nur Ihre Medizin nehmen?«, fragte Sarah verwirrt.

»Ich hätte diese Kugel abbekommen sollen. Ich hätte keinen vaterlosen Sohn und keine trauernde Ehefrau zurückgelassen. Patrick hatte noch so viel vor im Leben. Verdammt, ich wusste um die Risiken meines Jobs, als ich ihn annahm, und ich hatte mich damit abgefunden, dass ich jeden Tag sterben könnte, wenn ich Mördern auf der Straße hinterherjage.«

»Glauben Sie nicht, dass Patrick das auch wusste?«

Er ist gestorben, indem er genau das tat, was er tun wollte. Er liebte es, Detective und dein Partner zu sein. Es ist nicht deine Schuld. Wir kannten beide die Risiken. Ich habe sie akzeptiert, als ich ihn geheiratet habe.

Dantes massiger Körper zitterte, als er sich Karens Worte zurück ins Gedächtnis rief. »Er hat es vielleicht verstanden, doch ich glaube nicht, dass er wirklich akzeptiert hatte, dass es ihn eines Tages treffen könnte«, sagte er schließlich widerwillig.

»Menschen gehen mit riskanten Jobs unterschiedlich um. Ich bin mir sicher, dass er es wusste, doch nicht zu viel darüber nachdachte«, antwortete Sarah. »Und nach der Anzahl der Telefonnachrichten zu urteilen, die ich mir anhören musste, weil Leute sich um Sie sorgen, würde ich sagen, dass Sie mindestens genauso viele trauernde Menschen zurücklassen würden. Nehmen Sie die Tabletten, Detective Sinclair! Und seien Sie froh darüber, dass so viele Leute sich Gedanken um Sie machen.« Sarah warf ihm einen festen Blick zu, bevor sie aufstand und ihren leeren Teller in die Spüle stellte.

In einem plötzlichen Anflug von Frustration wischte Dante mit seiner Hand über die linke Seite des Tisches, um die Tabletten von der Tischplatte zu fegen. Seine Handfläche verpasste die Medizin und traf das Saftglas, das in Sarahs Richtung flog. Das Glas zerschmetterte neben der Spüle, genau dort, wo Sarah stand. Aus einem Reflex heraus tat sie einen Schritt zurück und trat mit ihrem nackten Fuß in eine der Glasscherben.

»Aua!« Verwirrt ging sie zur Seite und trat auch mit ihrem zweiten Fuß in eine Scherbe. Dieses Mal beherrschte sie sich nicht mit ihren Worten. »Scheiße!« Sie hielt plötzlich inne, analysierte die Situation, indem ihre Augen den Boden nach weiteren Scherben absuchten, und griff sich schließlich etliche Papiertücher, bevor sie aus dem Haufen aus Saft und Scherben herausstieg. Sarah setzte sich auf ihren Stuhl und warf Dante einen vorwurfsvollen Blick zu. »Haben Sie tatsächlich versucht, mich zu treffen? Wenn ja, dann zielen Sie nicht besonders gut.«

Dante schaute verängstigt auf die blutigen Schmierspuren, die Sarah dort hinterlassen hatte, wo sie hingetreten war. So schnell er konnte kam er um den Tisch herum und fiel, ohne den Schmerz zu bemerken, auf die Knie. Er hätte ihr sagen können, dass er ein exzellenter Schütze war, einer der besten der gesamten Truppe, und wenn er auf etwas zielte, dann traf er es auch. »Scheiße! Ich wollte dich nicht treffen. Es war ein Unfall.« Er sah zu, wie sie kleine Glassplitter aus ihren Füßen zog und sie sorgfältig auf das Papiertuch auf dem Tisch legte. Gleichzeitig versuchte sie, den Blutfluss zu stoppen, der aus ihrem rechten Fuß kam – offensichtlich war dieser schlimmer verletzt als der linke, da das Blut stark herausquoll. »Was kann ich tun? Ich bringe dich ins Krankenhaus.«

»Nein!«, rief Sarah etwas zu laut. »Ich bin Ärztin. Eine oberflächliche Wunde. Ich kann mich selbst versorgen.« Sie zeigte auf den Kücheneingang. »Ich brauche ein paar von den Verbänden, mit denen ich Ihren Arm und Ihr Bein versorgt habe.«

Dante sprang trotz seiner Verletzungen auf, als würde sein Hintern brennen, und brachte Sarah in Windeseile die Verbände. Er fühlte sich hilflos und mehr als nur ein bisschen schuldig. Als er sich wieder vor ihr hinkniete, untersuchte sie gerade ihren anderen Fuß.

»Oberflächlicher Kratzer«, murmelte sie, als sie ihren linken Fuß betrachtete. Ihre blonden Locken fielen ihr ins Gesicht, als sie ihren

Kopf herunterbeugte, um einen besseren Blick zu bekommen. Schnell verband sie den Schnitt mit einer großen Mullbinde und widmete sich wieder dem rechten Fuß.

Dantes Atem stockte, als er sah, wie das Blut aus der Wunde herausfloss. Scheiße! Er war ein dämliches Arschloch und ihm wurde bange ums Herz, als er realisierte, dass sein gedankenloses Verhalten der Grund für Sarahs Verletzungen war. »Vielleicht muss es genäht werden.« Er war zwar kein Arzt, doch er hatte einen Erste-Hilfe-Kurs absolviert.

Sarah sah ihn nicht an, als sie antwortete: »Die Wunde muss gründlich gereinigt werden. Ich mache das.« Sie legte zahlreiche Mullkompressen direkt auf den Schnitt und verband ihren Fuß.

Dante starrte sie an, als sie aufstand und vorsichtig anfing, Blut vom Boden aufzuwischen und die größten Scherben aufzuheben. »Lass das!«, befahl er mit tiefer, gefährlicher Stimme. Er stand auf, legte seinen Arm um ihre Taille und hob sie so an, dass ihre Füße nicht den Boden berührten. Er konnte jedoch nicht das tiefe, schmerzvolle Ächzen unterdrücken, das ihm bei dieser Anstrengung über die Lippen kam. Ihr Körper prallte an seiner Brust ab, als er sie von dem Glas wegschwang. Er keuchte, als er ihre Füße auf dem Boden abstellte, doch er behielt seinen Arm weiterhin fest um ihre Hüfte gedrückt. »Es tut mir leid. Ich wollte dich nicht verletzen, Sarah. Ich wollte nur die Pillen loswerden. Ich wollte nicht das Glas treffen. Ich wollte nicht, dass es zerbricht.« Scheiße. Er brabbelte wie ein Idiot, doch aus irgendeinem Grund war es ihm wichtig, dass sie verstand, dass er sie nicht absichtlich hatte verletzen wollen.

Sie drehte sich von ihm weg und murmelte: »Ich bin mir sicher, dass Sie das nicht wollten.« Doch sie klang nicht überzeugt.

Dante folgte ihr, als sie ihre Handtasche aus dem Wohnzimmer holte und mit ihren bandagierten Füßen in die Sandalen schlüpfte, die an der Eingangstür standen. Nachdem sie die Tür geöffnet hatte, drehte sie sich um und sah ihn an. »Schauen Sie, ich verstehe, dass Sie Ihren Partner verloren haben, und es tut mir leid. Doch denken Sie an Patrick, Detective Sinclair! Würde er wollen, dass Sie sich das antun, indem Sie sich so verhalten? Wenn Sie derjenige gewesen wären, der gestorben wäre, würden Sie wollen, dass er sich so verhält wie Sie jetzt? Sie helfen Ihrem Partner gerade überhaupt nicht.«

»Ich wollte nicht, dass du dich schneidest«, brummte Dante. Er war noch immer besorgt über das Blut, das er an ihrem Fuß gesehen hatte.

Sarah warf ihm einen sturen Blick zu. »Wenn es Ihnen wirklich leid tut, dann nehmen Sie die verdammten Pillen!« Und ohne ein weiteres Wort zu sagen zog sie die Tür hinter sich zu und verschwand.

Ungläubig, dass Sarah gerade wirklich mit ihren verletzten Füßen nach draußen gegangen war, riss Dante die Tür wieder auf, nur um zu sehen, wie sie in ihr Auto stieg und das Anwesen über die Einfahrt verließ.

»Verdammter Sturkopf«, murmelte Dante gereizt. Er fühlte sich noch immer schuldig für das, was er ihr unabsichtlich angetan hatte.

Würde Patrick wollen, dass er sich wie ein Idiot verhielt? Auf keinen Fall würde er das. Sein Partner hätte ihm gesagt, dass er sich gefälligst zusammenreißen sollte, und hätte ihn davon abgehalten, dämlichen, selbstzerstörerischen Scheiß zu machen. In ihrer Anfangszeit als Partner hatte Patrick Dante mehr als nur einmal davor bewahrt, sich von seinen Emotionen leiten zu lassen und danach zu handeln, und Dante hatte seine Lektion damals sehr schnell gelernt. Über die Jahre war es Dante gelungen, seinen Ärger zu unterdrücken, weil er wusste, dass eine unüberlegte Handlung die gesamten Ermittlungen in Gefahr bringen konnte.

Zurück in der Küche machte er sich daran, den Fußboden zu säubern, und schüttelte sich bei jedem Tropfen Blut, den er von den Fliesen wischte. Als er fertig war, keuchte er.

Ihre Atmung ist kurz und flach.

Genervt davon, dass Sarah Baxters Worte ihn verfolgten, atmete er tief ein und hustete laut. Er musste sich am Küchenschrank festhalten, um sein Gleichgewicht nicht zu verlieren, als ihm ein scharfer und qualvoller Schmerz durch die Brust fuhr, der ihn fast ohnmächtig werden ließ. Er sah definitiv Sterne.

Ich bin ein Arschloch. Wenn ich mich wirklich quälen wollte, müsste ich nur husten!

Er hätte sich den Aufwand sparen können, in den Keller zu gehen und Gewichte herumzuschleudern, indem er einfach nur tief atmete und hustete. Es tat wirklich genauso weh – vielleicht war es sogar noch schlimmer. Dante war sich nicht sicher, was zum Teufel er sich dabei gedacht hatte, als er das tat. Die Wahrheit war, dass er gar nicht gedacht hatte. Er hatte reagiert. Vielleicht hatte er gehofft, dass der Schmerz ihn abstumpfen und vom Nachdenken abhalten würde, davon, jeden Moment von Patricks Tod noch einmal zu erleben.

Würde er wollen, dass Sie sich das antun, indem Sie sich so verhalten?

Sarahs letzte Worte verspotteten ihn, als er ein Bier aus dem Kühlschrank nahm, den Deckel abschraubte und sich an den Küchentisch setzte. Er und Patrick waren in den vergangenen fünf Jahren immer füreinander da gewesen. Wenn sie an einem heißen Fall gearbeitet hatten, hatten sie manchmal zwölf bis fünfzehn Stunden pro Tag zusammen verbracht. Es hatte nicht viel gegeben, das Dante nicht über Patrick wusste. Sie hatten viel Zeit miteinander verbracht und sich gegenseitig auf die Schippe genommen, doch er hatte genau gewusst, wie sein Partner auf Dantes Verhalten reagiert hätte.

»Du hättest mir in den Arsch getreten, Kumpel«, sagte Dante leise zu sich selbst, bevor er einen Schluck Bier nahm und es auf dem Tisch abstellte. Er rieb sich das Gesicht vorsichtig mit den Händen, um die heilende Wunde an seiner Wange nicht zu irritieren. Die Art und Weise, wie er sich gerade verhielt, hatte nichts mit Patrick zu tun, sondern nur mit ihm selbst. Sein Partner hätte gewollt, dass Dante sich um seine Familie kümmerte und sicherstellte, dass es Ben und Karen gut ging. Er hatte dafür gesorgt, dass sie niemals irgendwelche finanziellen Probleme haben würden, doch er hatte es noch nicht geschafft, Karen oder Ben anzurufen, seit sie ihn im Krankenhaus besucht hatten. Die beiden nur zu sehen erinnerte ihn an Patrick und daran, dass er lebte und Patrick tot war. Karen und Ben hatten eine große Familie in Kalifornien, doch das spielte keine Rolle. Seine Frau und sein Sohn waren die wichtigsten Menschen in Patricks Leben gewesen und er hätte sich auf Dante verlassen, dass er alles dafür tun würde, damit die beiden seelisch und körperlich in Ordnung waren.

Karen und Ben geben mir keine Schuld. Sie sorgten sich genug, um mich im Krankenhaus zu besuchen. Ich bin so ein Arschloch. Ich habe den Kontakt zu ihnen abgebrochen, weil ich mich schuldig gefühlt habe. Ich. Ich. Ich. Es ging die ganze Zeit nur um mich und nicht um sie.

Dante stand auf und zog eine Grimasse, als er nach den Schmerztabletten griff, die noch immer auf dem Tisch standen.

»Das Selbstmitleid hat nun ein Ende, Sinclair!«, flüsterte Dante angewidert und nutzte dabei den Satz, den Patrick immer dann zu ihm gesagt hatte, wenn er einen Tritt in den Hintern gebraucht hatte.

Seit er nach der Operation aus der Narkose aufgewacht war und realisiert hatte, dass Patrick tot war, hatte er sich wie ein Idiot verhalten. Er war abweisend zu seinen Geschwistern gewesen, obwohl sie sich alle um ihn gesorgt hatten, als er verletzt gewesen war. Evan war für ihn sogar einmal um die halbe Welt geflogen. Und er hatte sich nicht einmal darum geschert nachzufragen, wie es Karen und Ben ging, seit er im Krankenhaus gelegen hatte.

Und er hatte Sarah Baxter verletzt, eine Frau, die nur hierhergekommen war, um ihm zu helfen, die selbst nur ihren verdammten Job getan hatte.

Alles, weil ich meinen eigenen Verlust beklage. Sarah hatte Recht. Was er tat, half seinem Partner jetzt überhaupt nicht.

Dante wusste, dass er seinen Arsch hochkriegen musste. *Das* war es, was Patrick gewollt hätte. Nachdem er vom Tod seines besten Freundes erfahren hatte, war er abgestumpft und hatte seinen seelischen Schmerz tief in sich vergraben. Er hatte den körperlichen Schmerz fühlen wollen, weil dies besser war, als die Schuld darüber, zu wissen, dass er noch immer am Leben war und Patrick tot. Vielleicht war er tatsächlich abgestumpft, weil er es verleugnet hatte. Während er endlich begann, sich seiner Trauer zu stellen, machte sich merkwürdigerweise der körperliche Schmerz seiner Verletzungen laut und deutlich bemerkbar, ohne dass er sich anstrengen musste.

Er nahm das Bier vom Tisch, humpelte durch die Küche und schüttete es in den Ausguss. *Nichts mehr von diesem Zeug, bis ich gesund bin.* Er griff sich ein Glas aus dem Schrank und füllte es mit Wasser.

Meine Güte! Es war sogar schmerzhaft, seinen Arm zu heben. Jede seiner Verletzungen fühlte sich an, als stünde sie in Flammen. Die Schmerzen in seiner Brust und seinen Rippen waren am schlimmsten.

Wenn es Ihnen wirklich leid tut, dann nehmen Sie die verdammten Pillen.

Ein kleines, echtes Lächeln formte sich auf Dantes Lippen. Sarah Baxter war möglicherweise die unverblümteste und merkwürdigste Frau, der er jemals begegnet war, doch er mochte genau das an ihr. Um ehrlich zu sein, war sie ihm ein Rätsel, und der Polizist in ihm hatte sich dieser Sache bereits angenommen – gemeinsam mit einem anderen Körperteil, das er nicht kontrollieren konnte, wenn er sie ansah.

Verdammt! Es tat ihm *leid*, dass er sie verletzt hatte. Er war Polizist und sein erster Instinkt war immer, Menschen zu schützen. Der Polizist in ihm hasste sich dafür, dass er Sarah nicht beschützt hatte. Schlimmer noch, er hatte sie verletzt, was ihn noch ärgerlicher auf sich selbst machte. Er würde nicht leugnen, dass er sie ficken wollte und dass diese Gelüste in seinem Körper herrschten, seit er sie zum ersten Mal gesehen hatte. Das hieß wirklich etwas, denn er war nicht gerade in der körperlichen Verfassung, um überhaupt über Sex nachzudenken. Und doch dachte er daran, dachte er an sie. Und Sarah Baxter hatte etwas, das er nicht nur auf körperlicher Ebene anziehend fand. Es schien zwar, als ob ihr Gehirn alles genau durchdachte, um die logische Antwort zu finden, doch gleichzeitig strahlte sie Unschuld und Mitgefühl aus. Es war eine merkwürdige und faszinierende Kombination.

Er warf seinen Kopf zurück, nahm die »verdammten Pillen« und schluckte sie mit dem Wasser in seiner Hand. Er leerte das Glas und stellte es in die Spüle.

Dante verließ die Küche mit einer Mission. Er führte zahlreiche Telefongespräche, das erste und längste mit Karen und Ben.

Kapitel 4

Sarah verzog das Gesicht und wickelte einen Verband um ihren Fuß. Sobald sie zu Hause angekommen war, hatte sie sämtliche Glassplitter aus den Wunden unter ihren Füßen entfernt. Die meisten Schnitte waren nur oberflächlich und sie hatte sie vor dem Bandagieren gewaschen und eine antibiotische Salbe aufgetragen. Der Schnitt unter ihrem rechten Fuß war nicht groß oder tief, doch sie hatte sich eine hässliche Stichwunde zugezogen, die stark geblutet hatte. Es würde beim Gehen noch eine Weile wehtun, doch sie würde es überleben.

Sie stand vom Sofa auf und begann, ihre Sachen wegzuräumen. Ihr kleiner Hund Coco folgte ihr dabei auf Schritt und Tritt. Coco hatte einem älteren Patienten gehört, der gestorben war, und Sarah hatte die kleine Hundedame ohne zu zögern adoptiert. Es war eines der impulsivsten Dinge, die sie je getan hatte, doch sie hatte es keine Sekunde lang bereut. Coco war erst sechs Monate alt gewesen, als Sarah sie aufgenommen hatte, und sie war klug, lernte schnell und vertrieb die Einsamkeit, die Sarah den Großteil ihres Lebens geplagt hatte. Vielleicht war es nicht besonders vernünftig gewesen, sich einen Hund zuzulegen, doch der Gedanke daran, dass sie nicht mehr jeden Abend in ein leeres Haus zurückkam, hatte Sarah dabei geholfen, etwas fröhlicher zu werden. Immer wenn sie nicht arbeitete, war Coco jetzt ihr ständiger Weggefährte, und auch die Kinder im Jugendzentrum hatten einen absoluten Narren an ihr gefressen.

Grady Sinclair hatte dem Jugendzentrum von Amesport eine Reihe von Musikinstrumenten zukommen lassen und Sarah verbrachte ihre freie Zeit dort, um einigen der Kinder das Klavierspielen beizubringen. Auch wenn sie der Meinung war, dass der kleine Steinway-Flügel mehr als nur ein bisschen zu edel war, um den Kindern die Musik näherzubringen, so wusste sie doch den vollen, wunderbaren Klang des Instruments zu würdigen. Sie gab nur einmal pro Woche Unterricht, doch oftmals ging sie ins Jugendzentrum, um selbst zu üben und den bezaubernden Flügel so oft wie möglich zu benutzen. Ihr Häuschen war zu klein für einen Flügel. Irgendwann einmal würde sie vielleicht in ein größeres Haus ziehen und sich dann einen Flügel kaufen, doch in der Zwischenzeit dienten ihre Ausflüge ins Jugendzentrum gleich zwei Zwecken: Sie wurde dazu gezwungen, unter die Leute zu gehen, und sie konnte Klavier spielen.

Danke Grady.

Beatrice und Elsie hörten niemals auf, darüber zu diskutieren, wie sehr sich Grady verändert hatte, seit er Emily geheiratet hatte. Das Jugendzentrum bot sicherlich alles, was sich die Bewohner von Amesport und den umliegenden Dörfern nur vorstellen konnten. Grady hatte das Jugendzentrum von einem Ort für lokale Veranstaltungen, der sich mit einem winzigen Budget hatte über Wasser halten müssen, fast schon in einen Country Club verwandelt, der für alle frei zugänglich war. Emily hatte ebenfalls die Programme für Kinder erweitern können, die das Zentrum nutzten und es zum Hauptort der Aktivitäten in der Stadt machten. Seither fanden dort regelmäßig Konzerte, Tanzveranstaltungen und das wöchentliche Senioren-Bingo statt.

Ein kleines Lächeln huschte über Sarahs Gesicht, als sie Cocos Näpfe mit frischem Wasser und Futter füllte. Dabei dachte sie an die offensichtliche Liebe und Hingabe, die Grady für Emily empfand. Die beiden waren so verliebt und glücklich miteinander. Emily behauptete, dass ihr Ehemann sie nach Strich und Faden verwöhnte, doch Sarah wusste, dass Emily Grady ebenfalls sehr glücklich machte. Ihre Freundin hatte ein großes Herz und auch wenn die beiden nach außen hin ein merkwürdiges Paar abgaben, waren sie dennoch wie füreinander geschaffen. Der ruppige Milliardär und die quirlige Blondine waren das perfekte Paar.

Sarah fragte sich geistesabwesend, wie es sich wohl anfühlte, so geliebt zu werden, wie Grady Emily liebte. Sie hatte niemals solch eine Liebe erfahren und hatte keine Ahnung, ob sie sich davon eingeengt oder sicher und geborgen fühlen würde, wie es bei Emily und Grady der Fall war. Sarah war es gewohnt, allein zu sein.

Aber ich bin einsam und allein. Ich glaube, ich möchte das Gleiche wie Emily und Grady haben, doch ich verstehe es nicht ganz.

Sie fühlte sich hier in Amesport wohl und zum ersten Mal in ihrem Leben hatte sie Freunde. Sie lernte, sich über Kleinigkeiten zu unterhalten, die den Leuten in der Gemeinde am Herz lagen, anstatt ständig große wissenschaftliche Debatten zu analysieren. Erstaunlicherweise fand sie es unglaublich faszinierend und erfüllend, sich mit normalen Leuten zu unterhalten. Manchmal war es sogar viel interessanter, über Gefühle zu sprechen, als wissenschaftliche Theorien zu diskutieren. Es war in jedem Fall lehrreicher, weil sie so gut wie nichts über Geisteszustände wusste, wenn man einmal von Einsamkeit absah und dem Leid, das ihr als Ärztin täglich begegnete. Momentan war ihr fehlendes Verständnis eher frustrierend, denn es machte es ihr noch schwerer nachzuvollziehen, was gerade mit dem attraktiven Detective Sinclair geschah.

Irgendwie hatte sie sich vorgestellt, dass Dante Sinclair Ähnlichkeit mit Grady haben würde, doch nach ihrem kurzen und stürmischen Aufeinandertreffen konnte sie nicht viele Gemeinsamkeiten finden. Beide hatten dunkles Haar und die gleichen Gesichtszüge und sie waren beide große, sehr gut gebaute Männer. Doch während Grady die meiste Zeit ein brillanter, stiller Computerfreak mit einem großen Herzen war, war Dante mürrisch und aggressiv. Gut, der Mann hatte gerade die Hölle durchlebt, doch Dante strahlte eine fast schon sture Streitlust aus, von der Sarah überzeugt war, dass sie einen angeborenen Teil seiner Persönlichkeit darstellte. Vielleicht war er nicht ganz so missmutig, wenn er einen besseren Tag hatte, doch sie würde darauf wetten wollen, dass er starrköpfig und unnachgiebig war, auch wenn er nicht unter Stress stand.

Er ist Inspektor der Mordkommission in Los Angeles, in dem Bezirk mit der höchsten jährlichen Mordrate. Vielleicht ist es diese Sturheit, die ihn am Leben hält.

Es machte Sinn. Es war offensichtlich, dass Dante und Grady ihr Leben als Erwachsene komplett anders als der jeweils andere verbracht hatten. Sie waren dazu bestimmt gewesen, verschiedene Persönlichkeiten zu entwickeln und verschiedene Wege zu finden, um mit Dingen umzugehen.

Sie hatte Dante geglaubt, als er sagte, er hatte sie nicht verletzen wollen. Als sie bereit war, zur Tür hinauszugehen, war in seinen umwerfenden, haselnussbraunen Augen für einen Moment lang Reue aufgeflackert. Dante Sinclair war wütend auf die ganze Welt, dafür, dass sie ihm seinen Freund und Partner entrissen hat. Sie hatte nur zufällig in seiner Nähe gestanden, als ihm die Sicherungen durchgebrannt waren.

Sarah seufzte. Sie wünschte, dass sie mehr hätte tun können, um Dante zu helfen. Er war ihr Patient, Emilys Schwager und Gradys Bruder. Hoffentlich würde seine Familie ihm besser helfen können, als sie dazu in der Lage war.

Sie nahm ein langes Bad, bei dem sie aufpasste, ihren bandagierten Fuß nicht nass werden zu lassen, und las einen Liebesroman zu Ende, den Emily ihr empfohlen hatte. Liebesgeschichten waren in letzter Zeit zu einer ihrer Leidenschaften geworden. So viele Emotionen und so viel Sex. Sie las die Geschichten über Liebe und Verlangen mit einer Faszination, die sie niemals zuvor bei einem anderen Buch empfunden hatte. Natürlich waren diese Geschichten erfunden, doch sie fragte sich, ob es überhaupt möglich war, solch tiefe Gefühle für einen Mann zu haben. Und der Sex? Nun, ihrer Erfahrung nach zu urteilen war es auf keinen Fall realistisch, doch sie musste zugeben, dass ihre Erfahrungen sich so sehr in Grenzen hielten, dass sie fast nicht existierten. Doch aus einem unbekannten Grund war sie geradezu süchtig danach, über Beziehungen zu lesen, von denen sie nicht wirklich glauben konnte, dass sie möglich waren. Als Ärztin konnte sie verstehen, dass einige Aspekte einer sexuellen Beziehung durchaus angenehm sein konnten – wegen der anatomischen Unterschiede wahrscheinlich angenehmer für den Mann als für die Frau. Doch sie nahm an, dass selbstverständlich auch Frauen eine Art Lust mit dem richtigen Mann empfinden konnten, wenn dieser wusste, was er tat.

Ich hatte Sex mit einem Medizinstudenten. Ich habe angenommen, dass er hätte wissen sollen, wie man die Sache richtig anstellt. Es war überhaupt nicht angenehm. Vielleicht bin ich einfach kein sexueller Mensch.

Sie hatte gerade das Badezimmer verlassen und wollte ein schnelles Abendessen in die Mikrowelle schieben, als es an der Tür klingelte. Nachdem sie das kalorienarme Fertiggericht zurück in den Kühlschrank gestellt hatte, wischte sie sich ihre feuchten Hände an der Jeans ab und machte sich mit Coco im Schlepptau daran, die Tür zu öffnen. Vielleicht war es ein medizinischer Notfall.

Ihr stockte der Atem, als sie Dante Sinclair vor sich stehen sah. In seiner Hand hielt er eine große, weiße Tüte und auf seinem Gesicht machte sich ein zurückhaltendes Grinsen breit. Obwohl er locker in Jeans und ein dunkles T-Shirt gekleidet war, sah er noch immer groß und gefährlich aus.

»Friedensangebot«, informierte er sie mit heiserer Stimme und ließ die Tüte vor seinem Gesicht hin und her baumeln. »Hummerbrötchen.«

Draußen dämmerte es und es nieselte noch immer. Er und die Tüte in seiner Hand sahen feucht aus. Sarah griff nach dem Beutel und zog Dante durch die Tür ins Haus.

»Sie dürfen noch nicht draußen rumlaufen. Sind Sie verrückt?« Dante Sinclair musste sich ausruhen, warm und bequem in seinem eigenen Zuhause. Er war kaum aus dem Krankenhaus entlassen worden.

Dante zuckte mit den Schultern. »Man hat mir schon Schlimmeres an den Kopf geworfen. Ich wollte nachsehen, ob du in Ordnung bist.

Diese Tabletten wirken. Aber ich fühle mich ein bisschen komisch.«
Er schloss die Tür hinter sich und fragte mit einem düsteren Blick:
»Solltest du wirklich auf diesen zerschnittenen Füßen stehen?«

Sarah blinzelte in seine Richtung. Sie versuchte immer noch
herauszufinden, warum er überhaupt das Haus verlassen hatte.
»Die Schnitte sind oberflächlich. Detective Sinclair, Sie müssen sich
ausruhen! Die Tabletten geben Ihnen ein komisches Gefühl, weil
sie zu Hause im Bett liegen und schlafen sollten, nachdem Sie sie
genommen haben.«

»Ich habe mir Sorgen gemacht«, gab er zögernd zu.

Sarah sah ihn skeptisch an. Sie freute sich, dass er endlich seine
Tabletten genommen hatte, doch sie fragte sich auch, ob er nicht
vielleicht auch ein klein wenig high war. »Ich glaube, Sie stehen
unter Drogen, Detective Sinclair.« Sie nahm die Tüte mit den
Hummerbrötchen und brachte sie in die Küche. Über ihre Schulter
rief sie ihm zu: »Setzen Sie sich!« Ihr Haus war klein und sie konnte
ihn über die Frühstückstheke hinweg sehen, als sie ihre kostbare
Fracht auf der Arbeitsplatte abstellte. »Woher wussten Sie, dass ich
Hummerbrötchen mag?«

»Nenn mich Dante! Und herauszufinden, was du magst, war nicht
gerade eine schwere Aufgabe. Ich habe Grady und Emily angerufen.«
Er ging zur Frühstückstheke, setzte sich auf einen der Hocker, stützte
die Ellenbogen auf und starrte sie unverblümt an.

Ihr Hund trottete zu ihm herüber und setzte sich freundlich neben
seine Füße.

»Coco mag dich.« Sarah begann, sich einzubilden, dass sie ihn
vielleicht auch mochte. Immerhin kam er mit einem Friedensangebot
und hatte sich die Zeit genommen herauszufinden, was sie gern aß.
Doch der Typ war viel zu aufdringlich, auch wenn er vielleicht unter
dem Einfluss von Schmerztabletten stand. »Bitte sag mir, dass du
nicht selbst gefahren bist!«

»Ich bin nicht selbst gefahren«, antwortete er gefällig. »Mein Bruder
Jared ist gerade in der Stadt. Er hat mit mir die Hummerbrötchen
gekauft und mich hier abgesetzt.«

Oh Gott. Nicht noch ein alleinstehender Sinclair-Bruder in Amesport. »Was auch immer du tust, erzähle auf keinen Fall Elsie und Beatrice, dass noch einer deiner Brüder in der Stadt ist.« Sie nahm zwei Teller aus dem Schrank, legte zwei der Hummerbrötchen auf einen davon und schob ihn gemeinsam mit einer Serviette über die gefliese Oberfläche, die sich zwischen den beiden befand.

Dante schüttelte den Kopf. »Die sind für dich. Und wer sind Elsie und Beatrice?«

Sarah rollte mit den Augen. »Ich schaffe keine sechs Hummerbrötchen. Iss!«

»Elsie und Beatrice?« Er sah sie neugierig an und nahm eins der Brötchen von seinem Teller.

Irgendetwas an ihm war jetzt anders, er war auch nicht mehr annähernd so mürrisch, unwirsch und wütend.

Dante lebte nicht die ganze Zeit hier, weshalb Sarah vermutete, dass ihm das gefährliche Duo nicht bekannt war. »Die Kupplerinnen der Stadt. Beide über achtzig und sehr zauberhafte Damen. Doch sehr furchteinflößend, wenn sie versuchen, die gesamte Stadt untereinander zu verheiraten. Ich bin überrascht, dass sie nicht wussten, dass dein Bruder nach Amesport kommen würde. Sie wussten allemal, dass du auf dem Weg warst.«

Sie beobachtete Dante dabei, wie er seinen ersten Bissen nahm und einen Moment lang mit geschlossenen Augen kaute. Sarah war sich nicht sicher, doch sie dachte, dass er mit der gleichen Begeisterung das Hummerbrötchen verzehrte, wie sie es getan hatte, als sie zum ersten Mal den saftigen Maine-Hummer in Amesport gegessen hatte. Mit einer Mischung aus Mayonnaise, Zitronensaft und Gewürzen schmeckte er einfach nur köstlich auf den warmen Brötchen, die auf jeder Hälfte mit Butter bestrichen waren. »Du hast noch nie Hummerbrötchen gegessen? Hier gibt es sie an jeder Ecke.« Sie ging zum Kühlschrank, nahm zwei Dosen Limonade heraus und schob ihm eine hin.

Dante öffnete sie und nahm einen Schluck, bevor er antwortete. »Ich bin nur zweimal hier gewesen und dann bin ich auch nur für zwei Tage geblieben. Und wenn ich von diesen Brötchen gewusst hätte, hätte ich welche gekauft«, sagte er und nahm einen weiteren Happen.

Sarah biss in ihr Hummerbrötchen. Eine Weile lang saßen beide wortlos da und kauten, bis Sarah plötzlich neugierig fragte: »Warum bist du nur zweimal hier gewesen? Alle Sinclairs besitzen seit Jahren ein Haus auf der Halbinsel.«

»Das war Jareds Idee gewesen. Er hatte beschlossen, dass wir alle hier ein Haus bauen müssen, weil wir das Grundstück besitzen. Niemand hatte etwas einzuwenden, also hat er gebaut. Er hat damit angefangen, nachdem Grady sein Haus an das Ende der Halbinsel gesetzt hatte. Ich habe mein Haus bisher nur zweimal gesehen, und zwar, als Emily und Grady sich verlobt haben und bei ihrer Hochzeit. Beide Male konnte ich nicht lange bleiben.« Er starrte sie an und fragte mit einem besorgten Blick: »Solltest du wirklich auf diesem Fuß stehen?«

Sarahs Herz machte einen kleinen Hüpfer, als sie die Sorge in seinem Gesicht sah. »Ich habe Medizin studiert und bin Ärztin. Ich bin es gewohnt, im Stehen zu essen. Meine Füße tun nicht weh. Die Schnitte sind nicht sehr tief.«

Nachdem er ein weiteres Hummerbrötchen abgelehnt hatte, nahm Sarah beide Teller, spülte sie unter laufendem Wasser ab und räumte sie in die Spülmaschine. »Hast du die Pläne für das Haus selbst entworfen?«, rief sie über ihre Schulter hinweg.

»Um Gottes willen, nein. Das Haus ist viel zu groß. Ich kann dort nichts finden. Ich habe ein Ein-Zimmer-Apartment in Los Angeles, mehr brauche ich nicht. Ich habe zu Jared gesagt, dass ich einen Fitnessraum und ein paar andere Sachen haben möchte. Um den Rest hat er sich gekümmert.« Dante sah endlich zu Boden, wo Coco noch immer brav neben seinem Stuhl hockte. »Soll das ein Hund sein?«

Sarah trank den letzten Schluck ihrer Limonade aus und warf die leere Dose in den Mülleimer unter der Spüle. Sie ging ins Wohnzimmer, setzte sich auf die Armlehne der Couch und verschränkte die Arme vor der Brust. »Natürlich ist Coco ein Hund. Sie ist ein Chipu.«

Dante drehte sich auf seinem Hocker und sah sie mit einem Grinsen an. »Was zur Hölle ist ein Chipu? Sie sieht aus wie ein Mopp mit Augen. Aber wenigstens ist sie kein Kläffer, der ständig an einem hochspringt.«

Beleidigt durch die Beschreibung ihres geliebten Vierbeiners schaute Sarah ihn mit funkelnden Augen an. »Sie ist extrem gut erzogen und klug. Sie wartet darauf, dass du mit ihr kuschelst. Und ein Chipu ist eine Kreuzung aus einem Chihuahua und einem Pudel.« Coco hatte mehr Ähnlichkeit mit einem kleinen, dunkelbraunen Pudel und sie hatte langes Fell, doch sie sah wie ein hinreißender Hund aus, nicht wie ein Mopp. »Und warum um alles in der Welt lässt du deinen Bruder dein Haus bauen? Das macht keinen Sinn.«

Dante zuckte mit den Schultern. »Muss für dich denn alles einen Sinn ergeben? Er wollte, dass wir alle ein Haus hier haben und mir war es wirklich egal. Ich hatte keine Zeit, mir über die Einzelheiten Gedanken zu machen. Letzten Endes wollte er dieses Haus mehr als ich, also habe ich ihm freie Hand gelassen.«

Sarah schüttelte den Kopf, doch sie sparte sich weitere Kommentare. Es war offensichtlich, dass die Sinclair-Brüder mehr Geld hatten, als sie ausgeben konnten. Es machte vielleicht Sinn für Dante Sinclair, ein Haus in siebenstelligem Wert auf einer wunderschönen Halbinsel an der Küste zu bauen, um es dann leer stehen zu lassen, doch sie konnte noch immer nicht begreifen warum. »Wenn du meine Mutter hättest, würdest du immer vernünftige Entscheidungen treffen«, murmelte sie zu sich selbst. Sie klatschte sich einige Male auf die Oberschenkel und Coco sprang auf ihren Schoß. Während sie das dichte Fell der kleinen Hündin streichelte, machte Coco es sich auf ihrer Besitzerin bequem.

»Der Hund hat es gut«, kommentierte Dante schelmisch und fügte hinzu: »War deine Mutter eine Sklaventreiberin? Du warst doch schon ein Wunderkind. Was zum Teufel hätte sie noch wollen können?«

Sarah seufzte und streichelte abwesend Cocos Kopf, bevor sie antwortete. »Meine Mutter ist Mathematikprofessorin in Chicago und ein Mitglied der Hochbegabtenvereinigung Mensa. Sie hat eine ganze

Reihe akademischer Auszeichnungen erhalten. Die akademische Welt bedeutet ihr alles. Sie lässt die meisten Löwenmütter wie zahme Kätzchen aussehen. Dass ich aus Chicago weggegangen bin, um als Landärztin in einer kleinen Stadt zu arbeiten, hat sie nicht gerade Freudensprünge machen lassen. Sie war enttäuscht.«

»Und dein Vater?«

»Er ist kurz nach meiner Geburt gestorben. Aber er war auch ein Genie. Ein echter Raketentechniker«, antwortete sie leise. »Und du? Warum bist du Polizist geworden? Ein Milliardär als Polizist erscheint mir nicht gerade logisch.« Noch bevor sie Dante Sinclair überhaupt getroffen hatte, hatte sie darauf gebrannt, diese Frage zu stellen.

»Es war das Einzige, das ich immer schon machen wollte. Mein Vater war ein schlimmer Alkoholiker und glücklicherweise ist er gestorben, bevor ich die High School abgeschlossen hatte. Auf diese Weise konnte ich das werden, was ich wollte. Und ich wollte ein Polizist sein. Ich bin aufs College gegangen, in der Hoffnung, so schneller in der Hierarchie aufzusteigen. Ich wusste, dass ich Morde aufklären wollte, doch ich musste meine Zeit zunächst auf Streife beginnen. Als ich sechsundzwanzig war, hatte ich mein Ziel erreicht und wurde in die Mordkommission aufgenommen.«

»Und das hat dir gefallen?«

Dante zuckte mit den Schultern. »Ich war zufrieden. Ich glaube, dass Polizeiarbeit eine Berufung ist, genau wie Arzt zu sein. Als Inspektor der Mordkommission war ich so gut wie jeden Tag rund um die Uhr im Einsatz. In meinem Bezirk geschahen Morde für gewöhnlich nicht am helllichten Tag.«

Sarah konnte das verstehen. »Ich wollte auch nie etwas anderes machen.« Sie hatte ihr ganzes Leben lang davon geträumt, Ärztin zu werden, und hatte in einem Alter damit begonnen, ihre Träume in die Realität umzusetzen, in dem die meisten Mädchen gerade einmal bemerkten, dass Jungs existierten.

»Ich nehme an, du hattest nicht gerade eine fröhliche Kindheit, was?«, bemerkte Dante beiläufig, doch er hatte fast genau ihre Gedanken gelesen.

Sarah lächelte müde. »Ich kann mich nicht daran erinnern, jemals ein Kind gewesen zu sein. Als die meisten Mädchen davon träumten, Cheerleader zu werden, habe ich Biologie auf College-Niveau gebüffelt. Ich war schon immer... anders. Amesport ist der erste Ort, an dem ich mich tatsächlich zu Hause fühle. Ich bin nicht gut in zwischenmenschlichen Dingen, doch hier interessiert das niemanden. Jeder spricht trotzdem mit mir. Hier treffen so viele verschiedene Persönlichkeiten aufeinander, dass ich das Gefühl habe, gut hineinzupassen.«

»Du bist nicht anders«, brummte Dante. »Du bist besonders. Begabt. Daran ist nichts verkehrt.«

»Alleine ist alleine, oder? Aus was für einem Grund auch immer«, antwortete sie und warf Dante einen fragenden Blick zu. Er sah sie auf eine merkwürdige Weise an, ein fester Blick, von dem sie schon fast hätte schwören können, dass er etwas Besessenes und Aufgeheiztes enthielt. Sie wand sich wie ein Insekt unter dem Mikroskop, bevor sie es schließlich schaffte, den Kontakt mit seinen feurigen Augen abzubrechen. Sie setzte Coco auf den Boden und stand vom Sofa auf. »Du musst dich ausruhen. Ich bringe dich nach Hause.«

Als sie an ihm vorbeiging, griff Dante sie am Oberarm und zog ihren Körper nahe an sich heran. Sarahs Atem stockte, als sein Arm um ihre Taille wanderte und ihre Hüfte umschloss, die sich mit einem Mal zwischen seinen Oberschenkeln befand. Auf dem Hocker sitzend waren er und sie fast gleich groß, und sie war jetzt mit ihm auf Augenhöhe. Der wilde und stürmische Blick, den er ihr schenkte, fühlte sich aus der Nähe noch furchterregender an.

»Hast du keinen Freund?«, fragte er schroff.

Sarah schüttelte langsam den Kopf. Sie war nicht dazu in der Lage, seinem fesselnden Blick und dem starken Griff um ihre Hüfte zu entkommen. Um ehrlich zu sein wusste sie nicht einmal, ob sie das überhaupt wollte. Trotz seiner Verletzungen schien Dante mit roher Kraft und Dominanz zu pulsieren, was sie so sehr anzog, dass sie ihm gefährlich nahe kam.

»Hast du jemals mit einem Mann geschlafen?« Seine Frage war dunkel und der Ton, in dem sie gestellt wurde, verlangte nach einer Antwort.

Sarah würde nicht einmal versuchen, es so aussehen zu lassen, als hätte sie seine Frage nicht verstanden. »Ein Mal. Während des Medizinstudiums. Es war peinlich und schmerzhaft. Ich ging mit einem anderen Medizinstudenten aus und ich wollte wissen, ob ich vielleicht etwas verpasse. Er hat am nächsten Tag mit mir Schluss gemacht. Ich glaube, es hat keinem von uns gefallen. Oder vielleicht war ich auch nicht wirklich gut. Ich konnte nicht verstehen, warum alle so ein großes Ding daraus machen. Es handelt sich um den menschlichen Fortpflanzungsakt, mehr nicht. Ich habe nie wirklich verstanden, welchen anderen Grund es geben könnte, es zu tun.« Sie sagte die Wahrheit, doch sie *war* neugierig gewesen. Also hatte sie es probiert, nur um herauszufinden, dass sie wirklich rein gar nichts verpasste.

»Meine Güte! Verarschst du mich? Kann man Ärztin und gleichzeitig so unschuldig sein?«, fragte Dante und ließ seinen Blick suchend über ihr Gesicht wandern.

Ihr Herz klopfte laut in ihrer Brust, als sie sein Gesicht betrachtete. Die heilende Narbe auf seiner Wange machte ihn fast noch anziehender, fast noch gefährlicher. »Ich bin nicht unschuldig und ich bin keine Jungfrau. Ich mag einfach nur keinen Geschlechtsverkehr. Es ist nicht gerade angenehm.«

Dante ließ seine Hand durch ihr Haar gleiten und kraulte die weiche Haut an ihrem Nacken. Er lächelte schelmisch. »Ich glaube, ich habe gerade ein Thema gefunden, über das du komplett falsch informiert bist. Es gibt da diese kleine Sache, die sich sexuelle Anziehung nennt, und über die wirst du in deinen Lehrbüchern nichts lesen.«

Okay. Gut. Einige Menschen mochten ja sexuelle Anziehung empfinden, doch sie gehörte nicht dazu. Sie verstand natürlich aus anatomischer Sicht, warum Sex angenehm sein konnte, doch auf sie traf dies nicht zu. Sie hatte nie wieder das Verlangen gehabt, es noch einmal zu versuchen. »Es gibt nichts, das ich dir über die menschliche Anatomie nicht erzählen kann. Es gibt jedoch keine Grundlage, um an sexuelle Anziehung auf chemischer Ebene zu glauben. Sexuelle Anziehung bedeutet nur, dass Menschen sich untereinander aufgrund ihres reproduktiven Potenzials bewerten und so mögliche Fortpflanzungspartner aussuchen«, argumentierte sie, doch sie leckte sich dabei nervös über die Lippen, weil sie von der intensiven Wärme, die von Dantes durchtrainiertem, hartem Körper ausging, magisch angezogen wurde. Ihre Brustwarzen waren schon schmerzhaft hart und sie unterdrückte nur schwer ein Stöhnen, als seine Hand von ihrer Taille unter ihr T-Shirt wanderte und anfing, über ihre nackte Haut an Rücken und Hüfte zu streicheln. Er zog kleine Kreise mit seinen Fingern und sensibilisierte jeden Punkt, den er berührte.

»Wenn ich dich ansehe, denke ich bestimmt nicht daran, ob ich mich fortpflanzen kann oder nicht. Ich denke nur daran, mit meinem Schwanz in dich einzudringen, weil es sich einfach nur so verdammt gut anfühlen würde«, antwortete er mit verführerischer Stimme.

Sarah öffnete ihren Mund, um etwas zu entgegnen, doch sie war sich nicht sicher, was sie sagen sollte. Ihr Körper *reagierte* auf seinen Körper und das hatte rein gar nichts mit seinem genetischen Material als möglicher Fortpflanzungspartner zu tun. Es war ganz einfach nur… Verlangen. »Es gibt keine wirkliche sexuelle Anziehung«, antwortete sie schwach, auch wenn sich ihr Körper gegenteilig verhielt.

»Du hast ja keine Ahnung, wie befriedigend ein guter Fick sein kann«, flüsterte er ihr rau ins Ohr. Seine Hand wanderte an ihrem Hinterkopf durch ihr Haar und er hielt sie so fest, dass er ihr zwar nicht wehtat, aber dennoch die Kontrolle über sie behielt. »Küss mich!«, befahl er heiser und zog ihren Kopf an sich, sodass sich ihre Lippen berührten.

Oh Gott. Sarah konnte nicht atmen und keuchte leicht, als sie versuchte, ihren Mund von seinem wegzudrehen. »Dante, nein! Du bist verletzt und hast Schmerzen.« Verwirrt versuchte sie, sich von ihm zu befreien, doch er verstärkte den Griff um ihre Taille und sie hatte nicht den Willen oder das Verlangen, sich noch weiter anzustrengen. Sie fühlte sich verführt und gefangen und empfand einen seltsamen Zwang, den Mann zu verschlingen, der sie in seiner Gefangenschaft hielt. Sarahs Körper zog sich zusammen, als sie seinen aufgeheizten Atem auf ihren Lippen spürte.

»Küss mich, verdammt!«, befahl er noch einmal, dieses Mal in einem überzeugenden Ton.

»Ich kann nicht. Ich will dir nicht wehtun«, wimmerte sie, während sie das Verlangen unterdrückte, sich mit ihm zu verbinden, seinen Mund auf ihrem zu spüren. »Ich bin deine Ärztin.« Sie hatte es aufgegeben, über sexuelle Anziehung zu diskutieren. Ob dies nun Lust oder sexuelle Anziehung war, spielte keine Rolle. Es war etwas, das sie noch niemals zuvor erlebt hatte, und es hatte sie eiskalt erwischt.

»Vergiss deinen hippokratischen Eid! Ich brauche das hier mehr als einen Arzt«, knurrte Dante und zog ihren Mund mit einem gierigen Stöhnen an seinen.

Sarah versuchte, sich daran zu erinnern, dass er verletzt war und sie nicht fest zupacken durfte. Stattdessen verankerte sie ihre Hände an der Stuhllehne und stemmte sich mit aller Kraft zurück, während Dante versuchte, ihren Mund mit leidenschaftlicher Besitzgier zu erobern. Der Kuss löschte jeden Gedanken in ihrem Kopf aus und sie fühlte nur seine köstliche Zunge, die ihre Lippen öffnete und ihre Münder eins werden ließ. Die beiden schmolzen in diesem Kuss so sehr zusammen, dass Sarahs ganze Welt aus den Fugen gehoben wurde. Eine Hitzewelle überrollte sie, als Dante ihre Pobacken zusammendrückte und sie näher an seine pulsierende Erektion heranzog. Sie stöhnte auf, als sie ihre Hüfte an ihn presste, und verfluchte den Jeansstoff, der sie von seinem steifen Schwanz trennte.

Sie hatte sich vollkommen in seinem sinnlichen, heißen Kuss verloren und wand sich in seinen Armen, während er an ihrer Unterlippe knabberte und sie dann mit seiner Zunge ganz leicht und neckend streichelte.

»Ich will dich Sarah. Ich werde der Mann sein, der dir zeigt, wie heiß du brennen kannst und wie befriedigend ein harter, wilder

Fick sein kann.« Seine tiefe Bariton-Stimme war angespannt und hartnäckig.

Ja. Ja. Ja.

Sarahs gesamter Körper zitterte vor Verlangen. Sie wünschte sich so sehr, von diesem starken Mann besessen zu werden, dem ersten Mann, der es schaffte, diese Gefühle in ihr zu erwecken. Es machte sie glücklich, flößte ihr jedoch gleichzeitig auch Angst ein.

»Ich hasse es, dieses kleine Intermezzo zu unterbrechen, doch es wird Zeit, nach Hause zu gehen, Dante.« Die männliche Stimme, die aus dem Flur zu hören war, klang amüsiert.

Erschrocken sprang Sarah zurück und fühlte, wie ihr die Schamesröte ins Gesicht stieg, als sie sich zu dem unfassbar attraktiven Mann umdrehte, der sich gerade Einlass zu ihrem Haus verschafft hatte. Sie hatte keinen Zweifel daran, dass es sich dabei um Jared, Dantes Bruder handelte. »Sie hätten anklopfen können«, murmelte sie verlegen.

»Das habe ich getan. Mehrfach. Ich nehme an, dass ihr beide beschäftigt wart«, antwortete er beiläufig. »Die Tür war nicht abgeschlossen und so bin ich schließlich hereingekommen.«

Oh Gott. Sarah wünschte, dass sich der Boden auftun und sie verschlucken würde. Es war schon schlimm genug, dass sie so in Dantes Kuss versunken gewesen war, dass sie überhört hatte, wie jemand an die Tür klopfte, doch er war auch ihr Patient. Dante Sinclair hatte Verletzungen, die jeden anderen Mann so außer Gefecht setzen würden, dass er im Bett nach seiner Mama riefe, auch wenn er etwas gegen die Schmerzen nähme. Und sie hatte ihn praktisch aufgefressen und um mehr gebettelt. »Es tut mir leid«, sagte sie beschämt. »Er gehört nach Hause ins Bett.«

Jared zog scherzhaft eine Augenbraue hoch.

»Allein«, beeilte sie sich zu sagen. »Zum Schlafen.«

»Entschuldige dich bloß nicht bei ihm«, sagte Dante irritiert. »Er ist soeben in dein Haus hereinmarschiert.«

Jared grinste. »Hast du mein Klopfen nicht gehört? Du bist doch hier der Polizist.«

»Ich habe dich gehört. Ich hatte nur gedacht, dass du genügend Verstand hättest, dich zu verziehen. Aber da lag ich wohl offensichtlich daneben.« Dante schaute seinen Bruder böse an.

Sarah beobachtete die beiden Männer, der eine verärgert, der andere amüsiert. Sie hatte Jared Sinclair nie getroffen, doch er war ein weiterer mächtiger und attraktiver Mann, genau wie seine Brüder. Er und Dante sahen sich ähnlich, doch wo Dante etwas Rohes an sich hatte, war dieser Mann… elegant. Jareds Haar war eher kastanienbraun als dunkelbraun. Es war auch länger als Dantes und in einer Art und Weise geschnitten, die professionell aussah. Dennoch konnte sie einige Wellen in seinem glatten Stil erkennen. Jareds Augen hatten fast schon die Farbe von grüner Jade und die Wimpern, die diese schönen Augen umrandeten, waren so dicht, dass jede Frau sofort neidisch werden würde. Er war vielleicht ein paar Zentimeter kleiner als Dante, doch genauso muskulös gebaut wie sein Bruder. Er trug eine lässige Hose, ein Hemd, das vermutlich aus Seide war, und sportliche, sehr teuer aussehende Lederschuhe.

»Bringen Sie Dante nach Hause, Mr. Sinclair! Geben Sie ihm seine Medizin und lassen Sie ihn für eine Woche nicht aus dem Haus. Er sollte sich wirklich ausruhen, damit er sich schneller erholt. Wenn ihm irgendetwas wehtut, sollte er überhaupt nichts tun.« Sarahs Anweisungen sprudelten nur so aus ihr heraus. Sie schämte sich, dass sie sich so hatte gehen lassen.

»Nenn mich bitte Jared!«, sagte der Mann und warf ihr ein spielerisches Grinsen zu. »Und es tut mir leid, dass ich hereingekommen bin. Ich habe angefangen, mir Sorgen zu machen. Ich habe im Auto gewartet, doch es ist weitaus später, als Dante und ich vereinbart hatten. Ich wusste, dass er nicht lange draußen sein sollte.«

»Ich verstehe«, antwortete Sarah beschwichtigt. »Ich hätte ihn sofort nach Hause bringen sollen, als er hier aufgetaucht ist. Kannst du dafür sorgen, dass er für eine Weile im Bett bleibt? Es wird ihm dabei helfen, schneller wieder auf die Beine zu kommen.«

»Nein.«

»Ja.«

Beide Männer antworteten gleichzeitig, Jared zustimmend, Dante ablehnend. Sie konnte sich ein Lächeln nicht verkneifen.

Jared öffnete die Tür und ging nach draußen. »Auf geht's, Prinzessin«, neckte er Dante. »Dies ist vermutlich das einzige Mal in unser beider Leben, dass ich dir tatsächlich in den Arsch treten kann. Das muss ich ausnutzen.«

»Nur in deinen Träumen, kleiner Bruder.« Dante betonte das Wort »kleiner«, während er auf Jareds Rücken starrte, doch er machte sich schließlich auf den Weg zur Tür. Bevor er Jared jedoch nach draußen folgte, hielt er inne und schaute still auf Sarah herab.

Sarahs Herz beschleunigte, als er ihr in heiserem Ton zuflüsterte: »Wir sind hier noch nicht fertig. Und entschuldige dich nicht für das, was passiert ist. Es hat kein bisschen wehgetan.«

»Es hätte nicht passieren dürfen.«, flüsterte sie ängstlich zurück. »Ich bin deine Ärztin.« Ihre Schuldgefühle schrien sie jetzt förmlich an.

»Es ist passiert und es wird wieder passieren. Verlass dich darauf!«, warnte Dante sie mit verführerischer Stimme. Er küsste sie zum Abschied auf die Stirn und folgte seinem Bruder. »Ruh deine Füße aus!«, rief er über seine Schulter, bevor er zu Jared ins Auto stieg.

Sarah schloss die Tür und lehnte sich mit dem Rücken dagegen. Sie konnte noch immer nicht begreifen, was gerade passiert war.

Sie verbrachte den Rest des Abends damit, eine logische Erklärung dafür zu finden, was zwischen ihr und Dante Sinclair vor sich gegangen war, doch sie versagte kläglich. Vielleicht, so dachte sie, würde sie doch noch die neuesten Daten über sexuelle Anziehung studieren müssen.

Kapitel 5

E s war eine Woche später und Dante fühlte sich rastlos und irritiert. Sein Bruder Jared hatte sein Versprechen gehalten und ihn – mit Hilfe von Grady, der ab und zu als Gefängniswärter einsprang – nicht aus dem Haus gelassen. Er hatte Sarah nur bei kurzen Besuchen gesehen und gemerkt, dass ihr die Situation peinlich war. Sie verhielt sich professionell und sachlich und Dante hasste das. Er sehnte sich danach, diese warme und leidenschaftliche junge Frau erneut zu schmecken, die er vergangene Woche in ihrem Haus vorgefunden hatte.

Es gibt keine sexuelle Anziehung, was für ein Scheiß! Wir waren beide so dermaßen scharf aufeinander und ich habe sie noch nicht einmal gevögelt.

Er biss die Zähne aufeinander, bis sein Kiefer schmerzte. Er war mehr als bereit dazu, diesem bewundernswerten Genie einige Lehrstunden im Fach der Fleischeslust zu geben. Es war schlimm genug für ihn gewesen, faul im Krankenhaus herumzuliegen. Jetzt war er die ganze Zeit drinnen und es machte ihn verrückt. Gut, er genoss es, Zeit mit Jared und Grady zu verbringen, weil die Brüder sich in den letzten Jahren nur sehr selten gesehen hatten. Doch im Haus gefangen zu sein raubte ihm langsam aber sicher den Verstand.

Er war es nicht gewöhnt, so viel Zeit zu haben, in der er nichts tat. Seine Arbeit hatte ihn immer voll eingenommen und ihm keine Zeit gelassen, über irgendetwas nachzudenken.

Ich kann nur daran denken, wie ich es Sarah besorgen will. Sein Bedürfnis war schon zu einer Besessenheit geworden, die jeden Tag schlimmer wurde.

Dantes Körper war auf dem Weg der Besserung. Er hatte die Schmerztabletten abgesetzt, weil er sie nicht mehr brauchte. Es tat noch immer höllisch weh, wenn er zu stark hustete, doch er kam wieder zu Kräften und wollte etwas Zeit draußen verbringen.

Ich mache mir doch was vor. Eigentlich will ich doch nur meinen Schwanz in meiner wunderschönen Ärztin versenken und ihr zeigen, wie lustvoll Sex sein kann.

»Die Woche ist vorbei. Ich brauche euch zwei Babysitter nicht mehr und ich kann selbst in eine Arztpraxis gehen, wenn ich untersucht werden muss.« Dante sah zu Jared auf, der auf einem Stuhl vor seinem Schreibtisch saß und irgendetwas an seinem Computer arbeitete. »Was machst du?«

»Ich schaue mir ein mögliches Projekt an«, antwortete Jared und klang etwas abgelenkt.

Jared war Immobilienhändler und Architekt. Dante wusste, dass sein Bruder die Baupläne für alle Häuser auf der Halbinsel entworfen und persönlich dabei mitgeholfen hatte, alle Gebäude zu errichten, mit Ausnahme von Gradys Anwesen. Mittlerweile legte er jedoch nicht mehr selbst Hand an, es sei denn, es handelte sich um persönliche Projekte, doch das war eher selten. Jared kaufte, baute und verkaufte Geschäftsimmobilien, um Geld zu verdienen – nicht dass er es brauchen würde.

»Ich gehe in die Stadt«, ließ Dante ihn wissen und stand von dem Sessel auf, den sein Hintern bereits viel zu lange warmgehalten hatte. »Du kannst nach Hause gehen. Oder bleib hier, bis du fertig bist. Aber Grady und du, ihr müsst nicht mehr meine Wärter spielen.«

Jared schaute auf, in seinem Gesicht ein verletzter Ausdruck. »Schau mal, ich weiß, du bist sauer. Doch wir wären nicht hier, wenn wir uns keine Sorgen machen würden.«

Dante wusste das. »Es ist nicht so, dass ich es nicht zu schätzen weiß, dass ihr euch um mich sorgt.« Er vergrub die Hände in den Hosentaschen und suchte nach Worten, um seine Gefühle auszudrücken. Seine Brüder waren vielleicht manchmal wirklich nervig, doch sie waren in einer Zeit für ihn da gewesen, in der sie geglaubt hatten, er würde sie brauchen. »Ich bin nur angespannt, weil ich schon zu lange herumsitze. Ich muss hier raus. Es geht mir schon viel besser.«

Und ich muss mit jemandem schlafen. Leider kommt dafür nur eine ganz bestimmte Frau infrage.

Jared starrte ihn einen Moment lang an, ohne ein Wort zu sagen, und seufzte dann laut. »Ich gehe nach Hause. Du rufst mich an, wenn du etwas brauchst?«

»Sicher.« *Nur, wenn ich im Sterben liege.* Dante brauchte etwas Zeit für sich selbst und Zeit zum Nachdenken. Er hatte die letzte Woche fast nur mit seinen Brüdern verbracht. Es war zwar nicht so, als wollte er nicht mehr Zeit mit ihnen verbringen, doch nicht, wenn sie den Babysitter für ihn spielten… oder den Gefängniswärter. Er wusste, dass Jared plante, eine ganze Weile in Amesport zu bleiben, möglicherweise so lange, bis Dante wieder nach Los Angeles zurückkehren konnte.

Jared stand auf und fuhr den Computer herunter. »Heute ist Senioren-Bingo im Jugendzentrum. Ich dachte, ich schaue mal vorbei.«

Dante brach in schallendes Gelächter aus. »Du? Seit wann spielst du Bingo?«

»Ich spiele nicht und Bingo ist für die Senioren. Doch ich habe mir sagen lassen, dass Sarah dort Klavier spielt, bevor der Bingo-Abend beginnt. Grady sagt, sie spielt besser als so mancher Konzertpianist. Ich dachte mir, ich fahre mal vorbei und schaue sie mir an.«

Dante zog die Hände aus den Taschen und starrte seinen Bruder mit einem verdächtigen Blick an. »Warum interessierst du dich für sie?« Jared war sehr reich, sehr erfolgreich und stand sehr im öffentlichen Interesse. Er war bekannt dafür, nie mehr als einmal mit derselben Frau gesehen zu werden. Es interessierte Dante nicht, ob Jared seine Frauen täglich auswechseln wollte, doch Sarah würde mit Sicherheit keine seiner Eroberungen werden.

»Ich will sie nur spielen hören. Sie ist eine Ärztin hier in der Stadt, Emilys Freundin und eine Frau, die für mich tabu ist – genauso, wie sie für dich tabu sein sollte, Dante. Sie ist keine Frau, mit der du Spielchen spielen kannst. Du wirst irgendwann nach Los Angeles zurückkehren. Fang nicht irgendwas an, das sie verletzt zurücklassen wird! Sie ist eine nette Frau.«

Erleichtert darüber, dass sein Bruder sich nicht an Sarah heranmachen wollte, antwortete er: »Ich will keine Spielchen spielen. Ich mag sie wirklich. Ich kann nicht aufhören, an sie zu denken.« Er hatte ausgelassen, die sexuellen Fantasien zu erwähnen, die er sich über sie ausmalte, und wie sehr er sie einfach nur vögeln wollte.

»Wenn du sie verarschst, wird Grady dich umbringen und du wirst Emily unglücklich machen. Du weißt, was ihm an Emily liegt«, warnte ihn Jared. »Wenn sie unglücklich ist, verliert er fast den Verstand.«

Ja. Dante wusste, wie beschützerisch Grady mit Emily umging, doch er wusste, dass auch dieses Wissen ihn nicht davon abhalten würde, an Sarah heranzutreten und zu versuchen, ihr näherzukommen. Er hatte das Gefühl, von etwas angezogen zu werden, das noch größer war als pures Verlangen. Er wollte mit ihr schlafen, doch da war noch... mehr. »Vielleicht können wir einfach nur Freunde sein. Ich bin noch ein paar Wochen krankgeschrieben. Wir könnten Zeit miteinander verbringen.« Gut, das war eine schlechte Ausrede und es war eine glatte Lüge. Aber er versuchte, vor seinem Bruder ungezwungen zu wirken.

Jared lachte laut und machte dabei grunzende Geräusche. »Wem zum Teufel willst du denn etwas vormachen? Dante, ich habe gesehen, wie du sie anschaust. Jeder Blick von dir sagt, dass du sie nackt sehen willst. Und ich habe die gleichen Signale von ihrer Seite bemerkt.«

»Ach ja, wirklich?« Dante schaute Jared hoffnungsvoll an. Ehrlich gesagt hatte er in der letzten Woche nicht wirklich mehr von ihr gespürt, gehört oder gesehen als ihre praktische und logische Seite, was ihn absolut verrückt machte, jetzt, da er die Leidenschaft hatte kosten dürfen, die sie zu erleben imstande war. Er hätte den Typen umbringen können, der sie in die Welt der körperlichen Lust eingeführt hatte. Auf der anderen Seite existierte ein Urinstinkt in ihm, der die Tatsache genoss, dass sie erst mit einem Mann geschlafen hatte und es für sie nicht angenehm gewesen war. Er wollte der Mann sein, der sie vor Lust zum Schreien brachte, der Einzige, der sie zum Kommen brachte, bis sie in Stücke zerbrach und seinen Namen so laut schrie, als wäre er das Einzige, an das sie zu denken vermochte. Die Narbe in seinem Gesicht heilte zwar, doch sie würde niemals ganz verschwinden, und auch der Rest von ihm war zurzeit nicht gerade sehr attraktiv. Er wusste, dass er nicht der Einzige war, der die Hitze zwischen ihm und Sarah hatte spüren können, doch er fragte Jared trotzdem: »Glaubst du, sie steht auf mich?«

Jared schüttelte den Kopf. »Du bist echt armselig, weißt du das? Ja, sie steht auf dich. Doch sie ist und bleibt immer noch eine Frau, mit der du dich nicht einlassen solltest.«

Sie steht auf mich. Dante ignorierte den Rest von Jareds Predigt. »Ich haue ab. Bis später.« Dante wollte im Jugendzentrum ankommen, bevor Sarah anfangen würde zu spielen.

»Dante!«, rief Jared ihm nach.

»Ja?« Dante drehte sich ungeduldig zu seinem Bruder um.

»Hier sind die Schlüssel zu deinem Wagen.«

Dante fing die Schlüssel auf, die über seinen Kopf hinwegflogen. »Danke«, murmelte er aufrichtig. Er war glücklich, wieder Herr über seine Autoschlüssel zu sein. Ihm die Schlüssel in dem Moment wegzunehmen, in dem sein Geländewagen in Amesport angekommen war, war einer der vielen Tricks seiner Brüder gewesen, seine Selbstständigkeit einzuschränken.

Als er nach draußen trat, hielt er für einen Moment inne und sog den Geruch und das Geräusch des Meeres ein. Er hatte seinen eigenen, kleinen Strand hinter dem Haus und liebte es, den Wellen zuzuhören. Jede Nacht hatte er sein Fenster geöffnet und sich vom Rauschen des Meeres in den Schlaf singen lassen. Wundersamerweise hatte er, seit er Sarah begegnet war, keinen einzigen Albtraum mehr von Patrick gehabt.

Er glitt in den Fahrersitz seines Wagens und fühlte, wie sich eine Welle des Friedens über ihm ausbreitete. Endlich tat er wieder etwas Normales. Evan hatte sichergestellt, dass sein Auto nach Amesport gebracht wurde. Zu dem Zeitpunkt hatte Dante dies als überflüssig empfunden. Es war ja nicht so, dass er nicht nach Los Angeles zurückkehren würde, und in der Zwischenzeit konnte er sich auch einen Wagen mieten. Jetzt schickte er seinem ältesten Bruder einen stillen Dank. Das gewohnte Gefühl des großen Gefährts und der Geruch der Ledersitze ließen ihn fast wieder ausgeglichen werden. »Ich schulde dir was, großer Bruder«, flüsterte Dante sich selbst zu und lächelte, als er den Schlüssel im Schloss umdrehte und den kraftvollen Motor starten hörte.

Mit dreiunddreißig Jahren war Evan derjenige, der sich um die Kleinigkeiten kümmerte, wie zum Beispiel Dantes Wagen nach Amesport bringen zu lassen. Er wusste immer, was seine jüngeren Geschwister gerade brauchten. Grady war gerade zweiunddreißig geworden. Dante war einunddreißig und Jared mit fast dreißig Jahren war das jüngste männliche Mitglied der Familie. Ihre kleine Schwester Hope war mit siebenundzwanzig gar nicht mehr so klein und hatte vor nicht allzu langer Zeit Jason Sutherland geheiratet, einen Freund Gradys aus Kindertagen. Tatsächlich war Jason ein Freund der Familie, denn er war in der Nähe des Ortes in Boston aufgewachsen, an dem die Sinclairs ebenfalls ihre Kindheit und Jugend verbracht hatten. Dennoch war er nur haarscharf daran vorbeigeschrammt, von allen Sinclair-Brüdern ordentlich verprügelt zu werden, nachdem er die Nerven besessen und um Hopes Hand angehalten hatte. Glücklicherweise war alles gut ausgegangen, da Jason sich sowohl um Dantes als auch um Gradys Wertpapierbestände kümmerte und dafür sorgte, dass beide Brüder mit jedem Tag reicher wurden. Zugegebenermaßen interessierte Dante sich nicht wirklich für sein Geld. Er lebte größtenteils von seinem Gehalt als Detective und rührte das Vermögen, das sein Vater ihm hinterlassen hatte, nur äußerst selten an. Er war sehr erstaunt gewesen, als er das Geld für Karen und Ben abgeholt und dabei nach Jahren zum ersten Mal einen Blick auf seinen Kontostand geworfen hatte. Als er seine finanziellen Angelegenheiten in Jasons Hände übergeben hatte, war er bereits sehr wohlhabend gewesen, doch jetzt war er einfach nur unfassbar reich.

Das Geld für Karen und Ben abzuheben hatte seinem Vermögen nicht einmal eine kleine Delle verpasst. So viel sein Geld für die Zukunft der Ehefrau und den Sohn seines verstorbenen Partners auch bedeuten möge, so wusste Dante auch, dass seine täglichen Anrufe ihnen noch viel mehr bedeuteten. Und die Gespräche mit den beiden hatten auch ihm geholfen. Es tat gut, über Patrick zu sprechen, sich an die guten Seiten seines besten Freundes zu erinnern, und es half allen dabei, gemeinsam den Trauerprozess zu durchschreiten. Auch wenn noch keiner von ihnen an dem Punkt der Akzeptanz des Geschehenen angekommen war, so wurde es mit jedem Tag etwas weniger schmerzhaft.

Er beschleunigte seinen Wagen die Einfahrt hinunter und bog links ab, um zum Tor zu gelangen, durch das die Halbinsel betreten und verlassen werden konnte. Dante war bei seinen vorherigen Besuchen bereits einmal im Jugendzentrum gewesen. Das Wissen darüber, dass Sarah heute Abend dort sein würde, erfüllte ihn mit einer unbekannten Vorfreude, die ihn dazu hinriss, noch ein wenig mehr aufs Gaspedal zu treten.

»Wie war der Unterricht?«, fragte Emily Sinclair neugierig und setzte sich neben Sarah auf die Klavierbank.

»Ich glaube, es läuft wirklich gut«, antwortete Sarah, glücklich darüber, Emily zu sehen. Sie war gerade damit fertig geworden, drei Grundschülern die Grundlagen des Klavierspiels beizubringen. Doch auch wenn ihr diese Aufgabe Spaß machte, konnte sie jetzt eine Erwachsenenunterhaltung vertragen. »Wir haben mit zehn Kindern angefangen und jetzt sind nur noch drei übrig, doch die wollen wirklich etwas lernen.« Sarah unterrichtete nur das Grundwissen, um bei den Kindern das Musikinteresse zu wecken. »Ich glaube, dass die drei weitermachen und richtige Stunden nehmen werden, das ist doch schon mal was.«

»Das ist fantastisch«, antwortete Emily begeistert. »Es ist so großartig, dass du die Kinder freiwillig unterrichtest!«

»Ich versuche, mich nur dafür zu revangieren, dass ich dieses wunderschöne Klavier benutzen darf.« Sarah ließ ihre Hände zärtlich über die Tasten des Flügels gleiten.

»Es steht hier, damit die Allgemeinheit es nutzen kann«, sagte Emily. »Nachdem Grady es bestellt hatte, habe ich mich so gefreut, dass jemand tatsächlich darauf spielen kann.«

Sarah lachte und dachte daran, wie unlogisch es war, dass Grady einen solchen Flügel bestellen würde, ohne zu wissen, ob es irgendjemanden in Amesport gäbe, der Klavier spielen kann. Es gab einige sehr gute Klavierspieler in der Stadt, doch die meisten von ihnen hatten ihr eigenes Instrument.

»Jared hat Grady erzählt, dass er gesehen hat, wie du Dante geküsst hast. Seid ihr beiden ein Paar?«, fragte Emily mit gedämpfter und geheimnisvoller Stimme.

Verdammt! Die einzige Sache, von der ich nicht wollte, dass sie irgendjemand erfährt, ist bereits zum Stadtgespräch geworden.

»Bitte sag es keinem!« Sarah schaute auf die lebhafte Blondine neben sich und hoffte, dass die Tatsache, dass sie einen verletzten Menschen unter Schmerzmitteleinfluss ausgenutzt hatte, nicht weiter als bis zur Sinclair-Familie vorgedrungen war. Sie verstand ja selbst nicht, wie sie in jener Nacht jegliche Vernunft hatte über Bord werfen können, doch es plagten sie noch immer Schuldgefühle wegen dieses Vorfalls.

»Niemand weiß es«, antwortete Emily leise, fast schon flüsternd. »Jared und Grady würden es niemals irgendjemandem außerhalb der Familie erzählen, doch Grady ist nicht gerade begeistert davon, dass Dante sich so an dich rangemacht hat. Er hat Angst, dass Dante dich ausnutzt. Was ist denn passiert? Ich habe gehört, dass du dich in Dantes Haus verletzt hast, und Grady hat mich gefragt, was er dir geben könnte, um sich bei dir zu entschuldigen. Ich habe bereits seit Tagen mit dir sprechen wollen, doch wir waren beide in dieser Woche so beschäftigt.«

Sarah seufzte. Sie fragte sich, ob sie Emily erzählen sollte, dass eigentlich sie es war, die sich ihrem Schwager förmlich aufgezwängt hatte, während er unter dem Einfluss von Schmerzmitteln stand. »Unser erstes Treffen verlief nicht optimal. Er hat sich wie ein selbstzerstörerischer Idiot verhalten und aus Versehen ein Glas zerbrochen. Der Schnitt, den ich mir zugezogen habe, war halb so schlimm, doch ich habe ihm gründlich die Meinung gesagt. Noch am gleichen Abend stand er dann mit Hummerbrötchen vor meiner Tür und hat sich entschuldigt. Er war ein bisschen durcheinander von den Schmerzmitteln und hat mich geküsst. Das war es schon, Emily. Er war high von legaler Medikation. Ich bin mir sicher, dass er so etwas normalerweise nicht machen würde. Nach diesem Vorfall waren wir beide sehr professionell. Alles ist gut.« *Nun ja, alles, außer der Tatsache, dass ich ihn jedes Mal, wenn ich ihn ansehe, noch immer begehre.* Dante hatte ein Feuer in ihr entfacht, das sich nicht mehr löschen ließ.

Emily warf Sarah einen zweifelnden Blick zu. »Ich glaube nicht, dass ein paar Tabletten ihn dazu gebracht haben, sich so zu verhalten. Da muss es sexuelle Anziehung zwischen euch geben.«

Oh Gott. Da waren sie wieder, diese Worte. Verlangen? Sexuelle Anziehung? Ist es wirklich so wichtig? Tatsache ist... ich fühle etwas.

Sie konnte es nicht abstreiten. »Für mich war da etwas«, gab Sarah widerwillig zu. »Doch es darf nicht noch einmal passieren. Er ist mein Patient und was passiert ist, war unprofessionell.«

Emilys erheitertes Lachen erfüllte das Musikzimmer des Jugendzentrums. »Ich habe Grady aus geschäftlichen Gründen aufgesucht, weil ich ihn um eine Spende bitten wollte. Ich habe ihn am Ende auch geküsst, obwohl ich in beruflicher Angelegenheit zu ihm gekommen war. Manchmal fühlen sich Menschen so sehr voneinander angezogen, dass es unmöglich ist, das zu ignorieren. Ich kenne dich. Wenn du ihn geküsst hast, dann findest du ihn unwahrscheinlich heiß.«

Mehr als heiß. Meiner Meinung nach ist Dante wie eine weiße Flamme, das heißeste Feuer, das es gibt.

»Ich habe mich von der Situation verletzten lassen. Mehr war da nicht«, sagte Sarah nervös. Sie wollte vor niemandem zugeben, dass sie Dante Sinclair sehr viel mehr als nur attraktiv fand. Sie fühlte sich so stark zu ihm hingezogen, sie wollte ihn so sehr, dass ihr Gehirn jede rationale Denkweise abgeschaltet hatte und sie sich seit ihrer Begegnung auf nichts anderes hatte konzentrieren können als das Gefühl seiner Berührung.

Für nur wenige Momente hatte sie sich vollkommen mit ihm verbunden gefühlt und ihre Einsamkeit war verflogen gewesen. So etwas zu erleben hatte als ein starkes Aphrodisiakum gewirkt.

»Die Bingo-Senioren kommen. Sollen wir in dieser Woche Kaffee trinken gehen?« Emily stand auf und sah Sarah fragend an.

Sarah sah dabei zu, wie sich die Stühle im Raum füllten. Es standen zahlreiche Reihen zur Verfügung, die in nur wenigen Minuten belegt waren. Ihr Klavierspiel vor dem wöchentlich stattfindenden Bingo-Abend war zur Gewohnheit geworden und sie hatte nichts dagegen, dass Musikliebhaber ihr zuhörten. Sie hatte sich seit ihrer Kindheit mit Musik beschäftigt und mehr Klaviervorträge gehalten, als sie zählen konnte. Das Ritual im Jugendzentrum war vor einigen Monaten rein zufällig entstanden, als sie nach ihrem ersten freiwilligen Unterricht für die Kinder zum Vergnügen gespielt hatte. Der alte Herr, der für den Bingo-Abend zu früh dran gewesen war, hatte sich gesetzt und gelauscht. Danach geschah es jede Woche, dass sich zahlreiche Senioren eine halbe Stunde vor dem Bingo im Musikzimmer versammelten und ihr beim Spielen zuhörten, bevor sie in die Turnhalle gingen, wo der Bingo-Abend stattfand.

»Freitag im Brew Magic?«, schlug Sarah vor. »Nach der Arbeit?« Sie liebte ihre Frauengespräche mit Emily, doch sie hatte das Gefühl, dass sie sich bei dieser Gelegenheit würde herumwinden müssen. Wenn Emily etwas wissen wollte, konnte sie genauso hartnäckig sein wie Elsie.

»Ich werde da sein. Und dann will ich die ganze Geschichte hören«, warnte Emily sie mit einem Augenzwinkern, bevor sie den Raum verließ und sich ihren Pflichten als Direktorin des Jugendzentrums widmete.

»Es gibt keine Geschichte zu erzählen«, flüsterte Sarah. Es war alles ein schrecklicher Fehler gewesen, ein Vorfall, der niemals hätte passieren dürfen. Sie fühlte sich schuldig, weil sie wusste, dass sie Dante sofort hätte nach Hause schicken sollen, als er bei ihr aufgekreuzt war, doch das hatte sie nicht getan. Es waren nicht nur die Hummerbrötchen oder sein Entschuldigungsversuch gewesen. Es war der Mann an sich. Irgendetwas faszinierte sie an Dante Sinclair und sie wollte ihn Stück für Stück entschlüsseln, um herauszufinden, wie genau sein Kopf funktionierte. Vielleicht würde ihr das Aufschluss darüber geben, warum sie sich so unnatürlich stark zu ihm hingezogen fühlte.

Sarah brauchte eine Ablenkung und begann zu spielen. Sie brauchte keine Notenblätter, sie kannte so gut wie alles auswendig, weil sie die meisten klassischen Klavierstücke hunderte von Malen vorgetragen hatte.

Sie begann mit Rachmaninoffs Prélude in g-Moll. Es war eins ihrer liebsten klassischen Stücke, weil der Komponist dem Musiker durch ein offenes Arrangement so viele eigene Interpretationsmöglichkeiten ließ. Sie verlor sich in der melodischen Bass-Linie und erlaubte es sich, ihre Leidenschaft in die Musik einzubringen. Ihre Finger huschten über die Tasten und sie ließ alle Emotionen, die sie in der vergangenen Woche erlebt hatte, in ihr Spiel fließen. *Dies* war ihr emotionales Ventil, die einzige Aktivität, bei der sie sich sicher fühlte, ihren Intellekt und ihre Vernunft beiseite schieben zu können, um einfach nur... zu fühlen. Jedes einzelne Gefühl war in die Musik eingewebt: Trauer, Freude, Verwirrung, Enttäuschung, Schuld und Schmerz. Sie schloss ihr Anfangsstück zu einer Runde Applaus von ihrem kleinen Publikum und begann nahtlos mit Franz Liszts »La Campanella«. Es war eine lebendigere Komposition und eine, die es immer schaffte, sie etwas aufzuheitern. Sie beendete das Stück emotional und war fast ein wenig außer Atem, als sie den letzten Akkord anschlug. Sie stand auf, um sich bei ihrem

Senioren-Publikum zu bedanken und setzte sich vor Schreck fast sogleich wieder hin. Im Publikum saßen Dante und Jared Sinclair.

Die beiden Sinclair-Brüder waren schwer zu übersehen. Sie waren die jüngsten Zuhörer und ihre dunklen Haare stachen aus dem Meer der meist weiblichen, silbergrauen Köpfe deutlich hervor. Ihr Blick blieb an Dantes hängen. Sein Gesichtsausdruck war so wild und seine Augen blitzten so hungrig, dass er aussah wie ein Raubtier, das endlich seine gewünschte Beute erspäht hatte. Dante schaute sie so fest an, dass Sarah nicht wegsehen konnte. Sie war sich nicht einmal sicher, wie lange sie dort wie festgefroren stand, ihre Augen von seinen eingefangen, bevor die anwesenden Senioren begannen, Musikwünsche vorzubringen. Sarah gelang es schließlich, sich von seinem Blick loszusagen und jemandem zögerlich zuzunicken, der ein bestimmtes Musikstück hören wollte. Sie nahm wieder Platz und spielte für die nächsten fünfzehn Minuten, dann wartete sie auf den nächsten Wunsch, bevor sie das Spiel erneut aufnahm und sich vollständig auf das glänzende Holz vor sich konzentrierte.

Ich kann seinen Blick und die Spannung zwischen uns von hier aus spüren.

Sarahs Hände zitterten, als sie das letzte Stück beendete. Die Bingo-Senioren verließen langsam das Musikzimmer, alle mit einem Lächeln auf dem Gesicht und viel Lob für die wieder einmal wunderschöne Musik, die Sarah ihnen dargeboten hatte.

»Du bist unglaublich! Ich habe noch niemals solch eine Interpretation von Rachmaninoff gehört. Es war wunderschön und unfassbar flüssig gespielt«, kommentierte Jared Sinclair ihre Vorstellung, als er auf sie zuging. »Das war seit langem die beste halbe Stunde, die ich irgendwo verbracht habe.«

Obwohl er ihr Geheimnis verraten hatte, lächelte Sarah ihn an. Er klang ehrlich begeistert von ihrem Spiel. Es gab nichts Besseres als zu wissen, dass sie den Tag von jemandem mit ihrer Musik ein bisschen verschönert hatte. »Danke. Magst du Klassik?«

»Das tue ich«, gab Jared zu. »Ich habe einige der besten Pianisten der Welt spielen gehört, doch dein Spiel ist überragend. Es überrascht mich, dass du keine musikalische Karriere verfolgt hast.«

Sarah stand auf und schob die Bank vorsichtig an den Flügel heran. »Ich glaube nicht, dass ich so viel Freude daran hätte, wenn es ein echter Job wäre.« Sie konnte sich nicht vorstellen, mit ihrem Klavierspiel Geld zu verdienen und ihre Musik zu einer Pflicht zu machen, die nach Stundenplan würde stattfinden müssen. Es wäre nicht das Gleiche.

»Vielen Dank, dass du dein Talent mit uns geteilt hast«, bedankte sich Jared aufrichtig bei Sarah, bevor er sie angrinste und langsam das Musikzimmer verließ.

»Gern geschehen«, rief sie ihm nach, als sie von der leicht erhöhten Plattform stieg, auf der das Klavier aufgebaut war, und dabei nach ihrer Handtasche griff.

Sie drehte ihren Kopf nach rechts und bemerkte, dass der Raum nicht komplett leer war. Dante Sinclair hatte sich nicht von seinem Stuhl bewegt und sein Blick war noch genauso fest, wie er es zuvor gewesen war.

»Ich muss hier abschließen«, sagte Sarah so ruhig wie möglich. Ihr Herz begann zu rasen, als er sich von seinem Sitz erhob.

»Wir müssen reden«, teilte Dante ihr mit rauer, fordernder Stimme mit.

Er klang wie ein Mann, der kein Nein als Antwort akzeptieren würde.

Kapitel 6

Sie gehört mir!

Dantes gesamter Körper war aufgeregt und angespannt. Seine Instinkte hämmerten in ihm und befahlen ihm, Sarah an einen anderen Ort zu bringen und sie zu befriedigen, bis sie nicht mehr klar denken konnte. Sie trug ein Paar blau-gelb gestreifte Shorts und ein dazu passendes blaues T-Shirt. Die Shorts gingen ihr fast bis zum Knie und waren nicht als Provokation gedacht, doch an ihr sahen sie unheimlich sexy aus. Sogar der unschuldige, glänzende rosa Nagellack auf ihren Zehen, die aus ihren lockeren Sandalen herausschauten, ließen seinen Schwanz hart werden.

Er hatte ihr nicht nur dabei zugehört, wie sie Klavier spielte; er hatte sie gespürt. Unter ihrer logischen und analytischen Schale steckte eine Frau voller Feuer und Verlangen. Ja. Er wusste dies bereits, doch er hatte noch nicht erkannt, wie unberührt diese Emotionen wirklich waren. Die ganze Zeit über, während sie gespielt und ihr Herz und ihre Seele in die Musik gelegt hatte, hatte er ihr Gesicht beobachtet und es hatte ihn empfindsam und zerstört zurückgelassen. Er konnte ihr Verlangen spüren, als wäre es sein eigenes, und dieses Gefühl hatte auch nicht aufgehört, als die Musik zu Ende war. Dante spürte noch immer die Sehnsucht und er wusste, dass er sie genauso ausstrahlte, wie Sarah es tat. Der Raum zwischen ihnen war wie mit elektrischer Spannung aufgeladen und sein Schwanz war so hart, dass er kaum das Verlangen unterdrücken konnte, sie zu berühren, sie irgendwie einzunehmen. Es hatte ihn sogar fast umgebracht zu sehen, wie sie Jared anlächelte. Er wollte keinen anderen Mann in ihrer Nähe wissen, besonders nicht dann, wenn sie verletzlich war. War er der Einzige, der sehen konnte, dass sie jedes Gefühl nach außen trug, wenn sie spielte?

»Lass uns spazieren gehen!«, schlug Dante vor und biss die Zähne zusammen, um nicht das zu sagen, was er wirklich dachte: Lass uns nach Hause gehen und so lange vögeln, bis sich keiner von uns mehr bewegen kann. Er ging einen Schritt auf sie zu, nahm ihre Hand und führte sie aus dem Raum.

»Warte! Ich muss abschließen und Coco holen«, sagte sie nervös.

Er wartete ungeduldig, als sie die Tür des Musikzimmers abschloss, und folgte ihr zum Haupteingang, wo sie den Schlüssel in einen Kasten warf. Danach machte sie einen Umweg über die Turnhalle, um einen Blick auf die Bingo-Gruppe zu werfen. »Sie muss bei Randi sein«, murmelte Sarah, während sie zu einem anderen Raum ging und die Tür einen Spaltbreit öffnete, um hineinsehen zu können.

Dante atmete erleichtert aus, als Sarah die Tür weiter öffnete. In dem Raum befanden sich nur eine zierliche, dunkelhaarige Frau und einige Kinder. Randy war Randi und sie war weiblich.

»Hey Randi. Ich wollte dir nur schnell Coco abnehmen«, sagte Sarah und blickte auf den Hund, der es sich auf dem Schoß der Frau gemütlich gemacht hatte.

»Sie stört überhaupt nicht. Du weißt, dass ich in sie verliebt bin. Wenn ich damit durchkommen würde, würde ich sie dir stibitzen.« Die Frau stand von ihrem Stuhl auf und setzte Coco auf den Boden. »Und die Kinder lieben sie auch. Es hat eine Weile gedauert, bis sie sich hingesetzt und ihre Hausaufgaben gemacht haben.« Sie lehnte sich zur Seite. »Und wer ist das?«

»Dante Sinclair, das ist Miranda Tyler. Sie ist Lehrerin und eine sehr gute Freundin von Emily«, stellte Sarah die beiden einander vor, als sie schnell Platz machte, damit er Randi sehen konnte.

Dante lächelte die brünette Frau an und streckte seine Hand aus. »Wir haben uns schon einmal getroffen. Sie war Emilys Trauzeugin bei ihrer Hochzeit mit Grady. Schön, dich wiederzusehen, Randi.«

»Das finde ich auch«, antwortete Randi und schüttelte seine Hand. »Das mit deinem Partner tut mir leid, Dante. Und es tut mir leid, dass du verletzt worden bist. Ich war erleichtert, als ich gehört habe, dass du dich auf dem Weg der Besserung befindest.«

»Danke«, gab er leise zurück. Ihm war nicht ganz wohl, denn er war es nicht gewohnt, darüber zu sprechen, dass Patrick tatsächlich tot war. Er kannte Randi nicht besonders gut, doch nach dem Wenigen zu urteilen, das er bei Gradys Hochzeit von ihr gesehen hatte, schien sie eine nette Frau zu sein.

Sarah zog eine Leine aus ihrer Handtasche und befestigte sie an Cocos Halsband. »Emily und ich treffen uns am Freitag nach der Arbeit im Brew Magic. Komm doch auch, wenn du Lust hast!«

Randis Gesicht hellte sich auf. »Ich komme auf jeden Fall. Es scheint, als sei mir ziemlich viel entgangen.« Sie schaute neugierig erst zu Sarah, dann zu Dante. »Ich wusste nicht, dass ihr beide… zusammen seid.«

Dante sah, wie Sarah rot wurde, als sie stammelte: »Oh, nein… wir sind nicht… wir haben nicht… er ist mein Patient.«

Dante zwinkerte Randi zu. »Wir sind in der Tat zusammen. Und ich habe gerade den Arzt gewechselt, damit sie nicht mehr meine Ärztin ist.« *Weil ich sie zu sehr vögeln will, als dass ich sie weiterhin als meine Ärztin haben könnte.* Dante war es verdammt noch mal leid, dass Sarah versuchte, die Anziehung zwischen den beiden zu ignorieren.

»Meinungsverschiedenheit?«, fragte Randi spitzbübisch.

»Vielleicht jetzt noch. Aber ich werde sie schon überzeugen«, erklärte Dante hartnäckig, bevor er Sarahs Hand ergriff, sie aus dem Raum zog und leise die Tür hinter sich schloss.

»Ich kann nicht glauben, dass du das wirklich gesagt hast«, flüsterte Sarah ärgerlich und marschierte wieder in Richtung Haupteingang. »Du hast gelogen. Ich bin deine Ärztin. Ich kann mit dir kein anderes Verhältnis eingehen.«

»Eine der Dinge, über die wir reden müssen«, entgegnete Dante und hielt ihre Hand fest, als sie versuchte, sie wegzuziehen. »Wir klären das jetzt, Sarah.«

»Da gibt es nichts zu klären«, antwortete sie wütend. »Ich vertraue Randi, doch wenn du meine Hand nicht loslässt, wird noch die ganze Stadt denken, dass wir... zusammen sind.«

Es war bereits dunkel, als die beiden das Jugendzentrum verließen, und Dante steuerte die Promenade an. Dort waren zwar immer noch Leute unterwegs, doch es war ein bisschen abgeschiedener. »Ich kann nicht mehr so tun, als seist du nur meine Ärztin, wenn ich dir in Wahrheit die Kleider runterreißen und dich ficken will, bis wir beide gekommen sind.«

»Was bei mir zu Hause passiert ist, hätte niemals geschehen dürfen. Du standst unter dem Einfluss von Betäubungsmitteln. Ich hätte dir nicht so entgegentreten dürfen, wie ich es getan habe. Ich hätte dich nach Hause fahren sollen. Ich bin deine Ärztin und ich hätte die ganze Situation nicht so ausnutzen dürfen. Es tut mir leid«, sagte sie außer Atem.

Dante stoppte unter einer der Laternen auf der Promenade, um ihr Gesicht sehen zu können. Nein. Sie meinte es ernst. Er konnte die Reue und den Kummer in ihrem Gesicht erkennen.

Scheiße. War sie wirklich so naiv? Es musste stimmen, die Schuld in ihren Augen war echt.

Und verdammt noch mal ließ das seinen Schwanz noch härter werden.

»Denkst du wirklich, dass du mich auf irgendeine Weise belästigt hast? Dass ich nicht genau jede Sache registriert habe, die geschehen ist?« Dante konnte sich den belustigten Ton in der Stimme nicht verkneifen.

»Das ist nicht witzig.« Sarah sah zu ihm auf. »Ich habe vielleicht nicht versucht, dich zu verführen, doch ich habe zu dem beigetragen, was passiert ist. Ich habe es nicht aufgehalten. Ich habe es stattdessen noch ermutigt.«

»Das passiert, wenn zwei Menschen scharf aufeinander sind und einen Fick so dringend nötig haben, dass sie sich nicht einmal an ihre eigenen Namen erinnern können«, erklärte er ihr. Er konnte an nichts anderes denken als daran, wie sehr er ihr Lust bereiten wollte. Er konnte nicht wirklich von sich behaupten, dass er eine Menge Erfahrung mit dieser Art von Situationen hatte. Er hatte sich noch niemals so zu einer Frau hingezogen gefühlt.

»So bin ich nicht«, protestierte Sarah.

Dante fühlte sich herausgefordert. Vielleicht wollte Sarah nicht so sein, doch er war versessen darauf, ihr das Gegenteil zu beweisen. »Du wolltest es genauso wie ich. Gib es zu!« Sein Bedürfnis, sie diese Worte sagen zu hören, konnte er nicht länger ignorieren. Besitzinstinkte kochten in ihm hoch und er wusste, dass der Schmerz in seiner Magengegend sich nicht eher legen würde, bis sie zugab, dass sie ihn genauso sehr wollte wie er sie.

»Es spielt keine Rolle, was ich wollte. Du warst nicht Herr deiner Sinne und ich bin deine Ärztin.« Sie drehte ihm den Rücken zu und blickte von der Promenade aufs Meer hinaus.

Dante wollte lachen, doch er verkniff es sich. Es war offensichtlich, dass Sarah traurig und verwirrt war, und ganz egal, wie wundersam ihre Ansichten in seinen Augen seien mögen, sie bedeuteten ihr etwas. Sie hatte wirklich ein schlechtes Gewissen wegen dem, was geschehen war. Ihm mochte es vielleicht lustig erscheinen, dass sie ihn zu etwas gezwungen haben könnte. Verdammt, er wünschte, es wäre so. Er fantasierte sogar darüber.

Er versuchte, ihr ruhig zu erklären: »Ich stand nicht unter dem Einfluss von Medikamenten. Die Wirkung hatte bereits nachgelassen und ich habe keine weiteren Tabletten genommen, bis ich wieder zu Hause war. Als ich gesagt habe, dass ich mich merkwürdig fühlte, meinte ich nur, dass ich nicht Auto fahren würde, während ich sie nehme, und ich habe in der Vergangenheitsform gesprochen.« Er zog leicht an ihrer Hand und führte sie hinunter zum Strand, der nur vom Mondlicht erhellt wurde. Er beugte sich herunter, löste Cocos Leine und warf sie in den Sand. »Ich glaube nicht, dass sie weit wegläuft.«

»Das wird sie nicht«, sagte Sarah nervös.

Dante nahm erneut ihre Hand und führte sie an die Wölbung in seiner Hose. »Seit ich dich zum ersten Mal gesehen habe, geht es mir so. Es gibt keine verdammte Sekunde, in der mein Schwanz nicht hart ist, wenn du in meiner Nähe bist. Das hat nichts mit Drogeneinfluss zu tun und ich verstehe es selbst nicht einmal. Doch ich kann es nicht ignorieren und ich habe den Punkt überschritten, an dem es mich noch kümmert, warum es so ist.« Dante war nicht in der Stimmung, um irgendetwas zu durchdenken. Er brauchte sie und er wollte etwas dagegen tun. Er war jemand, der die Dinge in die Hand nahm. Er war noch nie so besessen von einer Frau gewesen. Noch niemals. Und in diesem Moment wollte er sich nur wieder zur Vernunft bringen, indem er sie bis zum Höhepunkt fickte.

Dante stöhnte fast laut auf, als ihre Finger zögernd die Umrisse seines harten Schwanzes durch die Hose streichelten. Sogar über dem Jeansstoff machte ihre Berührung ihn schärfer, als es je eine andere Frau geschafft hatte. Und sein Schwanz war noch nicht einmal aus seiner Hose heraus.

»Ich verstehe das nicht.« Sie streichelte mit ihren Fingern weiter über den Jeansstoff. »Wir kennen uns doch kaum. Ich habe keine Ahnung, was deine Lieblingsfarbe ist oder welche Art von Musik dir gefällt. Ich kenne nicht dein Lieblingsessen und weiß nicht, ob du ein Lieblingsbuch hast. Du bist ein Milliardär, der mehr Geld besitzt als irgendjemand anderes auf diesem Planeten, und ich bin eine Ärztin, die mit Stipendien und Studentendarlehen ihr Medizinstudium finanziert hat. Mein Vater war vielleicht ein Raketentechniker, doch er konnte nicht besonders gut mit Geld umgehen. Als er starb, war für meine Mutter nicht sehr viel übrig. Wir haben so gut wie gar nichts gemeinsam.«

Dante konnte die Unsicherheit und Verwirrung in ihrer Stimme hören. Obwohl sie so klug war, war sie noch immer unschuldig. Ihr intelligentes Gehirn versuchte noch immer einen logischen Sinn darin zu finden, warum die beiden einander wollten. In Wahrheit machte es keinen Sinn. Es... war einfach so. Zum Teufel, er war ein Inspektor der Mordkommission, der mit Frauen schlief, so oft es ihm möglich war, doch er hatte wegen seiner Arbeit nie etwas Festes im

Sinn und er stellte danach auch keine Besitzansprüche. Niemals. Jetzt war er besitzergreifend und das, nachdem er Sarah nur ein einziges Mal geküsst hatte. Das war kein normales Verhalten und er wurde von der verdammten Situation mehr als nur ein klein wenig aus der Bahn geworfen. Das Problem war, dass er seine Instinkte nicht ignorieren konnte. Und die Verletzlichkeit, die er in ihrer Stimme hören konnte, machte es zu seiner höchsten Priorität, Sarah zu beschützen.

Er ergriff ihre Hand, die noch immer über seinen Schwanz unter der Jeans streichelte, zog ihren Körper nah an sich heran und schlang seine Arme um ihre Taille. Er vergrub sein Gesicht in ihrem Haar und atmete tief ein. Ihr Geruch betäubte seine Sinne. »Ich liebe dunkelblau, ein blau so dunkel, dass es fast violett aussieht. Es gibt nicht viele Arten von Musik, die ich nicht mag, es hängt von meiner Stimmung ab. Ich glaube, dass Hummerbrötchen meine neue Lieblingsspeise darstellen, und ich habe nicht viel Zeit zum Lesen, weil ich normalerweise nie die Ruhe habe, um ein Buch zu beenden.« Seine Hände wanderten zu ihrem Po herunter und drückten ihren Unterkörper an seinen pulsierenden Schwanz. »Und mein Geld interessiert mich nicht. Hat es nie. Ich wohne in einem Ein-Zimmer-Apartment in Los Angeles und das Geld, das ich als Polizist verdiene, ist mehr als genug für mich zum Leben, es sei denn, ich will etwas Besonderes haben. Ein Freund der Familie verwaltet und investiert mein Vermögen für mich. Meine Arbeit hat mich immer voll eingenommen, ich habe nicht einmal genügend Zeit, um Geld auszugeben. Ich habe noch kein Privatflugzeug, auch wenn ich zugeben muss, dass Gradys echt schick ist. Meistens vergesse ich, dass ich ein Milliardär bin. Ich lebe mein Leben wie du: für meine Arbeit.«

Sarah wand sich und versuchte sanft, sich aus seiner Umarmung zu befreien. »Deine Rippen –«

»Würden sich viel besser anfühlen, wenn du aufhören würdest, dich zu bewegen«, beendete Dante den Satz.

Sarah erstarrte. »Es tut mir leid. Habe ich dir wehgetan?«

Meine Güte. Sein Schwanz pulsierte von der Hitze, die von ihrem leichten, duftenden Körper ausging, der den seinen sanft bedeckte.

»Ich würde alles dafür geben, um dich jetzt nackt zu sehen«, stieß er rau hervor und sein Herz hämmerte gegen seine Brust.

»Du würdest enttäuscht sein«, sagte sie vorsichtig.

Nein, das würde er nicht und er verstand nicht, warum sie so dachte. Er würde jeden Zentimeter ihrer nackten, duftenden, weichen Haut kosten, bis sie darum bettelte, dass er sie nahm. Nicht dazu in der Lage, auch nur eine Sekunde länger zu warten, schob er seine Hände ihren Rücken hinauf und nahm ihren Kopf in seine Hände. Er war der Meinung, dass sie jetzt mehr als genug über ihn wusste. Wenn sie weitere Details haben wollte, konnte sie später danach fragen.

Scheiß drauf.

Er bedeckte ihren Mund mit seinen Lippen und genoss den süßen Geschmack der Verbindung, als er sie verschlang. Er vergrub ihre Hände in ihren weichen Locken und verlor sich in dem Gefühl ihres Körpers und der Erleichterung, sie endlich auf eine gewisse Weise zu besitzen.

Mein. Sie gehört mir.

Dante kämpfte nicht länger gegen seine Bedürfnisse an. Er musste sie als seinen Besitz brandmarken, musste sie dominieren und beschützen, und er ergab sich diesen Gelüsten, als seine Zunge ihren Mund erforschte und jeden Zentimeter einnahm. Als sie ihre Arme um seinen Hals schlang und seinen Mund noch fester an ihren zog, verlor Dante bei dieser lustvollen Unterwerfung ihrerseits fast den Verstand.

Ich muss sie berühren, bevor ich durchdrehe.

Er löste eine Hand aus ihrem Haar, ließ sie zwischen ihre beiden Körper gleiten und öffnete den Knopf ihrer Shorts.

Eine Berührung. Keiner schaut zu. Es ist dunkel.

Als er seine Hand in ihre Hose schob und seinen Weg direkt in ihren Slip fand, wusste er, dass eine Berührung nicht ausreichen würde. Seine Finger trafen auf glatte, samtene Haut und ihre Muschi war feucht. Dante stöhnte fast auf, als er an ihren Schamlippen auf und ab streichelte und schließlich ihre Klitoris fand.

Er bemerkte ein lustvolles, unterdrücktes Stöhnen und verlor vollständig den Verstand. Er wollte sie zum Höhepunkt bringen. Sie hatte ein Bedürfnis und er wollte dieses Bedürfnis befriedigen.

Er löste seinen Mund von ihrem und flüsterte: »Lass dich gehen, Sarah! Ich will, dass du kommst.« Sein Verlangen, sie zu befriedigen, war nicht aufzuhalten. So sehr er sie auch an Ort und Stelle nehmen wollte, er konnte nicht. Der Strand war zwar verlassen und einzig der Mond spendete etwas Licht, doch er war so egoistisch, dass er nicht wollte, dass irgendjemand sie so verletzlich sah, außer ihm selbst.

»Ich kann nicht«, stöhnte sie. »Ich –«

»Du kannst«, sagte er barsch, während sein Atem schwerer wurde. Er griff ihr Haar und zog ihren Kopf sanft nach hinten, um die weiche Haut ihres Halses zu küssen. Seine andere Hand streichelte die kleine Knospe zwischen ihren Schenkeln und er merkte, wie sie feuchter und feuchter wurde. »Du bist so heiß, Süße.«

»Dante, ich kann nicht aufhören –«

»Dann hör nicht auf!«, befahl er und fühlte, wie ihr gesamter Körper anfing zu zittern. »Komm für mich!«

Sie stöhnte laut auf und gab dabei verzückte Lustlaute von sich, die Dante in einer Art und Weise befriedigten, wie er es noch niemals zuvor erlebt hatte. Er biss sie sanft in den Hals, doch das schien sie nur noch mehr anzumachen. Sie wand sich und der Schmerz, den sie seinen geschundenen Rippen mit ihren Bewegungen zufügte, interessierte ihn nicht. Ihre Leidenschaft erweckte ihn zum Leben und er erhöhte sanft den Druck auf ihre Klitoris, wobei er seinen Finger schneller und schneller bewegte.

»Dante, Dante«, stöhnte sie. Ihre Fingernägel gruben sich durch sein T-Shirt in seinen Rücken.

»Komm für mich, Sarah!«, brummte er. Er liebte es, wie sie kurz vor dem Orgasmus seinen Namen von sich gab, und er musste einfach spüren, wie sie explodierte.

»Ja«, stöhnte sie abwesend.

Dante bedeckte wieder ihren Mund, dieses Mal jedoch, um den kleinen Schrei zu unterdrücken, der ihr entfuhr, als ihr Körper von ihrem Höhepunkt geschüttelt wurde. Er verlängerte ihre Lust, so lange es ging, fuhr mit seinem Finger wieder und wieder über ihre Knospe, bis sie schließlich erschöpft gegen ihn sank.

Mein.

Er legte einen Arm um ihre Taille, um ihr Halt zu geben, und drückte ihren Kopf sanft auf seine Schulter. Seine Hand streichelte ihr Haar und er saugte das Glücksgefühl auf, das durch seinen Körper rauschte. Die Befriedigung, die er in diesem Moment empfand, war besser als der beste Fick, den er jemals gehabt hatte.

»Das ist es, was wir gemeinsam haben, Sarah«, sagte er heiser und spielte mit ihrem Haar.

»Verlangen?«, fragte sie atemlos. »Ich kann nicht glauben, dass das gerade passiert ist.«

Aus irgendeinem Grund war Dante nicht glücklich über ihre Beschreibung dessen, was gerade zwischen den beiden geschehen war. Er hatte Verlangen empfunden. Das hier war etwas ganz anderes. Doch er antwortete: »Ja. Was ist so schlimm an Verlangen?«

»Ich hätte nicht gedacht, dass es so sein würde«, gab sie zu, doch in ihrer Stimme schwang Unsicherheit. »Es war… überwältigend.«

Dante hätte sich mit den Fäusten am liebsten auf die Brust getrommelt. Überwältigend war gut. Er wollte jegliche ihrer Illusionen zerstören, die sie über zärtliche Leidenschaft hatte. Sie hatte ihn ruiniert, er würde nie wieder unbedeutenden Sex haben können. Er wusste das und wollte, dass sie genauso fasziniert war wie er.

»Oh Gott. Es tut mir leid. Ich klebe ja quasi an dir«, rief Sarah aus und klang peinlich berührt. »Du solltest mein Gewicht nicht halten. Verdammt! Warum kann ich in deiner Nähe nicht normal denken?«

Dante grinste ins Dunkel und hielt sie nur noch fester. »Es tut nicht weh und du kannst nicht klar denken, weil du gerade einen Wahnsinnsorgasmus gehabt hast. Und ich würde mir *wünschen*, dass du an mir klebst.«

»Das ist nicht lustig.« Sarah machte sich von ihm los und hob die Hundeleine aus dem Sand auf. Coco lag nur einige Meter entfernt am Strand und Sarah ging zu ihr, um die Leine an ihrem Halsband zu befestigen. Als sie sich umdrehte, sagte sie ernst: »Wir müssen damit aufhören, Dante.«

»Ich kann nicht«, teilte er ihr mit schwerer Stimme mit. Er wusste, dass er nicht konnte. Das war für ihn ebenso neu wie für sie, doch er hatte keine Angst davor. Er fürchtete sich mehr davor, die Möglichkeit zu verlieren, Gefühle so intensiv erleben zu können, wie Sarah es in ihm hervorrief. Seit Patricks Tod hatte er in der Dunkelheit gelebt. Wenn er ehrlich war, hatte die Leere in ihm bereits eine geraume Zeit existiert, noch bevor Patrick gestorben war. »Du erweckst mich wieder zum Leben«, gestand er heiser.

Dante nahm sie bei der Hand und geleitete sie zur Promenade, wo das Licht heller war. Sie begannen, langsam zum Jugendzentrum zurückzugehen.

»Ich weiß, dass die vergangenen Wochen schwer für dich waren, Dante. Vielleicht brauchst du nur etwas Ablenkung, aber ich kann das nicht«, sagte sie emotionslos, als sie neben ihm herging.

»Du denkst, das ist es, was du für mich bist? Eine Ablenkung? Eine Ablenkung ist, einen Film zu schauen oder Fußball zu gucken. Eine Ablenkung ist Angeln oder irgendwo ein Bier trinken. Es ist keine Ablenkung, wenn ich meinen verdammten Kopf wegen einer Frau verliere.« Dante stoppte neben seinem Wagen und hielt sie am Oberarm fest, damit sie nicht weitergehen konnte. »Lass uns essen gehen!«

Sie sah zu ihm auf. Ihre Augen leuchteten unsicher und sie waren nass von ihren Tränen. Als er sie so traurig und mit feuchten Augen sah, fühlte er einen Stich in der Magengegend.

»Was ist los?« Er war nun ehrlich besorgt und ziemlich sicher, dass dies keine Seite war, die Sarah sehr oft zeigte. Er schob sie sanft gegen sein Fahrzeug und stellte sich vor sie, beide Hände links und rechts von ihr am Wagen. Sie würde nirgendwohin gehen, bis sie nicht wieder lächelte.

»Ich fühle mich durch dich auch lebendig«, sagte sie traurig, als wäre dies ein schrecklicher, lebensverändernder Vorgang. »Ich weiß nicht, wie ich damit umgehen soll. Ich weiß nicht, wie ich es machen soll… das hier.« Sie zeigte auf sich selbst und dann auf ihn.

Dante grinste auf sie herab. »Süße, ich weiß, wie man das macht. Ich werde es dir beibringen.«

Sarah runzelte die Stirn. »Das meine ich nicht. Ich kenne mich mit Anatomie aus.« Sie hielt einen Moment inne, bevor sie ihm flüsternd gestand: »Ich habe Angst. Ich habe noch niemals so etwas empfunden und mein Körper verhält sich nicht so. Ich denke und ich verstehe. Doch wenn ich mit dir zusammen bin, fühle ich nur, anstatt zu analysieren, was zwischen uns passiert. Mein Körper hat plötzlich die Kontrolle, nicht mein Gehirn. Das ist noch niemals zuvor passiert, Dante.«

Dante fragte sich, ob sie diese Worte schon jemals zuvor in ihrem Leben von sich gegeben hatte. Und wieder überkam ihn das Verlangen, sie zu beschützen, wenn sie verletzlich war. »Hab keine Angst!« Er nahm sie in seine Arme und hielt sie fest. Sein Herz schlug schnell, als er versuchte, sie in sich zu vergraben, damit sie nie wieder Angst haben müsste. »Lass uns zu Abend essen! Wir können zu Tony's Fish House gehen. Jared hat gesagt, dass das Essen dort gut ist.«

Sarah schniefte, während sie sich zurücklehnte und ihn ansah. »Es ist touristisch und teuer. Ich habe dort noch nie gegessen.«

»Ich glaube, ich kann es mir leisten. Komm mit! Wir müssen etwas essen, nicht wahr? Und ich hasse es, allein zu essen.«

Sie zögerte und Dante hielt die Luft an, bis sie murmelte: »Ich bin deine Ärztin. Ich kann nicht mit dir in der Öffentlichkeit gesehen werden.«

»Du bist nicht mehr meine Ärztin«, entgegnete er gereizt. »Was ich zu Randi gesagt habe, entsprach der Wahrheit. Ich habe einen Wechsel zu Dr. Samuels beantragt. Du wirst die Anforderung meiner Akten morgen früh per Fax erhalten.« Er wusste, dass sie ihn auf Abstand halten würde, wenn er nicht den Arzt wechselte. Und wenn er das tat, konnte sie zumindest nicht mehr die Ausrede vorbringen, dass sie seine Ärztin war. Er war verdammt froh, den Wechsel vollzogen zu haben, nachdem er gesehen hatte, wie schuldig sie sich fühlte. Der Gedanke, dass sie die Situation ausgenutzt haben könnte, war lächerlich, doch sie hatte noch immer tiefe Moralvorstellungen. »Kein Arzt-Patienten-Verhältnis mehr.«

»Du hast wirklich gewechselt?«, fragte sie ihn und sah erstaunt aus.

»Ja.«

»Warum?«

»Weil ich wusste, wenn ich es nicht tun würde, würdest du mich weiter wie einen Patienten behandeln«, antwortete er ruppig. »Und das ist verdammt noch mal das Letzte, was ich von dir will.«

»Ich denke darüber nach«, gab sie vorsichtig zurück. »Ruf mich an!«

Das würde er. Morgen. Oder vielleicht später. Er würde nicht locker lassen, bis sie sich ihm ergab. Er wollte herausfinden, was zwischen den beiden passieren würde. Und er würde sichergehen, dass sie nachgab.

Er ließ sie gehen und wartete darauf, dass sie sich zu ihrem Auto begab. Das tat sie jedoch nicht. Stattdessen lief sie in Richtung Main Street. »Wo zur Hölle hast du geparkt?«

»Ich bin zu Fuß gegangen. Es gefällt mir zu laufen.«

Dante überschlug die Entfernung zu ihrem Haus und dachte an einige der dunklen Ecken, die sich auf ihrem Weg befanden. »Steig ein, Frau!« Ihm brach der kalte Schweiß aus, wenn er nur daran dachte, dass sie im Dunkeln zu Fuß unterwegs war. »Es ist für eine Frau nicht sicher, alleine nach Hause zu gehen.«

Sarah hielt an und drehte sich um. »Das hier ist nicht Los Angeles oder Chicago.«

»Das interessiert mich nicht. Es gibt zu viele Orte, an denen etwas passieren könnte. In dieser Stadt wimmelt es von Touristen. Nicht jeder ist ein Anwohner.« Und auch wenn sie alle Anwohner wären, verrückte Leute liefen überall herum. »Steig in den Wagen!«

Sie zog irritiert die Augenbrauen zusammen, sodass zwischen ihren Augen eine kleine Falte entstand. »Ich gehe seit einem Jahr zu Fuß nach Hause. Ich brauche die Bewegung.«

»Es gibt weitaus bessere Methoden, um sich zu bewegen«, erwiderte er schelmisch und öffnete die Beifahrertür. »Einsteigen!«, befahl er. Er sollte verdammt sein, wenn er sie auch nur einen Schritt weiter im Dunkeln gehen ließe.

Sie kam langsam auf ihn zu und hielt vor ihm an. »Ist das deine Polizistenstimme? Ganz schön streng.«

»Süße, du hast keine Ahnung, was für ein Arschloch ich sein kann. Sei froh, dass du kein Verbrecher bist«, sagte er und versuchte, gefährlich zu klingen.

»Das bringt mich fast dazu, wegzulaufen und ein Verbrechen zu begehen. Diese Diktatoren-Nummer ist ganz schön heiß«, sagte sie ungerührt. »Nicht, dass ich immer deine Befehle befolgen würde, doch diese Höhlenmenschenrolle hat ihre sexuellen Vorzüge.« Sie machte ein Pause, bevor sie hinzufügte: »Ich glaube, das könnte mir gefallen.«

Heilige Scheiße! Sie macht mich wahnsinnig! Ich würde sie jetzt gern wie ein Höhlenmensch vögeln.

Es war nicht so, dass seine Erektion jemals abgeschwollen wäre, doch in diesem Moment zuckte sein Schwanz in fröhlicher Erwartung. Er schob sie sanft aber bestimmt auf den Beifahrersitz. Nachdem er ihr die Leine aus der Hand genommen hatte, nahm er Coco hoch und setzte sie auf den Rücksitz. Als er Sarahs Sicherheitsgurt einrastete, antwortete er: »Du gewöhnst dich besser daran, denn ich glaube, dass du mich ins Steinzeitalter zurückwerfen wirst.« Bevor sie etwas entgegnen konnte, hatte er die Tür bereits geschlossen. Wenn sie auch nur ein weiteres Wort über die sexuellen Vorzüge der Dominanz verlor, würde sein Schwanz explodieren.

Es war lustig, denn für sie war alles eine Beobachtung und sie fing erst jetzt an, ihre eigene Sexualität zu bemerken. Sarah machte sich nicht an ihn ran, doch das spielte keine Rolle. Die sexy, etwas verwirrte, analytische Stimme genügte ihm bereits.

Er joggte um den Wagen herum und sprang auf den Fahrersitz. »Du läufst nicht mehr alleine nachts draußen herum. Dein kleiner Köter ist nicht gerade ein guter Schutz.«

»Jawohl, Detective Sinclair«, antwortete sie sofort und ein Lächeln breitete sich auf ihren Lippen aus.

Dante starrte sie an und fragte sich, ob sie sarkastisch war. »Was ist so lustig? Deine Sicherheit ist kein Witz. Es ist gefährlich für Frauen, nachts alleine nach Hause zu gehen.«

»Gar nichts ist lustig. Ich glaube, ich habe nur noch niemanden getroffen, der sich darüber Sorgen gemacht hätte, ob ich in Sicherheit bin oder nicht«, antwortete sich vorsichtig. »Es ist… komisch.«

»Dann wird es Zeit, dass jemand damit anfängt«, teilte er ihr mit seiner tiefen Stimme mit und war erstaunt, dass sie noch niemals jemanden gehabt haben soll, der sich um sie gekümmert hat. Doch sie hatte ihm von ihrer Mutter erzählt, einer Frau, die nur Interesse an den schulischen Leistungen ihrer Tochter gehabt zu haben schien. Und Sarah hatte keine Geschwister. Es war sehr wahrscheinlich, dass jeder dachte, sie würde niemals Unterstützung benötigen, weil sie so talentiert und besonders war. Wie dumm war das? Gerade wegen ihrer Situation brauchte sie einen Helden, einen Beschützer. Sarah sah die Dinge in schwarz und weiß, Logik und Vernunft. Unglücklicherweise funktionierten die Gehirne der Verrückten dieser Welt nicht so wie ihres.

Mein!

Er wollte sehr gern der Mann sein, der auf sie aufpasst. Sie war vielleicht intelligenter als er, akademisch gesprochen, doch er war gewieft und das war genau das, was sie brauchte.

Er ließ den Motor an, fuhr aus der Parklücke heraus und machte sich auf dem Weg zu ihrem Haus. Sie sprachen nicht viel, doch jedes Mal, wenn er seinen Kopf drehte, um sie anzusehen, lächelte sie noch immer.

Kapitel 7

I ch hatte gerade einen unfassbaren Orgasmus an einem dunklen
Strand wie eine notgeile Jugendliche.

Sie sollte vor Scham im Boden versinken wollen, doch das
Gegenteil war der Fall. Zum ersten Mal fühlte sie sich... normal.
Dante hatte eine Seite an ihr aufgedeckt, von deren Existenz sie
nichts gewusst hatte. Sie hatte nicht gelogen, als sie ihm gestanden
hatte, dass sie sich durch ihn lebendig fühlte. Als er das zu ihr
sagte, fühlte es sich an, als würde ihr Körper die gleichen Gefühle
zurückgeben, als ob ein Teil von ihr, der ihr ganzes Leben lang
inaktiv war, plötzlich zum Leben erweckt wurde.

Sarahs gesamte Welt hatte sich immer ums Lernen gedreht.
Das einzig Schöne an den Jahren mit ihrer Mutter war ihre Musik
gewesen, die Momente, in denen sie ihrer Einsamkeit durch ihr
Klavierspiel Ausdruck verleihen konnte. Leider wollte sie tatsächlich
niemand jemals beschützen... nur Dante. Er behandelte sie, als wäre
sie etwas Besonderes, doch zum ersten Mal hatte es nichts mit ihrer
Intelligenz zu tun.

Er will mich.

Es war irgendwie bezeichnend, dass er sie ansah und die Frau
mochte, die vor ihm stand, sie einfach so akzeptierte. Er nahm keinen

Abstand von ihr, weil er sich eingeschüchtert fühlte. Tatsächlich war es so, dass er in gar keiner Weise von ihr eingeschüchtert zu sein schien. Er hatte jedenfalls kein Problem damit, sie herumzukommandieren, wenn er versuchte, sie zu beschützen, und ihre weiblichen Hormone bemerkten dies. Vielleicht besaß Dante zu viel Testosteron, doch er testete ihre Grenzen und machte sie auf ihre Weiblichkeit aufmerksam. Und doch wusste sie, dass er selbst auch verletzlich war, und das sollte etwas heißen, bei solch einem sexy Mann, der praktisch unwiderstehlich war.

Brillante Schlussfolgerung, Einstein. Er ist so unwiderstehlich, dass ich jeden klaren Gedanken verliere, wenn er mich berührt.

Das Problem war nur, dass sie ihm gar nicht wiederstehen wollte. Sie wollte, dass er sie berührte, sie alles lehrte, was sie verpasst hatte. Ihr fehlte es definitiv an der Bildung im Thema der Fleischeslust. Wenn ein einfacher Kuss, eine einfache Berührung, ihre Welt bereits so sehr aus den Angeln hoben, konnte sie nur erahnen, wie es sein würde, wenn sich die beiden nackt gegenüber standen.

Ich kann das nicht. Er würde vermutlich abgestoßen sein, wenn ich mich ihm wirklich nackt zeigte.

»Was ist passiert?«, fragte Dante neugierig.

Sarah riss sich aus ihren Gedanken. »Nichts. Warum?«

»Du lächelst nicht mehr. Das gefällt mir nicht«, antwortete er brummig.

Hatte sie gelächelt? Vielleicht hatte sie das. Sie war vollkommen auf ihn konzentriert gewesen. Auf ihn und die Nachwirkungen dieses fantastischen, Augen öffnenden Orgasmus. Es gefiel ihr auch, dass er sie beschützen wollte. Wenn sie das nicht zum Lächeln gebracht hatte, dann würde sie nichts zum Lächeln bringen. »Nichts ist passiert.«

Außer, dass ich darüber sinniert habe, mich mit dir zusammen nackt auszuziehen, und wie schade es ist, dass ich es nicht kann. Vielleicht wenn es dunkel ist…?

»Du hast mir noch gar nicht verraten, was dein Lieblingsessen ist oder deine Lieblingsfarbe«, sagte Dante etwas vorwurfsvoll. »Sprich mit mir!«

Dantes Aufforderung, etwas Persönliches von sich mit ihm zu teilen, traf sie mitten ins Herz. Kein Mann war jemals neugierig auf sie als Mensch gewesen. Sogar der Mann, der ihr die Jungfräulichkeit genommen hatte, hatte sie benutzt, vermutlich, um Hilfe bei einem Fach zu bekommen, in dem er schlecht war. Entweder das oder sie war schlecht im Bett. Sie hatte nie herausgefunden, warum er sie nach ihrer ersten sexuellen Begegnung hatte sitzen lassen, doch es war ihr auch egal gewesen. Ihre einzige Gemeinsamkeit war das Medizinstudium gewesen und sie war ihm trotz ihres geringeren Alters meilenweit voraus gewesen. Und sie hatte nach dieser unschönen Erfahrung beschlossen, dass sie nicht wirklich etwas verpasste. Jetzt war sie sich sicher, dass sie falsch gelegen hatte. Sie hatte bisher einfach nur nicht den richtigen Mann getroffen, der es ihr zeigen würde.

»Ich kann weder Fahrrad fahren noch tanzen. Als kleines Mädchen hatte ich nie eine Puppe, ich hatte ein Klavier. Ich hatte nie Freunde, als ich jünger war, denn das wäre etwas gewesen, das mich vom Lernen abgehalten hätte, und es war nicht wichtig, um mein Potenzial zu entwickeln. Ich habe mich immer komisch gefühlt, weil ich jung war und in einer Erwachsenenwelt lebte, doch ich kann mich nicht einmal daran erinnern, jemals ein Kind gewesen zu sein. Und das einzige Spiel, das ich spielen durfte, war Schach, denn es ist ein intellektuelles Spiel, doch ich durfte es nur mit Menschen spielen, die mich schlagen konnten, weil meine Mutter wollte, dass ich herausgefordert wurde.« Dantes Neugier, Dinge über sie zu erfahren, hatte eine Flut an Informationen hervorgerufen, die sie niemals mit irgendjemandem geteilt hatte. »Bis ich nach Amesport kam, hatte ich nie richtige Freunde. Mein ganzes Leben lang war ich einsam, weil ich anders war. Ich habe mich nie normal gefühlt.« Sarah atmete zitternd ein. »Meine Lieblingsfarbe ist rot, obwohl ich sie nie trage, weil meine Mutter der Meinung war, rot sei keine passende Farbe für eine intellektuelle Frau. Zu auffällig. Du weißt ja schon, dass ich Hummerbrötchen liebe und klassische Musik, doch ich höre auch gern Country. Ganz ehrlich, ich kann eigentlich jeder Art von Musik etwas abgewinnen.« Sie zögerte kurz, bevor sie hinzufügte: »Ich bin mir sicher, dass du Recht hast: Beim Sex geht es um viel mehr als nur den Fortpflanzungsakt von Mann und Frau.«

Dante steuerte seinen Wagen in ihre Einfahrt und schaltete den Motor ab. Sein Gesichtsausdruck war erstaunt. »Wer kann denn heutzutage nicht Fahrrad fahren?«

Sarah zuckte nervös mit den Schultern. »Ich.«

»Meine Güte! Machst du nie irgendwas einfach so?«

»Normalerweise nicht. Aber hier habe ich viel mehr gemacht, als damals in Chicago. Hier gehe ich zu Fuß, weil ich es kann. Es ist sinnlos und es ist Zeitverschwendung, aber ich gehe zu Fuß, weil es mir gefällt und ich all die kleinen Läden auf der Main Street mag. Ich treffe mich mit einigen Freunden, die ich hier gefunden habe, und ich helfe im Jugendzentrum aus. Ich liebe klassische Literatur, doch in der letzten Zeit habe ich jeden Liebesroman verschlungen, den ich in die Finger bekommen konnte.« Sarah schnallte sich ab und stieg aus. Vielleicht hätte sie nichts sagen sollen. Hastig suchte sie nach ihrem Schlüssel und zog ihn schließlich aus der Handtasche. Sie nahm Coco, die auf den Vordersitz gesprungen war, und setzte sie auf den Boden, wo sie sich schnüffelnd in Richtung Haustür bewegte.

Sarah eilte hinterher, doch sie bemerkte nicht, dass Dante ihr gefolgt war. Als sie den Schlüssel ins Schloss stecken wollte, stahl er ihn aus ihrer Hand und fing sie zwischen seinem großen Körper und der Wand neben der Tür ein. Als sie in sein Gesicht sah, blickte Dante sie finster an.

»Was für eine Mutter kauft ihrem Kind keine Puppe, bringt ihm nicht das Fahrradfahren bei oder lässt es Spiele spielen? Scheiße! Und ich dachte, ich hätte eine beschissene Kindheit gehabt mit meinem Alkoholiker-Vater, doch sogar wir hatten Spiele zu Hause. Und weil wir so stinkreich waren, hatten wir das Beste vom Besten, inklusive Fahrrädern. Hätten wir das nicht gehabt, hätte es dem Image des alten Mannes geschadet, wir gehörten schließlich zur Elite.« Seine Nasenlöcher weiteten sich und seine Atmung wurde schneller. »Meiner Meinung nach bist du die attraktivste Frau auf der Welt, egal ob mit Kleidung oder ohne, doch rot ist sexy. Hast du ein rotes Kleid?«

Sarah nickte zögerlich. Sie besaß eines, doch sie hatte es nie angezogen. Es war ein Impulskauf gewesen, als sie einmal mit Randi und Emily unterwegs gewesen war.

»Zieh es an, wenn wir essen gehen!«, sagte Dante. »Ich bringe dir bei, wie man Fahrrad fährt. Hier gibt es so schöne Radwege. Ich lasse mich von dir sogar beim Schach in den Hintern treten. Ich kann zwar spielen, doch ich habe keinen Zweifel daran, dass du besser bist.«

Sarah sah ihn unsicher an. »Warum?«

»Weil es Zeit wird, dass du anfängst zu leben. Ich weiß, wie es sich anfühlt, wenn man in seiner Arbeit feststeckt und sich alles nur darum dreht, und deshalb kann ich nicht sagen, dass ich besser bin. Doch es muss Momente geben, in denen man sich Zeit schafft, um andere Dinge zu tun. Schöne Dinge. Die schönsten Erinnerungen, die ich habe, sind die Tage, an denen Patrick und ich angeln gegangen sind oder wenn wir uns auf unsere Motorräder geschwungen haben, nur um einmal aus der Stadt herauszukommen. Mein Leben war bislang nicht sehr ausgeglichen, doch ich möchte das ändern. Patrick hat mir immer gesagt, dass das Leben zu kurz ist, um keine kleinen, heimlichen Laster zu haben. Ich glaube, er hatte Recht. Und jetzt lebe ich mein Leben nicht nur für mich; ich lebe es auch für ihn. Ich werde all das tun, von dem wir immer gesprochen haben, doch nie die Zeit hatten, es in die Tat umzusetzen. Ich glaube, das würde ihm gefallen.«

Sarahs Augen füllten sich mit Tränen, als sie sah, wie Dantes anfangs wütender Gesichtsausdruck plötzlich von Bedauern gezeichnet war. Er war noch nicht über den Tod seines Partners hinweg, doch er bewegte sich in die richtige Richtung. »Das glaube ich auch«, sagte sie traurig und legte eine Hand an seine Wange.

»Bist du bereit, ein paar Risiken einzugehen?« Auf Dantes Gesicht formte sich ein Grinsen, das immer größer wurde. »Ich bin ein sehr geduldiger Lehrer.«

Er hatte Recht. Ihre Erziehung und Vergangenheit hatten sie davon abgehalten, Dinge zu tun, die sie eigentlich hätte tun wollen. Auch wenn sie auf emotionaler Ebene gewachsen war, seit sie von ihrer Mutter weggezogen war, hatte sie noch immer viel Arbeit vor sich, bevor sie endgültig aus der Isolation entkommen würde, die sie sich während ihrer Kindheit und Jugend selbst geschaffen hatte.

Sie wollte mehr Zeit mit Dante verbringen, diese neuen Gefühle und ihre Sexualität entdecken. Ihre Moralvorstellungen hätten sie bei lebendigem Leibe aufgefressen, wenn er noch immer ihr Patient wäre, doch jetzt, da dieses Problem gelöst war, hatte sie die Freiheit, dieses – was auch immer es war – Ding mit Dante auszuprobieren. »Da du nicht mehr mein Patient bist, könnte ich mir vorstellen, dass mir das gefällt. Auch wenn Dr. Samuels nicht annähernd ein so guter Arzt ist, wie ich es bin«, neckte Sarah. In Wirklichkeit war Dr. Samuels selbstverständlich ein guter Arzt mit mehr als zwanzig Jahren Berufserfahrung, doch sie konnte der Versuchung nicht widerstehen, Dante ein schlechtes Gewissen zu machen, weil er ihre Dienste abgewiesen hatte.

»Ich habe lieber einen mittelmäßigen Arzt, als dass du die ganze Zeit protestierst und dich weigerst, Zeit mit mir zu verbringen«, schmollte Dante ungeduldig.

Sarah öffnete ihren Mund, um etwas zu entgegnen, doch Dante presste schnell seine Lippen auf ihre und küsste sie fordernd, sodass sie umgehend vergaß, was sie hatte sagen wollen. Seine Umarmung war kurz, doch trotzdem rau und dominant. Als er sie wieder zu Atem kommen ließ, bettelte ihr Körper bereits wieder um mehr.

»Geh rein, bevor ich dich hier gegen diese Wand gelehnt ficke!«, befahl Dante streng, als er für sie die Tür aufschloss. Er stieß die Tür auf und gab ihr die Schlüssel zurück.

»Du bist dafür noch zu schwach«, argumentierte Sarah noch immer nach Luft schnappend, als sie sein böses Gesicht sah.

»Du würdest dich wundern«, antwortete Dante geheimnisvoll.

Sarah trat ins Haus, noch immer benebelt von Dantes Kuss. Doch innerhalb einer Sekunde wurde sie jäh aus ihrem Zustand gerissen und ein Angstschauer lief ihr über den Rücken.

»Oh mein Gott!« Der erste Blick auf ihr kleines, wunderschönes Häuschen ließ ihr den Mund offen stehen und sie wurde plötzlich stumm vor Schreck. Es sah aus, als wäre eine Bombe explodiert. Ihre zierlichen kleinen Lampen und alles andere, was aus Glas war,

lag in tausend Scherben zertrümmert auf dem Boden. All ihre
Möbel waren zerschlagen, jedes Bild an der Wand zerstört. Dort, wo
vormals die Bilder gehangen hatten, blieb nur eine Sache zurück…
eine Nachricht.

Ihr Herz, das sich ohnehin schon überschlug, setzte nun kurz
aus, als sie las, was in Rot auf ihre nackte Wand geschrieben stand:
Stirb, Schlampe!!

»Scheiße! Was zur Hölle?« Dante knurrte, als er nach ihr das
Haus betrat. »Fass nichts an!« Er nahm sie bei der Hüfte, schob sie
energisch aus dem Haus und zurück auf die Einfahrt. »Bleib hier und
ruf die Polizei!« Seine Stimme war brüchig und wütend.

Sarah sah zu, wie er zu seinem Wagen sprintete und mit einer
Pistole in der Hand zurückkam. Sein Blick war der eines Killers,
kalt und tödlich. Er hatte sich in Sekunden gewandelt und Sarah
musste sich daran erinnern, dass Dante tatsächlich der Gute in dieser
Situation war. Panik erfasste sie, als sie ihm dabei zusah, wie er das
Haus betrat, während sie nach ihrem Telefon suchte. Sie blickte starr
auf ihr Haus, während sie der Person am anderen Ende der Leitung
erklärte, was passiert war, und erhielt die Information, dass Hilfe
auf dem Weg sei. Sie beendete das Gespräch und sah, wie Dante sich
vorsichtig durch ihr Haus bewegte, die Waffe vor sich ausgestreckt,
als wäre sie eine Verlängerung seines Armes, bedacht, während
seiner Suche nichts zu berühren.

»Dante«, flüsterte sie leise, als er aus ihrem Blickfeld verschwand
und in den Flur ging, wo sich die beiden Schlafzimmer und das Bad
befanden. In der Entfernung waren Sirenen zu hören, doch Sarah
konnte sich nur auf Dante konzentrieren.

*Was, wenn noch immer jemand im Haus ist? Was, wenn er
verletzt wird? Er ist noch nicht einmal richtig fit.*

Sie erinnerte sich daran, dass er ein erfahrener Detective war, ein
Polizist, doch es half nichts. Polizisten starben. Er hatte gerade erst
einen Partner verloren.

Ihr ganzer Körper zitterte vor Angst und sie hielt den Atem an
und lauschte nach einem Geräusch, das ihr sagen würde, dass Dante
in Schwierigkeiten steckte.

Das Heulen der Sirenen wurde lauter und ihr entfuhr ein Seufzer der Erleichterung, als sich Dante vorsichtig durch das Chaos bewegte und schließlich seine Waffe hinten in den Hosenbund steckte. »Der Wichser ist schon weg«, knurrte er und umarmte ihren zitternden Körper. »Es tut mir leid. Wer zum Teufel würde so etwas tun? Und warum?«

Vielleicht hat er mich gefunden!

Sie versuchte, die Stimme in ihrem Kopf zum Schweigen zu bringen und gleichzeitig zu verarbeiten, was geschehen war, während sie sich an Dante festklammerte wie eine Ertrinkende an einen Rettungsring. Es war wahrscheinlicher, dass es Jugendliche mit Zerstörungswut gewesen waren, vielleicht Touristen, die hierhergekommen waren, um Ärger zu suchen, während sie auf Drogen waren oder unter Alkoholeinfluss standen.

Stirb, Schlampe!!

War es jemand, der sie kannte, oder nur Zufall, dass in dem Haus eine Frau wohnte? Der Satz kam ihr auf unheimliche Weise bekannt vor.

»Waren die anderen Zimmer in Ordnung?«, murmelte sie an seiner Schulter.

»Nein«, sagte Dante.

»Das ganze Haus sieht so aus?« Es brach ihr das Herz, daran zu denken, dass alles, was sie besaß, in Scherben lag.

»Ja. Es tut mir so leid, Süße.« Er hielt sie noch fester und streichelte beruhigend mit einer Handfläche über ihren Rücken. »Ich wünschte, ich hätte denjenigen geschnappt, der dir das angetan hat. Meine Güte. Was, wenn du zu Hause gewesen wärst?«

Sarah war erleichtert, dass er niemanden gefunden hatte. Der Gedanke daran, dass Dante in eine Konfrontationssituation geraten würde, besonders wenn er selbst noch verletzt war, ließ es ihr übel werden.

Ein Geländewagen der Polizei kam mit heulenden Sirenen in der Einfahrt zum Stehen, gefolgt von einigen Streifenwagen. Sarah erkannte Polizeichef Joe Landon, der zur Eingangstür lief. Joe war für gewöhnlich ein fröhlicher Mann, der gern in der Stadt spazieren ging und Fotos von seiner Enkelin oder seiner Ehefrau Ruby machte. Sarah schätzte ihn auf Anfang sechzig. Sein dunkles Haar wurde langsam grau, doch er war stämmig gebaut und für einen Mann seines Alters in guter Verfassung.

Dante erklärte dem älteren Mann kurz und knapp, was sich zugetragen hatte und dass er nach dem Eindringling gesucht, jedoch nichts angefasst hatte.

»Die Spurensicherung ist auf dem Weg«, bemerkte Joe nüchtern. »Ich kenne Sie nicht.« Er schaute auf die Narbe, die in dem grellen Licht der Einfahrt deutlich auf Dantes Wange zu sehen war. »Sind Sie der Inspektor der Mordkommission, der Held, von dem wir hier alle gehört haben?«

Dante nickte. »Dante Sinclair«, bestätigte er und streckte dem Polizeichef die Hand entgegen.

»Chief Landon, doch alle hier nennen mich Joe.« Er nahm Dantes Hand und schüttelte sie kräftig.

Das Team von der Spurensicherung kam langsam die Einfahrt hinauf geschlendert und alle gingen ins Haus, nachdem sie von Joe kurz über die Geschehnisse informiert worden waren. Der Polizeichef hatte ihnen gesagt, dass sie so gut wie keine Informationen hatten, außer, dass das Haus verwüstet worden war.

»Rücken Sie immer mit aus?«, fragte Dante überrascht.

»Für gewöhnlich nicht. Doch mein verdammter Ermittler in Sachen Gewaltverbrechen hat sich dazu entschieden, nach Boston zu ziehen. Seine Frau hat dort Arbeit gefunden. Ich helfe aus. In der Polizei von Amesport gibt es niemanden, der genug Erfahrung hat, um diesen Job zu machen.« Er schaute Dante neugierig an. »Sie suchen nicht zufällig Arbeit?«

Erschrocken antwortete Sarah: »Er muss erst gesund werden, bevor er überhaupt darüber nachdenken kann, irgendeine körperliche Arbeit zu verrichten.«

»Ich bin Inspektor der Mordkommission. Das ist meine Arbeit«, antwortete Dante energisch.

»Hier gibt es mehr Abwechslung«, fuhr Joe überzeugend fort. »Wenn Sie Ihre Meinung ändern, kommen Sie zu mir. Sie sind vermutlich überqualifiziert, doch ich denke darüber nach, mich in einem oder zwei Jahren zur Ruhe zu setzen. Amesport wird einen neuen Polizeichef brauchen.«

»Danke«, sagte Dante abgelenkt. Er schaute von der Tür aus zu, wie die Polizei Beweise sicherte, und behielt seinen Arm weiterhin um Sarahs Taille geschlungen, um sie zu unterstützen.

Joe kam an seine Seite und beaufsichtigte seine Mitarbeiter dabei, wie sie ihre Arbeit machten. Nach einigen Minuten der Stille sagte Joe leise zu Dante: »Das mit Ihrem Partner tut mir leid, mein Sohn. Es ist niemals leicht, einen Freund zu verlieren.«

Dante zuckte mit den Schultern. »Es ist ein schlimmer Bezirk. Viele Morde, die meisten davon haben mit Gangs oder Drogen zu tun.«

»Ich war zwei Mal in Vietnam, habe zugesehen, wie meine Kumpel einer nach dem anderen gestorben sind, manchmal direkt vor meinen Augen«, gab Joe zurück. »In Amesport passieren nicht viele Morde, doch ich weiß, wie es ist, wenn man einen Freund im Dienst verliert.«

Dante schaute Joe erstaunt an. »Wie zum Teufel sind Sie da durchgekommen?«

»Einen Tag nach dem anderen«, gab Joe bedächtig zurück. »Als ich von meiner zweiten Tour zurückkehrte, traf ich Ruby und sie hat mein Leben verändert. Die Liebe einer guten Frau kann so Einiges für einen Mann tun. Ich habe die Freunde, die ich verloren habe, niemals vergessen, doch ich versuche, sie in Ehren zu halten, indem ich ein anständiges Leben führe. Amesport war gut zu mir.«

»Stammen Sie von hier?«, fragte Dante neugierig.

»Geboren und aufgewachsen. Ich habe Ruby hier kennengelernt und als ich aus Vietnam zurückkehrte, war sie bereits ein großes Mädchen«, antwortete Joe mit einem Lächeln.

Sie sahen der Spurensicherung einige Minuten lang zu, ohne ein weiteres Wort zu verlieren. Plötzlich wandte sich Joe an Sarah. »Haben Sie eine Idee, wer so etwas tun könnte, Doktor? Wenn wir die Umstände in Betracht ziehen, denke ich, dass es etwas damit zu tun haben könnte, was Ihnen in Chicago zugestoßen ist.«

Sarah schauderte. »Es hätte jeder sein können. Vielleicht gab es einen Zusammenhang mit Drogen oder es waren irgendwelche Kinder.«

Joe wusste alles über ihre Geschichte, denn der Fall in Chicago war noch immer offen. Sie hatte ihm das Wichtigste darüber erzählt, als sie nach Amesport gezogen war.

»Es sieht so aus, als hätten Sie eine Menge Zeug gehabt, das für Drogengeld hätte verkauft werden können, doch sie haben es stattdessen zerstört. Sarah, ich weiß, dass es ein fürchterlicher Gedanke ist, doch wir müssen vorbereitet sein. Ich muss unsere Truppe wegen dieses Typen in Alarmbereitschaft versetzen. Wenn die Spurensicherung fertig ist, können Sie nachsehen, ob irgendetwas fehlt. Doch wir müssen diese Möglichkeit in Betracht ziehen«, teilte Joe ihr mit ernster, aber freundlicher Stimme mit.

»Was zur Hölle geht hier vor?«, brach es aus Dante heraus. »Was ist in Chicago passiert?«

»Das muss Sarah Ihnen selbst erzählen, mein Sohn. Wenn sie es bisher nicht getan hat, dann möchte sie es vielleicht auch nicht.«

Sarah schauderte und das Blut gefror ihr in den Adern. Sie wollte auf keinen Fall über diese Möglichkeit nachdenken. Der Umzug nach Amesport war ihre Flucht gewesen. Sie hatte hier sicher sein sollen. Doch ihr logisches Denken setzte ein und sie wusste, dass sie sich den harten Fakten stellen musste. »Ich denke, es könnte möglich sein.«

»Ich setze mich mit der Polizei in Chicago in Verbindung. Ich werde sie wissen lassen, was hier passiert ist, vielleicht haben die Kollegen ja etwas Neues herausgefunden«, sagte Joe mit Bedauern in der Stimme.

»Kann ich zurück in mein Haus?«, wollte Sarah wissen, doch sie wusste, dass sie nie mehr ein Auge würde zumachen können, nach dem, was hier passiert war.

»Nein. Im Moment nicht. Und Sie sollten nicht alleine bleiben«, sagte Joe streng.

»Das wird sie nicht. Sie bleibt bei mir«, antwortete Dante und sein Ton ließ keinen Widerspruch zu.

»Ich habe gar nichts. Keine Kleidung –«

»Wir kaufen dir, was du brauchst. Du kannst da jetzt nicht reingehen. Ich habe keine Ahnung, warum es jemand auf dein Haus abgesehen hat oder was in Chicago vorgefallen ist, doch es ist offensichtlich, dass dich jemand tot sehen möchte. Es sieht so aus, als hätte dies jemand in einem Wutanfall getan, weil er dich nicht angetroffen hat.« Dante sah Sarah mit einem ärgerlichen Stirnrunzeln an. »Du wirst mir erzählen, wer dich umbringen will!«

»Sind Sie damit einverstanden, Doktor?«, fragte Joe und suchte Bestätigung bei Sarah.

»Für heute Nacht«, stimmte Sarah zu. Sie wusste, dass sie ihr Haus so lange nicht betreten konnte, bis die Spurensicherung ihre Arbeit beendet hatte und das Chaos beseitigt war.

Dante warf ihr einen Blick zu, der garantierte, dass sie sich später streiten würden, doch Sarah würde sich darum kümmern, wenn das Trauma des Anblicks ihres zerstörten Hauses sich aus ihrem Kopf verflüchtigt hatte. In diesem Moment ging ihr das Geschehene noch zu nahe und sie war nicht dazu in der Lage, etwas auszudiskutieren. Sie wollte einfach nur in Dantes Nähe sein.

»Tragen Sie eine Waffe, Detective Sinclair?« Joe suchte Dantes Körper mit seinen aufmerksamen braunen Augen ab.

Dante griff nach hinten und zog langsam die Pistole aus seinem Hosenbund. »In Los Angeles trage ich immer eine Waffe. Hier hätte ich nicht erwartet, dass es notwendig sein würde. Doch ich hatte meine Beretta im Wagen.« Er übergab Joe die Pistole. »Ab jetzt werde ich immer eine Waffe tragen.«

»Sie sind also ein Beretta-Mann«, sagte Joe und begutachtete das Stück, bevor er es an Dante zurückgab.

»Ich habe zu Hause auch eine Glock, nur dass Sie Bescheid wissen«, informierte Dante ihn.

»Ich habe kein Problem damit, dass Sie eine Waffe tragen, besonders jetzt nicht, wo Sie auf Sarah aufpassen. Seien Sie nur beide vorsichtig und rufen Sie mich an, wenn irgendetwas Ungewöhnliches passiert!«, sagte Joe.

Die beiden Männer tauschten Telefonnummern, bevor Dante Sarahs Hand nahm und sie zum Wagen führte.

»Coco!«, rief Sarah. »Ich muss sie mitnehmen.«

Als die kleine Hündin ihren Namen hörte, kam sie sofort angelaufen und setzte sich neben Sarahs Füße. Dante beugte sich hinunter und nahm sie mit einer Hand hoch. »Ich habe sie.«

Nachdem sie auf dem Beifahrersitz Platz genommen hatte, nahm Sarah Coco auf ihren Schoß. Die Hündin kuschelte sich an sie und legte ihren kleinen Kopf an Sarahs Brust, als würde sie wissen, dass Sarah unter Stress stand. Sie hielt Coco noch fester und hatte das Gefühl, dass sie jetzt jeden Trost gut gebrauchen konnte.

Kapitel 8

Dantes Wut schwappte endgültig über, als er sich die Polizeiakte von Sarahs Fall ansah. Es waren nur einige Telefonanrufe nötig gewesen, um die Informationen auf seinen Computer senden zu lassen. Es interessierte ihn einen Dreck, ob es fragwürdig war, dass er Akten durchsah, während er außer Dienst war, einen Fall studierte, der fern von seinem eigenen Zuständigkeitsbereich lag. Er war ein verdammter Polizist und das an sieben Tagen in der Woche rund um die Uhr und diese Sache war persönlich.

Während der gesamten Fahrt zu seinem Haus war Sarah still gewesen und hatte ihn lediglich um eines seiner T-Shirts gebeten, um darin zu schlafen. Sie hatte geduscht, sich in eines der Gästezimmer zurückgezogen und kaum ein Wort von sich gegeben. Zum ersten Mal, seit er sie getroffen hatte, hatte sie zerbrechlich und ängstlich ausgesehen. Dante gefiel das nicht. Er wollte sie genau jetzt wieder lächeln sehen.

Arschloch!

Dante hämmerte mit seiner Faust auf den Schreibtisch in seinem Arbeitszimmer, genau auf das Foto des Verdächtigen. Es half nichts. Er musste das befriedigende Knacken von brechenden

Gesichtsknochen hören, während er diesen Wichser tot prügelte. Nach dem, was er Sarah angetan hatte, verdiente er es.

Sein Bauchgefühl sagte Dante, dass dies der Täter war, der hinter der Zerstörung von Sarahs Haus steckte. Es passte alles: die Wut, mit der das Verbrechen durchgeführt wurde, die Zerstörung von persönlichem Eigentum und die brutale Nachricht an der Wand. Das Arschloch, das sie bereits einmal fast umgebracht hatte, wollte sie noch immer töten.

Kein Wunder, dass sie Krankenhäuser meidet.

Während einer ihrer Hausbesuche hatte sie ihm erzählt, dass sie Patienten nur noch ambulant behandelte. Er hatte nie wirklich hinterfragt, warum Sarah keine Patienten an das Krankenhaus in Amesport überwies, sondern sie stattdessen an einen anderen Arzt übergab, wenn sie einen Krankenhausaufenthalt benötigten. Sie war ziemlich neu in der Gegend und er hatte gedacht, dass sie sich diese Privilegien vielleicht noch nicht erarbeitet hatte.

Sie will nicht mehr zurück in ein Krankenhaus gehen.

»Dante?« Sarahs zögerliche Stimme ertönte aus dem Flur vor seinem Arbeitszimmer.

Er blickte auf und sah Sarah dort stehen mit lediglich seinem weißen T-Shirt bekleidet. Sie wirkte erschöpft und ihr Gesichtsausdruck war besorgt. Er wollte sie auf seinen Schoß ziehen und so lange halten, bis sie sich wieder sicher fühlte. Animalische Impulse ließen ihn die Fäuste auf dem Schreibtisch ballen und er musste das Bedürfnis unterdrücken, seine Arme nach ihr auszustrecken. Sie kam zu ihm und er musste sie reden lassen. »Ich dachte, du schläfst.«

Sie schüttelte langsam den Kopf. »Ich konnte nicht. Du musst erfahren, was passiert ist. Du hilfst mir. Ich will nicht, dass du dich blindlings in irgendetwas hineinstürzt. Du musst alles erfahren. Ich denke, ich wollte mich nur nicht damit abfinden, dass dieser Vorfall etwas mit dem zu tun haben könnte, was in Chicago passiert ist. Doch das ist nicht rational. Es besteht die Möglichkeit, dass es einen Zusammenhang gibt. Solche Dinge geschehen einfach nicht in Amesport.«

Sie kommt zu mir. Sie vertraut mir.

Auch wenn sie nicht über das sprechen wollte, was vorgefallen war, wollte sie es ihm doch sagen, um ihn vor einer möglichen Verletzung zu schützen, weil er nicht alle Informationen besaß. Für Dante bedeutete dies so viel mehr, als wenn er sie hätte konfrontieren und die Geschichte aus ihr herauspressen müssen. Er wollte es von ihr hören, doch er wollte sie nicht unter Druck setzen. »Erzähl es mir!«

Er sah ihr zu, wie sie sein Arbeitszimmer betrat und sich in den bequemen Ledersessel setzte, der vor seinem Schreibtisch stand. Sie zog die Knie an die Brust und schlang ihre Arme um die Beine, bevor sie tief Luft holte und anfing zu erzählen. »Es war das Ende meines ersten praktischen Jahres in Chicago und ich bekam einen neuen Patienten, einen neunzehnjährigen Jungen. Er war gemeinsam mit seiner Mutter in einen Autounfall verwickelt gewesen. Ihr Wagen war frontal mit einem eines betrunkenen Fahrers zusammengestoßen. Seine Mutter, die den Wagen gefahren hatte, war auf der Stelle tot, doch Trey überlebte. Er brach sich beide Beine und hatte weitere Verletzungen, doch er war noch jung und machte langsam Fortschritte. Er hatte gerade sein erstes Collegejahr begonnen und wollte später Medizin studieren. Es ergab sich, dass wir beide sehr viel Zeit miteinander verbrachten. Wir hatten einen Orthopädie-Spezialisten, der sich um Trey kümmerte, doch ich war seine behandelnde Ärztin. Ich hatte es mir zur Gewohnheit gemacht, ihn bei der Visite als letzten Patienten zu sehen, damit ich ihn beim Lernen fürs College unterstützen und ihm bei seinen Biologieaufgaben helfen konnte. Wir fingen an, uns sehr zu mögen.«

»Er war bis über beide Ohren in dich verknallt«, sagte Dante leise.

Sarah schüttelte den Kopf. »Nein. So war es nicht.«

»Süße, für dich hat es sich vielleicht nicht so angefühlt. Doch glaube mir, ich war auch mal ein neunzehnjähriger Bengel und ich weiß, was im Kopf eines Neunzehnjährigen vorgeht.« Dante hielt ein paar Sekunden inne, bevor er hinzufügte: »Du bist wunderschön und liebenswürdig und du warst nur ein paar Jahre älter als er.«

Sarah zuckte mit den Schultern. »Er hat sich nie unangemessen verhalten. Die meiste Zeit hat er darüber gesprochen, wie groß sein Wunsch ist, Arzt zu werden.«

Dante hätte schwören können, dass der Junge seine Fantasien gehabt hatte, doch ohne abzuwarten fragte er: »Was ist passiert?«

»Etwa drei Wochen nach dem Unfall habe ich ihm an einem Abend bei seinen Hausaufgaben geholfen. Sein Vater war auch dort. Trey und er standen sich nicht sehr nahe und er sagte einmal, dass sein Vater sehr jähzornig sei. Trey und seine Mutter hatten ein sehr gutes Verhältnis gehabt und er hatte noch immer mit ihrem Tod zu kämpfen. An diesem Abend, noch während ich ihm mit seinen Biologieaufgaben half, ist Trey gestorben.« Sarahs Stimme begann zu zittern, doch sie erzählte weiter. »Wir haben mehr als eine Stunde lang versucht, ihn wiederzubeleben, doch er war bereits tot. Die Obduktion ergab, dass er eine Lungenembolie erlitten hatte, und das, obwohl wir alle Vorsichtsmaßnahmen aufgrund des hohen Risikos getroffen hatten. Der Fall wurde untersucht und alle Ärzte, die an seiner Behandlung teilgenommen hatten, wurden von jeglicher Schuld freigesprochen. Es war einfach… passiert.« Ihre Stimme wurde brüchig.

Dante sah ihr gequältes Gesicht und sein Herz schmerzte. Wie schlimm muss diese Erfahrung für sie gewesen sein, wo sie den jungen Patienten so gut gekannt hatte und noch immer in ihrem ersten Ausbildungsjahr gewesen war? Sie war so verdammt jung gewesen. »Sein Vater hat dich verantwortlich gemacht«, stellte Dante fest.

»Ich glaube, er hatte niemand anderen, dem er die Schuld geben konnte. Seine Frau war tot und das Kind, von dem er geglaubt hatte, dass es nach dem Unfall weiterleben würde, ist auch gestorben. Ich war dort, als es passierte. Ich habe alles überwacht, während wir versucht haben, Trey zu reanimieren und gescheitert sind. Sein Vater musste aus dem Zimmer gebracht werden, weil er völlig durchgedreht war. Ihm später zu berichten, dass sein Sohn gestorben ist, war eines der härtesten Dinge, die ich jemals tun musste. Er war wütend.«

»Zwei Tage später hat er versucht, dich umzubringen. Ich habe die Polizeiberichte gelesen, Sarah«, gab Dante zu.

Sarah bewegte sich unruhig in ihrem Sessel hin und her und nickte. Sie drehte ihren Körper in die andere Richtung. »Treys Vater wusste, dass ich jeden Abend die Treppe nahm, um zur Intensivstation zu gelangen. Er hatte mich oft genug gesehen, wie ich aus dem Treppenhaus kam und wieder darin verschwand. Zwei Tage später fing er mich im Treppenhaus ab, zwischen dem zweiten und dritten Stock. Was danach passierte, ist mir noch immer nicht ganz klar. Als er mich angriff, rammte er meinen Kopf gegen die Steinwand im Treppenhaus. Ich erinnere mich nur daran, dass er schrie, ich hätte seine gesamte Familie umgebracht und müsse sterben. Ich habe versucht, ihn abzuwehren, doch ich hatte keine Chance. Er hatte mich da schon zu Boden geworfen und als er anfing, auf mich einzustechen, wurde ich durch den Blutverlust noch schwächer. Die Nachricht, die er in meinem Haus an die Wand geschrieben hat, ist etwas, das er wieder und wieder schrie: ›Stirb, Schlampe!‹«

»Zwanzig Mal. Heilige Scheiße. Es ist ein Wunder, dass du noch lebst«, sagte Dante und versuchte, seine eigenen Mordgedanken in diesem Moment unter Kontrolle zu bringen. Gut, der Mann hatte Frau und Sohn verloren, doch er hatte seine Trauer gegen eine unschuldige Frau gerichtet, die seinem Kind nur hatte helfen wollen. Und das Arschloch hatte es fast geschafft, sie umzubringen.

»Wenn eine der Schwestern nicht im richtigen Moment durchs Treppenhaus gegangen wäre, dann wäre ich noch am gleichen Abend gestorben. Als John hörte, dass jemand die Treppe hinunterging, ist er in den Keller gelaufen und von dort nach draußen abgehauen. Er hatte eine Arterie in meinem Arm getroffen und ich wäre sehr schnell verblutet, wenn ich nicht bereits in einem Krankenhaus gewesen wäre. Die Notärzte dort haben mir das Leben gerettet.«

»Die Polizei hat ihn nie gefasst.« Dante fand Sarahs Blick, doch er sah nur Trauer in ihren dunkelblauen Augen, aus denen Tränen ihre Wangen herunterrollten.

»Nein«, bestätigte sie und wischte an ihren Tränen herum. »Als ich wieder gesund war, habe ich es nicht geschafft zurück ins Krankenhaus zu gehen. Nach Treys Tod ist mir sowieso schon jedes Mal schlecht geworden, wenn ich durch die Tür gegangen bin. Und nachdem alle Wunden von Johns Angriff verheilt waren, habe ich es nicht einmal fertiggebracht, ein Krankenhaus zu betreten. Ich habe angefangen, Panikattacken zu bekommen.«

Dante war nicht länger fähig, seine Instinkte zu kontrollieren. Er stand auf, nahm Sarahs Hand, zog sie hoch und legte die Arme um sie. »Wer hat sich um dich gekümmert?«, fragte er mit tiefer, tröstender Stimme und streichelte ihr beruhigend über den Rücken. Mein Gott. Er wünschte, er hätte für sie da sein können.

»Meine Mutter. In Chicago hatte ich ein Apartment in der Nähe vom Krankenhaus, doch nach dem Vorfall blieb ich für eine ganze Weile bei ihr. Ich glaube, es war auch für sie schwierig, weil sie ihre unabhängige, erfolgreiche Tochter zurückhaben wollte. Doch ich bekam die Panikattacken nicht unter Kontrolle, die mich jedes Mal übermannten, wenn ich zurück ins Krankenhaus ging, und ich wusste, dass ich eine Veränderung brauchte. Ich habe angefangen, mich nach kleineren Städten umzusehen, in denen Ärzte benötigt wurden, und bin schließlich hier gelandet. Ich habe schon immer am Meer leben wollen und als ich herausgefunden habe, wie wenige Ärzte es hier gibt, habe ich gedacht, dass es perfekt passen würde. Ich habe zwar auch hier noch kein Krankenhaus betreten können, doch bis zum heutigen Abend war ich glücklich in Amesport. Für mich war es wie ein Neuanfang. Ich hätte niemals gedacht, dass er mir folgen würde. Ich war davon überzeugt, dass er mich in einem Anfall posttraumatischer Wut und Trauer angegriffen hat. Wenn John das getan hat, dann will er noch immer, dass ich sterbe.«

»Er war es«, sagte Dante bitter und hielt ihren zitternden Körper noch etwas fester. Scheiße! Wer könnte versuchen, diese Frau zu verletzen? Jeder Instinkt, den Dante besaß, schrie ihn an, Sarah zu beschützen. Sie bewegte sich in ihrer eigenen, intellektuellen Blase und dieses Arschloch hatte sie auf die grausamste Art und Weise zerstört. Und jetzt, anstatt sich nur einsam und isoliert zu fühlen, fühlte sie sich allein und hatte Angst, obwohl sie niemals irgendetwas anderes getan hatte, als anderen Menschen zu helfen. Er wusste nicht viel darüber, wie man eine Frau tröstete, doch er konnte sie beschützen. Sie gehörte jetzt ihm – sie war zu einem Teil von ihm geworden, als er einige Stunden zuvor ihren sanften Körper in seinen Armen gehalten hatte, der auf dem Höhepunkt ihrer Lust fast explodiert wäre.

»Ich weiß, dass er es war«, seufzte sie. »Ich kann es fühlen. Niemand hier ist so verrückt oder hasst mich genug, um das zu tun, was mit meinem Haus geschehen ist. Ich habe es gewusst, als ich die Nachricht an der Wand gesehen habe. Genau das Gleiche hat er in der Nacht geschrien, während er auf mich einstach.«

Dante versuchte, dieses Bild nicht in seinem Kopf zuzulassen. Wenn er sich vorstellte, wie ein Verrückter auf Sarah einstach, würde er durchdrehen. »Du bist dir bewusst, dass ich ab jetzt dein Schatten sein werde, bis wir ihn schnappen«, warnte Dante sie.

»Ich muss arbeiten, ich habe Verpflichtungen –«

»Gut. Dann werde ich dort sein. Betrachte mich als deinen persönlichen Leibwächter. Der Typ schleicht hier irgendwo herum und er weiß, wo du wohnst. Selbstverständlich weiß er auch, wo du arbeitest. Die Stadt ist nicht sehr groß.«

»Oh Gott, meine Praxis –«

»Deine Praxis ist unversehrt. Als du ins Bett gegangen bist, habe ich Joe angerufen und er hat sich deine Praxis bereits angesehen. Alles ist gut«, beruhigte Dante sie.

»Dante, ich will nicht, dass du dich da einmischst. Du hast schon genügend eigene Sorgen.«

Er befand sich auf dem Weg der Besserung und der Rest seiner Sorgen interessierte ihn nicht. In seinem Leben geschah nichts, das wichtiger hätte sein können, als darauf Acht zu geben, dass Sarah nichts zustieß. »Ich habe mich bereits eingemischt und ich habe vor, das so lange zu tun, bis John Thompson entweder im Gefängnis sitzt oder tot ist«, sagte Dante und sah Sarah stur an. »Du wirst nichts ohne mich machen. Du wirst nirgends ohne mich hingehen. Ich will wissen, wenn du nach draußen gehst. Ich versuche nicht, dich verrückt zu machen, doch wir wissen, dass er sich hier in der Umgebung aufhält, und er wird nicht lange brauchen, um dich zu finden. Wir müssen dieses Arschloch schnappen, Sarah. Du wirst kein Leben haben, bis uns das gelingt. Ich möchte lieber, dass du lebst und sauer auf mich bist, als die Alternative zu ertragen.« Dante konnte sich nicht einmal zu dem Gedanken überwinden, dass Sarah irgendetwas zustoßen könnte. Wenn sie verletzt würde oder

Schlimmeres passierte, würde er den letzten Rest seines Verstandes verlieren.

»Es bringt auch dich in Gefahr und du bist noch nicht wieder gesund. Mir gefällt das nicht«, entgegnete Sarah ebenso stur, als sie sich von ihm losmachte und sich mit vor der Brust verschränkten Armen auf die Lehne des Sessels setzte.

»Es muss dir auch nicht gefallen«, stimmte Dante zu. »Du musst dich nur damit abfinden. Du bist eine Frau, die in der Realität lebt. Was ist deine Alternative? Du weißt, dass du Schutz brauchst, und du weißt, dass wir dieses Arschloch schnappen müssen.«

»Ich kann gehen. Wieder umziehen. Irgendwo anders hingehen und nochmal von vorne anfangen«, rief Sarah verzweifelt. »Das ist doch besser, als das Risiko einzugehen, dass jemand anderes verletzt wird.«

Dante sah auf sie herunter und bemerkte, dass ihr gesamter Körper angespannt war. Sie wirkte so erschöpft, dass sie zur Abwechslung einmal nicht rational dachte. »Für wie lange? Bis er dich wieder findet? Willst du so den Rest deines Lebens verbringen… weglaufen? Ich kann dir mit Sicherheit sagen, dass das nicht funktionieren wird. Als ich Los Angeles verlassen habe, hat es meinen Schmerz nicht gemildert, ist meine Trauer um Patrick nicht weniger geworden. Ich bin froh, dass ich hierhergekommen bin, doch der Einzige, der diese Probleme lösen kann, bin ich. Der Ort spielt dabei keine Rolle.«

»Ich muss etwas tun«, sagte sie verzweifelt.

»Versuch es gar nicht erst!«, sagte Dante gereizt. Er lehnte sich zu ihr hinunter, legte beide Hände an ihre Hüfte und sah ihr direkt in die Augen. »Wohin du auch gehst, ich werde dich finden. Wohin du auch ziehst, ich werde herausfinden, wo du bist, und dir folgen.«

»Drohst du mir?«, fragte sie abwehrend.

»Nein. Das sind keine Drohungen, das sind Versprechen. Glaub mir!«

Meine Güte, was für eine sture Frau.

Trotz alledem war da ein Teil von ihr, der so verdammt verletzlich war, und Dante konnte ihn sehen. Sie konnte sich so tapfer stellen, wie sie wollte, doch er verstand, was sie durchgemacht hatte, und er wollte, dass sie ihr Leben endlich angstfrei leben konnte, ein Leben, das ihr nicht das Gefühl gab, anders oder wundersam zu sein.

»Ich glaube dir. Ich will nur nicht, dass dir etwas zustößt«, sagte Sarah zögernd.

Dante schüttelte langsam den Kopf. Er verstand diese Frau nicht, die sich mehr Sorgen um seine Sicherheit machte als um ihre. Hatte sie vergessen, dass er Polizist war? »Mir wird nichts passieren. Das ist mein Job. Und ich habe weitaus gefährlichere Fälle gelöst als diesen hier.« Doch in diesem Moment schien nichts wichtiger zu sein, als Sarah vor jemandem zu beschützen, der sie töten wollte.

Ich muss sie beschützen. Wenn ihr etwas passiert, werde ich mir das niemals verzeihen und ich werde niemals darüber hinwegkommen. Sie gehört jetzt mir und ich muss sie beschützen.

»Ich will das beenden. Du hast Recht. Ich kann nicht weglaufen. Wohin ich auch gehe, ich würde andere Menschen ebenfalls in Gefahr bringen. Was soll ich tun?«, fragte sie mit resignierter, aber entschlossener Stimme.

Ihre Vernunft ist zurückgekehrt. »Lauf einfach nicht weg! Ich bin nicht in der Verfassung, um dir hinterherzujagen, doch wenn ich muss, werde ich es tun.«

Ihr Gesicht bekam einen besorgten Ausdruck. »Hast du Schmerzen?«

»Nein. Aber die werde ich haben, wenn ich deinem wunderschönen Hintern hinterherlaufe«, warnte er sie.

»Du weißt schon, dass du verrückt bist? Du kennst mich kaum und willst trotzdem meinen persönlichen Leibwächter spielen.« Ihre Stimme klang verwirrt.

»Es gibt keinen Körper, den ich gerade lieber bewachen würde als deinen, Süße.« Er küsste ihre Stirn und stand auf. »Ich habe mit ihm noch etwas vor.«

»Ich habe dir doch schon gesagt, dass du mich nicht nackt sehen willst«, erinnerte Sarah ihn vorsichtig.

»Oh doch, das will ich«, widersprach Dante und seine haselnussbraunen Augen nahmen einen herausfordernden Ausdruck an.

»Dann lass uns dieses Problem aus der Welt schaffen«, murmelte sie gereizt.

Sarah stand auf und trat einen Schritt zurück. Dante beobachtete fasziniert, wie sie ihre Arme überkreuzte, den Saum ihres provisorischen Nachthemdes ergriff und sich das T-Shirt hastig über ihren Kopf zog, so als hätte sie Angst, dass sie ihre Meinung ändern würde, wenn sie zu lange wartete. Sie trug keinen Fetzen Stoff unter dem T-Shirt, sie stand komplett nackt vor ihm und sein Schwanz begann, in freudiger Erwartung zu zucken.

»Das ist der Körper, den du sehen wirst«, sagte Sarah zitternd. »Er besteht nur aus Narben. Das Messer war nicht groß, doch ich habe viele Narben und sie sind nicht besonders schön. Ich habe den Angriff überlebt, doch die Erinnerung daran kommt jeden Tag zurück, wenn ich in den Spiegel blicke.«

Dante starrte sie an und ließ seine Augen an ihrem Körper auf und ab wandern. Sicher, sie hatte Narben, doch das war zu erwarten, nach dem, was ihr zugestoßen war. Davon abgesehen war sie absolut perfekt, von ihren wunderschön geformten Brüsten mit großen, rosafarbenen Brustwarzen, bis hin zu ihren langen Beinen, die unendlich zu sein schienen. Er versuchte, nicht daran zu denken, wie sich diese schlanken Beine um seine Taille legen würden, wenn er so lange in sie hineinstieß, bis sie beide erschöpft sein würden, doch er scheiterte kläglich. Das blonde Haar zwischen ihren Schenkeln war so hell wie das Haar auf ihrem Kopf und Dante wollte sein Gesicht zwischen ihren Beinen vergraben und sich an ihr satt essen. Sie zu berühren hatte ihm bereits den Verstand geraubt, doch sie zu schmecken wäre einfach nur perfekt.

Sie gehört mir.

Diese Worte schwirrten in seinem Kopf herum, bis er sich kaum mehr beherrschen konnte, sich das zu nehmen, von dem er wusste, dass es ihm bereits gehörte.

»Zieh das T-Shirt wieder an!« Seine Stimme war rau und sein Verlangen, sie in sein Bett zu zerren, fast übermächtig. Doch sie hatte heute schon so viel durchmachen müssen. Gerade jetzt brauchte sie eine andere Art von Trost und er wollte ihr das geben, was sie brauchte. »Leg dich hin und versuch zu schlafen!«

Heilige Scheiße. Sie muss diesen wundervollen Körper jetzt bedecken, bevor ich etwas mache, das mir später leidtun wird. Nicht, dass ich jemals vergessen werde, wie sie aussieht. Dieser Anblick wird mir für immer im Gedächtnis bleiben.

Scheiße! Er wollte sie so sehr, dass er kaum atmen konnte, doch er wollte Sarah nicht so. Er wollte sie verschwitzt und bettelnd, sich ihm hingebend, weil sie vor Verlangen brannte. Heute war nicht die Nacht dafür und er wollte später nicht irgendetwas bereuen. Schmerzhaft verbannte er seine animalischen Instinkte, doch es fiel ihm sehr schwer, denn sie stand noch immer nackt vor ihm in seinem Arbeitszimmer. *Sie braucht jetzt keinen Sex. Zügel dich!* Was Sarah jetzt brauchte war ein Freund und er wollte für sie sein, was immer sie sich wünschte, auch wenn es ihn fast *umbrachte.*

»Du kannst nicht sagen, ich hätte dich nicht vor meinem Körper gewarnt«, murmelte sie und zog sich das T-Shirt wieder über den Kopf.

Dante beobachtete verwirrt, wie sie sich auf dem Absatz umdrehte und aus dem Zimmer eilte. Er hörte das dumpfe Geräusch ihrer nackten Füße auf dem Teppich, als sie die Treppe hinauflief, bevor er überhaupt verstehen konnte, was genau geschehen war.

Sie denkt, dass ich ihren Körper wegen ihrer Narben abstoßend finde.

»Heilige Scheiße!« Dante fluchte leise und fuhr sich frustriert durch sein kurzes Haar. Wie konnte sie die sexuelle Spannung zwischen ihnen beiden nicht bemerken? Verdammt, sie war so offensichtlich und greifbar, dass er fast daran erstickte.

Die Erinnerung kommt jeden Tag zurück, wenn ich in den Spiegel blicke.

Er rief sich das Gespräch ins Gedächtnis zurück, das sie über sexuelle Anziehung geführt hatten, und fragte sich, ob Sarah wirklich an diesen ganzen Fortpflanzungsquatsch glaubte und daran, von dem dafür perfekten Partner angezogen zu werden — von einem, der, wie sie offenbar glaubte, keine Narben oder Fehler hatte. In seinen Augen waren all diese kaum sichtbaren Narben ein Teil von ihr, Zeichen der Hölle, durch die sie gegangen war und überlebt hatte. Für ihn entsprach *alles*, was Sarah verkörperte, seiner Idealvorstellung.

Er fuhr seinen Computer herunter und nahm die Pistole vom Schreibtisch. Nachdem er überprüft hatte, dass alle Türen verschlossen waren und die Alarmanlage funktionierte, ging er nach oben in sein Schlafzimmer. Er legte die Glock auf seinem Nachttisch ab, zog seine Kleidung aus und ließ sie in einem Haufen auf dem Boden liegen.

Ich habe mich geirrt. Sarah braucht nicht nur einen Freund, auch wenn ich der Mensch sein möchte, zu dem sie kommt, wenn sie jemanden zum Zuhören benötigt. Sie braucht auch einen Liebhaber, einen Mann, der ihren Körper verehren und ihm Lust zufügen wird, und das werde ich sein. Sie muss verstehen, dass körperliches Verlangen viel mehr ist als pure Wissenschaft.

Er musste zugeben, dass das, was zwischen ihm und Sarah geschah, außerhalb seiner Expertise lag. Er hatte noch niemals eine Frau so sehr begehrt und so sehr gebraucht wie sie. Doch er war bereit, auf seine Instinkte zu hören.

Dante schlich sich in den Flur und stieß die Tür zu ihrem Schlafzimmer mit dem Fuß auf, wobei das Flurlicht auf ihr Bett fiel. Sie lag in der Fötusposition zusammengerollt in der Mitte. Nicht sicher, ob sie sich an ihm festhalten würde, nahm er sie hoch und warf sie über seine Schulter. Er fühlte den Schmerz in seinen Rippen, als er ihren Hintern ergriff, um sie festzuhalten, doch er ignorierte ihn.

»Dante«, rief Sarah ängstlich. »Was machst du da? Lass mich runter! Du tust dir noch weh, verdammt.«

Mit Sarah über der Schulter ging er zurück in sein Schlafzimmer. Er streichelte ihren nackten Hintern erst mit seiner Hand, bevor er ihm einen harten Klaps gab. »Bleib ruhig! Du bist nicht mehr meine verdammte Ärztin. Du bist eine Frau, die ich vögeln will. Und von diesem Moment an werde ich dich auch so behandeln.«

Er verkniff sich ein Lächeln, als sie verstummte und aufhörte, sich zu bewegen. Im Schlafzimmer angekommen setzte er sie langsam auf dem Boden ab und stöhnte fast, als ihr T-Shirt hochrutschte und ihre Brüste entblößte. Ihre Haut berührte seinen nackten Oberkörper, während ihre Zehen nach festem Boden tasteten.

Als sie sicher stand, strich sie sich das Haar aus dem Gesicht und sah erst zu ihm auf, bevor ihr Blick abwärts wanderte. Und dann noch etwas weiter abwärts, bis ihre Augen an seinem erigierten Schwanz hängen blieben. Dante konnte bei dem schockierten Ausdruck auf ihrem Gesicht nicht anders, als zu grinsen.

»Du bist verrückt«, sagte sie leise und schaute weiter auf seinen Schwanz.

Dante zog die oberste Schublade seines Nachttischs auf und nahm seine Handschellen und die dazugehörigen Schlüssel heraus. Mit seiner anderen Hand zog er ihr das T-Shirt über den Kopf und ließ es auf den Boden fallen.

»Sarah Baxter, du stehst unter Arrest.« Bevor sie realisieren konnte, was gerade passierte, hatte er ihr bereits die Handschellen vor ihrem Körper angelegt. Er drückte sie eng genug zu, damit sie ihre Hände nicht herausziehen konnte, doch nicht so eng, dass sie sich ihre Handgelenke verletzen würde. Meistens zog er es vor, im Schlafzimmer die dominante Rolle einzunehmen, und nach dem kurzen Feuer, das in ihren Augen aufflackerte, als er ihr die Handschellen anlegte, war er sich sicher, dass Sarah es auch gefiel. Sein Problem war nur, dass er sich niemals auch nur annähernd so lüstern gefühlt hatte, und seine Gefühle hatten die Gefilde spielerischer Dominanz schon weit überschritten.

Sie sah ihn verwirrt an. »Weshalb?«

»Unerlaubtes Entfernen vom Tatort«, erklärte er ihr und klang, als würde er mit einem seiner Verbrecher sprechen. Er war sauer und seine Wut war in seiner Stimme zu hören. »Du hast diese Straftat begangen, um deine sagenhaften Brüste zu bedecken.«

»Du hast gesagt –«

Er schüttelte den Kopf. »Spielt keine Rolle. Straftat bleibt Straftat. Und dann bist du geflohen.«

Ihr Körper zitterte, als sie fragte: »Worin besteht meine Strafe?«

Sie hatte keine Angst; sie zitterte vor Erregung und ihre violetten Augen bettelten ihn fast darum, nicht aufzuhören. Dante nahm sie hoch und warf sie aufs Bett. Noch bevor sie sich bewegen konnte, saß er schon auf ihr. Er öffnete eine Handschelle, fädelte sie um eine der Eisenstangen am Kopfende, legte sie wieder an Sarahs Hand an und warf den Schlüssel zurück auf den Nachttisch.

»Deine Strafe soll sein, die Wahrheit auf lustvolle Art zu erfahren«, antwortete er mit fester Stimme. »Hast du wirklich gedacht, dass ich deine Narben wahrnehmen würde?«, fragte er.

Sie sah ihn aus gequälten Augen an und nickte zaghaft.

Dantes Schwanz zuckte, als er sich zwischen ihre Schenkel kniete und seinen Körper langsam auf ihren herabsinken ließ, was es ihm erlaubte, endlich ihre Haut auf seiner zu spüren. Sie an seinem Bett festgebunden zu sehen, befriedigte den Höhlenmenschen in ihm und er genoss diesen Augenblick. Er konnte erkennen, dass sie ein wenig verwirrt war, doch ihr Körper war aufgeheizt und erregt, ihre Brustwarzen so hart, dass er fühlen konnte, wie sie an seinem Oberkörper scheuerten. »Ich habe die Narben nur gesehen, weil es mich fast umbringt, darüber nachzudenken, dass dir irgendein Arschloch wehgetan hat, und ich möchte diesen Hurensohn am liebsten umbringen. Doch dein Körper ist perfekt. Ich weiß, dass dir nicht entgangen ist, dass mein Schwanz jedes Mal hart wird, wenn ich dich berühre oder dich nackt sehe. Stimmt's?« Er strich ihr eine Haarsträhne aus dem Gesicht und fuhr mit seinem Handrücken sanft über ihre Wange.

»Ich habe es gesehen«, flüsterte sie leise. »Es war… merkwürdig.«

Dante wusste, dass er sich in seinem eigenen Netz verfangen hatte, doch er konnte sich dafür nicht schelten, denn er war durch den Blick der puren Lust und Verletzlichkeit in ihren Augen wie von Sinnen. Er sah, wie sich sein Verlangen in ihren Augen spiegelte, und konnte nicht länger die Kontrolle behalten. Sein Kopf senkte sich wie von selbst und er küsste sie.

Kapitel 9

S arah hatte niemals irgendetwas Heißeres gesehen als Dante, wie er wild und ungezähmt über ihr thronte, während sie absolut hilflos unter ihm lag. Es fühlte sich an, als stünde ihr Körper in Flammen, und diesen besitzergreifenden Blick voller Verlangen auf seinem Gesicht zu sehen, machte sie nur noch mehr an.

Oh mein Gott, ich will ihn so sehr, dass ich kaum atmen kann.

Sie öffnete sich bereitwillig für ihn und ließ ihn ihren Mund einnehmen, während sie sich an den Stangen am Kopfende festhielt. Dies war das erste Mal überhaupt, dass ein Mann sie auf diese Art und Weise begehrte, und das Gefühl von Dantes durchtrainiertem, muskulösem Körper zu spüren, der sie gefangen hielt, war aufregend und berauschend. Er küsste sie mit einer Verzweiflung, die sie noch niemals zuvor erlebt hatte, und fühlte sich genauso bedürftig. Ihre Zunge kämpfte mit seiner, ließ sich ein auf diese Schlacht, und das entfachte das Feuer in ihrem Körper nur noch mehr.

Sie hatte richtig gelegen, als sie Dante erklärt hatte, ihr könnte diese strenge Polizistennummer sexuell gefallen. Es hatte auf jeden Fall… Vorzüge.

Sarah war am Boden zerstört gewesen, als er ihr in seinem Arbeitszimmer gesagt hatte, sie solle sich anziehen. Sie hatte geglaubt, dass er sich von den Narben, die nach dem brutalen Angriff in Chicago auf ihrem Körper zurückgeblieben waren, abgestoßen fühlte. Doch er hatte sie nicht abgelehnt; er hatte sie vor sich selbst beschützt. Glücklicherweise mochte sie ihn, genauso wie er war. Sie war vielleicht klug, doch sie war noch immer eine Frau und er begehrte sie. Wie es aussah, gefiel es ihrem Gehirn, unabhängig zu denken, doch ihr Körper wollte im Schlafzimmer hart angefasst werden. Und dem sexuellen Teil ihres Verstandes gefielen seine schmutzigen Worte und seine dominanten Tendenzen. Es war offensichtlich, dass sie etwas für Polizisten übrig hatte – oder zumindest für diesen einen Polizisten. Je mehr er zum herumkommandierenden Tyrannen wurde, umso feuchter wurde sie für ihn. Außerhalb des Schlafzimmers würde sie ihm das Diktatorenhafte austreiben, doch hier genoss sie es.

Als er ihren Mund endlich freigab, bettelte sie atemlos: »Bitte tu dir nicht weh. Du bist dafür noch nicht bereit.« Ihr Körper weinte bei diesem Kommentar, doch ihr Gehirn wusste, dass Dante noch nicht wieder gesund war.

»Ich bin bereit, jeden Zentimeter von dir zu kosten und meinen Kopf zwischen deinen Schenkeln zu vergraben, Süße.« Er begann, seine Zunge über ihre alten Narben wandern zu lassen. Er fing mit der Narbe auf ihrer Schulter an und bewegte sich dann abwärts.

Sie hatte überall Narben, der Großteil befand sich auf ihrem Oberkörper und Bauch. Sarah schauderte, als sein Mund ihren Bauchnabel erreichte. Wo seine Zunge gewesen war, hinterließ sie eine Feuerschneise auf ihrer Haut. Sie wimmerte, als seine Hände ihre Brüste berührten und sie fest umfassten, seine Daumen ihre aufgerichteten Brustwarzen umkreisten und sie so noch empfindlicher machten. Sein Mund schloss sich über einem ihrer Nippel, die hart wie Diamanten waren, und ihr Körper bog sich ihm entgegen, als sie ihre Hüfte gegen seine muskulöse Brust presste. Sie brauchte… mehr.

Sie wollte ihn berühren und dieses Verlangen spülte wie eine Welle über sie hinweg, als er an ihrer anderen Brustwarze knabberte. Das Gefühl aus Lust und Schmerz war fast unerträglich. Sie klammerte sich fester an die Eisenstange über ihrem Kopf und schnappte nach Luft, als sein Mund langsam ihren Bauch hinunter wanderte. Noch immer leckte seine Zunge über jede einzelne Narbe.

»Bitte«, stöhnte sie, während sie langsam auseinanderbrach. Das Einzige, was sie noch wahrnahm, war Dantes Berührung.

»Ich werde es dir mit meiner Zunge besorgen, Sarah. Ist es das, was du willst?« Dante zwang sie zu einer Antwort.

Ist es das, was sie wollte? Sie wollte – sie brauchte so verdammt – irgendetwas. »Ich habe noch nie –« Ihre zitternde Stimme wurde zu einem Stöhnen, als Dante ihre Beine spreizte und sie die erste Berührung seines Mundes an ihrer Muschi spürte. »Oh Gott.« Das Gefühl seiner Zunge, die ihre feuchte Spalte leckte, war unbeschreiblich. »Ja, ja.« Das *war* es, was sie wollte.

Ihre Hüfte hob sich an, bettelte nach mehr, wollte, dass er sie zum Höhepunkt bringt. Sein Mund an ihrer Klitoris schickte einen Stromstoß durch ihren gesamten Körper und dieses kleine Nervenbündel zuckte aufgeregt bei jeder Berührung durch Dantes Zunge.

»Dante. Bitte«, bettelte sie. Es war ihr egal, dass sie um Mitleid flehte. Er besaß die totale Kontrolle über ihren Körper und es war offensichtlich, dass er genau wusste, was er tat: Er wollte sie zum Wahnsinn treiben und hatte Erfolg damit.

Sie wand sich und versuchte, ihn dazu zu bringen, sie noch schneller und härter zu lecken, doch er ließ sich Zeit und erkundete stattdessen jeden Millimeter ihrer nackten Muschi. Er stöhnte vor Lust in ihr Fleisch, als er ihre Erregung in seinem Mund schmeckte. Seine Zunge wanderte tiefer und fand ihren Eingang. Er stieß hinein und leckte sie tief, bevor er sie herauszog, um erneut in sie hineinzustoßen. Sarah zerrte an den Handschellen über sich und wollte nichts mehr, als seinen Kopf zu ergreifen, sein Gesicht in sich hineinzupressen und seinen Mund bis zur Besinnungslosigkeit zu reiten.

»Ich halte das nicht mehr aus. Bitte.« Sie stöhnte wieder auf. Dieses Mal fühlte sie, wie sein Finger in sich eindrang, während seine Zunge sich wieder ihrer kleinen, geschwollenen Knospe zuwandte, die so dringend seine Aufmerksamkeit benötigte. Er führte einen weiteren Finger in sie ein und weitete sie, füllte sie etwas mehr aus und biss sanft in ihre Klitoris. Ihr Körper zuckte auf dem Bett, während er sie mit dem gleichen Rhythmus fingerte, wie er sie mit seinem Schwanz ficken würde, ganz tief und hart. Dabei berührte er eine empfindliche Stelle in ihr, die sie mit jedem seiner Stöße lauter stöhnen ließ.

»So. Verdammt. Eng«, schnaufte Dante gegen ihre Muschi.

Endlich hatte er Gnade mit ihr und erlöste sie, indem er seine Zunge kraftvoller über ihre Klitoris flattern ließ, während seine Finger noch immer hart in sie hinein- und wieder hinausglitten.

Sarah fühlte, wie sie in tausend Teile zersprang, das Gefühl in ihrem Bauch wanderte in ihre Muschi, als sie sich nach hinten verbog und so gewaltig kam, dass ihr gesamter Körper von dieser Wucht bebte. Die Muskeln ihrer feuchten Muschi verkrampften sich um seine Finger in ihr und sie ließ sich mit einem ekstatischen Schrei gehen.

Nach diesem Orgasmus war sie erschöpft und schnappte nach Luft, doch Dante hörte nicht auf, ihre Säfte aufzulecken, als seien sie der süßeste Nektar.

Er kroch langsam ihren Körper hinauf, bis sein Mund nahe genug war, um sie zu küssen. Ihren eigenen Geschmack vermischt mit Dantes zu kosten, während er sie in seiner festen Umarmung gefangen hielt, war berauschend.

Sie öffnete die Augen, von denen sie nicht einmal bemerkt hatte, dass sie sie geschlossen hatte, und sah den wilden Blick auf seinem Gesicht. Doch sie sah auch, dass er Schmerzen hatte. Auf seiner Stirn hatten sich Schweißtropfen angesammelt und er atmete schwer. »Mach die Handschellen ab!«, forderte sie ihn ernst auf.

»Ich muss dich ficken, doch ich habe kein verdammtes Kondom«, grollte er und klang frustriert.

Während sie noch immer versuchte, wieder zu Atem zu kommen, entschied Sarah, dass dies nicht der Zeitpunkt war, um ihm zu sagen, dass sie die Pille zur Regulierung ihrer Periode nahm und alle seine Krankenakten gesehen hatte. Sie waren beide gesund. Und ach, wie sehr sie ihn in sich spüren wollte! Doch er war noch nicht bereit für diese Art der körperlichen Aktivität. »Mach mich los!«, sagte sie noch einmal. »Meine Arme werden taub.« Das wurden sie nicht wirklich, doch sie wusste, dass Dante sie sofort gehen lassen würde, wenn er das Gefühl hatte, dass ihr etwas unangenehm war.

Sie lag richtig. Er rollte sich zur Seite, nahm den Schlüssel vom Nachttisch und schloss die Handschellen so schnell auf, dass ihre Arme widerstandslos aufs Bett fielen, bevor sie die Möglichkeit hatte, ihre Muskeln einzusetzen.

»Es tut mir leid.« Dante massierte ihre Arme und versuchte, die Blutzirkulation wieder in Gang zu bringen.

»Schon gut.« Sie fühlte sich ein klein wenig schlecht, weil sie ihn angeschwindelt hatte, doch er musste wirklich damit aufhören, seinen Körper bis an die Grenzen zu belasten. Er hatte sie über seine Schulter geworfen, als wäre sie leicht wie eine Feder, was mit Sicherheit nicht der Fall war. Alles, was er heute getan hatte, war zu viel gewesen. Und sie war die Empfängerin aller Lust gewesen, während er Schmerzen verspürte.

Sie sah dabei zu, wie er die Handschellen gemeinsam mit dem Schlüssel zurück in die Nachttischschublade legte, bevor er sich wieder zu ihr umdrehte und sich an ihre Seite kuschelte. Seine Atmung wurde langsam wieder normal. Sie berührte seine Brust und streichelte ganz sanft über den noch immer sichtbaren Bluterguss auf seinem Bauch. »Du hast Schmerzen.«

Er drehte den Kopf und grinste sie an. Dabei schimmerten die goldenen Sprenkel in seinen Augen. »Jede Sekunde hat sich gelohnt. Es ist gar nicht so schlimm.«

Sarah rollte mit den Augen. »Weil du dich jetzt ausruhst.« Sie sah auf seine riesige Erektion. »Gut, das Meiste von dir ruht sich aus«, korrigierte sie sich. Fasziniert von Größe und Umfang nahm sie seinen Schwanz in die Hand und begann, den samtenen Kopf mit ihrem Daumen zu streicheln. An der Spitze hatte sich ein Lusttropfen gebildet, den sie mit ihrem Finger abwischte. Sie führte den Finger zum Mund und leckte ihn mit ihrer Zunge ab, um Dantes Geschmack zu kosten.

Dante beobachtete sie und seine Augen wurden zu flüssigem Feuer.

»Ich will dich schmecken Dante. Darf ich versuchen, dich mit meinem Mund zum Höhepunkt zu bringen?« Sie hatte noch niemals einen Mann an dieser Stelle des Körpers geküsst, doch sie überkam plötzlich eine Gier, Dante zu befriedigen.

»Ich garantiere dir, wenn du diese süßen Lippen über meinen Schwanz stülpst, komme ich«, sagte Dante. »Vermutlich in Rekordzeit.«

Es gab nichts, das Sarah mehr wollte, als ihm die gleiche Lust zu verschaffen, die sie heute Abend empfangen hatte. Er gab so viel und bat um so wenig. Sie wollte ihm so gern etwas von sich geben. Sie drehte ihren Körper und ergriff wieder seinen Schwanz. »Hilf mir dabei, es richtig zu machen«, bat sie zögerlich, bevor sie über seine Spitze leckte.

Langsam bewegte sie ihre Hand und ließ seinen Schaft in ihren Mund gleiten. Dabei nahm sie so viel von ihm auf, wie sie nur konnte, und saugte leicht, als sie wieder hochkam.

»Süße, ich glaube, ich muss dir nicht viel beibringen«, stöhnte Dante und vergrub seine Hand in ihrem Haar, um ihren Kopf zu führen.

Sarah verlor sich komplett in Dantes Geruch und Geschmack. Sie atmete ihn ein und nahm ihn mit jeder Abwärtsbewegung ihrer Hand tiefer und tiefer. Sein lustvolles Stöhnen ließ ihren Körper erschaudern.

»Oh, das ist gut Sarah. So verdammt gut«, stöhnte er. »Dir dabei zuzusehen, wie du mich bläst, ist eines der schärfsten Dinge, die ich je gesehen habe.«

Ihre Augen wanderten zu seinem Gesicht. Er hatte seinen Kopf auf den Kissen hochgelagert und beobachtete sie dabei, wie sie ihm Lust bereitete. Ihre Augen saugten sich aneinander fest, doch sie hörte nicht auf. Sein intensiver Blick purer Ekstase entzündete einen Feuerball in ihrem Bauch und sie bewegte sich schneller, nahm ihn noch tiefer und schloss ihre Lippen noch enger um seinen Schwanz.

Seine Hand griff ihr noch fester ins Haar und sein Kopf sank zurück in die Kissen. Sanft nahm sie seine Hoden in eine Hand und leckte nun jedes Mal nur über die Spitze seines Schwanzes, was seinem Mund ein unterdrücktes Stöhnen entfahren ließ. Er begann, den Rhythmus zu kontrollieren, und spornte ihren Kopf mit seiner Hand an, schneller zu werden.

Sarah fühlte seine Lust wie ihre eigene und verstand plötzlich, wieso es ihn erregt hatte, sie kommen zu sehen. Mit einem Mal wollte sie ihn nur noch besitzen und sie nahm seinen Schwanz wieder in ihren Mund, als gehörte er ihr.

»Oh Gott. Ich explodiere gleich, Sarah«, sagte Dante mit rauer, atemloser Stimme.

Komm für mich, Dante!

Sie wollte die Frau sein, die ihn befriedigte. Nach dem, was er getan hatte, um ihren Körper aufzuwecken, war sie besessen davon, das Gleiche für ihn zu tun, und konnte es nicht erwarten, seinen Saft zu schmecken.

Komm für mich!

Er kam mit einem tiefen Stöhnen, seine Hand krallte sich in ihr Haar und er versuchte, ihren Mund von seinem Schwanz zu ziehen. Doch sie ignorierte seine nonverbale Warnung, sie wollte seinen Orgasmus auf der Zunge fühlen und schmecken. Sein Höhepunkt floss heiß in ihren Mund und sie ließ ihn über ihre Zunge laufen, bevor sie schluckte, sein Schwanz noch immer zuckend in ihrem Mund. Sie leckte zärtlich über seinen Schaft und über die Spitze, sie wollte jeden einzelnen Tropfen, den er zu geben hatte. Dante schmeckte dekadent und männlich und er roch wie ein erotisches Glücksgefühl.

Er setzte sich auf, zog sie auf sich und küsste sie.

»Jetzt schmecken wir wie der jeweils andere«, sagte sie belustigt, nachdem er ihren Mund vereinnahmt hatte. Sie legte ihren Kopf auf seine Schulter, um jeglichen Druck auf seine schmerzende Brust zu vermeiden, und seufzte lang und zufrieden.

»Ja. Und ich bin jetzt süchtig nach deinem Geschmack«, entgegnete Dante heiser. »Wenn ich dein Gesicht sehe oder deine Stimme höre, kann ich nur noch daran denken, dich zu ficken. Verdammt, ich denke sogar daran, wenn du dich nicht einmal im selben Zimmer aufhältst.«

Sarah errötete vor Lust. »Du gibst mir das Gefühl, eine Frau zu sein, Dante.« In Wirklichkeit gab er ihr das Gefühl, eine Sexgöttin zu

sein. Es war ein merkwürdiges Gefühl für eine Frau, die niemals…
nun… irgendetwas gefühlt hatte.

Er drehte seinen Kopf und grinste sie an. »Als ich das letzte Mal
nachgesehen habe, warst du eine Frau. Und ich habe dich ziemlich
gründlich untersucht.«

Sie boxte ihn zärtlich auf seinen muskulösen Oberarm. »Das
meinte ich nicht.«

»Was dann?«, fragte er neugierig.

»Ich habe mich immer wie eine Streberin gefühlt, fast schon
asexuell.« Sie hatte sich niemals zu irgendeinem Mann hingezogen
gefühlt, außer zu Dante, und ihre Reaktion auf ihn verwirrte sie.

Er rollte sie neben sich und sah sie mit besorgtem Gesicht von
oben an. »Ich garantiere dir, dass du nicht asexuell bist. Du bist
wunderschön und empfänglich. Die schönste Frau, die ich jemals
gesehen habe. Ich habe keine Ahnung, warum du niemals zuvor deine
Sexualität erforschen wolltest, doch ich bin gierig und egoistisch. Ich
will, dass du es mit mir machst. Nur mit mir.«

Ich wollte es niemals mit irgendjemand anderem tun.

Nach ihrer einen schlechten Erfahrung hatte sie keinen Mann
mehr getroffen, der sie dazu bewegt hätte, ihre eigene sexuelle Seite
zu erkunden. Und nachdem ihr all die Narben zugefügt worden
waren, hatte sie diesen Gedanken vollständig aus ihrem Kopf
verbannt.

Dante war definitiv eine Inspiration, doch in seiner Verfassung
war es ihm nicht erlaubt, diese Dinge zu tun. »Keine Spielchen
mehr, bis du nicht völlig gesund bist. Ich habe so lange gewartet,
ich kann auch noch ein bisschen länger warten. Du musst erst ganz
gesund werden«, belehrte sie ihn, doch sie wusste, wenn er sie erneut
berührte, würde sie wieder weich werden. Dieser Mann war wie eine
Droge mit extrem hohem Suchtfaktor.

»Ich habe dir doch gesagt, dass du nicht mehr meine Ärztin bist«,
erinnerte er sie scharf.

»Ich bin aber noch immer eine Ärztin und ich weiß, dass das, was
du heute Abend veranstaltet hast, deine Genesung verlangsamen
könnte«, sagte sie ernst.

»Baby, ich garantiere dir, dass es kein bisschen wehgetan hat.« Er warf ihr einen Blick zu, der sie fast dahinschmelzen ließ.

Bleib stark! Du weißt, dass er Schmerzen hatte. Du konntest es sehen. Er versucht, dich zu bezirzen, damit du vergisst, dass du ihn mit Schmerzen gesehen hast.

»Nein«, sagte sie mit Nachdruck.

Er warf sich auf den Rücken und stöhnte. »Das wird mich umbringen.«

Sarah verkniff sich ein Lächeln. Ganz ehrlich, sein unersättlicher Appetit für sie beglückte und besorgte sie gleichermaßen. »Du hast einunddreißig Jahre lang ohne meinen Körper gelebt«, erinnerte sie ihn.

»Ja. Und es war schlimm«, entgegnete er schmollend.

Sarah musste sich weiterhin das Lächeln verkneifen. In diesem Moment sah er aus wie ein beleidigter Junge. »Ich will auch bei dir sein. Doch nicht, um mich ständig zu fragen, ob du dir wehtust.« Also wirklich, er war der sturste Mann auf dieser Erde. Mit Verletzungen seiner Art sollte er es ruhig angehen lassen und sich ausruhen und er versuchte bereits jetzt, so zu tun, als ob sie nicht mehr existierten. »Das muss aufhören.« Sie hatte schon genügend Angst, dass er bei dem Versuch, sie zu beschützen, verletzt werden würde. Sie wechselte mit Absicht das Thema. »Kann ich mein Haus betreten, um ein paar persönliche Sachen zu holen? Meine Kleidung und solche Dinge?«

»Nein.« Seine tiefe Stimme klang zögerlich und abwehrend. »Sarah, da ist nichts mehr zu holen. Sogar deine Kleidung wurde zerschnitten. Es tut mir leid.«

Sarah schauderte. »Er will mich wirklich tot sehen.«

»Wir werden ihn schnappen, Süße. Ich schwöre es.«

Sie hatte keinen Zweifel an Dantes Versprechen. Sie hatte noch nie einen Mann getroffen, dem es wichtiger war, einen Fehler zu berichtigen, und das machte Dante zu einem exzellenten Detective. Sarah wusste, dass er mit seiner Sturheit alles tun würde, was in seiner Macht stand, um John Thompson endlich dingfest zu machen.

»Trey sterben zu sehen war hart. Ich war eine junge Ärztin und habe nicht die nötige Distanz gewahrt. Ich glaube, dass ich während meines Studiums nicht wirklich verstanden habe, wie man damit umgeht, einen Patienten zu verlieren. Für mich war es, als hätte ich einen Freund verloren. Ich glaube, dass John nie darüber hinweggekommen ist, seine Frau und sein einziges Kind zu verlieren, und bei ihm einfach die Sicherungen durchgebrannt sind. Ich habe keine Ahnung, ob er bereits psychotisch war, bevor das alles passiert ist, oder ob dieser Unfall sein radikales Verhalten hervorgerufen hat.«

Dante legte seinen Arm um sie und zog sie nahe an sich heran. »Wenn ein Mensch dazu in der Lage ist, jemand anderen zu töten, dann war das Böse schon immer da. Was passiert ist, war nur die Entschuldigung, die er brauchte, um seiner Wut freien Lauf zu lassen. Es ist nicht deine Schuld, Sarah.«

»Weil er nie gefasst wurde, hatte ich gehofft, dass er einfach verschwinden, irgendwo ein neues Leben beginnen und über seine Trauer hinwegkommen würde. Vielleicht befand sich der Gedanke in meinem Kopf, dass er mich suchen würde. Doch ich habe das nie als realistisch betrachtet. Ich habe gedacht, es ist vorbei.« Sie hatte von vorne angefangen und die Vergangenheit vergessen wollen. Doch die Vergangenheit hatte sie eingeholt und war auf Rache aus.

»Sobald wir ihn finden, kannst du wirklich von vorne anfangen. Du wirst nie mehr den nagenden Zweifel haben oder mit der Angst leben müssen, dass er dich finden könnte. Danach zu urteilen, was er mit deinen persönlichen Sachen angestellt hat, würde ich sagen, dass seine Wut auf dich im letzten Jahr nur größer geworden ist«, sagte Dante nüchtern.

»Es sieht ganz danach aus«, stimmte Sarah ihm zu und kuschelte sich an Dantes warmen Körper.

»Er hält sich noch immer hier in der Nähe auf. Joe scheint ein kompetenter Polizist zu sein und ich bin mir sicher, dass er diesem Fall die höchste Priorität einräumt.«

»Er ist ein guter Mann«, sagte Sarah. »Er ist seiner Familie und seinem Job ergeben.«

»Hast du noch immer diese Panikattacken?« Dante griff nach ihrer Hand und legte ihre miteinander verwobenen Finger auf seiner Hüfte ab.

»Nein. Es sei denn, ich komme in die Nähe eines Krankenhauses. Ich habe versucht, mich zu desensibilisieren, doch ich kann nicht einmal in die Nähe eines Krankenhauseingangs gehen, ohne dass mir schlecht wird und mein Herz anfängt zu rasen.« Sarah hasste es. Es war eine Schwäche, die sie nicht besiegen konnte.

»Und du hast es trotzdem geschafft, als Ärztin zu arbeiten«, sagte er und drückte ihre Hand. »Du bist eine tapfere Frau, Süße.«

Sie fühlte sich nicht immer besonders tapfer. Sie war nur eine Überlebende. »Ich bin Internistin. Einen Patienten nicht ins Krankenhaus überweisen zu können, um seinen Heilungsprozess zu begleiten, scheint mir nicht richtig.«

»Ich verstehe. Es wäre wahrscheinlich so, als würde ich plötzlich Angst vor Waffen haben oder so etwas. Ich wäre am Ende«, antwortete er. »Doch du hast das Beste daraus gemacht.« Er machte eine Pause, bevor er fragte: »Wie oft sprichst du mit deiner Mutter? Hat sie sich gut um dich gekümmert, als du verletzt warst?«

Es schien Dante wichtig zu sein, dass sich jemand gut um sie gesorgt hatte, dass jemand da gewesen war, der ihren Geisteszustand verstanden und sie getröstet hatte. Sarah seufzte. »Sie hat es versucht. Ich denke, du musst sie kennen. Ihre Welt dreht sich um Bildung. Als ich verletzt und ängstlich war, konnte sie das nicht wirklich verstehen. Ich glaube, sie hat erwartet, dass ich wieder genau die Tochter werde, die ich vor dem Angriff war. Doch ich konnte es ihr nicht mehr recht machen. Sie wollte mir den perfekten Mann suchen und sehen, wie ich eines Tages einen Akademiker heirate und superkluge Kinder bekomme. Sie versucht es noch immer. Wir sprechen nicht sehr oft miteinander. Meistens ist sie zu beschäftigt. Wenn sie anruft, dann meistens nur, weil sie einen Mann mit ähnlichen Genen gefunden hat.«

Dante streckte den Arm aus und schaltete die Lampe auf dem Nachttisch aus. Der Raum wurde mit einem Mal schwarz, nur ein verschwommenes Mondlicht schien durch das Fenster herein. »Du verstehst schon, dass es nicht normal war, wie du aufgewachsen bist?«

»Jetzt schon. Ich glaube nicht, dass ich jemals wusste, was normal bedeutet, als ich noch jünger war. Meine Mutter war alles, was ich hatte, und ich war nicht gerade ein normales Kind.« Sie gähnte. Ihr Körper begann, sich zu entspannen.

»Du musst schlafen«, stellte Dante fest.

»Willst du, dass ich zurück in mein Zimmer gehe?« Vielleicht wollte Dante beim Schlafen das Bett für sich haben, doch insgeheim hoffte sie, dass dies nicht der Fall sein würde. Sie wollte heute Nacht bei ihm bleiben.

»Auf gar keinen Fall. Ich würde kein Auge zutun, auch wenn du nur nebenan wärst. Ich will, dass du hier bei mir bleibst.«

Nach einem letzten Drücker ließ er ihre Hand los, drehte sich auf die Seite und legte die Arme um sie. Sie drehte sich ebenfalls und kuschelte sich an seinen Körper. »Ich würde mich besser fühlen, wenn ich hierbliebe. Ich glaube, ich habe ein bisschen Angst, nach dem, was passiert ist.«

»Dazu hast du jedes Recht. Und ich will dich in meinem Bett haben.«

In diesem Moment war das auch genau der Ort, an dem sie sein wollte. Sie fühlte sich… sicher. Mit Dantes Armen fest um sich geschlungen schlief sie ein.

Kapitel 10

»Ich habe noch nie in meinem Leben so viele Klamotten besessen.« Sarah starrte auf den, wie ihr schien, kilometerhohen Stapel an Kleidungsstücken, der jeden Zentimeter des Bettes in Dantes Gästezimmer einnahm. »Was hat er sich nur dabei gedacht?«

»Hey, ich habe dir ein paar schöne Sachen ausgesucht«, protestierte Emily Sinclair und hob einen weiteren Kleiderbügel von einem Haufen auf dem Boden auf. Sie entfernte die Schildchen von einem brandneuen Paar Jeans, bevor sie es in den Kleiderschrank hängte. »Ich konnte mit einem großzügigen Budget arbeiten«, sagte sie zu Sarah und lachte.

Randi seufzte, als sie sich daran machte, sündhaft weiche Dessous zu falten und in einer Kommodenschublade zu verstauen. »Ich glaube, ich will auch einen Sinclair-Bruder haben«, beschwerte sie sich scherzhaft.

»Nimm bitte Jared«, drängte Emily sie und nahm ein weiteres Kleidungsstück von dem Haufen. »Vielleicht lässt er sich endlich nieder und geht mit einer Frau mehr als nur einmal aus.«

Randi rümpfte die Nase. »Nicht mein Typ.«

Sarah machte sich daran, die Schuhe einzuräumen, erschrocken über die Designermarken. Sie war zwar Ärztin, doch sie hatte ein strenges Budget, bei dem der Abzahlung ihres Studiendarlehens höchste Priorität eingeräumt wurde. Randi und Emily waren zusammen mit zahlreichen männlichen Teenagern, die allesamt Kartons und Tüten getragen hatten, bei Dantes Haus angekommen. Nachdem ihr Treffen im Brew Magic ins Wasser gefallen war, hatten Emily und Randi kurzerhand beschlossen, zu Sarah zu fahren und bei der Gelegenheit nicht nur Lattes mitzubringen, sondern auch die neue Garderobe, die Emily auf Dantes Wunsch hin ausgesucht hatte. Sarah hatte sich mit Randi und Emily treffen wollen, doch Dante hatte das abgelehnt. Vehement. Obwohl es keine Anzeichen dafür gab, dass sich John noch immer in der Gegend aufhielt, war er dennoch vorsichtig.

»Will ich überhaupt wissen, wie viel Geld er dir für die Kleidung gegeben hat?«, fragte Sarah zögernd. Sie würde es ihm zurückzahlen müssen. Am Tag nach dem Vorfall hatten sie an einem günstigen Laden angehalten – einer der wenigen Orte, an denen Date ihr erlaubt hatte, sich öffentlich zu zeigen – und sie hatte das Nötigste gekauft, bevor er sie aus dem Geschäft gezerrt hatte. Er hatte erwähnt, dass er Emily gebeten hatte, ihr weitere Kleidungsstücke zu besorgen, doch das hier war einfach zu viel. Es sah so aus, als hätte ihre Freundin sämtliche Geschäfte kurzerhand leer gekauft.

»Vermutlich nicht«, antwortete Emily mit einem verschmitzten Lächeln. »Er hat keine Ahnung und hat mir das gleiche Geld gegeben, wie Grady es auch getan hätte. Ich frage mich, ob die beiden sich abgesprochen haben.«

In Sarahs Kopf drehte sich alles, denn sie wusste, wie großzügig Grady Sinclair sein konnte. Wenn Emily irgendetwas haben wollte, würde Grady ihr sehr wahrscheinlich ein kleines Vermögen für ein neues Paar Schuhe geben. »War es sehr viel?«, fragte Sarah und war sich nicht ganz sicher, ob ihre Freundin nicht vielleicht betrunken war oder zu viel Koffein intus hatte. Wie viel konnten ein paar neue Klamotten kosten? Ihre Knie wurden weich und sie musste sich auf den Stuhl neben der Kommode setzen. »Bitte sag mir, dass du nicht alles ausgegeben hast. Ich werde Schwierigkeiten haben, es ihm zurückzuzahlen.«

»Du wirst es nicht zurückzahlen. Dante wollte nicht einmal, dass ich dir sage, wie viel ich ausgegeben habe. Es ist ein Geschenk von ihm. Er wollte das für dich tun. Und glaub mir, er ist reich. Ihm wird das Geld nicht fehlen«, sagte Emily verschwörerisch.

»Oh Gott«, stöhnte Sarah. »Sag mir, dass du nicht alles ausgegeben hast, was er dir gegeben hat!«

»Das habe ich nicht.«

Sarah seufzte erleichtert.

»Sie hatte noch genügend Geld, um den Kaffee zu bezahlen. Dante hat uns eingeladen«, fügte Randi fröhlich hinzu.

»Du hast ein kleines Vermögen für Klamotten ausgegeben?« Sarah bekam Herzrasen. Wie jemand so viel Geld für ein bisschen Stoff hinblättern konnte, war ihr definitiv ein Rätsel.

»Ich habe dir gesagt, dass es schöne Sachen sind«, gab Emily zurück und das Grinsen auf ihrem Gesicht wurde breiter. »Sarah, hör auf, dir Sorgen zu machen! Dante und seine Brüder sind unfassbar reich. Ich habe früher auch nicht in dieser Welt gelebt, doch ich gewöhne mich langsam daran. Ich gehe immer noch nicht los und kaufe alles, was ich will, doch nach dem, was dir passiert ist, verdienst du es.« Emily stemmte die Hände in die Hüften und starrte Sarah an. »Er hat darauf bestanden, dass ich jeden Cent ausgebe, und das habe ich getan. Er bestand außerdem darauf, dass du mindestens ein schickes, rotes Kleid in deiner Garderobe hast. Ich habe das nicht ganz verstanden. Doch ich habe viele rote Sachen gekauft. Ich weiß, dass sie dir gefallen, und du wirst zauberhaft darin aussehen.«

»Er weiß, dass Rot meine Lieblingsfarbe ist«, antwortete Sarah mit zitternder Stimme. »Herrgott, er macht mich verrückt. Habt ihr überhaupt schon den Flügel gesehen?«

Emily und Randi schüttelten die Köpfe.

»Nun, er hat sich dazu entschlossen, dass er irgendwann lernen will, wie man Klavier spielt, und deswegen hat er einen der teuersten Flügel überhaupt gekauft. Es steht in der hinteren Ecke des Wohnzimmers. Und natürlich darf ich darauf spielen, wann immer ich will.« Sarah atmete frustriert aus. »Er hat keinerlei Absicht, das Spielen zu erlernen. Er hat ihn gekauft, damit ich ihn benutzen kann. Er hat sich das nur ausgedacht, damit ich das Klavierspielen nicht vermisse.«

»Oh… das ist so süß«, sprudelte es aus Randi heraus.

»Es ist sehr teuer«, gab Sarah zurück, doch sie war auch der Meinung, dass es ziemlich süß von ihm war. Leider war dies jedoch nicht der Punkt. »Und es macht überhaupt keinen Sinn. Was will er mit dem Flügel anfangen, wenn ich zurück nach Hause gehe? Ich glaube, er will mir einen Gefallen tun, weil ich eine ungewöhnliche Kindheit hatte. Und jetzt das…« Sarah zeigte auf den riesigen Berg Klamotten und Accessoires. »Er muss damit aufhören. Ich kann ihm das Geld dafür niemals zurückzahlen.« Sarah war fast schon verzweifelt. Sie wusste Dante und seine Großzügigkeit zu schätzen. Doch sie war eine unabhängige Frau, die es nicht gewöhnt war, irgendwelche Geschenke zu erhalten. Sie hatte wirklich das Gefühl, dass sie ihm das Geld würde zurückzahlen müssen, ganz egal, wie reich er war. Wenn sie sich nur ihre neue Garderobe ansah, wurde ihr schon fast schlecht. Wie viel hatte er für sie ausgegeben und wie viele Jahrzehnte würde es dauern, bis sie das alles zurückgezahlt hatte?

»Er erwartet nicht, dass du ihm das Geld zurückzahlst«, antwortete Emily mit tiefer und tröstender Stimme. »Die Sinclair-Brüder sind im Wohlstand aufgewachsen. Ich weiß, dass Dante nie wirklich viel Geld ausgegeben hat, weil er so sehr mit seiner Arbeit beschäftigt war, doch er besitzt dieses Geld genauso wie die anderen Sinclairs. Ich glaube, sie besitzen alle ein Schenkungs-Gen. Grady ist genauso.« Emily stieg über einen Haufen Kleidungsstücke und kniete sich neben Sarahs Füße. »Sei ihm nicht böse, Sarah! Dante versucht, etwas zu berichtigen, von dem er denkt, dass es falsch gelaufen ist. Alle Sinclair-Männer sind so, sogar Jared. Es ist einer der wunderbaren Charakterzüge, die alle von ihnen aufweisen. Menschen gegenüber, die ihnen etwas bedeuten, zeigen sie sich beschützerisch und großzügig.«

»Es ist… überwältigend«, antwortete Sarah ehrlich. »Niemand hat jemals so etwas für mich getan.«

»Ich verstehe dich«, sagte Emily. »Grady hat mir einen brandneuen Geländewagen geschenkt, als er mich noch nicht einmal richtig kannte. Er hat mich auch nicht gefragt. Ich war außer mir, als er meine alte Klapperkiste einfach ausgetauscht hat, ohne mich zu fragen.«

»Was hast du gemacht?«, wollte Sarah neugierig wissen.

»Ich habe irgendwann nachgegeben, denn das Geschenk kam von Herzen. Er war besorgt über den Zustand meines Wagens und Grady kann sehr… überzeugend sein«, gestand Emily.

»Du meinst wohl dominant«, korrigierte Sarah.

Emily nickte. »Manchmal ist er das. Doch ich weiß, dass es von Herzen kommt, denn er will, dass ich sicher und glücklich bin. Ich lasse ihn wissen, wenn er es übertreibt.«

»Und glaubst du nicht, dass Dante es übertreibt? Er ist nicht mein Ehemann, nicht einmal mein fester Freund.«

Er hat mir nur einige spektakuläre Orgasmen beschert.

»Es ist ziemlich offensichtlich, dass ihm etwas an dir liegt. Die Sinclair-Männer können erstaunlich besitzergreifend sein, wenn sie die richtige Frau gefunden haben.«

»Das ist nicht das, was er mit mir anstrebt, Emily. Er wird nicht einmal viel länger hier sein«, winkte Sarah ab.

»Wir werden sehen«, entgegnete Emily wissend und stand auf, um sich wieder ihrer Aufgabe des Einsortierens der Anziehsachen zuzuwenden. »Ich kenne diesen Blick und dieses Verhalten.«

»Du denkst also, ich soll das alles so hinnehmen? Ich weiß nicht, ob ich das kann. Ich fühle mich, als würde ich ihn ausnutzen. Dante hat schon so viel für mich getan.« Sarah stand auf und räumte noch mehr Schuhe ein. »Allein die Tatsache, dass er mich in seinem Haus übernachten lässt und sich selbst dabei in Gefahr begibt, bedeutet mir sehr viel.«

»Hier«, flötete Randi und warf Sarah ein schimmerndes Kleidungsstück zu. »Zieh das für ihn an und er wird denken, dass es jeden Cent wert war.«

Sarah fing den roten Einteiler, als er über ihren Kopf segelte. Das rot-schwarz taillierte Oberteil hatte Spaghettiträger und war wie dafür geschaffen, ihr Dekolleté zur Geltung zu bringen. Das Höschen bestand aus roter Seide und Spitze und es war so knapp, dass es ihr gerade bis zum Oberschenkel reichen würde. Sie strich über das weiche Material des Nachtkleides, das praktisch ein Hauch von Nichts war. »Wir machen... so etwas nicht.« Nun, sie machten so etwas fast nicht. Nachdem er sie mit Handschellen ans Bett gefesselt und sie vor lauter Ekstase zum Schreien gebracht hatte, hatte er sie nicht mehr angefasst, außer, um sie zu küssen oder sich jede Nacht vor dem Einschlafen an sie zu kuscheln. Er hatte sie offensichtlich ernst genommen bei ihrem Wunsch, sich nicht selbst zu verletzen.

»Dann solltest du damit anfangen«, neckte Randi sie. »Dante ist wirklich heiß und besessen darauf, dich zu beschützen.«

»Er ist verletzt«, gab Sarah zurück.

»Dann hast du etwas, worauf du dich freuen kannst, wenn er wieder gesund ist«, sagte Emily und zwinkerte Sarah zu. »Gib es zu! Du magst ihn und du bist scharf auf ihn.«

Oh, Sarah hatte kein Problem damit, das zuzugeben. Es war die Wahrheit. »Stimmt.«

»Dann hol dir, was du willst! Du hattest echt keine gute Kindheit. Ein Verrückter hat dich fast umgebracht, nur weil du deine verrichtet Arbeit hast, und du tust nie etwas nur zum Spaß oder weil du es möchtest. Wenn du ihn willst, dann nimm ihn dir! Ich glaube nicht, dass er Widerstand leisten wird«, lachte Emily. »Du brauchst das nicht zu analysieren oder die Anziehung zwischen euch zu rationalisieren. Es wird niemals einen Sinn machen, glaub mir.«

Es gab keinen Zweifel, dass Sarah Dante wollte und dass ihr Verlangen nach ihm unlogisch war. »Er ist ein guter Mann. Aber wir kommen aus zwei unterschiedlichen Welten.«

»Spielt das eine Rolle, wenn er dir wirklich etwas bedeutet?«, fragte Emily ernst.

Spielte es eine Rolle? Sarah fragte sich das ebenfalls. Je besser sie Dante kennenlernte, umso unwichtiger wurden die Unterschiede zwischen den beiden. Sie wurde nur an seinen Reichtum erinnert, wenn er irgendetwas Verrücktes tat – wie zum Beispiel ein Vermögen für Kleidung auszugeben. »Er nimmt es sportlich, wenn ich ihn beim Schach besiege«, scherzte Sarah, doch sie war tief berührt davon, was für ein guter Verlierer er war und wie wenig Platz sein Ego in manchen Situationen benötigte. Dante wollte immer, dass sie so gut spielte, wie sie konnte, und das tat sie und schlug ihn jedes Mal. Doch Dante sagte, es bringe ihn zum Nachdenken und würde ihn dazu anspornen, besser zu werden. Er war von ihr nicht eingeschüchtert und es schadete seinem männlichen Stolz auch nicht, von einer Frau in einem intellektuellen Spiel besiegt zu werden. Aus diesem Grund mochte sie ihn sogar noch ein klein wenig mehr. Natürlich konnte er sie bei Videospielen in Grund und Boden stampfen, denn das war etwas, das sie erst kürzlich von ihm gelernt hatte. Jedes Mal, wenn er gewann, feierte und jubelte er, und das spornte sie an, sich darin zu verbessern.

Merkwürdig. Vielleicht ist er tatsächlich auf der richtigen Fährte.

Doch Dante erstaunte sie immer wieder. Für einen Mann, der zu viel Testosteron zu besitzen schien, war er sich seiner Männlichkeit jederzeit sicher. Auch wenn sie ihn besiegte, sah er sie stolz an und nicht genervt.

»Du musst einen Mann zu schätzen wissen, der selbstsicher genug ist, sich nicht darum zu scheren, ob du bei irgendetwas besser bist als er«, sagte Randi geradeheraus.

»Ich weiß jede Menge an ihm zu schätzen«, gab Sarah zu. Tatsächlich war sie von Dante fasziniert.

»Dann sei ein bisschen nachsichtig mit ihm und probiere ein paar dieser Sachen an. Er wird das Geld dafür niemals vermissen und er wäre ganz aus dem Häuschen, wenn er denken würde, dass sie dich glücklich machen.« Emily warf ihr zahlreiche Kleidungsstücke zu und Sarah fing sie reflexartig auf.

Sarah hörte auf, einen Sinn in ihren Gefühlen für Dante finden zu wollen. Er war ein guter Mann und das war alles, was zählte. Er war ein Rätsel und deswegen vertraute sie auf ihre weiblichen Instinkte, von deren Existenz sie nicht einmal gewusst hatte, bis Dante in ihr Leben getreten war. Auf keinen Fall wollte sie seine Gefühle verletzen und sie wusste instinktiv, dass eine Ablehnung seiner Geschenke genau *das* bewirken würde.

Mit einem tiefen, ergebenen Seufzer griff sie nach einem korallenroten Ensemble und zog es an.

Im Erdgeschoss fiel es Dante schwer, seine Frustration unter Kontrolle zu bringen. »Joe und ich haben nichts Besonderes herausgefunden. Es ist, als wäre das Arschloch einfach verschwunden«, berichtete er Jared und Grady, die mit ihm im Wohnzimmer bei einem Drink saßen.

Gerade jetzt fiel es ihm sogar schwer, dass Sarah nicht in Sichtweite war. Doch er wollte ihr die Privatsphäre mit ihren Freundinnen nicht nehmen. Er wusste, dass sie verrückt wurde und dass sie enttäuscht gewesen war, weil er nicht wollte, dass sie rausgeht und ihre Freundinnen im Brew Magic trifft. Verdammt, er wollte das, was sie miteinander hatten, nicht kaputt machen. Doch ebenso wenig wollte er, dass sie zur Zielscheibe wurde.

»Er wird auftauchen«, sagte Jared und nahm einen Schluck aus seiner Bierflasche, bevor er sie auf dem Tisch neben seinem Stuhl abstellte. »Es ist offensichtlich, dass er nicht einfach so verschwinden wird.«

Jared hatte Recht. Dante wusste, dass ein Mensch, der so viel Wut in sich trug, sich nicht einfach so in Luft auflösen würde. Irgendwann würde er sich zeigen. Die Frage war nur… wann und wo?

»Wie verkraftet Sarah das Ganze?«, fragte Grady leise.

»Sie hasst es, nicht zu Fuß gehen und draußen sein zu können. Mit allem anderen geht sie erstaunlich gut um.« Dante wusste, dass Sarah Angst hatte, doch sie versuchte, es nicht zu zeigen, und tat, was nötig war, um sicher zu bleiben. Dante wusste, dass ihr kluger Kopf alles abgewogen hatte und zu dem Entschluss gekommen war, dass sie mit diesen Umständen würde leben müssen, bis ihr Angreifer gefasst war.

»Vögelst du sie?«, fragte Grady, ohne ein Blatt vor den Mund zu nehmen.

Dante sah seinen Bruder wütend an. »Das geht dich gar nichts an, Grady.«

»Es geht mich etwas an. Sie ist eine Freundin«, gab Grady ruhig zurück. »Ich will nicht, dass sie verletzt wird.«

»Sie? Was ist mit mir?« Keiner seiner Brüder schien zu begreifen, dass er wegen Sarahs Sicherheit gerade den Verstand verlor.

»Ich verstehe ja, dass du sie beschützen willst, und du bist sicherlich sehr gut ausgebildet, um das zu tun, doch Sarah ist… anders«, antwortete Grady.

»Scheiße! Glaubst du, ich weiß das nicht? Sie hat ein Leben geführt, das die meisten Menschen nicht verstehen können. Sie war nie ein Kind; sie war etwas Wundersames, das von der wissenschaftlichen Gemeinde untersucht wurde. Es gab nicht einen einzigen Menschen, den es jemals interessiert hat, dass sie eine gutherzige, warme Frau ist, die die gleichen Dinge will, die andere Frauen wollen. Sie hören, wie sie spricht und wie sie versucht, in allem einen logischen Sinn zu finden. Oder sie hören ihr dabei zu, wie sie über etwas spricht, das sie nicht verstehen, und ignorieren sie, schließen sie aus. Niemand hat je versucht, *sie* kennenzulernen. Sie waren alle so verdammt unsicher und eingeschüchtert, dass sie keine Freundschaft mit ihr wollten.« Grady zog eine Augenbraue hoch, doch Dante fuhr fort. »Hier hat sie Freunde gefunden und ich weiß, dass sie Emily und Randi wichtig ist, doch das ist neu für sie. Sie ist hier glücklich. Sie ist vielleicht ein Genie, doch in vielen anderen Dingen ist sie immer noch naiv und unschuldig. Sie hatte niemals die Möglichkeit, normale Dinge zu lernen. Doch in ihr schlummert eine Frau, die einfach nur jemanden haben möchte, der sich um sie kümmert. Und sie verdient das, verdammt noch mal!«

»Du vögelst sie also«, stellte Grady mit einem kleinen Grinsen fest. »Sie ist dir wichtig.«

»Zum Teufel, ja, sie ist mir wichtig. Ich würde sie nicht beschützen, wenn sie es nicht wäre. Und ich bin nicht in der Verfassung zum Sex. Ich muss gesund werden, damit ich sie beschützen kann, wenn ich muss. Will ich mit ihr schlafen? Natürlich! Ich will sie mehr, als ich jemals irgendeine andere Frau gewollt habe.« Dantes Körper war angespannt und er starrte Grady an. »Ich bin so verdammt besitzergreifend und beschützerisch, dass ich mich fast selbst nicht ertrage. Sie macht mich verrückt, doch sie gibt mir auch das Gefühl, fliegen zu können. Wie bescheuert ist das denn?«

Jared schüttelte den Kopf und sagte ernst: »Es hat dich schwer erwischt. Ich glaube nicht, dass irgendeine Frau auf der Welt es wert ist, so durchzudrehen.«

Dante sah Jared an, doch sein jüngerer Bruder wich seinem Blick aus. Was zum Teufel war mit ihm geschehen? Während ihrer Kindheit war Jared der sensiblere, künstlerische Bruder gewesen. Jetzt war er abgestumpft, fast so, als würde das Leben ihn langweilen. Gut, vielleicht war er nicht gelangweilt, doch er war definitiv zynisch. Dante fragte sich, ob hinter Jareds Verhalten, sich wie eine männliche Hure aufzuführen, mehr steckte als bloße Gleichgültigkeit. Er schien fast schon verbittert und er war nicht immer so gewesen.

Von seinem Platz auf der Couch konnte Dante sehen, wie Coco bei seinen Füßen saß und geduldig wartete. Die verdammte Hündin mochte ihn tatsächlich. Er war sich nicht sicher warum, doch er hatte das Gefühl, dass es mit der Tatsache zu tun haben könnte, dass er ihr ab und zu ein kleines Leckerchen vom Tisch gab, wenn Sarah gerade nicht hinsah. Der Hund war wirklich ein bisschen erbärmlich und Dante hasste den erwartungsvollen Blick auf Cocos Gesicht. Er klatschte sich auf den Oberschenkel und Coco sprang auf seinen Schoß. Sie drehte sich zweimal um sich selbst, bevor sie sich niederließ und ihren Kopf mit einem zufriedenen Seufzer auf seinem Bein ablegte, als würde sie dorthin gehören. »Verdammter Köter«, brummte er, doch seine Aussage war nicht überzeugend. Er streichelte ihr weiches Fell am Kopf und sah zu Grady hinüber.

»Ich muss zustimmen. Es hat dich wirklich erwischt. Doch ich kann selbstverständlich nicht damit übereinstimmen, dass keine Frau es wert ist, sich so zu verhalten«, sagte Grady. »Emily war es wert. Sie hat mein gesamtes Leben verändert, mich genauso akzeptiert, wie ich war. Ich habe erkannt, dass nicht die Welt mich ausgeschlossen hatte; ich hatte mich selbst ausgeschlossen. Ich musste Emily begegnen, um zu erkennen, dass das Leben aus mehr besteht als nur Arbeit und dass nicht jeder so ist, wie unser Vater war.«

In diesem Moment hasste Dante sich dafür, dass er keinen besseren Kontakt zu seinen Brüdern und seiner Schwester Hope gepflegt hatte. Er wusste nicht, was mit Jared passiert war, und hatte auch nicht realisiert, dass Grady sich so isoliert hatte. »Was ist nur mit uns geschehen?«, fragte Dante in einem scharfen und lauten Flüsterton. »Als Kinder standen wir uns so nahe. Was ist passiert? Ich kann die Male an einer Hand abzählen, die wir seit der Collegezeit miteinander verbracht haben.«

»Wir waren alle egozentrische Arschlöcher?«, schlug Jared vor. »Nun… außer Hope.«

»Wir haben uns alle auf unsere Karrieren konzentriert. Doch wir hätten immer noch füreinander da sein können«, sagte Dante ärgerlich.

»Wir sind jetzt hier, Dante«, bemerkte Grady nüchtern. »Ich glaube, die Tatsache, dass du dich fast hast umbringen lassen, war für uns alle ein Schlag ins Gesicht. Hope und Evan rufen mich fast jeden Tag an.«

»Mich rufen sie auch an«, sagte Dante.

»Und Jared hat in Amesport beruflich nichts zu tun, doch er ist immer noch hier«, fügte Grady hinzu. Er schaute zu Jared und hielt beschwichtigend eine Hand in die Höhe. »Und jetzt erzähl mir nicht, dass du sowieso nichts anderes zu tun hast. Du hast eine Firma zu leiten. Du bist hier, weil du dir Sorgen gemacht hast und es immer noch tust.«

Jared zuckte mit den Schultern. »Nichts, das meine sofortige Aufmerksamkeit benötigt. Jetzt, wo Dante wieder den Helden spielt, will ich nur sichergehen, dass er sich nicht umbringen lässt.«

Dante grinste. Er wusste, dass Jared nur Mist erzählte. »Ich denke, dass ich hier klarkomme, wenn du gehen musst.«

»Ich bleibe«, grunzte Jared, nahm sein Bier und trank einen großen Schluck.

»Ich könnte dir sagen, dass du keine Spielchen mit Sarah treiben sollst, doch ich glaube nicht, dass das gerade in deinen Dickschädel reingeht«, sagte Grady zu Dante. »Ich glaube, du steckst schon zu tief drin.«

»Was meinst du?« Dante runzelte die Stirn.

»Was würdest du tun, wenn ein anderer Mann Sarah um ein Date bitten würde?«, fragte Grady ruhig.

»Ich würde ihn umbringen. Sie gehört mir«, grollte Dante. »Wer ist es?«

Grady grinste. »Nur eine hypothetische Frage. Ich habe nicht gesehen, dass sie mit irgendjemandem ausgeht, seit sie nach Amesport gezogen ist. Und ich habe soeben meine Antwort erhalten.«

Dantes Körper war steif geworden und die kleine Hündin auf seinem Schoß sah alarmiert zu ihm auf, als würde sie spüren, dass er sauer war. Die Anspannung in seinem Körper löste sich, doch er schaute Grady böse an. »Das war nicht lustig.«

»Ich fand es sehr komisch«, lachte Jared.

»Das kann ich mir denken«, entgegnete Dante gereizt.

»Was macht Joe, um Sarahs Angreifer zu fassen?«, fragte Grady und wechselte das Thema.

»Alles, was in seiner Macht steht«, antwortete Dante. »Niemand hat ihn gesehen.« Dante hatte darauf geachtet, dass die Polizei alles tat, doch sie konnten keinen Verdächtigen präsentieren, der sich irgendwo versteckte. »Wir müssen einfach abwarten. Ich glaube nicht eine Sekunde lang, dass er die Umgebung verlassen hat. Er sitzt es aus und wartet auf eine Gelegenheit, um zuzuschlagen.«

»Irgendwann müsst ihr ihm eine Gelegenheit geben oder ihr werdet ihn niemals fassen«, sagte Jared nachdenklich.

»Nein«, antwortete Dante mit Nachdruck. »Ich lasse nicht zu, dass Sarah als Köder in Gefahr gebracht wird.« Er konnte den Gedanken nicht ertragen, dass ihr etwas zustoßen könnte. Joe hatte das Gleiche vorgeschlagen, doch Dante hatte sich geweigert.

»Wenn wir das tun müssen, um ihn zu schnappen, dann tue ich es.« Sarahs Stimme war nah. »Ich will eher dieses Risiko eingehen, als für immer in Angst zu leben.«

Dante drehte seinen Kopf nach rechts und sah sie am Fuß der Treppe stehen. »Auf keinen Fall«, sagte er, als seine Blicke auf ihr ruhten. Ihm blieb der Mund offen stehen, während er das winzige Kleid begutachtete, das sie trug. Es war ein blau-weiß gestreiftes, rückenfreies Kleid und lag eng an ihrem Körper an. Ihre langen, schlanken Beine waren bis zu den Oberschenkeln entblößt. »Neues

Kleid?«, krächzte er und seine Augen verengten sich zu kleinen Schlitzen, als er bemerkte, dass sie keinen BH trug.

»Ja.« Sie lächelte ihn an und drehte sich einmal im Kreis, damit er das Kleid begutachten konnte. »Ich liebe es! Es ist so bequem.«

Heilige Scheiße! »Wo ist die Rückseite?« Dante fielen fast die Augen heraus, als er bemerkte, dass das Kleid rückenfrei war und einen Großteil ihrer gebräunten Haut zeigte, weil es fast bis zu ihrem Steißbein ausgeschnitten war.

»Es ist ein Sommerkleid. Emily hat gesagt, sie hätte meine Narben auf den Schultern nicht sehen können. Sind sie zu erkennen?«, fragte sie nervös.

»Nein.« Es waren nicht ihre Narben, um die er sich Sorgen machte; es war vielmehr ihr schlanker, wohlgeformter Körper, der für alle Männer zum Ansehen bereitstand.

»Ist es nicht zauberhaft?«, rief Emily, als sie und Randi die Treppe herunterkamen und sich neben Sarah stellten.

Dante brach der Schweiß aus und sein Schwanz machte sich sofort bemerkbar, als Sarah langsam den Raum betrat. Mein Gott, sie war wunderschön. Er musste sich zusammenreißen, um nicht die Decke von der Couch zu nehmen und sie zu verhüllen, doch auf keinen Fall wollte er ihr neues Selbstvertrauen, ihre Narben offen zu zeigen, zerstören.

»Sieht alles so aus?« Dante sah Emily verzweifelt an.

Emily lächelte. »Viele der Sachen. Die Mode dieses Jahres steht ihr super. Sie ist so groß und elegant.«

»Oh Scheiße. Ich bin verloren«, entfuhr es Dante.

Als er seine Augen schloss und seinen Kopf mit einem gequälten Stöhnen zurücklehnte, konnte er hören, wie Grady anfing zu lachen.

Kapitel 11

»M eine Liebe, Beatrice und mir geht es schon wieder viel besser. Ich glaube, wir hatten doch keine Lebensmittelvergiftung.« Elsie Renfrew blickte Sarah direkt in die Augen und log sie an.

Sarah betrachtete die beiden grauhaarigen Damen, die in ihrem Untersuchungszimmer saßen, und biss sich auf die Lippe, um nicht zu lachen. Beatrice und Elsie hatten einen Notfalltermin vereinbart, wobei der sogenannte Notfall sehr offensichtlich ihre Neugierde war, die sie fast umbrachte.

Seit die beiden gemeinsam mit schuldvollen Mienen ihr Untersuchungszimmer betreten hatten, hatte sie gewusst, dass sie geschwindelt hatten. Beide hatten von der Nachmittagshitze gerötete Wangen und keine von ihnen sah auch nur annähernd so aus, als ginge es ihr nicht gut.

»Keine Bauchschmerzen mehr?«, fragte Sarah ruhig.

Die beiden Damen schüttelten gleichzeitig ihre Köpfe.

»Keine Übelkeit mehr?«

Sie fuhren damit fort, ihre Köpfe zu schütteln, und lächelten Sarah breit an.

Sarah schloss ihre Patientenakten und legte sie auf den Schrank. »Gut, meine Damen… wie lauten also Ihre Fragen? Sie beide sind fürchterlich schlechte Scharlatane. Ich habe mir Sorgen gemacht, als ich hörte, dass sie beide krank sind.« Sie warf den beiden einen, wie sie hoffte, strafenden Blick zu, doch es war schwierig, böse zu sein, wenn die beiden sie so unschuldig anstrahlten. Sarah wusste es besser, doch es war schwer, zwei ältere Damen zu belehren.

»Wir haben gehört, was in Ihrem Haus vorgefallen ist. Wir haben uns Sorgen gemacht«, gestand Beatrice zerknirscht. »Wir haben Sie nicht in der Stadt gesehen und Sie haben auch nicht beim Senioren-Bingo Klavier gespielt. Sie sind doch sonst immer dort.« Beatrice klang ehrlich besorgt und ihre Augen waren groß und unruhig.

Sarahs Herz schmolz. Diese beiden waren vielleicht Klatschtanten, doch ihre Sorge berührte sie. Nicht einmal Elsie hätte den bekümmerten Blick vortäuschen können, den Sarah in ihren scharfen Augen sah. »Es geht mir gut. Ich war nur damit beschäftigt, Dinge zu erledigen, die das Haus betreffen. Ich wohne bei einem Freund.« Sie konnte ihnen nicht die Wahrheit sagen. Es war das Beste, wenn niemand anderes von ihrem Stalker erfuhr, sonst würde das Gerede losgehen.

»Ich verstehe nicht, warum jemand so etwas tun würde. Amesport ist normalerweise ein sicherer Ort«, kommentierte Elsie und ihre Stimme klang fast schon ängstlich.

Sarah legte ihren Arm um die ältere Dame. »Hier ist es sicher, Elsie. Es ist nichts weiter geschehen. Wahrscheinlich war es nur ein betrunkener Tourist.« Auf keinen Fall wollte Sarah einer dieser Frauen Angst einjagen. Sie lebten beide allein und sie wollte nicht, dass sie sich in ihrem eigenen Haus fürchteten. Der Angreifer hatte es auf sie abgesehen und zwar nur auf sie.

»Ich mache mir keine Sorgen«, sagte Beatrice grimmig. »Wenn ich wüsste, wer das war, dann würde ich ihm in die Eier treten für das, was er Ihnen angetan hat. Genau so, wie sie es uns in der Selbstverteidigung im Zentrum beigebracht haben.«

»Beatrice, das richtige Wort ist ›Weichteile‹«, korrigierte Elsie ihre Freundin. »Sarah ist ein liebenswertes Mädchen. Seien wir nicht geschmacklos.«

Es war schon eine Weile her, seit Sarah das letzte Mal als Mädchen bezeichnet worden war, und es amüsierte sie, dass Elsie tatsächlich dachte, das Wort »Eier« sei zu vulgär. Sie hatte in einem Großstadt-Krankenhaus gearbeitet, in das immer wieder verletzte Gang-Mitglieder eingeliefert worden waren. Es gab vermutlich keine geschmacklosen Worte, die sie nicht bereits Hunderte von Malen gehört hatte. »Ich weiß es zu schätzen, dass Sie beide sich Sorgen gemacht haben, doch Sie sehen ja, dass es mir gut geht. Das nächste Mal erfinden Sie bitte keine Geschichte, um einen Termin zu erhalten. Kommen Sie einfach vorbei!« Sarah öffnete die Tür des Untersuchungszimmers und die beiden Frauen erhoben sich, um zu gehen.

»Ich habe gehört, dass Sie nicht mehr an diesem Dante Sinclair herumdoktern. Zu schade. Er ist ein ziemlich heißer Mann«, informierte Beatrice sie beim Hinausgehen. »Mit ihm hätten Sie die Laken durchwühlen können.«

»Aber erst nach der Hochzeit, Beatrice«, fügte Elsie schnell hinzu.

»Also wirklich Elsie, du musst mit der Zeit gehen. Niemand wartet mehr bis zur Hochzeit«, informierte Beatrice sie.

Sarah hörte dem Wortwechsel der beiden Frauen zu und brach fast in lautes Lachen aus.

»Ich dachte, er sei der Eine«, schob Beatrice unzufrieden hinterher und trat auf den Flur hinaus. »Ich war mir so sicher. Doch es gibt ja noch den netten Jared Sinclair. Er hält jedes Mal an und unterhält sich mit uns, wenn wir ihn sehen. Ich mag den Jungen wirklich.«

Das überraschte Sarah und sie fragte sich, ob Jared es einfach nicht schaffte, die beiden loszuwerden, wenn er sie traf, und sich auf ein Gespräch einließ, um nicht unhöflich zu sein. Sie fragte sich auch, wie er wohl darauf reagieren würde, ein Junge genannt zu werden. »Ich bin –«

»Sie ist bereits mit mir zusammen.« Dantes tiefe Stimme kam aus dem Eingang des Untersuchungszimmers auf der anderen Seite des

Flurs. »Ich habe mich in die Hände eines anderen Arztes begeben müssen.«

Sarah starrte Dante mit offenem Mund an, als er die beiden älteren Damen im Flur abfing und sie zu bezirzen begann.

»Nur, dass Sie es richtig verstehen. Ich konnte sie nicht als Ärztin behalten, weil wir ein Paar sind«, informierte Dante die beiden und grinste sie breit an.

»Hatte ich also doch Recht«, plapperte Beatrice aufgeregt. »Ich habe gewusst, dass ihr beiden zusammenkommen würdet. Ich hatte es Sarah bereits prophezeit, bevor Sie angekommen sind.«

»Haben Sie das?« Dante drehte den Kopf und sah Sarah mit hochgezogener Augenbraue an.

Sarah wusste, dass sie einen roten Kopf hatte, und sie war sich nicht sicher, ob sie durcheinander oder wütend war. Sie hatte Dante gebeten, im Untersuchungszimmer auf der anderen Seite des Flurs zu bleiben, um die anderen Patienten durch seine Anwesenheit nicht nervös zu machen. Das war zu ihrer täglichen Routine geworden. Sie sah ihre Patienten, während Dante auf der anderen Seite des Flurs mit seiner Waffe und seinem Computer saß, um die Zeit totzuschlagen.

Die meisten von Dantes oberflächlichen Wunden waren so gut wie verheilt, doch seine Rippen waren noch immer empfindlich – nicht, dass er sich jemals beschwerte. Sie war zwar nicht mehr seine Ärztin, doch zumindest befand er sich in einer Arztpraxis, falls er Probleme bekommen sollte.

Sarah seufzte und beobachtete Dante dabei, wie er sich mit einer Charmeoffensive seinen Weg in die Herzen der beiden Damen bahnte. Sie konnte an Beatrices und Elsies Gesichtern ablesen, dass er damit bereits Erfolg gehabt hatte. Sie wusste, dass er es nicht mit Absicht tat. Nicht wirklich. Er war nur der Dante, der es gewohnt war, im öffentlichen Dienst zu arbeiten. Er sprach ganz natürlich mit den beiden und schien ehrliches Interesse an Elsies Zeitungsarbeit und Beatrices selbsternanntem Talent auf dem Gebiet der Heiratsvermittlung zu haben.

Noch ein Grund, ihn zu mögen! Er verwöhnt meinen Hund und er ist nett zu alten Damen.

»Sind Sie der Freund, bei dem Sarah derzeit wohnt?«, fragte Elsie und hoffte sehr offensichtlich darauf, einen Exklusivbericht schreiben zu können.

Sarah musste fast lachen, als sie Dantes aufgesetzt verstörtes Gesicht sah. »Selbstverständlich nicht«, antwortete er und versuchte, beleidigt zu klingen. »Das wäre absolut unpassend, denn ich respektiere Sarah«, sagte er mit Nachdruck.

Elsie kicherte fröhlich. »Sie sind solch ein Gentleman.«

Sarah fiel es schwer, nicht zu lachen. Dante sagte genau das, was die alten Damen hören wollten, und bemühte sich, sie wissen zu lassen, dass er beleidigt sein würde, wenn sie auch nur andeuteten, dass sie bei ihm wohnte. Es war offensichtlich, dass er den Leuten mitteilen wollte, dass sie einen Beschützer hatte, doch er wollte nicht, dass irgendjemand ihren genauen Aufenthaltsort kannte.

Die beiden unterhielten sich mit Dante, bis sie an der Rezeption angekommen waren, wo er sie galant aus der Tür schob, ohne ihnen das Gefühl zu geben, nicht länger willkommen zu sein.

Sarah winkte den beiden zu, als sie um die Ecke verschwanden, und Dante zog die Tür zu.

»Du weißt schon, dass du gerade in der ganzen Stadt verkündet hast, dass wir ein Paar sind?«, fragte Sarah tadelnd.

»Gut«, antwortete Dante grinsend. »Ich hoffe, sie erzählen es jedem. So wird jeder Mann in der Stadt wissen, dass du nicht mehr zu haben bist. Und ich muss nicht jeden Kerl verprügeln, der dich anfasst.«

Sie war nicht mehr zu haben? Zehn Tage waren vergangen, seit Dante sie an sein Bett gefesselt und sie dazu gebracht hatte, den Verstand zu verlieren. »Du bist schon etwas überheblich, weißt du?«

»Ganz und gar nicht«, antwortete Dante in arrogantem Ton. »Ich war der Mann, der es dir so gut besorgt hat, dass du schreiend zum Orgasmus gekommen bist. Ich war der erste Mann, der den Geschmack deiner –«

Sarah hielt ihm schnell den Mund zu, um zu verhindern, dass noch mehr unanständige Worte aus ihm herausquollen. »Sei still!« Sie befanden sich im Rezeptionsbereich ihrer Praxis und ihre

Büroleiterin war immer noch da. Kristin hatte in einige Dinge, die Sarahs Angriff betrafen, eingeweiht werden müssen und wusste, warum Dante sich in der Praxis aufhielt. Doch sie wusste ganz sicher nicht, dass Sarah jede Nacht gemeinsam mit Dante im gleichen Bett schlief und sich sowohl tagsüber als auch nachts jede Menge schmutziger Fantasien zusammenträumte. Sarah konnte nicht an die Nacht vor zehn Tagen denken, ohne dass ihr Slip feucht wurde.

Wem mache ich etwas vor? Ihn nur anzusehen oder seine Stimme zu hören, lässt mich bereits dahinschmelzen.

Dantes haselnussbraune Augen durchbohrten sie mit einem sündig-verspielten Blick, von dem sie sicher war, dass ihm keine Frau dieser Welt widerstehen konnte. Leider wusste Sarah, dass Dante sich dessen bewusst war, wie sehr seine deutlichen Worte sie anmachten. Er nahm langsam ihre Hand von seinem Mund und küsste ihre Handfläche, bevor er sie losließ. »Die beiden waren die letzten Patienten. Lass uns gehen!«

Sarah drehte sich um und ging zum Wandschrank, um ihre Handtasche zu holen. Sie zog ihren weißen Kittel aus, nahm ihr Stethoskop ab und hängte alles in den Schrank, bevor sie mit Dante die Praxis verließ. Zur Abwechslung stritt sie nicht mit ihm, dass sie lieber zu Fuß gehen wollte. Sie hatte ein neues Paar Schuhe aus der Garderobe angezogen, die Emily für sie ausgesucht hatte, und ihre Füße brachten sie um. Sieben Zentimeter hohe Absätze? Was hatte Emily sich nur gedacht? Sarah liebte die professionelle Kombination von Bluse und Rock, doch sie war den ganzen Tag auf den Beinen gewesen und ihre Füße taten weh, weil sie diese sehr zauberhaften, aber auch unglaublich unbequemen Schuhe getragen hatte. Glücklicherweise waren dies die einzigen Schuhe mit solch einer Absatzhöhe, die Emily gekauft hatte.

Sie stieg in Dantes Geländewagen und streifte sich die Schuhe mit einem Seufzer der Erleichterung ab.

»Was ist los?«, fragte Dante.

»Die Schuhe«, gab sie stirnrunzelnd zurück. »Meine Füße tun weh.«

Dante schloss schnell die Beifahrertür, lief um den Wagen herum und glitt auf den Fahrersitz. »Gefallen dir die Schuhe nicht?«, fragte er mit dunklem Blick und ließ den Motor an. »Wir besorgen dir andere.«

»Nein«, beeilte sich Sarah zu sagen, »sie gefallen mir. Ich glaube nur nicht, dass sieben Zentimeter hohe Absätze für Ärzte geeignet sind. Sie sind eher für die Freizeit gedacht.«

Dante lachte leise, als er auf die Main Street einbog und in Richtung Halbinsel fuhr. »Warum würdest du in deiner Freizeit unbequeme Schuhe tragen, von denen deine Füße wehtun?«

»Du weißt, was ich meine.« Sarah warf ihm ein schnelles Lächeln zu. »Das sind Schuhe, die man anzieht, wenn man essen geht oder zu einer Hochzeit. Sie sind nicht dafür gemacht, dass man in ihnen den ganzen Tag arbeitet.«

Sie fuhren eine Weile schweigend und Sarah rieb sich ihre Füße, in der Hoffnung, die Krämpfe loszuwerden.

Nach einigen Minuten sprach Sarah ein Thema an, von dem sie wusste, dass es ihm nicht gefallen würde. »Dante?«

»Ja?«

»Du weißt, dass wir nicht für immer so leben können. Ich muss wieder ein normales Leben beginnen. Joe sagt, dass John vielleicht erst dann wieder auftaucht, wenn ich in meine normale Routine zurückkehre.«

»Auf keinen Fall«, zischte Dante. »Ich will nicht, dass dir etwas zustößt.«

»Du kannst nicht für immer hierbleiben. Und ich habe den Großteil meines Lebens abgeschottet verbracht. Ich bin dir dankbar, dass du mich beschützt, doch ich muss nach vorn blicken und weitermachen. Wenn das John dazu bringt, sich zu zeigen, dann tue ich es.«

Dante fuhr durch das Tor, das auf die Halbinsel führte, und beschleunigte so stark, dass die Reifen quietschten. Während er die Einfahrt hochfuhr und den Wagen parkte, sagte er kein einziges Wort. Sarah wartete wie gewöhnlich im Auto, während Dante überprüfte, ob alles in Ordnung war. Er riss die Beifahrertür auf.

»Steig aus!«, befahl er und löste mit einer Handbewegung ihren Sicherheitsgurt.

»Du denkst nicht rational«, sagte Sarah ruhig zu ihm und rutschte von ihrem Sitz. Es war nicht möglich, normal mit ihm darüber zu sprechen, dass sie wieder ihrem Leben nachgehen sollte, um John aus seinem Versteck zu locken, doch er musste verstehen. »Ich kann mich nicht für immer verstecken. Ich muss ihm die Gelegenheit geben, sich zu zeigen, wenn das seine Absicht ist.«

»Du gehst jeden Tag zur Arbeit«, sagte Dante böse.

»Ja… mit einem bewaffneten Leibwächter. Nimm es mir nicht übel, aber du kannst ziemlich furchterregend sein, auch wenn er nicht weiß, dass du eine Waffe trägst.«

Dante schloss die Tür auf und ließ sie nach sich eintreten. Er schaltete die Alarmanlage aus und machte hinter ihr die Tür lauter als nötig wieder zu.

»Ich bringe dich nicht in Gefahr, Sarah«, antwortete er und sah sie mit einem ärgerlichen Blick an, der den meisten Leuten das Blut in den Adern hätte gefrieren lassen.

Sarah ließ sich davon nicht einschüchtern. Sie kannte seine Gesichtsausdrücke und sie hatte jeden einzelnen von ihnen gesehen, von verspielt bis gemeingefährlich. Sie durchschaute ihn vielleicht nicht ganz, doch sie wusste, dass er ihr niemals wehtun würde, ganz egal, wie wütend er war. »Das ist ganz allein meine Entscheidung«, informierte sie ihn sachlich, legte ihre Handtasche auf den Esszimmertisch und verschwand nach oben, um zu duschen.

Ihr Herz tat weh, als sie ihre Arbeitskleidung auszog und sie in den Wäschekorb im Gästebad warf. Normalerweise liebte sie Dantes luxuriöse und geräumige Dusche, doch heute war sie seltsam abgelenkt. Das Wasser traf ihren Körper von beiden Seiten und von oben. Die pulsierenden Strahlen und das warme Wasser entspannten sie allmählich, während sie sich Shampoo ins Haar massierte.

Er wird niemals zustimmen. Ich muss diese Entscheidung selbst treffen.

Sich wieder in der Öffentlichkeit zu zeigen würde ihre Entscheidung sein müssen, und nach alledem, was Dante für sie getan hatte, würde ihn diese Entscheidung verletzen, weil er so vehement dagegen war. Und ihn zu verletzten war das Letzte, was sie tun wollte. Wie er sich um ihre Sicherheit kümmerte und sie beschützte, berührte sie mehr, als sie bereit war zuzugeben. Niemand hatte sich jemals so um sie gekümmert, wie Dante es tat. Erst vor Kurzem hatte sie damit aufgehört zu analysieren, warum er dies tat und warum die beiden diese Verbindung hatten, wenn sie zusammen waren. Sie genoss es einfach, bei ihm zu sein. Doch die Realität war noch immer die Realität. Er würde nicht mehr lange in Amesport sein – er war schon fast gesund – und sie würde die Entscheidung darüber, wie sie ihre Isolation beendete, selbst treffen müssen.

Sie spülte den Conditioner aus und dachte darüber nach, wie schmerzhaft es sein würde, wenn er nach Los Angeles zurückging, zurück zu einer Arbeit, die ihn fast umgebracht hätte. Alles in ihr rebellierte gegen diesen Gedanken und sie verstand, wie er sich fühlte, wenn sie in Gefahr war. Sie empfand das Gleiche für ihn.

Sarah stieß einen erschrockenen Schrei aus, als Dante nackt zu ihr in die Dusche stieg. Noch bevor sie einen klaren Gedanken fassen konnte, hatte er sie bereits an ihren Handgelenken gepackt und sie mit den Händen über dem Kopf an die Wand gedrückt. Sie sah in sein Gesicht und sofort durchflutete ein unbändiges Verlangen ihren Körper wie flüssiges Feuer. Sein Blick war explosiv und wild, wie ein hungriges Raubtier auf der Pirsch. Seine Grobheit war für sie wie ein Paarungsruf. Ihre Brustwarzen wurden hart, ihre Muschi wurde von nasser Hitze überrollt und ihr ganzer Körper zitterte vor Lust.

»Erstens. Ich gehe nicht eher, bis dieses Arschloch entweder im Knast sitzt oder tot ist. Verstanden?« Seine Stimme war rau und schroff.

»Wie kannst du –«

»Halt den Mund! Versuch nicht einmal, vernünftig mit mir zu reden! Ich bin nicht in der Stimmung dafür. Sag mir einfach nur, dass du verstehst!«, forderte er, während seine Brust sich mit jedem angestrengten Atemzug hob und senkte.

Sarah erkannte, dass er um Kontrolle bemüht war, doch ihretwegen musste er sich nicht zurückhalten. Sie mochte ihn so: dominant und fordernd. Auch wenn sie nicht wusste, wie er sein Versprechen würde halten können, wenn die Situation sich bis in alle Ewigkeit hinzog, so war sie doch davon überzeugt, dass er es tun würde.

Sie nickte, wusste jedoch nicht, wie er einfach so hierbleiben könnte. Sie hatte jedoch gelernt, dass Dante seine Versprechen hielt.

»Zweitens. Ich will nicht riskieren, dass dir irgendetwas passiert. Als ich Patrick verloren habe, wollte ich tot sein. Dann kamst du und hast meinem Leben wieder einen Sinn gegeben. Du gehörst mir, Sarah! Ich glaube, ich wusste das von dem Moment an, als ich dich das erste Mal gesehen habe. Ich weiß, dass *Du* bereit bist, das Risiko einzugehen und dich in der Öffentlichkeit zu zeigen, doch verstehst du nicht, dass es mich umbringen würde, dich zu verlieren?«

Sarah liefen Tränen die Wangen herunter, als sie erneut nickte. Die Intensität seiner Gefühle traf sie direkt ins Herz und erweckte die gleiche Antwort, die sie bereits eine Weile in sich trug. Sie hatte ihr keine Beachtung geschenkt, aus Angst, verletzt zu werden, doch sie wusste, dass ihre gesamte Welt schwarz werden würde, wenn sie Dante verlor. Ihr gesamter Abwehrmechanismus brach auseinander, während sie weinte. Sie dachte nicht analytisch. Dante behandelte sie wie eine Frau und sie reagierte darauf mit ihrem Herzen. Wenn es um ihn ging, war es so, als würde ihr Gehirn sich vollkommen ausschalten und die Kontrolle an ihr Herz übergeben.

»Drittens. Ich muss dich so dringend ficken, ich kann es mir einfach nicht noch einmal selbst besorgen. Was für ein beschissener Ersatz. Ich brauche dich. Jede Nacht mit dir im Bett zu liegen und dich nicht berühren zu können, ist eine Qual. Ich bin gesund. Ich habe dich nur aus dem Grund nicht gefickt, weil ich wusste, dass ich in einer guten Verfassung sein muss, um dich zu beschützen. Deswegen musste ich schnell gesund werden. Und ich wollte dich nicht nur halb befriedigen. Verstehst du?«

Als könnte das jemals passieren! Dante konnte sie mit seiner Berührung allein in Ekstase versetzen. Doch sie nickte trotzdem und die Tränen aus ihren Augen vermischten sich mit dem Wasser der Dusche, das auf sie herabströmte.

»Viertens?«, fragte sie, nachdem er einen Moment lang nichts gesagt und sein intensiver Blick in ihr ein körperliches Verlangen geweckt hatte. Es fühlte sich an, als würde sie ewig warten müssen, um endlich mit diesem Mann vereint zu sein, und sie konnte es einfach nicht länger aushalten.

»Es gibt kein Viertens«, grollte er, als seine Lippen sich auf ihren Mund pressten.

Sarah versuchte, ihre Hände aus seinem Griff zu befreien, als seine Zunge in ihren Mund eindrang. Dante hatte sie verzaubert und sie nahm nichts von dem wahr, was um sie herum geschah. Sie spürte nur die Hitze seines Mundes auf ihrem und wie seine Zunge sie brandmarkte. Ihr Verlangen, ihn zu berühren, war so groß, dass sie in seinen Mund hinein wimmerte und verzweifelt an ihren Händen zerrte, damit er sie endlich losließ.

»Was ist los?«, wollte Dante wissen, nachdem er atemlos seinen Mund von ihrem getrennt hatte.

»Ich muss dich berühren, Dante. Bitte«, bettelte sie. Sie wollte, dass er ihre Hände losließ, damit sie seinen endlich geheilten Körper erforschen konnte. Dieses Verlangen war so intensiv, dass es ihr körperliche Schmerzen bereitete.

»Ich halte das nicht aus«, warnte er sie, doch er löste den Griff und ließ seine Hände an ihrem Rücken heruntergleiten, bis sie schließlich ihre Pobacken umschlossen. »Doch ich will, dass du mich berührst, Sarah.«

Sarah verschwendete keine Zeit und fuhr mit gespreizten Fingern durch sein nasses Haar. Sie saugte das Gefühl seines Körpers an ihrem komplett in sich auf und zog seinen Mund an ihren heran. Ihr entfuhr ein Stöhnen, als er sanft in ihre Unterlippe biss und dann zärtlich mit der Zunge darüber leckte. Sarah zitterte vor Lust und ließ ihre Hände über seine Schultern und die wohlgeformten Muskeln an seinem Rücken wandern. Sein knackiger Hintern war pure Perfektion und als ihre Hände schließlich dort ankamen, griff sie beherzt zu.

»Oh Gott, Süße. Du bringst mich um«, raunte Dante, als Sarah ihren Kopf an seinem Hals vergrub und sanft in seine weiche Haut biss.

»Fick mich, Dante! Ich brauche dich«, hauchte sie mit heiserer Stimme in sein Ohr.

Sein mächtiger Körper erschauderte und so zog er sie in die Mitte der Duschköpfe, drehte sie herum und umarmte sie fest, wobei er seinen Körper gegen ihren Rücken presste. »Bald. Doch zuerst will ich, dass du kommst.« Seine Stimme war tief und fordernd und vibrierte neben der zarten Haut an ihrem Ohr. »Lass mich dir die verschiedenen Wege zeigen, wie deinem Körper Lust bereitet werden kann! Hast du dich jemals selbst in der Dusche berührt?«

Sarah schüttelte heftig den Kopf, seine direkten Fragen waren ihr nicht einmal mehr peinlich. Ihr Körper war zu aufgeheizt, wollte Dante zu sehr.

»Ich liebe es, dich so zu sehen«, flüsterte Dante ihr ins Ohr, während er ihre Brüste in beide Hände nahm und ihr leicht in die Brustwarzen kniff. Sarah fühlte, wie ein Stromstoß durch ihren Körper jagte. »Du bist so heiß und du brauchst es so sehr. Du willst, dass ich es dir besorge!«

»Ja«, stöhnte sie und die Begierde in ihrem Körper war so groß, dass sie es nicht länger aushielt, oder sie würde sterben.

Dante wanderte mit einer Hand über ihren Bauch und glitt tiefer, fand ihre Muschi und begann langsam, seinen Finger zwischen ihren Schamlippen zu reiben. »Fass deine Brüste an! Tu, was dir Lust bereitet!«, wies er sie an und streichelte ihre feuchte Spalte nun auf und ab, doch noch nicht dort, wo sie es so nötig gebraucht hätte.

Sarah griff sich an die Brüste, streichelte ihre Brustwarzen und kniff hinein, doch ihr Verlangen wurde nur noch größer. »Bitte«, flehte sie verzweifelt.

»Ich mag es, dir dabei zuzusehen, wie du dich selbst verwöhnst, Süße. Ich bin bei dir. Genieß es einfach!«, sagte er leise und ließ seine Finger endlich in sie hineingleiten. »Mein Gott. Du bist so heiß. Weißt du, wie scharf es mich macht zu wissen, dass ich der einzige Mann bin, der dich jemals so gesehen hat?«

Sarah wusste, dass ihre Muschi eng und warm war und um seine Finger herum pulsierte. Sie fühlte ihren beschleunigten Herzschlag in den Ohren und lehnte sich zurück an seinen muskulösen Körper, der ihr Gewicht ohne Probleme auffing. »Nur du«, stöhnte sie leise.

Ich brauche mehr. Ich brauche mehr.

Dante gab ihr genau das, was sie brauchte, als er ihre Spalte öffnete und ihre geschwollene Knospe den Wasserstrahlen aussetzte. Er bewegte ihren Körper so geschickt, dass sie in der Position gefangen war und der Wasserdruck ausschließlich und erbarmungslos das kleine Nervenbündel stimulierte.

»Oh Gott!«, schrie Sarah und kniff sich in die Brustwarzen, während der Vulkan in ihrem Bauch kurz vor dem Ausbruch stand.

Dante fingerte ihre nasse Muschi fest, ließ seine Finger hineingleiten und wieder hinaus, schneller und schneller.

»Hör auf! Hör auf!«, wimmerte sie, als sie begann, an seinen Körper gelehnt zu zittern, doch er war noch nicht mit ihr fertig.

Dante erkundete ihre Spalte mit jedem Stoß ein wenig tiefer und stimulierte ihren G-Punkt, von dem sie nicht einmal wusste, dass sie ihn besaß. Sarahs Kopf sank auf seine Schulter und ihr Rücken krümmte sich unfreiwillig. Sie war kurz davor, vor Lust zu explodieren.

»Hör auf!«, bettelte sie jetzt. Das überwältigende Gefühl seiner Finger, die unbarmherzige Stimulation ihrer Klitoris und das Gefühl ihrer eigenen Hände, wie sie ihre Brüste streichelten, brachten sie an den Rand der Verzweiflung.

»Komm für mich, Süße!«, befahl er streng.

Sarah hatte keine Wahl. Sie ließ sich gehen und schrie Dantes Namen, als ihr Körper in kleine Stücke zu zerplatzen schien. Am Ende dieses Lustbebens hatte sie keine Kraft mehr übrig und vertraute darauf, dass Dante sie auffangen würde, als sie zu Boden sank.

Kapitel 12

Dante hielt ihren zitternden Körper fest, während Sarah nach Luft rang. Ihr Herz schlug so schnell, dass ihr ganz schwindlig war. Er drehte den Wasserhahn zu und trug sie auf den Armen aus der Dusche. Nachdem er sie vorsichtig auf dem Waschtisch abgesetzt hatte, nahm er ein großes, weiches Handtuch und begann, ihren Körper und ihre Haare mit langsamen, behutsamen Bewegungen abzutrocknen. Als er damit fertig war, trocknete er sich selbst hastig ab, nahm eine Bürste und kämmte vorsichtig ihre Haare, während sie noch immer benommen von diesem Orgasmus bewegungslos und still dasaß.

Eine weitere Art, wie er sich um mich kümmert.

»Ich muss dich noch immer in mir spüren«, sagte Sarah endlich mit zitternder Stimme. Ihr Körper und ihr Geist brauchten – sehnten – diese absolute Verbindung verzweifelt herbei.

»Das wirst du«, entgegnete Dante heiser, nahm sie erneut hoch und trug sie in sein Schlafzimmer. »Doch das erste Mal muss ich dich in meinem Bett ficken, wo du hingehörst.«

Sarah schlang die Arme um seinen Hals und atmete seinen Geruch ein. Die Mischung aus Moschus und Männlichkeit machte sie benommen. Dante verströmte Testosteron und sie glaubte fast, es riechen zu können und sich an diesem Aroma zu betrinken. Er nahm sie auf die ursprünglichste Art und Weise, indem er zum ersten Mal in seinem Bett mit ihr schlafen wollte. Vielleicht war es etwas primitiv, eine Frau in seine Höhle zu zerren, um es ihr dann zu besorgen. Doch es war eine besitzergreifende Handlung, die Sarah nur noch mehr anmachte. Irgendetwas in ihr reagierte auf Dantes Dominanz, so wie ein Streichholz trockenes Holz sofort entfacht, und mit jedem besitzergreifenden Befehl oder Wort, das er von sich gab, brannte sie noch ein bisschen mehr für ihn und sie konnte dieses Feuer nicht aufhalten, auch nicht mit ihrem Verstand.

Er schlug die Bettdecke zurück und legte sie in der Mitte ab. Danach trat er einen Schritt zurück und betrachtete sie mit einem Blick, der so heiß war, dass sie fast verglühte.

»Ich brauche dich, Dante«, gab Sarah ehrlich zu. Hitze sammelte sich in ihrem Bauch und strömte in jede Faser ihres Körpers.

Er kroch ins Bett und nahm sie in seine Arme, hielt sie fest und legte schließlich seinen Kopf auf ihrer Schulter ab. »Ich brauche dich auch, Süße. Ich werde immer für dich da sein, wenn du mich brauchst.«

Wildes Verlangen schoss durch Sarahs Körper, auch wenn sie wusste, dass er nicht immer da sein würde. Sie wollte Dante mehr, als sie jemals irgendetwas anderes in ihrem Leben gewollt hatte, und sie wusste, dass dies nicht nur rein körperlich war.

»Sei bei mir!«, bat Sarah und drückte ihn fest an sich. Dantes emotionale Wunden vom Verlust seines besten Freundes waren noch immer frisch und sie wollte ihn so lange festhalten, wie er es brauchte, wie auch immer er sie brauchte.

»Sarah«, sagte er rau und intensiv, als ob sie alles für ihn war und alle diese Sehsüchte sich in ihrem Namen vereinigten.

In diesem Moment waren sie zusammengeschweißt an einem Ort, an dem nur sie beide existierten, und Sarah spürte Dante bis tief in ihre Seele.

Dante rollte sich auf den Rücken und stützte sich mit den Ellenbogen auf. In seinen Augen loderte das Feuer, als sein Blick sie traf.

Sie streckte ihre Hand aus und streichelte seine Wange und sein Kinn, die wie immer am Ende des Tages stoppelig waren.

»Kondom«, brummte er.

»Nein!«, rief Sarah. »Ich nehme seit Jahren die Pille.« Was zwischen ihr und Dante geschah, war roh und einzigartig, und sie wollte es auf diese Weise erleben.

»Das hast du mir nicht erzählt. Vertraust du mir?«, fragte Dante und sein Blick wurde noch fordernder. »Du wirst die erste Frau sein, mit der ich ohne Kondom schlafe. Die einzige Frau, die ich jemals so spüren wollte.«

»Ja.« Sie brauchte ihn in diesem Augenblick nicht daran zu erinnern, dass sie seine Krankenakte gesehen hatte. Sie wollte für ihn die Erste sein. »Mit mir ist alles in Ordnung.«

»Süße, jetzt bist du vor mir nicht mehr sicher«, sagte Dante verführerisch.

Sarah zitterte vor Aufregung. Sie hatte eine Ewigkeit auf diesen Moment gewartet. »Fick mich, Dante! Hab kein Erbarmen!«

»Kein Erbarmen für keinen von uns beiden«, stieß er hervor. Er ergriff ihre Füße und drängte sie, ihre Beine um seinen Körper zu legen.

Sarah gehorchte sofort. Sie hob die Hüften an und wollte nur noch seinen harten Schwanz fühlen, wie er sich in ihrer feuchten Muschi bewegte.

»Bitte. Ich kann nicht mehr warten.« Ihre Bauchmuskeln zogen sich zusammen, sie wollte endlich von ihm ausgefüllt werden.

»Nie mehr«, flüsterte er und positionierte seinen Schwanz so, dass er mit nur einem Stoß in sie eindringen konnte. »Oh mein Gott«, presste er heraus. »Du bist so verdammt eng, heiß… so feucht.«

Sarah fühlte sich gedehnt und komplett ausgefüllt durch Dante. Er war groß gebaut und sie fühlte einen kleinen Schmerz, als er tief in sie eindrang, doch die Ekstase, die sein Schwanz in ihr entfachte, war das unangenehme Gefühl wert, das ohnehin schon wieder verflog. Es war kein schlimmer Schmerz, es war etwas Einnehmendes, ein Dehnen, das die Tatsache unterstrich, dass Dante sie endlich ausfüllte.

»Ja«, murmelte sie, während sie ihre Beine noch fester um seinen

Körper schloss, damit er sie noch tiefer nehmen konnte. »Fick mich!«, forderte sie erregt.

Dante stand bereits der Schweiß auf der Stirn, doch er zog seinen Schwanz heraus und stieß erneut kräftig in sie hinein. »Mein!«, stöhnte er und es war fast so, als wäre dieses Wort wie ein Versprechen, während er sie langsam und tief nahm.

Sarah stöhnte vor Lust und krallte sich an Dantes Schultern fest, verloren im Rhythmus seiner intensiven und kräftigen Stöße. Genau das brauchte sie, diese verheerende, kräftige Verbindung.

Ihre Welt stellte sich auf den Kopf, während er sie vereinnahmte. Seine Hand schob sich unter ihren Hintern und zog sie an sich, damit sie die Stöße seines Schwanzes noch intensiver spüren konnte. Ihr Körper war wie elektrisiert; jede Berührung seiner Haut mit ihrer fühlte sich an wie ein zärtliches Streicheln. Sarah spürte, wie ihr der Schweiß über das Gesicht lief, während sie sich mit ihm bewegte und ihn sich mit jedem Stoß seines Schwanzes nehmen ließ, was ihm gehörte.

Ihre Hände waren überall, strichen seinen Rücken hoch und runter bis zu seinem Hintern, versuchten, ihn dazu zu bringen, noch tiefer in sie einzudringen.

»Fester!«, spornte sie ihn an. Sie wollte das Letzte aus ihm rausholen.

Dante reagierte umgehend und stieß so hart und schnell in sie hinein, dass sie fast keine Luft mehr bekam. »Sag mir, dass du mir gehörst!«, befahl er rabiat. »Sag mir, dass du es genauso brauchst, wie ich!«

»Ja!« Es gab keinen Grund, es zu leugnen. Wenn er jetzt aufhörte, würde sie es nicht ertragen können.

Dante wechselte die Stellung und legte einen ihrer Füße auf seine Schulter. Er veränderte den Winkel so, dass sein Schwanz nun jedes Mal, wenn er in sie hineinstieß und sich wieder zurückzog, ihre Klitoris stimulierte. Sein Mund suchte ihren und seine Zunge fiel in den Takt seines Schwanzes ein, als Sarah endlich in ihren Orgasmus eintauchte. Sie krallte ihre Nägel in seinen Rücken und fühlte die

Vibration seines Stöhnens, während er nicht aufhörte, sie so zu küssen, wie er sie fickte: heiß, hart und schnell.

Sarahs Rücken krümmte sich und ihre Beine pressten sich fester um Dantes Hüfte, während eine Welle nach der anderen ihren Körper erschütterte und sie diesen starken Höhepunkt bis zum letzten Zug auskostete.

Dante gab ihren Mund frei und stöhnte laut, als sie seinen Saft aufnahm. Die kräftigen Kontraktionen ihrer Muschi drückten seinen Schwanz energisch zusammen. Er nahm sie in die Arme und hielt sie fest, während er in ihr kam und beide nach diesem Höhepunkt zitternd zurückblieben.

Er rollte sich auf den Rücken und ließ sie auf sich verschnaufen, damit sie wieder zu Atem kam. Sarah fühlte sich schwach und verbraucht und ihr Herz raste, als sie ihren Kopf auf Dantes Brust ablegte und sich mit dem Großteil ihres Gewichts zur Seite fallen ließ. Er war zwar fast gesund, doch sie wollte ihm nicht wehtun.

Keiner von ihnen sprach ein Wort, als sie langsam wieder in die Realität zurückfanden.

Schließlich sagte Dante heiser: »Verstehst du jetzt, warum ich nicht riskieren kann, dass dir irgendetwas zustößt?«

»Ja.« Sarah verstand. Sie würde vermutlich genauso empfinden, wenn sie in seiner Position wäre. Es war kein rationaler Gedanke, doch zum ersten Mal machte es ihr nichts aus. Ihr Herz war jetzt involviert und das für jemanden zu spüren, was sie für Dante empfand, würde niemals Sinn ergeben. Es... war einfach so. »Ich will einfach nur normal sein«, antwortete Sarah mit einem Seufzer.

»Du wirst niemals normal sein, Süße«, sagte Dante geradeheraus. »Du wirst immer besonders sein, doch daran ist nichts falsch. Ich finde es fantastisch. Doch du hättest die Erlaubnis haben sollen, ein Kind sein zu dürfen und Dinge zu erleben, die alle normalen Frauen tun. Dein Talent hätte dir noch mehr Möglichkeiten eröffnen sollen, anstatt dich abzuschotten.« Er küsste sie zärtlich auf die Stirn.

»Ich nehme an, dass eines dieser normalen Dinge Sex wäre?«, fragte sie leicht amüsiert, doch gleichzeitig fasziniert darüber, wie gut er sie durchschauen konnte. Er kannte ihre Bedürfnisse fast schon besser als sie selbst.

»Besonders Sex. Fantastischer, überwältigender Sex«, sagte er mit einem arroganten Grinsen. »Und davon eine Menge, um die verlorene Zeit aufzuholen.«

Meine Güte, wenn er mir dieses eingebildete Lächeln zuwirft, würde ich mich am liebsten noch einmal auf ihn stürzen.

»Und ich nehme an, du kannst mir damit behilflich sein?«, neckte sie ihn.

Er rollte sich auf sie und hielt ihre Hände über dem Kopf fest. »Ich werde der einzige Mann sein, der dir dabei hilft«, sagte er gierig.

Urplötzlich veränderte sich sein Gesichtsausdruck von arrogant zu lüstern und sein Körper spannte sich an.

»Ich werde mich deswegen bestimmt nicht mit dir streiten«, gab sie sinnlich zurück. Sarah wunderte sich, als sie seine harte Erektion an ihrem Oberschenkel spürte. »Unmöglich. Du bist über dreißig und ein durchschnittlicher Mann braucht länger, um erneut eine Erektion zu bekommen.« *Besonders eine, die steinhart ist.*

Dantes Lippen kräuselten sich und wurden zu einem bösen, bösen Lächeln. »Baby, wenn es um dich geht, bin ich weit davon entfernt, durchschnittlich zu sein.«

Sarah bezweifelte stark, ob Dante jemals als durchschnittlich bezeichnet werden könnte, auch wenn er nicht mit ihr zusammen war. Er war... »außergewöhnlich«, murmelte sie laut vor sich hin.

Dante warf den Kopf zurück und lachte schallend, bevor er ihn mit einem Stöhnen auf ihre Schulter legte. »Nur du kannst dieses Wort so sexy klingen lassen, wenn du über meinen Schwanz sprichst.«

»Außergewöhnlich?«, versuchte sie es erneut, dieses Mal mit einem kleinen Lächeln. Sie wusste, dass er nicht realisiert hatte, dass sie sich auf ihn als Mann bezogen und nicht über sein männliches Teil gesprochen hatte.

»Das macht mich wahnsinnig an«, stimmte er zu und ließ seine Zunge hinter ihrem Ohr den Hals hinunterwandern.

»Fantastisch«, seufzte sie und legte den Kopf nach hinten, damit er besseren Zugang zu ihrem Hals bekam.

»Du wirst das gleich herausfinden, wenn du nicht aufhörst, so schmutzig mit mir zu sprechen«, warnte er sie mit dumpfer, tiefer, leidenschaftlicher Stimme und biss sanft in ihr Ohrläppchen.

Sarah stöhnte. Sie wusste, dass ihn so gut wie alles, was sie sagte, unwahrscheinlich heiß machte. Verrückter Typ. Als er endlich erneut in sie eindrang und seinen Schwanz tief in ihr vergrub, stöhnte sie: »Phänomenal!«

»Schmutziges Mädchen«, sagte Dante.

»Fick mich, Dante!«, bettelte sie und der Großteil ihres Wortschatzes verschwand gemeinsam mit ihrem Verstand.

»Ein sehr schmutziges Mädchen«, sagte er mit einem heiseren Seufzen und tat genau das, worum sie ihn gebeten hatte.

Sarah erwachte am nächsten Tag wunderbar wund, froh darüber, dass es Samstag war, und in einem Paar muskulöser Arme, die sie fest und beschützend gehalten hatten, während sie den Großteil des Tages verschlafen hatte. Dies war selbstverständlich passiert, nachdem sie Dantes »phänomenalen« Schwanz noch einige weitere Male gespürt hatte, und es war schon hell geworden, als die beiden endlich erschöpft eingeschlafen waren.

Sie streckte die Arme über den Kopf, räkelte sich und setzte sich im Bett auf. Da bemerkte sie, dass es bereits vier Uhr nachmittags war. »Wann habe ich jemals den ganzen Tag verschlafen?«, flüsterte sie zu sich selbst und war erstaunt. Sie hatte sich nie diesen Luxus gegönnt, auch nicht, als sie während des Medizinstudiums Tag und Nacht gearbeitet hatte.

»Deine Schuld«, sagte Dante erschöpft, setzte sich auf und räkelte sich, wie sie es zuvor getan hatte. »Du hättest nicht mit diesem schmutzigen Gerede anfangen sollen.«

Sarahs Körper reagierte selbst auf sein Strecken, wie seine breiten Schultern und sein Bizeps sich anspannten, als er sich bewegte. Ihre Augen wanderten über seine muskulöse Brust und die trainierten

Bauchmuskeln und folgten der Spur von dunklen Härchen unter seinem Bauchnabel, die unter dem Laken verschwand, das wie ein Zelt aufrecht stand.

Bevor er eine Chance hatte, sie zu packen, kletterte sie aus dem Bett. Sie lachte ihn an, als er versuchte, sie zu fangen, nackt und auf allen vieren. Ihr Körper reagierte sofort, ihre Brustwarzen wurden hart und sie sah ihm dabei zu, wie seine Augen dunkel und heiß wurden. Sie wollte sich fangen lassen, doch sie wusste auch, dass sie nicht mehr würde laufen können, wenn Mr. Außergewöhnlich sie auch nur noch ein einziges Mal nahm. »Oh nein, Mister! Halt das Ding von mir fern! Ich bin wund.«

Dante gab sich stöhnend geschlagen und ließ sich auf den Rücken fallen. Sarah kicherte. »Wenn du mir schon nicht erlaubst, dich zu vögeln, dann gib mir zumindest etwas zu essen«, rief er gespielt enttäuscht und versuchte, sie zum Lachen zu bringen. »Du bist eine anspruchsvolle Frau und hast mich hart rangenommen. Ich bin ausgehungert.«

Sie gluckste. Sarah konnte sich nicht helfen. Wenn Dante in einer albernen Laune war, wurde er zum Meister der Dramaturgie. Oh, sie wusste sehr genau, dass er versuchte, sie mit seiner armseligen Vorstellung zu erweichen. An seinem Körper gab es keine einzige schwache Stelle. Doch sie liebte die Tatsache, dass er dies tat, um sie aufzuheitern.

Und ganz ehrlich, sie musste ihm wahrscheinlich tatsächlich etwas zu essen geben. Er hatte so viel Energie verbraucht und es war definitiv nicht *sie* gewesen, die *ihn* so ausgelaugt hatte. Dante war… unersättlich.

Es hatte sie nicht überrascht, dass Dante kein guter Koch war, und sie hatte bereits am ersten Tag herausgefunden, dass sie entweder kochen musste oder ihnen würde jeden Tag chinesisches Essen oder Pizza vom Lieferdienst gebracht werden. Sie hatte sich daran gewöhnt, in seinem Haus zu kochen, etwas, das sie eigentlich mochte, doch bei sich zu Hause nur selten tat, weil sich der Aufwand nicht lohnte, nur für eine Person ein Mahl zuzubereiten. Doch Dante dabei zuzusehen, wie er sich mehrere Portionen ihrer selbst zubereiteten

Speisen einverleibte, machte sie glücklich, so als würde sie tatsächlich etwas Nützliches für ihn tun. Niemand wusste gutes Essen mehr zu schätzen als Dante.

»Eier, Speck und Pfannkuchen, sobald ich mit dem Duschen fertig bin«, informierte sie ihn, als sie zur Schlafzimmertür ging. Sie war nackt und fühlte sich unsicher, im Adamskostüm herumzulaufen.

»Ich bin in zehn Minuten fertig«, rief Dante ihr fröhlich hinterher, rollte sich aus dem Bett und joggte in die Dusche.

Fünf Eier, ein halbes Pfund Speck und fünf Pfannkuchen später räumte Dante die Küche auf, während Sarah an seinem Flügel im Wohnzimmer saß. Er war ein großer Mann, doch wie zum Teufel konnte er das alles essen?

Sie hatte gerade ihr Stück beendet und zuckte zusammen, als sie das Geräusch von klirrenden Tellern hörte, die er in die Spülmaschine räumte. Es war sein Vorschlag gewesen. Wenn sie kochte, räumte er hinterher auf.

Gott sei Dank besitzt er kein echtes Porzellan.

Dante machte genau so sauber, wie er alles andere auch tat: schnell und wild.

Sie sah, wie er aus der Küche kam, und mit seinem waldgrünen Hemd und den ausgewaschenen Jeans sah er zum Anbeißen aus.

Er schritt voller Tatendrang und mit stoischem Ausdruck auf dem Gesicht auf sie zu, hielt an der Klavierbank an und reichte ihr die Hand. »Gehen wir. Ich habe eine Überraschung für dich.«

Sein Gesicht verriet nichts. »Was hast du vor?«, fragte Sarah vorsichtig.

Er ergriff ungeduldig ihre Hand und zog sie sanft nach oben. »Du bewegst dich besser, bevor ich es mir anders überlege. Zieh zum Schutz eine Jeans und ein langärmliges T-Shirt an.«

Wozu? Sie trug bereits Shorts und ein Trägerhemdchen. Neugierig ging Sarah hoch in ihr Zimmer, um passende Kleidung zu finden.

Draußen waren es immer noch um die fünfundzwanzig Grad und es war fast immer schwül. Doch sie würde keine Diskussion darüber beginnen, warum sie etwas Langärmliges anziehen sollte. Dante hatte auf jeden Fall etwas vor und sie konnte nicht erwarten herauszufinden, was er geplant hatte.

Dante war ein wenig ängstlich, als er mit Sarah nach draußen ging. Er hatte ihr Geschenk vor einigen Nächten zusammengebaut, als er nicht schlafen konnte und verfolgt wurde von ihrer Wärme und der Versuchung, ihren Körper neben sich zu spüren. Er war aufgestanden und mit dem Vorsatz in die Garage gegangen, seinen Kopf zu beschäftigen und sich von seinen schmutzigen Gedanken abzulenken. Als er es gekauft hatte, hatte er nicht vorgehabt, ihr so bald irgendetwas anderes beizubringen, als auf ihm zu reiten. Er wollte nicht, dass sie sich draußen ungeschützt bewegte, wenn es nicht absolut notwendig war. Und doch war er plötzlich hin- und hergerissen zwischen seinem Instinkt, sie zu beschützen, und seinem Verlangen, sie glücklich zu machen.

Ich will einfach nur normal sein.

Diese Bitte, dieses einfache Bedürfnis, hatte ihm in der letzten Nacht fast das Herz gebrochen. Was er ihr gesagt hatte, stimmte... sie würde immer viel besser als nur normal sein. Doch sie verdiente es, normale Dinge zu tun. Wenn es nach ihm ginge, würde sie so lange an einem sicheren Ort bleiben, bis ihr Angreifer gefasst war. Doch er musste sich eingestehen, dass die Möglichkeit bestand, dass dieser Typ sich in eine andere Stadt abgesetzt hatte und er sie grundlos eisperrte. Er würde wachsam sein, doch sie nach draußen zu lassen, brachte ihn trotzdem fast um. Sicher, sie waren auf der Halbinsel und es war unwahrscheinlich, dass er ihren Aufenthaltsort bereits herausgefunden hatte. Doch wenn es um Sarahs Sicherheit ging, machte ihn das kleinste Risiko nervös.

Glücklich oder sicher?

Warum zum Teufel musste es entweder das eine oder das andere sein? Er wollte, dass Sarah glücklich *und* sicher war. War das denn zu viel verlangt?

Seine Glock steckte hinten in seinem Hosenbund und wurde von seinem T-Shirt verdeckt. Dante überprüfte wortlos die Umgebung, bevor er Sarah in die Einfahrt zog. Er ließ ihre Hand los, ging in die Garage und schob ihr neues Fahrrad heraus, während er ihr Gesicht beobachtete, das langsam registrierte, was er da tat.

»Oh mein Gott. Ist das für mich? Es ist wunderschön!«, rief Sarah aus und ihr Gesicht strahlte, als sie es näher inspizierte und ehrfurchtsvoll mit einer Hand über den schwarzen Ledersattel strich.

Das Fahrrad, das er herausschob, war rot lackiert mit schwarzem Zubehör und ihr Blick, als sie es sah, war unbezahlbar. Die paar Stunden, die er benötigt hatte, um es zusammenzubauen, hatten sich absolut gelohnt. »Das ist ein Strandrad und es hat nur einen Gang. Für diese Gegend hier ist es perfekt geeignet und es ist einfach, darauf das Fahren zu lernen. Es ist ein gutes Fahrrad für einen Anfänger.«

»Es ist ein gutes Fahrrad für immer. Ich kann nicht fassen, dass du das nur für mich gekauft hast«, flüsterte Sarah leise und strich über die glitzernde, rote Lackierung. »Es ist das beste Geschenk überhaupt.«

»Besser als der Flügel?«, fragte Dante belustigt. Nur Sarah würde denken, dass ein Strandrad für Anfänger das beste Geschenk ist, das man von einem Milliardär bekommen kann. Doch er hatte keinen Zweifel daran, dass sie sich über diesen albernen Drahtesel mehr freute als über teuren Schmuck oder irgendetwas anderes, das er im Handumdrehen für sie beschaffen könnte.

Sie sah ihn mit hochgezogener Augenbraue an. »Du hast gesagt, dass der Flügel für dich ist.«

Verdammt. Erwischt!

Der Flügel war nie für ihn gedacht gewesen, doch er wusste, dass er sich eine Ausrede dafür hatte einfallen lassen müssen, warum plötzlich ein Flügel in seinem Wohnzimmer stand. Ja, seine Ausrede war lahm gewesen. Und doch war er gerade mitten ins Fettnäpfchen getreten. »Ist er doch auch«, log er verschämt. Er wusste, dass sie seine Ausrede vermutlich nie geglaubt hatte, doch er würde es nicht offen zugeben. Es war sehr wahrscheinlich, dass sie ihn dazu bringen würde, das Instrument loszuwerden.

»Hm… klar«, antwortete Sarah zweifelnd, doch sie beließ es dabei. »Hast du das Fahrrad selbst zusammengebaut?«, fragte sie neugierig.

»Ja, das war mir wichtig. Ich wollte, dass es sicher für dich ist.« Er seufzte erleichtert darüber, dass sie das Flügel-Thema beiseitegelegt hatte. Leider wusste er aber auch, dass sie ihn durchschaut hatte, doch sie hatte es ihm durchgehen lassen.

Sarah hörte endlich auf, das Fahrrad anzustarren, und schaute ihm ins Gesicht. Dante erstarrte, als er die Tränen in ihren Augen sah, und er merkte, wie sein Herz schneller schlug, als sie eine Hand in seinen Nacken legte und ihn zu sich herunterzog, um ihm den vorsichtigsten und zärtlichsten Kuss zu geben, den er jemals bekommen hatte.

»Das macht es noch besonderer«, sagte sie leise zu ihm. »Danke.« Sie griff sich die Lenkstange und fragte aufgeregt: »Kann ich es ausprobieren?«

»Warte kurz!«, befahl er und brachte die Sicherheitsausrüstung zum Vorschein, die er zusammen mit dem Rad gekauft hatte. Er setzte ihr den leichten Helm auf den Kopf und lachte, weil er ihre Locken plattdrückte und sie an den Seiten unter dem Helm hervorquollen. Er ließ sie ihre Arme und Beine ausstrecken und legte ihr Knie- und Ellenbogenschützer an. »Okay«, sagte er unsicher, doch er ließ sie ein Bein über die Mittelstange schwingen und dachte darüber nach, ob er ihr noch weitere Schutzkleidung hätte kaufen können.

Er zeigte ihr, wie man das Fahrrad bremst, das Wichtigste, wie er fand, und wie sie die Balance halten musste. Um ganz ehrlich zu sein, hatte er Stützräder an das Fahrrad montieren wollen, doch dann eingesehen, dass das etwas zu viel war. Jetzt wünschte er sich allerdings, dass er sie gekauft hätte. Er sah Sarah vor seinem geistigen Auge nach einem heftigen Sturz bereits verletzt und blutend am Boden liegen, auch wenn er wusste, dass das lächerlich war.

»Ich bleibe neben dir, tritt also nicht zu kräftig in die Pedale. Und brems nicht zu stark oder du fliegst über den Lenker«, warnte er sie ängstlich.

»Macht es nicht mehr Sinn, schneller zu fahren? Ist doch ganz einfache Physik. Wenn ich mich schneller bewege, sollte das Rad stabiler werden«, sagte sie mit Bedacht.

Dante beobachtete Sarahs konzentriertes Gesicht und musste grinsen. Er hätte wissen sollen, dass sie in ihrem Kopf irgendeine mathematische Gleichgewichtsformel berechnen würde. »Nicht zu schnell«, wies er sie an. »Steig auf!«

Sarah nahm mit Hilfe der Pedale auf dem Sattel Platz und fand eine bequeme Position für ihre Hände am Lenker, während Dante sie festhielt.

»Okay, du kannst lostreten«, sagte er und behielt eine Hand am Lenker und die andere hinten am Sattel.

Sie lernte schnell, auch wenn sie am Anfang noch wackelte, doch schon nach nur wenigen Versuchen musste Dante bereits neben ihr herlaufen. Jedes Mal, wenn sie das Ende der Einfahrt erreicht hatten, ließ er sie das Bremsen üben, damit sie sich daran gewöhnen konnte.

»Ich glaube, ich hab's raus«, sagte Sarah selbstbewusst und ihr Gesicht glühte vor Aufregung, als sie nach einigen Fahrten vor und zurück am Ende der Einfahrt anhielten. »Dieses Mal kannst du loslassen.«

Ich kann loslassen?

Dieser Gedanke machte Dante zu schaffen, auch wenn er sich ziemlich sicher war, dass Sarah im Sattel bleiben würde. »Wir werden sehen.« In ihrem Gesicht stand immer noch die Aufregung geschrieben und sie freute sich wie ein kleines Kind, das zum ersten Mal Fahrradfahren lernt. Dante hatte sie nie schöner gesehen.

Sie stieß sich vom Boden ab und setzte sich auf den Sattel. Dante lief ein paar Meter neben ihr her und hielt sie fest, bevor er schließlich losließ. »Vergiss nicht zu bremsen!«, rief er, während er neben ihr herlief.

Sie schien kurz verwirrt, als sie merkte, dass er sie nicht mehr festhielt, doch dann schrie sie: »Ich fahre alleine!«

Das tat sie, auch wenn Dante nahe genug bei ihr blieb, um sie aufzufangen, sollte sie stürzen. Er sah ihr dabei zu, wie sie schneller in die Pedale trat und dann sanft bremste, um kurz vor der Garage zum Stehen zu kommen.

»Ich bin gefahren«, sagte Sarah atemlos und stellte ihre Füße auf den Boden. Sie stieg vom Fahrrad ab, stellte es auf den Ständer und warf sich in Dantes Arme, wo sie auf und ab hüpfte und sein Gesicht mit Küssen bedeckte. »Das war der Wahnsinn!«

Das war jeden verdammten Moment wert, den ich mich um ihre Sicherheit gesorgt habe.

Dante beobachtete noch immer, was um sie herum vor sich ging, doch ihre Freude wog seinen Stress auf und dass ihr schöner Körper seinen mit jedem Hüpfer berührte, war ein zusätzlicher Bonus.

»Ich koche dir heute das beste Abendessen überhaupt«, erklärte Sarah ihm aufgeregt.

Dante wollte ihr sagen, dass es jedes Mal, wenn sie beide gemeinsam am Tisch saßen und aßen, ein fantastisches Abendessen war, doch er wollte sie nicht davon abhalten. Sein Talent in der Küche war sehr beschränkt und Sarah war eine ausgezeichnete Köchin. Das Beste daran, mit Sarah zu essen, bestand darin, ihr wunderschönes Gesicht zu sehen, wenn sie neben ihm am Tisch saß. Es war schon merkwürdig, wie schnell er sich daran gewöhnt hatte, nicht mehr alleine zu essen und sie jeden Abend neben sich zu wissen. Wahrscheinlich weil er es liebte, sie so nahe bei sich zu haben.

»Es wird langsam dunkel. Sollen wir reingehen?«, fragte er sie zögerlich und wünschte, er könnte ihre Freude einfangen und sie für immer festhalten. Genau *so* wollte er sie jeden Tag sehen.

»Ja«, stimmte sie bereitwillig zu, trat den Ständer mit dem Fuß nach hinten und schob das Fahrrad vorsichtig in die Garage, als wäre es eines ihrer wertvollsten Besitztümer.

Dante sah ihr dabei zu, wie sie vorsichtig ihre Schützer und den Helm abnahm und alles sorgfältig in der Tasche auf dem Gepäckträger verstaute.

»Danke«, sagte sie aufrichtig, nahm seine Hand und verwob ihre Finger mit seinen, als sie zurück auf die Einfahrt hinaustrat.

Dante hatte einen riesigen Kloß im Hals. Er hatte niemals sehr viel Zärtlichkeit in seinem Leben erfahren, doch diese Frau brachte ihn dazu, diese Zuneigung von ihr zu ersehnen.

Er zuckte mit den Schultern. »Du bist ja nur Fahrrad gefahren.«

»Es war sehr viel mehr als nur die Tatsache, dass du mir das Fahrradfahren beigebracht hast, und das weißt du«, antwortete sie leise.

Sie wusste, dass es schwierig für ihn gewesen war, sich mit ihr im Freien zu bewegen. Sie sagte ihm, dass sie seine Kompromissbereitschaft zu schätzen wusste. Es hätte ihn überraschen sollen, dass sie verstand, doch das tat es nicht. Sarah konnte ihn durchschauen wie niemand anderes zuvor in seinem Leben.

Verdammt, es gab so gut wie nichts, das er nicht für sie tun würde, doch er wusste nicht, wie er ihr das sagen sollte, also küsste er sie stattdessen und umarmte Sarah genauso warm und fest, wie sie es zuvor mit ihm getan hatte. Dann legte er seinen Arm um ihre Taille und sie gingen gemeinsam zurück ins Haus.

Kapitel 13

In der kommenden Woche begann Dante, seine Zügel etwas zu lockern, und Sarah war erleichtert, dass sie sich gelegentlich draußen zeigen durfte. Gestern hatte er mit ihr einen Spaziergang zum Brew Magic gemacht, damit die beiden einen Latte trinken konnten. Selbstverständlich hatte er sie dicht an seiner Seite gehalten und seinen starken, muskulösen Arm um ihre Hüfte gelegt, und Sarah wusste außerdem, dass er nie ohne Waffe das Haus verließ. Und doch war es ein Fortschritt. Und in den letzten Tagen hatte er ihr ebenfalls erlaubt, einige Male mit dem Fahrrad die Einfahrt hoch und runter zu fahren. Er hatte ihr beigebracht, wie man Kurven fuhr, und dabei geholfen, ihre Fähigkeiten zu verbessern. Und dann waren da selbstverständlich noch die Nächte.

Sarah seufzte glücklich, wenn sie an diese unglaublichen Nächte dachte, und eine weitere stand ihr bevor. Keiner von ihnen hielt es länger als fünf Minuten aus, bevor sie sich nach der Arbeit die Kleidung vom Leib rissen und gemeinsam unter die Dusche sprangen, absolut scharf aufeinander. Für gewöhnlich wachten sie morgens bereits erregt auf und bereit, es miteinander zu treiben. Sarah hatte geglaubt, dass ihr Verlangen sich etwas legen würde, nachdem sie mit Dante geschlafen hatte. Das tat es nicht. Wenn überhaupt war ihre Lust noch größer und akuter geworden.

An diesem Tag klingelte ihr Mobiltelefon genau in dem Moment, in dem sie nach der Arbeit aus Dantes Geländewagen ausstieg. Ein Schauer lief ihr über den Rücken, als sie das Telefon aus ihrer Tasche zog und die Nummer ihrer Mutter sah.

»Wer ist das?«, fragte Dante neugierig.

»Meine Mutter«, antwortete sie unglücklich. Es war bereits über einen Monat her, seit sie von Elaine Baxter gehört hatte, und obwohl ein Teil von ihr mit ihrer Mutter sprechen wollte, weil sie die einzige Familie war, die sie hatte, wusste sie bereits jetzt schon, wie das Gespräch verlaufen würde. So wie es immer verlief.

Sarah hob schnell ab, bevor sie zu viel Zeit haben würde, den Anruf abzulehnen. Sie wusste, wenn ihre Mutter mit ihr sprechen wollte, würde sie so lange versuchen anzurufen, bis Sarah ans Telefon ging.

»Hallo?«, sagte sie ängstlich.

»Sarah?«, fragte ihre Mutter abrupt.

»Ja, Mama. Ich bin's.«

»Ich habe den idealen Mann für dich gefunden«, kam Elaine ohne Umschweife direkt zur Sache. »Ich habe ihn bei einem meiner Mensa-Treffen kennengelernt. Er ist perfekt. Er hat einen ähnlichen IQ wie du und er ist ein brillanter Neurochirurg, ihr würdet also sehr viel gemeinsam haben. Er ist älter als du und bereit, sich niederzulassen. Du musst zurück nach Chicago kommen!«

Nichts hatte sich verändert. »Ich kann nicht«, antwortete sie und ließ es aus zu erwähnen, dass sie keinerlei Pläne hatte, Amesport zu verlassen, einen Ort, an dem sie noch niemals in ihrem Leben glücklicher war.

»Arbeitest du noch immer nicht wieder im Krankenhaus?«

»Nein Mutter, das tue ich nicht«, sagte Sarah emotionslos und folgte Dante ins Haus.

»Du wirst diese Ängste überwinden müssen. Sie sind nicht rational«, schalt ihre Mutter sie. »Du gehörst nicht in eine winzige Praxis in einem kleinen Ort, der kaum auf der Landkarte zu finden ist. Wie willst du dich denn weiterentwickeln? Du musst dich mit dem Mann treffen, den ich für dich gefunden habe! Wegen seines Alters wird er dir mehr Sicherheit geben. Doch ich weiß nicht, ob er deine Phobien verstehen wird.«

Sarah war sich ziemlich sicher, dass er das nicht würde. Wenn er ein Freund ihrer Mutter war und sie diesen Mann mochte, dann tat er nichts, das nicht mit wissenschaftlichen Beweisen oder mathematischen Formeln belegt werden konnte. »Ich würde es vorziehen, mir meinen Ehemann selbst auszusuchen, Mama«, sagte sie.

Dante drehte bei Sarahs Kommentar seinen Kopf und sah das Mobiltelefon mit einem bösen Blick an, als wäre es eine lebendige Person.

Sarah sprach weiter. »Und es gab da einen Vorfall, der darauf schließen lässt, dass der Mann, der mich angegriffen hat, hinter mir her sein könnte. Ich arbeite mit der Polizei zusammen, damit er endlich festgenommen werden kann.« Sarah hoffte verzweifelt, dass ihre Mutter auch nur ein klein wenig besorgt sein würde.

»Ein weiterer Grund, warum du sofort in ein Flugzeug steigen und zurückkommen solltest. Die Polizei in Chicago kann dich viel besser beschützen«, sagte ihre Mutter leicht angewidert.

Und John Thompson könnte sich leicht in einer großen Stadt verstecken. *Mama, frag mich nur ein einziges Mal, ob es mir gut geht! Frag mich, was passiert ist und ob ich in Sicherheit bin! Frag mich, ob ich Angst habe! Sei eine Mutter statt einer Lehrerin!*

»Du verschwendest dort dein Potenzial, Sarah. Ich will, dass du bis zum Ende der Woche in ein Flugzeug steigst und nach Hause kommst, junge Dame«, fügte ihre Mutter hinzu.

Sprachlos setzte sich Sarah auf einen der Esszimmerstühle. Dante nahm sich einen Stuhl, setzte sich neben sie und nahm sofort ihre Hand, als wüsste er, dass etwas nicht in Ordnung war.

Wem mache ich eigentlich etwas vor? Ich wünsche mir eine Beziehung, die niemals existiert hat und niemals existieren wird.

Ihre Mutter war mehr eine Vorgesetzte, eine Ausbilderin, der es Sarah nie recht machen konnte und es nie recht gemacht hatte, ganz egal, wie sehr sie sich anstrengte. »Ich bin siebenundzwanzig Jahre alt. Ich kann jetzt meine eigenen Entscheidungen treffen. Und ich gehe nie wieder zurück. Niemals!«, teilte sie ihrer Mutter energisch mit.

Für Sarah bezogen sich die Worte auf viel mehr als nur ihren Aufenthaltsort. Sie begann zu leben, schloss Freundschaften, nachdem sie so lange niemanden gehabt hatte, und sie hatte einen Mann an ihrer Seite, der ihr Unterstützung bot, wenn sie diese brauchte. Dante würde vielleicht nicht für immer in ihrem Leben bleiben, doch sie würde das genießen, was sie im Moment hatte. Nein... sie würde niemals zu der sterilen, leblosen Existenz zurückkehren, die sie in Chicago geführt hatte. Nicht jetzt, wo sie gerade anfing zu lernen, dass Leben so viel... mehr sein konnte.

»Nach allem, was ich getan habe, um deine Bildung zu fördern, willst du das einfach so wegwerfen?«, fragte ihre Mutter ärgerlich. »Du hast entsetzliche Narben, Sarah. Hast du das etwa vergessen? Doch ein intellektueller Mann, der mehr als nur Sex im Kopf hat, würde sich nicht allzu sehr an deinen Narben stören.«

»Ich bin glücklich«, sagte Sarah leise und wünschte sich, es würde nicht so aussehen, als lebten sie und ihre Mutter auf zwei verschiedenen Planeten. Sie war ein sehr gehorsames Kind gewesen und hatte immerzu versucht, ihre Mutter glücklich und stolz zu machen. Wenn sie es geschafft hatte, hatte ihre Mutter es nie gezeigt. Jetzt war es Zeit für Sarah, ihr eigenes Leben zu leben und aufzuhören, darauf zu hoffen, eines Tages die Erlaubnis ihres einzigen Elternteils dafür zu bekommen. Das würde niemals passieren und deswegen konnte sie sich auch gleich selbst glücklich machen.

»Einer Frau wie dir bedeutet Glück gar nichts«, erwiderte ihre Mutter. »Du bist talentiert.«

Sarahs Körper zuckte, als hätte ihr jemand einen Schlag versetzt. »Ich bin aber auch ein Mensch«, sagte sie traurig zu ihrer Mutter. »Ich will mehr, als nur den richtigen Mann aufgrund unserer Gene zu heiraten. Ich will jetzt mein eigenes Leben führen.«

»Gut. Dann gehe ich davon aus, dass ich keine andere Wahl habe, als dich dein Leben und dein Talent verschwenden zu lassen«, gab Elaine hochmütig nach.

»Nein. Hast du wirklich nicht«, stimmte Sarah zu und beendete das Gespräch mit einem traurigen Seufzer.

Dante zog sie sofort auf seinen Schoß und nahm sie fest in die Arme. »Ich nehme an, es lief nicht so gut?«, fragte er neugierig. »Hat sie wirklich erwartet, dass du jemanden heiratest, den du noch niemals gesehen hast?« Seine Stimme wurde wütender, lauter.

Sarah zuckte mit den Schultern. »Von mir wird erwartet, dass ich einen Mann mit der DNA eines Genies heirate, damit wir ganz, ganz viele superintelligente Babys machen können, die dann von der wissenschaftlichen Gemeinde bestaunt werden können.«

»Meine Güte, diese Frau ist so kalt«, erwiderte Dante. »Nicht, dass ich das nicht bereits wüsste.« Er zögerte, bevor er hinzufügte: »Willst du heute Abend zu Tony's gehen? Ich schulde dir immer noch das Abendessen, über das wir damals gesprochen haben.«

Er will wirklich ausgehen? Er denkt, dass ich unglücklich bin, also will er etwas tun, um mich aufzuheitern.

»Ich würde sehr gern ausgehen, doch wenn du das nur machst, weil du denkst, dass ich traurig bin, dann liegst du falsch. Das bin ich nicht. Ich muss meine Mutter schon seit siebenundzwanzig Jahren ertragen«, sagte Sarah emotionslos und sah ihn an.

»Blödsinn«, sagte Dante ärgerlich. »Ich weiß, wie es sich anfühlt, wenn man sich einen Elternteil wünscht, den es interessiert, wie es einem geht. Ich kenne das.«

Sarahs Blick wurde weich, als er auf Dantes traf. Sie wusste, dass sein Vater vor seinem Tod ein gemeiner und auszunutzender Alkoholiker gewesen war und dass seine Mutter seine Familie verlassen hatte, sobald Hope aus dem Haus gewesen war. Dante und seine Geschwister hörten so gut wie nie etwas von ihrer Mutter. Es war offensichtlich, dass er wirklich genau wusste, wie sie sich fühlte. »Es tut weh. Doch ich werde nicht zulassen, dass sie mir die Chance aufs Glücklichsein kaputt macht.«

»Dann tu das auch nicht!«, stimmte Dante ihr zu. Er stand auf und stellte Sarahs Füße auf den Boden. »Los, zieh dich an! Ich mache das, weil ich dir ein Abendessen schulde. Und es ist noch hell draußen. Wir müssen zurück sein, bevor es dunkel wird.«

Er schuldete ihr überhaupt nichts. Wenn überhaupt, war das Gegenteil der Fall. Doch er nahm dies als Entschuldigung, um sie glücklich zu machen. Sarah grinste ihn an. »Ich werde wie Cinderella sein.«

»Wir müssen lange vor Mitternacht zu Hause sein und ich bin kein Märchenprinz, Frau«, sagte er schroff.

»Nein, das bist du nicht«, stimmte sie zu und gab ihm einen leichten Kuss auf die Lippen. »Du bist besser. Und ich bin mir fast sicher, dass du besser ausgestattet bist«, sagte sie mit verführerischer Stimme und strich mit ihrer Handfläche über seine Erektion, die unter dem Jeansstoff deutlich zu sehen war. Sexuell wurde sie immer mutiger und sie liebte das Gefühl, ihre eigene weibliche Macht zu besitzen.

Aus seinem Hals kam ein tiefes, vibrierendes Knurren und bevor er die Chance hatte, sie festzuhalten, flitzte Sarah davon. Ihr Lachen hallte durchs ganze Haus, als sie fröhlich quietschend die Treppe hochlief, Dante dicht auf ihren Fersen.

»Ich kann nicht glauben, dass ich dich in diesem Kleid tatsächlich aus dem Haus gehen lasse. Jeder Mann, der dich so sieht, wird davon fantasieren, mit dir Sex zu haben«, beschwerte Dante sich, als er die Beifahrertür seines Wagens für sie offenhielt und sein Blick über ihre langen, nackten Beine schweifte, die aus dem Wagen heraus schwangen.

»Du wolltest, dass ich ein rotes Kleid besitze«, erinnerte Sarah ihn. »Emily fand, dass es heiß ist. Findest du nicht?« Sie liebte das Kleid, doch sie musste zugeben, dass es darauf ausgelegt war, sexy darin auszusehen. Es hatte einen Nackenträger, der es unmöglich machte, einen BH zu tragen, und es war rückenfrei und bis zu ihrem Steiß ausgeschnitten. Der kurze, enge Rock endete in der Mitte ihrer Oberschenkel und umschloss ihren Po und ihre Beine perfekt. Es war freizügig, doch immer noch elegant genug, um sie nicht wie ein leichtes Mädchen aussehen zu lassen.

»Zu heiß«, nörgelte Dante. »Genau wie jetzt wird mein Schwanz während des gesamten Essens hart sein und ich werde den ersten Typen umbringen wollen, der dieses Kleid ebenso würdigt wie ich.«

Sarah lächelte über seinen unglücklichen Tonfall. Er hatte ihr bereits gesagt, wie schön sie aussah, und sie fühlte sich schön. Sie hatte ihr Haar hochgesteckt, wobei einige ihrer Locken an den Seiten herausfielen und ihr Gesicht umrandeten, und sie hatte mehr Make-up als gewöhnlich aufgelegt. Jedes Mal, wenn Dante zu ihr herübersah, hatte sie das Gefühl, er wollte sie mit Haut und Haaren verschlingen. Sie trug ihre hohen Absätze, doch Dante war noch immer größer als sie. Seine breiten Schultern steckten in einer Anzugjacke, die seine Mammutgröße nur noch unterstrich. In Jeans war Dante Sinclair faszinierend. In Anzug und Krawatte sah er so unfassbar gut aus, dass ihr der Atem wegblieb.

Die beiden wurden zu ihrem Fenstertisch geführt. Als sie sich setzen wollte, griff Date ihren Oberarm und lenkte sie auf den Platz ihm gegenüber.

»Ich habe gern die Tür im Blick«, sagte er grimmig, zog ihr den Stuhl heraus und ließ sie sich setzen, bevor er selbst Platz nahm.

Sarah wusste, dass er eine Waffe trug, und sie nahm an, dass er sehen wollte, wer in das Restaurant hereinkam und wer hinausging. »Ein Polizistending?«, riet sie.

»Ja«, antwortete er mit einem Grinsen. »Ich sitze immer mit dem Gesicht zur Tür.«

Sie bestellten Getränke und schauten auf die Speisekarte. Das Restaurant mochte vielleicht touristisch sein, doch Sarah gefiel das nautische Dekor, das ansprechend aussah, ohne billig zu wirken. Sie wählten beide Surf 'n' Turf, Steak und Hummer, und Sarah lehnte sich in ihrem Stuhl zurück, nippte an ihrem Wein und genoss die

Neuartigkeit, dass sie in einem Restaurant wie diesem saß, als hätte sie ein echtes Date.

»Warum lächelst du?« Dante sah sie fragend an.

»Ich fühle mich so jung – als hätte ich ein Date mit dem heißesten Typen auf dem gesamten Campus.«

»Wenn wir noch an der Uni wären und ich mit dir ausgehen würde, dann würde ich die ganze Zeit nur darüber nachdenken, ob ich es schaffen würde, nach dem Date mit dir zu schlafen oder nicht«, sagte Dante mit einem verschmitzten Grinsen.

Sarah lehnte sich nach vorn und flüsterte verschwörerisch: »Ich glaube, dass du dieses Mal sehr wahrscheinlich *Glück* haben wirst.« Sie war schon jetzt heiß auf ihn und wenn sie ihn ansah, wie er ihr so attraktiv gegenübersaß, wollte sie über den Tisch kriechen und *ihn* zum Abendessen genießen.

»Glaubst du das?«, antwortete Dante und seine Stimme war heiser.

Er warf ihr einen wilden, warnenden Blick über den Tisch hinweg zu, bei dem ihr Herz für eine Sekunde aussetzte. Langsam nickte sie. »Ich habe sogar extra für dich einen neuen Slip angezogen, den du dir später ansehen kannst. Er ist sehr freizügig und fast durchsichtig.« Gut, sie wusste, dass sie nun mit dem Feuer spielte, doch sie liebte Dantes animalische Wildheit und machte deswegen weiter. »Und das dazu passende Strumpfband mit den Seidenstrümpfen ist fantastisch.«

»Das hast du mir alles nicht gezeigt«, grummelte er.

»Ich wollte essen«, sagte sie lachend. »Ich hatte Angst, dass wir das Haus überhaupt nicht mehr verlassen würden.« Das war die Wahrheit. Hätte sie ihm die Unterwäsche vorgeführt, bevor sie gegangen waren, würden sie noch immer im Bett liegen. Auch wenn sie Dantes unersättliches Verlangen nach ihrem vernarbten Körper noch immer nicht verstand, akzeptierte sie es dennoch als die Wahrheit. Er bewies es ihr wieder und wieder, jeden Tag, und sie gewöhnte sich langsam aber sicher an die Tatsache, dass er sie wirklich begehrte.

»Wir hätten das Haus nicht verlassen«, bestätigte Dante. »Meine Güte. Wie soll ich denn jetzt hier sitzen? Mein Schwanz ist doch schon hart«, brummte er unzufrieden.

Oh, wie gut es sich anfühlte, ihn zu ärgern. Niemals zuvor in ihrem Leben hatte Sarah sich dabei so wohlgefühlt, mit einem Mann zu flirten. Auch wenn dieses Gespräch mit Dante ein wenig über das Flirten hinausging, denn sie führten bereits eine sexuelle Beziehung. Doch sie liebte den intensiven Blick des Verlangens in seinem Gesicht und das brennende Feuer in seinen Augen, das heiß loderte, während er sie ansah.

»Dafür wirst du später bezahlen, Frau!«, teilte Dante ihr schroff mit.

Sarah erschauderte vor lauter Vorfreude. »Das hoffe ich«, entgegnete sie verführerisch. Sie stupste seine dominanten Instinkte definitiv an und vielleicht war es etwas gefährlich, wo Dante doch bereits ein Alpha-Mann war. Sexuell war er herrschsüchtig und gebieterisch, doch sie konnte nicht widerstehen, ihn noch weiter zu ärgern. Dante ermutigte sie dazu, ihre tiefsten Gelüste auszuprobieren, und in diesem Moment kostete sie dies voll aus.

Die Flammen in seinen Augen brannten immer heißer. »Ist es das, was du willst? Bestrafung?«

Sarah schauderte bei dem Gedanken. Dante würde ihr niemals wehtun und sie wusste, dass er ihr nur Lust bereitete. Doch seinem wilden Blick nach zu urteilen erregte ihn der Gedanke, sie für ihre Neckereien bezahlen zu lassen, genauso sehr, wie es sie heiß machte. Sie machte große Augen und sah ihn unschuldig an, als sie antwortete: »Nur wenn du denkst, dass ich es verdiene.« Ihr Fuß glitt unter dem Tisch aus ihrem Schuh heraus und sie streichelte mit ihren Zehen sanft über Dantes pralle Erektion. Sie hoffte, sich damit nur noch mehr Ärger einzuhandeln, und fragte sich, wie weit Dante sie wohl gehen lassen würde.

»In diesem Augenblick würde ich deinen Hintern so lange versohlen, bis du um Gnade bettelst«, warnte er sie zweideutig.

Ihre Muschi wurde feucht. Vielleicht war sie verdorben, doch der Gedanke daran, dass Dante so dreist sein würde, ließ ihren Körper heiß werden. Sie hatte keinen Zweifel daran, dass er es tun würde. Er war nicht der Typ, der seinen Worten keine Taten folgen ließ. Wenn dies nicht aufhörte, würde sie nicht mehr sein als ein Häuflein Asche auf einem Stuhl in einem feinen Restaurant.

Der Kellner brachte ihr Essen, was Sarah zum Anlass nahm, ihren Fuß herunterzunehmen und ihren Schuh wieder anzuziehen. Die Tischdecke war zwar lang und bedeckte ihre Schöße, doch sie wollte nicht entdeckt werden. Das alles war zu neu für sie, zu unwirklich. Dante wollte sie wirklich so sehr, dass es wehtat, und das Gleiche galt für sie.

Während sie aßen, wandte sich ihr Gespräch unschuldigeren Themen zu, doch sie merkte, wie sich Dantes Blick in sie bohrte, während sie ein exzellentes Steak und einen saftigen Maine-Hummer verspeiste.

Irgendwann begannen sie, über seine Brüder zu sprechen.

»Evan ist so gut wie immer unterwegs. Er sollte sich etwas zurücknehmen oder er ist mit fünfunddreißig vollkommen ausgelaugt«, erzählte Dante ihr, als er mit dem Steak fertig war und sein Besteck auf dem Teller ablegte.

»Er muss einsam sein«, bemerkte Sarah und fragte sich, wie es sich wohl anfühlte, die Welt zu bereisen und niemanden zu haben, mit dem man diese Erfahrung teilen konnte.

»Ich habe so noch nie darüber nachgedacht. Doch ja, das könnte schon sein. Bei seiner Arbeit ist er die ganze Zeit mit anderen Leuten zusammen, doch ich glaube, dass sich niemand einen Dreck um ihn schert. Die meisten kriechen ihm nur in den Hintern, um einen Vorteil für ihre eigenen finanziellen Interessen herauszuschlagen. Evan arbeitet sich selbst zugrunde, dabei muss er das gar nicht mehr. Er musste es eigentlich nie. Es sieht fast so aus, als würde er etwas beweisen wollen, vielleicht, dass er die Firma besser führen kann als mein Vater«, sinnierte Dante.

»Tut er das?«, fragte Sarah neugierig, während sie selbst ihr Essen beendete und ihre Serviette auf den Teller legte. Als der Kellner kam, um ihre beiden Teller abzuräumen, lehnte sie das freundliche Angebot auf einen Nachtisch dankend ab. Sie hatte bereits so viel gegessen, dass ihr Magen bis oben hin voll war.

»Absolut. Er hat das Unternehmen erfolgreicher gemacht, als irgendeiner von uns es jemals für möglich gehalten hätte. Die Firma hatte bereits einen Wert von mehreren Milliarden Dollar, doch seit dem Tod meines Vaters hat Evan den Wert verdreifacht. Ich wünschte nur, dass er sich mal eine Auszeit gönnen würde.« Dante runzelte die Stirn und schob seine Kreditkarte in den Umschlag für den Kellner, der diesen sofort an sich nahm.

»Und Jared?«, wollte Sarah wissen. Sie kannte Grady und einen Großteil seiner Geschichte bereits von Emily. Doch Jared war ihr noch immer ein Rätsel.

»Jared hat sich verändert. Irgendetwas ist mit ihm passiert, doch ich habe keine Ahnung was. Wenn ich versuche, ihn zu fragen, was ihn so verändert hat, spielt er es immer herunter, doch er war früher nicht so. Hat er ein erfolgreiches Unternehmen? Sehr erfolgreich. Doch er ist nicht derselbe Mensch, der er war, als wir gemeinsam aufwuchsen.«

»Wie war er, als er jünger war?«

»Kreativ. Klug. Er hat ständig irgendetwas gezeichnet. Er war ein talentierter Künstler, er hat Architektur studiert, weil er es liebte, Dinge zu erschaffen oder umzubauen. Ich glaube, dass Geschäftsimmobilien ihn langweilen, doch das ist es, was ihn nur noch reicher hat werden lassen. Ich weiß nicht. Er scheint ein wenig… verloren.« Dante machte eine Pause und fügte dann hinzu: »Er benimmt sich wie ein Arschloch, doch er war immer der Erste, der gemerkt hat, wenn Grady oder einer unserer anderen Geschwister uns brauchten, auch als er noch jünger war. Früher war er neugierig auf die Welt und freundlich zu jedem. Jetzt ist er nur noch ein Idiot.«

»Er ist immer noch nett zu alten Damen«, sagte Sarah und erinnerte sich daran, was Elsie und Beatrice über Jared gesagt hatten.

»Wenigstens etwas«, entgegnete Dante zweifelnd.

»Was ist mit Hope?«, wollte Sarah wissen und fragte sich, wie es wohl gewesen sein musste, das einzige Mädchen unter den Sinclair-Geschwistern zu sein.

»Jetzt ist sie glücklich. Sie hat einen Kindheitsfreund der Familie geheiratet, Jason Sutherland. Er kümmert sich um Gradys und meine Wertpapiere. Er ist ein fantastischer Investor, einer der besten der Welt.«

»Ich habe von ihm gehört. Er ist ebenfalls ein mathematisches und numerisches Genie, abgesehen von seinem Talent als Investor«, kommentierte Sarah ehrfurchtsvoll.

»Ich bin mir sicher, dass deine Mutter ihn vergöttern würde, doch er ist bereits mit meiner Schwester verheiratet«, antwortete Dante missmutig.

Er sah ärgerlich aus und womöglich… eifersüchtig? »Wenn er meiner Mutter sympathisch wäre, würde ich ihn wahrscheinlich nicht mögen«, sagte sie vehement.

»Jede Frau bekommt bei Jason Herzrasen«, grollte Dante.

»Ich nicht«, entgegnete sie trocken. »Ich habe sein Foto gesehen und mein Herz hat hundertprozentig nicht schneller geschlagen.«

»Gut. Es würde mir nicht gefallen, ihm wehzutun. Er ist jetzt mein Schwager«, grunzte Dante, jetzt aber offenbar zufrieden. »Er und Hope sind momentan wieder in New York, doch ich weiß, dass die beiden nicht mehr vorhaben, ihre ganze Zeit dort zu verbringen.« Dante unterschrieb die Rechnung, die ihr Kellner ihnen diskret hingeschoben hatte, und steckte die Quittung in seine Geldbörse. »Fertig?«

»Ja«, seufzte Sarah und fühlte sich angenehm entspannt von all dem Wein, den sie getrunken hatte. »Es wird bald dunkel, Cinderella muss vom Ball nach Hause gehen.«

»Es gibt da nur ein Problem«, stellte Dante fest.

»Was?«

Dante nahm ihre Hand in seine und zog sie sanft auf die Füße. »Wir hatten noch nicht unseren Tanz.« Er nickte zu der kleinen Tanzfläche, die sich in der Bar befand. »Tanz mit mir, Sarah!«

Sie sah zur Tanzfläche, auf der sich nur wenige andere Paare befanden. Die Musik war langsam und romantisch und die Männer und Frauen bewegten sich elegant im Takt der Musik. »Dante, du weißt, dass ich noch nie –«

»Folge mir einfach! Ich bin ein exzellenter Tänzer. Du bist musikalisch, Süße. Du wirst keine Probleme haben. Es wird ein weiteres erstes Mal für dich sein.« Er zog sie zwischen den Tischen hindurch in Richtung des kleinen Areals, bis sie die Bar erreichten.

Sarah atmete tief ein und wieder aus. Vielleicht würde sie sich lächerlich machen, doch zumindest würde sie dabei in Dantes Armen liegen. Er hielt eine ihrer Hände und legte seinen anderen Arm um ihre Hüfte. Normalerweise würde sie eher davonlaufen, als solch ein Spektakel um sich zu veranstalten, doch Dantes Glaube an sie verlieh ihr manchmal Flügel.

Ich kann das.

»Folge mir, ahme meine Bewegungen nach! Vertrau mir und lass mich dich führen!«, wies er sie an, als er begann, sich langsam über die Tanzfläche zu bewegen.

Sarah konzentrierte sich und trat Dante mehrmals auf den Fuß, bevor sie sich schließlich von ihrem Gefühl tragen ließ und ihren Körper dem seinen anpasste. »Du bist ein wunderbarer Tänzer.«

»Ich bin ein Sinclair. Ich glaube, dass Tanzen von Geburt an Pflicht war«, flüsterte er ihr zärtlich ins Ohr. »Ich kann mich nicht daran erinnern, wann ich einmal nicht wissen musste, wie man tanzt.«

Sarah entspannte sich und verlor sich in der Musik, während ihr Körper lernte, Dantes Führung zu folgen. Manchmal vergaß sie, dass Dante in einer sehr wohlhabenden und in sozialen Kreisen bekannten Familie aufgewachsen war. Da er erzogen wurde, ein Teil der reichen Elite zu sein, wusste er selbstverständlich, wie man sich bei sozialen Anlässen verhielt, wie man Süßholz raspelte, wie man tanzte. Als die Musik langsamer wurde, passte sich Dante dem Tempo an. Sie legte ihren Kopf auf seine Schulter und der Arm, den er um ihre Hüfte gelegt hatte, zog sie noch näher an sich heran. »Ich glaube nicht, dass du mir noch einmal auf die Füße treten wirst«, neckte er sie zärtlich. »Du bist ein Naturtalent.«

Während sie ihre Kreise auf der Tanzfläche zogen, vergaß sie die Zeit. Ihr Kopf lag an seinem Hals und sie inhalierte seinen Geruch, betrank sich an ihm, daran, wie sich sein Körper bewegte, und der neuen Erfahrung ihres ersten, richtigen Tanzes.

Als die Musiker aufhörten, um eine Pause einzulegen, küsste Dante sie auf die Stirn. »Bist du bereit, nach Hause zu gehen, Cinderella?«

Sie verließen die Bar und gingen gemeinsam in Richtung Ausgang. Als sie das Restaurant verließen, dämmerte es bereits.

Sarah wollte ihm sagen, wie viel ihr all das bedeutete, wie sehr sie ihren ersten Tanz genossen hatte, doch sie konnte keine Worte finden. »Danke«, war alles, was sie herausbrachte. Sehr unpassend, doch Dante schien zufrieden, als er ihr die Beifahrertür aufhielt und ihr auf den Sitz half.

»Gern geschehen«, gab er zurück, ließ seine Hand ihren Schenkel hinaufgleiten und schob dabei ihr Kleid zur Seite. »Heilige Scheiße, du hast das ernst gemeint.« Ihm blieb der Mund offen stehen, als er einen Blick auf ihre sexy Dessous erhaschte.

Sie lächelte. »Über Dessous mache ich nie Witze.« Bei der Auswahl dieser Kombination war ihr bewusst gewesen, was sie damit bewirken würde.

Er zog seine Hand zurück und lief blitzschnell um den Wagen herum, startete den Motor und fuhr so hastig an, dass Sarah kaum Zeit hatte, sich anzuschnallen. Sie wusste, was ihn dazu motivierte, so schnell wie möglich nach Hause zu gelangen, und lachte leise.

Kapitel 14

Als Sarah an der Eingangstür ankam, zu der sie nach dem Aussteigen gelaufen war, kicherte sie bereits. Dante war direkt hinter ihr.

»Warte!«, sagte er ernst.

Sarah hörte auf zu kichern und wartete an der Tür, bis Dante hinter dem Haus nachgesehen und die Alarmanlage ausgeschaltet hatte. Als er zurückkam, nahm er sie bei der Hand und zog sie hinter sich ins Wohnzimmer. »Zeig's mir!«

»Hier?«, quiekte sie unschuldig.

»Hier. Und jetzt!«, sagte er fordernd.

Sie wusste genau, worauf er so gespannt wartete. Sie zog die Schuhe aus und schob sich langsam den engen Rock über ihren Po und bis hinauf zu ihrer Hüfte. Ihr Atem setzte kurz aus, als sie Dantes dunkles Stöhnen hörte.

Sie drehte sich langsam um und zeigte ihm ihre nackten Pobacken. Der winzige Slip entpuppte sich als String – für gewöhnlich nicht die Unterwäsche ihrer Wahl, doch sie hatte ihn für Dante angezogen.

»Perfekt für das, was ich mit dir machen werde«, drohte er, als er mit leuchtenden Augen auf sie zukam. »Manchmal mag ich es hart, Sarah. Ich glaube, du willst das auch, ansonsten hättest du nicht darum gebeten.«

»Ich will«, hauchte sie sanft und ihre Muschi zog sich vor Erregung zusammen. Sie wollte die Hände dieses Mannes auf ihrem ganzen Körper spüren und sie wollte seine Intensität jetzt sofort. »Doch du musst mich erst fangen«, rief sie über die Schulter hinweg und rannte in die Küche. Nachdem sie durch die Glasschiebetür nach draußen getreten war, lief sie zu dem einzigen sicheren Ort, den Dante ihr zu betreten erlaubt hatte: den Steg an dem kleinen Privatstrand hinter seinem Haus. Er war lang und schmal und endete in einer breiteren Fläche, die genügend Platz zum Sitzen bot. Dante konnte von dort aus jede sich nähernde Person sofort sehen, deswegen hatten sie begonnen, am Ende des Stegs zu sitzen, wenn sie etwas frische Luft brauchten. Sarah sprintete über das kurze Stückchen Sand, bevor ihre Füße hörbar auf dem hölzernen Steg aufsetzten. Sie lief so schnell sie konnte, bis sie das Ende erreicht hatte, und begann zu keuchen.

Dante folgte ihr auf dem Fuße, für seine langen Beine war es ein Kinderspiel, die Distanz hinter sich zu lassen. Bevor er sie erreichte, hielt er an. »Du hättest nicht so drauflos laufen sollen. Du kannst nirgendwo hin. Was willst du jetzt machen? Du kommst nicht an mir vorbei und ich glaube nicht, dass du vorhast, ins Wasser zu springen.«

Sarahs Herz raste und ihre Muschi wurde feucht, als sie Dante dabei beobachtete, wie er sie bedrängte. »Ich kann schwimmen«, informierte sie ihn und machte einen Schritt in Richtung Stegende, von dem sie nicht die Absicht hatte, ins Meer zu springen. Das Kleid, das sie trug, war von Emily ausgesucht worden und vermutlich sehr teuer gewesen, und ganz davon abgesehen hatte sie nicht das Verlangen, weit von Dante wegzulaufen. Unter keinen Umständen würde sie ihre Beine über den Lattenzaun am Ende des Stegs schwingen und sich in den Atlantischen Ozean fallen lassen.

Während Dante langsam auf sie zukam, zog er seine Anzugjacke aus und begann, seine Krawatte zu entknoten. »Du springst nicht.«

Er kannte sie zu gut, doch Sarah machte noch einen Schritt zurück und stieß mit ihrem Hintern an den Lattenzaun. Sie hielt sich daran fest und sagte selbstbewusst: »Ich könnte es tun.« *Wohl eher nicht!*

»Zieh das Kleid aus, Sarah!«, befahl Dante ernst. »Jetzt.« Er betätigte den Schalter der kleinen Lampe am Ende des Stegs und knipste ein trübes Licht an. Er zog die Pistole aus dem Hosenbund und legte sie vorsichtig so auf den hölzernen Steg, dass sie nicht nass werden würde. In Reichweite zwar, doch aus dem Weg.

Sarahs Brustwarzen wurden hart, als sie seinen strengen Befehl vernahm, doch sie war noch nicht bereit aufzugeben. »Zwing mich!«, forderte sie ihn heraus und sah ihn trotzig an.

Sein Gesichtsausdruck wurde düster, als er einen Satz nach vorn machte und ihren Körper zwischen dem Zaun und seinem muskulösen Körper einfing. Er griff beide Seiten des Nackenträgers und riss einmal kräftig, sodass das Kleid an der Vorderseite von oben nach unten aufriss. »Das habe ich hiermit getan.« Er zog ungeduldig an den Trägern, wobei sich die Schleife löste und das Kleid an ihrem Körper herunter auf den Boden des Stegs fiel. »Ich kann dich jetzt zu allem zwingen, was ich will«, teilte er ihr mit erregter Stimme mit und löste die Spangen in ihrem Haar, damit ihre Locken ihr auf die Schultern fielen.

Sarah nahm kaum wahr, was mit dem Kleid passiert war. Sie war zu sehr damit beschäftigt, sich von seinem starren Blick verzaubern zu lassen. Ihr Körper bebte, als sie merkte, wie ihre Handgelenke plötzlich unbeweglich wurden. Sie schaute an sich herunter und sah, dass er seine Krawatte dazu benutzt hatte, um ihr beide Handgelenke zusammenzubinden, wobei der Rest der Krawatte sanft im leichten Wind flatterte. Sie bewegte ihre Hände, doch Dante hatte sie fest genug zusammengebunden, damit sie sich nicht befreien konnte. »Kannst du das?«, fragte sie mit einer tiefen, verführerischen Stimme, die sie nicht kontrollieren konnte.

Dante öffnete langsam den Reißverschluss seiner Hose und ließ sie zu Boden gleiten. Er stieg aus ihr heraus und stand plötzlich nur mit einem Paar seidener Boxershorts bekleidet vor ihr. »Ich will, dass du auf alle viere gehst und ich will, dass du es bereitwillig tust.«

In der Ecke des Stegs war die Decke ausgebreitet, die immer dort lag und auf der sie sonst saßen und die Gischt der Wellen auf ihren

Gesichtern und die leichte, kühlende Brise des Ozeans durch die offenen Latten des Zauns spürten.

Sarah zögerte, doch sie wusste, dass er sie dazu bringen wollte, ohne sie dazu zu zwingen. Er wollte von ihr wissen, ob sie weiterspielen oder aufhören wollte. »Zeit für die Bestrafung?«, fragte sie und ihre Brustwarzen wurden wieder hart.

»Zeit für die Lust«, antwortete er schroff.

Mit ihren gefesselten Händen schritt sie zu der Decke und kniete sich hin. Die Aufregung weckte jede einzelne Nervenzelle in ihrem Körper. »Was jetzt?« In ihrer gesteigerten Erregung war sie bereit, ihm alles zu geben.

Dante kniete sich neben sie auf die Decke und befahl: »Bück dich!« Er bereitete ein Polster für ihre Ellenbogen, indem er die Decke doppelte faltete, damit sie sich nicht verletzte.

Sarah beugte sich vornüber und Dante führte sie. Sie wand sich, ihr gesamter Körper war mehr als bereit für ihn. Die Anspannung brachte sie fast um den Verstand.

»Spreiz die Beine!«, befahl er heiser.

Sarah konnte hören, wie das Verlangen in seiner Stimme vibrierte, und sie wusste, dass ihre sexuelle Gehorsamkeit ihn noch mehr anmachte als ihr Trotz. Sie spreizte ihre Beine und ihr Herz schlug vor Erregung noch schneller. »Bitte«, bettelte sie um etwas, von dem sie nicht einmal wusste, was es war.

Dante legte seine Hand auf ihre Pobacken und streichelte die nackte Haut. Sarah fühlte das sanfte Schaukeln des Stegs und den leichten Dunst der Wellen, die ihren Körper ein wenig befeuchteten. Jede Welle, die sich am Ufer brach, schien die Wildheit ihrer Seele noch größer werden zu lassen.

Sie stöhnte laut auf, als sich Dantes Finger in ihren Slip schoben und langsam zwischen ihren Schamlippen hin und her glitten.

»Mein Gott, du bist so feucht. Macht dich das an, Sarah? Willst du mich?«

Oh, lieber Gott. »Ja«, keuchte sie, während sie ihren Hintern in die Höhe streckte und so versuchte, seine Finger dorthin zu bringen, wo sie sie haben wollte.

»Sollen wir jetzt darüber sprechen, wie du mich geärgert hast?«, fragte er sie und seine Stimme war aufgeheizt vor Erregung und Lust, während er fortfuhr, seine Finger in ihrer Spalte zu bewegen. »Oder sollen wir darüber sprechen, dass du heute Abend einfach so aus dem Haus gelaufen bist, ohne dich zuerst umzusehen?« Endlich griff er den hauchdünnen Slip und riss ihn ihr mit einem starken Zug vom Körper.

Er hatte jetzt unbeschränkten Zugang und nutzte dies voll aus. Er streichelte sanft über ihre Klitoris und sendete Wellen der Lust durch ihren Körper, bevor er ihr kräftig auf den Hintern schlug. »Oh...«, stöhnte sie und das Stechen in ihren Pobacken ließ sie noch feuchter werden.

Klatsch.

Klatsch.

Klatsch.

Klatsch.

Ihr Körper zuckte bei jeder Verbindung seiner Handfläche mit ihrem Arsch zusammen. Er war nicht zimperlich und die kräftigen Hiebe brannten. Sarah ließ ihren Kopf nach vorn fallen, als sie fühlte, wie er erneut zwischen ihre Schenkel eintauchte, und die Kombination aus Lust und Schmerz brachte sie fast zum Wahnsinn. Seine Handfläche rieb sanft über ihre erhitzte Hinterseite und er fragte: »Tut es dir leid, dass du mich geärgert hast?« Wie zufällig fuhr sein Finger wieder über ihre Klitoris, dieses Mal mit etwas mehr Druck.

»Nein«, stöhnte sie und wusste, dass ihre Antwort ihr noch mehr seiner unwiderstehlichen Dominanz verschaffen würde. Sie gab ihm die Erlaubnis, so weit zu gehen, wie er gehen wollte.

Die Hiebe auf ihren Hintern waren schnell und kräftig und der Schmerz fühlte sich so gut an. Als seine Finger dieses Mal über ihre Klitoris und durch ihre heiße, nasse Muschi glitten, hörte sie ihn stöhnen. Er führte zwei Finger in sie ein und stieß hart zu. »Tut es dir jetzt leid?«, grunzte er.

Sarah schob ihre Hüfte zurück, um den tiefen Stößen seiner Finger zu begegnen. Sie musste ihn jetzt ganz in sich spüren. »Ja. Fick mich einfach nur, Dante! Bitte.«

Das tat er nicht. Stattdessen legte er sich auf den Rücken und zog ihre Hüfte zurück, bis sie rittlings auf seinem Mund saß. Er drückte ihre heißen Pobacken zusammen und drang mit seiner Zunge gleichzeitig in ihre Muschi ein.

Sarahs Schrei verhallte in der dunklen Nacht und vermischte sich mit dem Rauschen der Wellen, die sich am Ufer brachen. Dante presste weiter und zog ihre Muschi ganz auf sein Gesicht, um sie mit Mund, Nase und Zunge zu verschlingen, um sich an ihr zu ergötzen, während sie vor Ekstase stöhnte und ihr Körper bereits von der Intensität dieser Lust bebte. Die Kombination aus Schmerz, den sie bei seinem Griff an ihren wunden Hintern spürte, und seiner unersättlichen Gier nach ihrer Muschi brachten sie an den Rand der Lust und trieben sie in den Wahnsinn.

»Oh Gott. Dante!« Sie schauderte und stieß einen heiseren Schrei aus, als ihr Orgasmus ihren Körper erfasste und nicht loslassen wollte. Sie ritt die Wellen der Lust und krallte sich in die Decke, um sich an irgendetwas festzuhalten, das sie davon abhalten würde, in die Stratosphäre abzuheben.

Mit einer hastigen Bewegung hatte Dante sich auf die Knie begeben und seinen Schwanz von hinten in ihre Muschi geschoben, während sie noch immer von ihrem Orgasmus erfüllt war. Sarah hörte, wie er stöhnte und seinen Schaft in voller Länge in ihr vergrub. Auch ihr entfuhr ein Stöhnen, als er sie weitete und sie dazu brachte, jeden Zentimeter seines harten Schwanzes in sich aufzunehmen, so tief, dass die Befriedigung fast zu viel für sie war. Er hielt sich an ihren Hüften fest und fickte sie tiefer und härter mit jedem Stoß, und jedes Mal, wenn er in sie stieß, schlug er ihr ein weiteres Mal mit der Handfläche auf den Hintern.

»Komm für mich!«, kommandierte er und seine tiefe Stimme war voll von unkontrollierter Erregung.

Sarah schüttelte den Kopf. Ihr Körper war so erregt, so sensibilisiert, dass sie nicht dachte, noch einmal kommen zu können, ohne vollends den Verstand zu verlieren. »Ich kann nicht.«

Dante griff sich ihr Haar und zog ihren Kopf zu sich heran. »Du kannst und du wirst.«

Mit jedem Stoß seines Schwanzes bestand er darauf, dass sie noch einmal kam, während sein Körper mit voller Wucht an ihren Hintern klatschte. Eine seiner Hände verließ ihre Hüfte und wanderte zwischen ihre Schenkel, wo sie mit rauen Fingern über ihre Klitoris strich. Er nahm die Knospe zwischen Daumen und Zeigefinger und kniff sie leicht, wobei er den Druck jedes Mal erhöhte, wenn er seinen Schwanz völlig von Sinnen in sie hinein rammte.

Sarah implodierte. Ihr Körper erzitterte heftig und sie spürte ihren Orgasmus fast im gleichen Rhythmus wie die Wellen des Meeres. Sie hörte Dantes grobes, urtümliches Wimmern, als er selbst kam, ihre Hüften hart an sich heranzog und sich tief in ihr vergrub. »Du gehörst mir!«

Sarah genoss diese Worte, während sie nach Luft rang. Sie fühlte sich, als wäre sie gerade ordentlich gefordert worden.

Dante lehnte sich an sie, löste schnell den Knoten, der ihre Handgelenke zusammengehalten hatte, und fiel dann auf den Rücken, um sie mit einem Griff seiner muskulösen Arme um ihre Hüfte auf sich zu ziehen.

Als Sarah auf seiner Brust lag, konnte sie sein Herz im gleichen Rhythmus schlagen hören wie ihr eigenes. Das Schaukeln des Stegs und der zarte Nebel, der ihre erhitzten Körper abkühlte, brachte Sarah langsam in die Wirklichkeit zurück. Dante hob ihren Kopf an und küsste sie sanft. Er schlang seine Arme um ihren Körper und beide lagen dort auf dem Steg, vollständig aneinander gesättigt.

Endlich sagte er heiser: »Süße, du wirst morgen nicht bequem sitzen können.« Er ließ seine Hand langsam ihren Rücken hinunter wandern und streichelte zärtlich über ihren Po.

»Deine Schuld, was wirst du auch gleich so schmutzig«, seufzte sie.

»Ich glaube, schmutzig gefällt dir ganz gut«, antwortete er leicht amüsiert.

Das musste sie allerdings zugeben. »Ich glaube das wirklich, weißt du. Doch du hast gesagt, du würdest mir alles beibringen. Ich lerne schnell.«

Dante lachte leise. »Jetzt weißt du also, was passiert, wenn du mich ärgerst.«

Sarah lächelte. »Ich glaube, das tue ich bald noch einmal. Es gefällt mir, wenn du sexuell so verrückt und dominant wirst. Versuch nur nicht, außerhalb unserer sexuellen Beziehung so weit zu gehen, oder ich trete dir in die Eier.«

Dantes schallendes Gelächter erfüllte die feuchte Nachtluft, ein Klang, der Sarahs Herz eng in ihrer Brust werden ließ. »Ich würde nicht einmal davon träumen«, brachte er hervor, während er noch immer lachte.

»Gut.« Sarah wusste, dass Dante ein Alpha-Mann war, doch er respektierte sie. Sie würde sich jedoch nicht beschweren, wenn er sich dazu entscheiden würde, eines Tages noch einmal kontrollierend und dominant im Schlafzimmer zu werden. Er weckte eine Wildheit in ihr, von der sie nicht gewusst hatte, dass sie existiert.

»Ist dir kalt?«, fragte Dante besorgt.

Ihr Körper war feucht und sie hatte gerade erst bemerkt, dass sie zitterte. »Ein wenig«, antwortete sie.

Dante stand auf und begann, seine Kleidungsstücke aufzuheben. Dabei hielt er die Überreste ihres roten Kleides und ihren zerrissenen Slip hoch und sagte: »Ich glaube, davon wirst du einen großen Vorrat brauchen.«

»Normalerweise trage ich keine Stringtangas, sie nerven mich«, sagte sie beiläufig.

»Warum hast du ihn dann heute angezogen?«, fragte er mit gerunzelter Stirn.

»Weil ich dich heiß machen wollte«, gab sie zu.

»Ich habe Neuigkeiten für dich, Süße: Du machst mich heiß, ganz egal, was du anziehst.« Er grinste sie sündig an und hielt ihr seine Hand hin, um ihr auf die Beine zu helfen. »Halt das mal!« Er reichte ihr den Haufen mit seiner Kleidung, auf dem seine Glock lag.

Sie sah auf die Pistole und nahm ihm das Bündel vorsichtig ab. Als er sie hochhob, schrie sie kurz auf, denn sie trug lediglich ihre Strümpfe und ein Strumpfband. »Vorsicht! Ich habe deine Waffe«, sagte sie nervös.

»Tut mir leid. Ich kann sie gerade nirgendwo hinstecken«, antwortete er schelmisch.

Sarah lachte, als sie einen Arm um seine muskulösen Schultern legte und sein Kleidungsbündel mit dem anderen festhielt. »In dem Fall behalte ich sie wohl besser bei mir.«

Dante ging mit langen Schritten den Steg hinunter, zurück zum Haus. Sarah öffnete die Schiebetür und Dante trat ein, sah sich im Haus um und schaltete den Alarm wieder aus. Als er damit fertig war, schloss Sarah die Tür.

Nachdem er das Sicherheitssystem wieder eingeschaltet hatte, liefen sie die Treppen hoch und er nahm ihr seine Kleidung ab, bevor er sie sanft aufs Bett legte. Er nahm seine Glock und legte sie auf den Nachttisch, bevor er sich aufs Bett kniete und ihr die nassen Strümpfe auszog. Er befreite sie von dem ebenfalls nassen Strumpfhalter und wickelte sie in eine Decke ein, die er aus dem Schrank geholt hatte. »Besser?«, fragte er vorsichtig.

»Besser«, antwortete Sarah und lächelte ihn an, als er die Decke um ihren Körper wickelte. Dante war großartig und seine Persönlichkeit hatte so viele wunderbare Facetten. Er hatte ihr vor nur wenigen Minuten zu einem heftigen und berauschenden Orgasmus verholfen und zeigte jetzt seine fürsorgliche Seite. Er hatte so viele verschiedene Gesichter, dass es sie erstaunte: dominant, fordernd, herrisch, zärtlich, süß, beschützerisch und absolut besitzergreifend. Jedes berührte sie auf eine andere Weise.

Sie sah ihm dabei zu, wie er die Schublade durchwühlte, eine Pyjamahose herausnahm und sie anzog. Sie seufzte und trauerte still, als seine Beine und sein knackiger Hintern unter dem Stoff verschwanden. Doch immerhin konnte sie noch immer seinen muskulösen Oberkörper bewundern.

Er ist so verdammt perfekt.

Seine Prellungen waren verblasst und seine anderen Wunden waren fast verheilt. Die Narbe auf seiner Wange würde bleiben, doch auch sie würde irgendwann verblassen, sodass sie kaum noch sichtbar sein würde. Dantes Bart wuchs schnell und kaum hatte er sich rasiert, war sein Gesicht bereits wieder stoppelig. Und sobald die Bartstoppeln etwas länger waren, war die Narbe überhaupt nicht mehr zu erkennen. Auch wenn sie deutlich sichtbar war, ließ ihn das nur noch männlicher wirken. Männern standen Narben definitiv besser als Frauen.

»Sind meine Narben wirklich so schlimm, wie ich sie manchmal empfinde?«, fragte sie Dante leise.

Er setzte sich neben sie aufs Bett und sah sie fragend an. »Wie sehen sie für dich denn aus?«

»Hässlich. Ich habe Tage, an denen ich denke, dass sie nicht so schlimm aussehen und dass sie eigentlich sehr gut verheilt sind. Einige der Schnitte waren zackenförmig, ich weiß, dass sie zu sehen sind. Doch dann gibt es wieder Tage, an denen ich sie absolut grässlich und deformierend finde. Emily schwört immerzu, dass sie kaum zu erkennen sind, nur wenn sie ganz genau hinsieht«, gestand sie.

»Ich dachte, du seist darüber hinweg. Ich dachte, du hättest begriffen, dass sie niemandem auffallen«, sagte Dante irritiert. »Was hat sich geändert?«

»Etwas, das meine Mutter heute gesagt hat. Es ist nicht wichtig. Ich war nur unsicher.« Sarah wünschte, sie hätte geschwiegen. Die meiste Zeit über war sie *wirklich* darüber hinweg, sich wegen ihrer Narben unattraktiv zu fühlen. Dante hatte ihr beträchtlich dabei geholfen, nicht so unsicher zu sein. Leider hatte ihre Mutter heute einen wunden Punkt getroffen.

»Was hat sie gesagt?«, fragte Dante ärgerlich. »Erzähl es mir!«

»Sie hat gesagt, dass ich einen intellektuellen Mann brauche, der über meine Narben hinwegsieht, jemanden, der nicht allzu sehr an Sex interessiert ist«, sagte sie schnell.

»Nein. Du brauchst nur mich. Und ich habe sehr großes Interesse daran, dich jeden Tag zu vögeln, wenn möglich sogar mehrmals.« Er machte eine Pause, bevor er fragte: »Soll ich ganz ehrlich sein?«

Sarah holte tief Luft und nickte.

»Ich sehe deine Narben nicht. Ich habe sie nie wirklich wahrgenommen. Schon als ich dich zum ersten Mal gesehen habe, fand ich dich wunderschön, und das hat sich nicht geändert und wird es auch nicht. Ich bin so verdammt süchtig nach dir und was auch immer du für Narben hättest, es würde keine Rolle spielen«, sagte er ernst.

Sarah besah sich sein stures Gesicht und seufzte. »Weil du verrückt bist. Die Narben existieren.« Ihr Herz schmolz und ihre Worte verloren ihre Aussagekraft. Dante war besonders und er sah bereits über ihre Narben hinweg. Er hatte es immer getan.

»Emily hat Recht. Wenn ich versuche, dich ohne eine steinharte Erektion anzusehen – was übrigens so gut wie nie passiert – sind sie kaum zu sehen.« Er hob ihren Kopf am Kinn an und Sarah sah ihm tief in die Augen. Er sagte ihr die Wahrheit, seine Wahrheit. »Wir alle haben Narben, Süße. Einige tragen sie an der Oberfläche, andere haben Narben so tief in sich drin, dass sie niemals verheilen. Deine sind verheilt und sie sind ein Symbol dafür, wie tapfer und unverwüstlich du bist. Schäme dich niemals für sie. Sie sind Teil der Person, die du bist.«

Dantes Worte waren so schön gesprochen, dass sie weinen wollte. »Bist du für immer innerlich vernarbt, weil Patrick gestorben ist?«, wollte Sarah wissen und fragte sich, ob er wohl jemals über den Tod seines Partners hinwegkommen würde.

»Nein«, antwortete Dante aufrichtig. »Es tut noch immer weh und er wird mir immer fehlen, doch ich glaube, dass er wollte, dass ich mein Leben auf die beste Art und Weise lebe, weil er es nicht mehr kann. Er war ein guter Mann, der es nicht verdient hat zu sterben. Doch ich werde mich so gut es geht um seine Frau und seinen Sohn kümmern. Für mich ist das der beste Weg, um ihm meine Ehre zu erweisen.«

Sarah nickte. »Das denke ich auch. Wie geht es ihnen?« Sarah wusste, dass Dante Karen und Ben so gut wie jeden Tag anrief.

»Sie schlagen sich durch«, erklärte Dante mit Bedauern. »Karen ist
stark für Ben. Und Ben ist ein außergewöhnlicher Junge. Jeder Tag
wird für die beiden einfacher werden. Sie haben einander.«

»Wussten sie, dass du ein Sinclair-Milliardär bist? Hat es irgendwer
gewusst?« Schon seit der Vielzahl an Anrufen, die sie erhalten hatte,
um Dante bei seiner Genesung zu unterstützen, hatte sie ihm diese
Frage stellen wollen. Jetzt verstand sie, warum all diese Menschen sie
angerufen hatten. Dante Sinclair war ein außergewöhnlicher Mann.

Dante schüttelte den Kopf. »Ich wollte nie, dass es irgendjemand
erfährt, und nach einer Weile war es nicht mehr wichtig. Ich wollte
nicht als würdig angesehen werden, nur weil ich in eine reiche
Familie hineingeboren wurde. Ich wollte aufgrund meiner eigenen
Leistung beurteilt werden.«

Mein Gott, er war fantastisch. Sarah konnte sich keinen anderen
Mann vorstellen, der nicht mit der Tatsache angeben wollte, dass er
unfassbar reich und Mitglied einer der wohlhabendsten Familien des
Landes war. »Warum werde ich das Gefühl nicht los, dass du dafür
gesorgt hast, dass Karen und Ben es für den Rest ihres Lebens gut
haben werden?«

»Das habe ich. Ich habe ihnen anonym Geld zukommen lassen. Ich
kenne Karen. Sie wird das Geld gut anlegen und sie erhält zusätzlich
Geld von der Polizei. Sie wird keine finanziellen Sorgen haben und
Ben wird eine Universität seiner Wahl besuchen können, um seine
eigenen Träume zu verwirklichen. Karen ist gebildet und sie will
wieder arbeiten gehen, jetzt, da Ben schon groß ist.«

»Du bist großartig«, sagte sie ehrfurchtsvoll. »Vermisst du deine
Arbeit? Ich weiß, dass du nicht ewig hierbleiben kannst.«

»Ich bleibe, bis dieses Arschloch geschnappt ist. Die Abteilung
stellt mich frei, solange es nötig ist.«

Der Gedanke daran, dass Dante Amesport verlassen könnte, brach
ihr das Herz. »Das kann ewig dauern«, sagte sie traurig.

»Dann wirst du meinen störrischen Hintern wohl noch für eine
ganze Weile ertragen müssen«, brummte er.

Sie lächelte, als er sie in seine Arme nahm und nahe an sich
heranzog. Sarah entschied, dass sie sich um morgen keine Gedanken

machen würde. Dante war wie ein Geschenk für sie und sie würde seine Anwesenheit genießen, solange er noch bei ihr war. Sie hatte es nie bereut, mit ihm geschlafen oder Zeit mit ihm verbracht zu haben, weil er ihr so viel beigebracht und ihre Seele zum Leben erweckt hatte. Sie würde ihm immer dankbar sein, auch wenn das bedeutete, dass sie den Schmerz ertragen musste, sich von ihm zu trennen. Was auch immer die Zukunft bereithielt, sie wusste, dass Dante ihren Blick auf sich selbst und das Leben verändert hatte. Ihr Gehirn sagte ihr, dass ihre gemeinsamen Erfahrungen ausreichen mussten, auch wenn ihr Herz ihr etwas ganz anderes mitteilte.

Kapitel 15

Wie zum Teufel hat sie mich dazu überreden können?
Dante hatte sich daran gewöhnt, mit Sarah kleine
Sachen in der Öffentlichkeit zu unternehmen, doch
dass sie wieder Klavierunterricht gab und für die Senioren im
Jugendzentrum spielte, war ein bisschen zu viel für ihn. Das
Zentrum war zu offen und es gab zu viele Orte, an denen sich jemand
verstecken konnte. Darüber hinaus gingen dort auch immer viele
Leute ein und aus, besonders am Abend des Senioren-Bingo, und
jeder konnte kommen und gehen, wie es ihm beliebte.

Mit verschränkten Armen saß er in der vierten Reihe des
Musikzimmers auf einem Stuhl und war bereits ziemlich emotional,
weil er ihrer Musik zuhörte und ihr beim Spielen zusah. Er hatte
die Tür abgeschlossen, nachdem alle Senioren hereingekommen und
Platz genommen hatten, doch es gefiel ihm nicht, mit dem Rücken
zur Tür zu sitzen. Er hätte außerdem gern näher bei Sarah gesessen,
doch die Senioren waren bereits früh erschienen und hatten ihm
nur noch einen Platz in der vierten Reihe gelassen, weiter weg von
seiner Frau, als er sich gewünscht hätte.

Er sah auf die Uhr und wusste, dass dieses kleine Konzert nur noch
etwa fünf Minuten dauern würde, doch ihm würde es sich wie eine

gottverdammte Stunde vorkommen. Gut, fast jeder im Musikzimmer war bereits über fünfundsiebzig Jahre alt mit Ausnahme von Grady, Emily, Jared und Randi, doch er machte sich keine Sorgen darüber, wer sich bereits im Raum befand. Sein Bauchgefühl schrie ihn an, Sarah zu nehmen und sie an einen Ort zu bringen, an dem er sie beschützen konnte. Wenn dieses Arschloch von einem Angreifer ihre Routine kannte, dann wusste er auch, dass sie hier Unterricht gab und mit dem Zentrum in Verbindung stand. Dante war sauer auf sich selbst, dass ein Blick in ihre bettelnden, violetten Augen ihn dazu gebracht hatte, sie mit ihrem Leben weitermachen zu lassen. In gewisser Weise hatte sie Recht. Es war schon eine ganze Weile vergangen, seit ihr Haus verwüstet worden war, der Täter war noch immer nicht gesichtet worden und sie brauchte ein normales Leben. Leider war die Vernunft gerade nicht sein Freund. Er wollte, dass Sarah in Sicherheit war.

Noch vier Minuten.

Würde er sich jemals daran gewöhnen, dass Sarah sich in der Öffentlichkeit zeigte, sollte Thompson *niemals* gefangen oder getötet werden? Für den Rest seines Lebens würde er jeden einzelnen Moment mit dieser nagenden, verdammt lästigen Sorge verbringen und Angst davor haben, dass ein kleiner Fehler ihren Tod bedeuten könnte. Je länger es dauerte, dieses Arschloch zu schnappen, umso bereitwilliger würde Sarah in ihr altes Leben zurückkehren. Das war genau das, was sie nach dem Angriff getan hatte, sie war nach Amesport gezogen und hatte einen Neuanfang gewagt.

Noch drei Minuten.

Dante zuckte zusammen, als Sarah sich auf ihrem Klavierstuhl bewegte und ihr Kleid dadurch ihre Oberschenkel etwas mehr entblößte. Was zum Teufel trug sie da überhaupt? Sie nannte es ein Schlauchkleid, doch Dantes Meinung nach zeigte sie viel zu viel Haut und dieses Kleid umschmeichelte jede ihrer köstlichen Kurven. Beginnend bei ihren Brüsten war dieser gestreifte Einteiler *wirklich* wie ein Schlauch, der alles umschloss, angefangen bei ihrer Brust bis hin zu ihren Oberschenkeln. Es war nicht so, dass er dieses Kleid nicht mochte, besonders deswegen, weil er sie in Windeseile aus ihm herausgeschält hätte. Ein Ruck und es würde ihr auf die Hüften rutschen. Ein weiterer und es läge am Boden. Er war gut darin, ihr die Kleidung auszuziehen. Doch er war nicht gerade begeistert darüber, dass er aus bestimmten Winkeln die Umrandung ihre Brustwarzen sehen konnte, oder über die Tatsache, dass er nur wegen ihres Klavierspiels in diesem Fick-mich-Kleid hier mit einer steinharten Erektion saß.

Noch zwei Minuten.

Wie gewöhnlich führte Dante einen inneren Kampf zwischen seinem Verlangen, Sarah zu beschützen, und seinem Wunsch, sie glücklich zu machen. Ein Blick in ihre unergründlichen, violetten Augen hatte ihn erweicht. Oh ja, sie waren wirklich dunkelblau, doch für ihn sahen sie absolut violett aus und sie hatten ihn angebettelt, ihr etwas mehr Freiraum zu geben, um wieder ein normales Leben führen zu können. Wenn sie ihn mit *diesem Blick* ansah, war er völlig von Sinnen. Er fragte sich, ob sie das wusste. Vermutlich nicht. Und doch brachte ihn dieser Blick dazu, ihr alles zu geben, was sie wollte, nur um sie glücklich zu sehen. Das Problem war nur, dass er sie auch beschützen musste, und er wurde sich bewusst, dass es verdammt schwierig war, sie glücklich zu machen und gleichzeitig zu beschützen.

Noch eine Minute.

Mein Gott, wie schön sie war. Dantes Augen streichelten sie liebevoll, während sie wie ein Engel spielte und ihr Gesicht vor Freude fast leuchtete. Die Wahrheit war, dass er dieser Frau komplett verfallen war, und das vermutlich seit dem Tag, an dem er sie das erste Mal getroffen hatte. Er sah seine Zukunft vor sich und blieb wegen dieser Tatsache erstaunlich gelassen. Diese komplexe, unwahrscheinlich intelligente, wunderschöne und sexy Frau hatte sein Leben und seine Gefühle auf den Kopf gestellt, doch sie gehörte zu ihm. Er konnte einfach nicht mehr ohne sie leben und er hatte auch nicht vor, das zu tun.

Die Zeit ist um. Dem Himmel sei Dank!

Das Konzert endete pünktlich, sodass sich all die Damen mit den silbergrauen Haaren zum Bingo begeben konnten. Worte der

Anerkennung und des Dankes waren zu hören, als die älteren Herrschaften den Raum zügig verließen. Dante seufzte erleichtert, während er an der Tür stand und darauf aufpasste, dass niemand den Raum betrat. Emily und Randi gingen zu Sarah, um mit ihr zu sprechen, und Grady und Jared traten nach draußen, um sich über ein neues Projekt zu unterhalten, an dem Grady derzeit arbeitete.

Und dann veränderte sich alles in nur einem Augenblick.

In einem Moment stand Dante noch mit Elsie Renfrew zusammen, die ihn abgefangen hatte, um Hallo zu sagen, und im nächsten drehte er sich schon zu Sarah um und bemerkte das, was er bislang nur in seinen schlimmsten Albträumen gesehen hatte: John Thompson benutzte Sarah als ein Schild und hielt ihr den Lauf einer 9mm-Pistole an den Kopf. Es war im Bruchteil einer Sekunde passiert. Wo zur Hölle war dieses Arschloch hergekommen? Er hatte die Tür bewacht und jeden Zentimeter des Raumes durchsucht, bevor Sarah zu spielen begonnen hatte.

»Eine falsche Bewegung von irgendwem und sie ist tot! Ich blase ihr und ihren Freunden hier das Gehirn raus, sodass es im ganzen Raum verteilt ist«, schrie Thompson hysterisch.

Dante erstarrte und analysierte die Situation blitzschnell. Emily und Randi standen rechts und links von Sarah und dem Schützen und keine von ihnen bewegte sich, aus Angst, dass dieses Arschloch Sarah töten würde. Dantes Glock war in Greifweite, doch er hatte keine klare Sicht und konnte sich nicht sicher sein, dass er nicht eine der Frauen verletzte, wenn er überhastet einen Schuss abfeuerte. Sie standen alle zu dicht beieinander und Sarah wurde als menschlicher Schutzschild missbraucht. Dante war verdammt schnell mit einer Waffe, doch nicht so schnell, dass nicht eventuell ein Irrer mit einem zittrigen Finger Sarah umbringen konnte, bevor er dazu in der Lage war, einen Schuss abzugeben. Und auch wenn er den Wichser tötete, könnte die Pistole in Thompsons Hand immer noch losgehen.

»Raus hier und mach die verdammte Tür zu! Abschließen oder sie ist tot«, verlangte Thompson mit kreischender, hektischer Stimme.

Dante konnte die Angst in den Augen aller Frauen sehen, doch keine von ihnen bewegte sich. Sein Herz hämmerte in seiner Brust, als er zurücktrat und sah, wie sich der Griff des Mannes um die Pistole leicht verstärkte. Sein Blick traf den von Sarah und sie nickte fast unmerklich, um ihm mitzuteilen, dass er tun sollte, was Thompson verlangte.

Es gab nichts, das Dante lieber tun wollte, als seine Waffe zu ziehen und diesem Arschloch eine Kugel genau zwischen seine glänzenden, verrückten Augen zu verpassen, doch er tat es nicht. Stattdessen prägte er sich jedes Detail über den Mann ein, der Sarah als Geisel genommen hatte, während er langsam die Tür schloss: seine dürre Figur, den wilden Blick in seinem Gesicht, seinen ungepflegten, braunen Bart, den er sich wachsen ließ, das schulterlange, fettige Haar und das orangefarbene T-Shirt und die zerrissenen Jeans, die mit Flecken übersät waren.

Danach sah er Sarah so lange wie möglich an, bis die Metalltür mit einem Knall zufiel und abgeschlossen wurde. Um das Schloss machte er sich keine Gedanken. Irgendjemand hatte Schlüssel. Seine größte Sorge galt der Tatsache, dass weder der Raum noch die Tür ein Fenster hatten und es keinen Weg gab, um herauszufinden, was drinnen vor sich ging.

»Scheiße! Ruft die Polizei und holt Chief Landon ans Telefon. Sofort!«, brüllte Dante und der verzweifelte Ton in seiner Stimme ließ Jared und Grady an ihn herantreten.

»Was soll ich melden?«, fragte Elsie, während sie ein rosafarbenes Mobiltelefon aus ihrer großen Handtasche zog und wählte.

»Geiselnahme. Drei Frauen mit einem durchgedrehten Geisteskranken. Er hat eine neun Millimeter Smith & Wesson mit siebzehn Schuss. Sagen Sie, dass wir einen Verhandlungsführer und eine Spezialeinheit benötigen!« Während er sich zu Jared umdrehte, wies er an: »Evakuiere das Gebäude so schnell und geräuschlos wie möglich. Lass die Senioren durch die Seitentür nach draußen gehen. Jared, kannst du dich darum kümmern, dass alle das Gebäude verlassen?«

»Wird erledigt«, antwortete Jared und war bereits auf dem Weg, um alle Personen nach draußen zu bringen.

»Ich muss Emily finden«, sagte Grady verzweifelt.

»Grady!« Dante ergriff seinen Bruder am Arm. »Sie ist mit Sarah dort drinnen. Genau wie Randi.«

Grady riss sich von ihm los und schritt auf die Tür zu. Dante musste seinen Bruder in den Schwitzkasten nehmen, um ihn aufzuhalten. »Du kannst da nicht reingehen. Die Tür ist abgeschlossen und wenn du irgendetwas tust, das ihn aufregt, riskierst du Emilys Leben. Denk nach, verdammt noch mal! Und benutze deinen Kopf. Willst du, dass sie stirbt?« Dante hielt Grady so lange fest, bis er aufhörte, sich zu wehren. »Ich weiß genau, wie du dich fühlst, doch du musst dich jetzt für Emily zusammenreißen.«

»Ich liebe sie«, sagte Grady panisch. »Sie ist mein Leben.«

»Sarah ist auch zu meinem gesamten Leben geworden, verdammt, und ich weiß, wie du dich fühlst. Doch du musst jetzt deinen Kopf einschalten, Grady. Emily ist tapfer. Sie macht keine Dummheiten. Beruhige dich, verdammt noch mal, und erinnere dich daran, dass Sarah das Ziel des Angriffs ist!« Dante musste Grady dazu bringen, dass er wieder klar dachte. Sie hatten nicht viel Zeit. Er wusste, was John Thompsons Anliegen war – er wollte Sarah töten.

»Okay«, sagte Grady heiser, »ich kapier's ja. Lass mich los!«

Dante entließ Grady aus dem Haltegriff und die beiden sahen einander an.

»Was machen wir jetzt?«, fragte Grady nun etwas ruhiger, doch in seinen Augen war noch immer die Sorge zu sehen.

»Wir holen uns unsere Frauen zurück«, antwortete Dante und seine Stimme war voll wilder Entschlossenheit. Er würde Sarah, Randi und Emily befreien, ganz egal, was er tun musste, um die drei dort lebendig rauszuholen.

Er konnte sehen, wie Jared die Senioren durch die Seitentür nach draußen lotste, während gleichzeitig die Polizei durch den Haupteingang in das Gebäude strömte, Joe Landon vorneweg.

All das passierte in seinem Augenwinkel, doch Dante starrte auf die gegenüberliegende Wand, um seine Gedanken zu ordnen und einen Plan zu entwickeln, der die drei Frauen nicht umbringen würde.

Sarah verdrängte ihre Panik und dachte fieberhaft darüber nach, wie sie Emily und Randi aus Johns Gewalt befreien konnte. Nachdem die Tür geschlossen worden war, hatte John die drei in eine der entferntesten Ecken des Raumes gestoßen und seinen Körper zwischen ihnen und dem Fluchtweg platziert. Die Pistole war noch immer auf Sarah gerichtet, doch wenn er beim Sprechen gestikulierte, fuchtelte er mit ihr herum.

»Du hast ja keine Ahnung, wie sich mein Leben verändert hat, seit du mir die Polizei auf den Hals gehetzt hast«, beschwerte sich John. »Vor dir konnte ich Frauen benutzen und sie hinterher wegwerfen und niemand hat nur irgendetwas geahnt.«

Oh Gott... sagt er tatsächlich das, von dem ich glaube, dass er es sagt?

»Frauen in Chicago?«, fragte Sarah vorsichtig.

»Nur in Chicago, bis du mich dazu gezwungen hast, die Stadt zu verlassen. Jetzt ist es Chicago, Boston, New York... ich finde die Schlampen, benutze sie und dann werde ich sie los, damit sie nichts ausplappern können. Keiner hat mich verdächtigt, keiner wusste irgendetwas. Ich war ein Familienvater mit einer Ehefrau und einem Kind. Ich hatte einen angesehenen Job und ich war schlauer als die Bullen. Ich habe dafür Sorge getragen, dass keine dieser Frauen am Leben blieb, um irgendetwas ausplaudern zu können«, antwortete John ärgerlich und starrte Sarah blutrünstig an. »Bis du kamst«, schloss er wütend.

Wenn ein Mensch dazu in der Lage ist, jemand anderen zu töten, dann war das Böse schon immer da.

Dante hatte Recht gehabt, als er ihr das gesagt hatte. Trey hatte immer erzählt, dass sein Vater jähzornig war, doch Sarah befürchtete nun, dass mehr dahintersteckte. John Thompson hatte gemordet, während seine Frau und sein Sohn noch am Leben waren? Waren die beiden seine Tarnung gewesen? Das würde bedeuten, dass die Morde seit einer geraumen Zeit nicht aufgeklärt worden waren. Alle

Opfer waren Frauen gewesen. Benutzt? Das bedeutete vermutlich vergewaltigt und umgebracht. Ein Verdacht schlich sich in ihren Kopf. Sie wusste, dass es seit Johns Angriff auf sie keinen ähnlichen Mordfall in Chicago gegeben hatte.

Mein Gott, er kann es nicht sein.

Sie fühlte, wie Emily ihre Hand drückte, und wusste, dass ihre Freundinnen versuchten, ihre eigene Angst zu unterdrücken. John Thompson war ein Vergewaltiger und Serienmörder und war dies bereits gewesen, lange bevor sie seinen Sohn Trey kennengelernt hatte. Sarah drückte Emilys Hand zurück und versuchte, ihre Freundin dazu zu bringen, still zu sein. Emily saß in der Mitte und Sarah wusste, dass Emily und Randi wahrscheinlich den gleichen, wortlosen Austausch führten.

»Bist du der Chicago-Schlitzer?«, fragte Sarah geradeheraus und ihr Magen drehte sich um, als sie realisierte, wer da vor ihr stand. Der Serienmörder, der so viele Frauen vergewaltigt und umgebracht hatte, war nie gefasst worden und es war immer davon ausgegangen worden, dass er ein Gelegenheitstäter war. Er war auf der Suche gewesen nach Frauen, deren Wagen liegengeblieben war, oder Frauen, die nachts allein zu Fuß unterwegs waren.

»Das bin ich«, antwortete John stolz. »Ich habe der Polizei niemals irgendwelche Beweise hinterlassen, die sie auf meine Spur hätten führen können. Ich war schlau. Ich habe immer ein Kondom verwendet, wenn ich die Schlampen benutzt habe, und sie immer nur in meinem Wagen in einem Plastiksack aufgeschlitzt. Danach habe ich die Einzelteile ins Wasser geworfen. Und selbst wenn sie irgendwelche Fasern als Beweismittel gefunden hätten, ich war ein Familienvater ohne Vorstrafen. Sie hatten nichts, gegen das sie etwas abgleichen konnten. Man hat mich nie verdächtigt. Und ich habe nie zweimal in derselben Gegend zugeschlagen.« Er richtete die Waffe auf Sarah. »Du. Hast. Alles. Kaputtgemacht! Ich hatte keine Zeit, dich zu benutzen, bevor ich dich fast umgebracht habe, und ich hatte mein Lieblingsmesser nicht dabei. Ich musste ein wertloses Taschenmesser nehmen, weil ich nicht vorgehabt hatte, dich an diesem Tag zu verschwenden. Ich hatte dich gesehen und ich wollte dich töten, weil du mir meine letzte Tarnung genommen hattest. Du hattest es verdient. Ein Typ mit Frau und Sohn war besser, doch ich brauchte Trey, weil meine Schlampe von Ehefrau bereits tot war. Mich im Treppenhaus zu verstecken war eine Entscheidung, die ich in letzter Minute getroffen hatte, doch ich hatte nur ein Taschenmesser dabei. Ich wusste, dass es nicht sehr befriedigend sein würde, doch dich verbluten zu sehen hatte ausreichen müssen. Ich hätte immer noch eine andere Hure zum Aufschlitzen finden können, nachdem du tot warst.« Er griff in die Tasche seiner Jeans und zog ein Messer hervor. Er nahm es aus der Schutzhülle und sein Gesicht nahm den Ausdruck eines dämonischen Mörders an.

Das Böse.

Sarah schauderte, als sie das tödliche Schnitzmesser betrachtete, das mindestens eine fünfzehn Zentimeter lange, gezackte Klinge hatte. Dieser Anblick ließ ihr Herz vor Angst rasen, doch sie versuchte, es nicht zu zeigen, selbst als er das Messer dicht an ihrem Hals vorbeiführte.

Denk nach, Sarah, denk nach! Du kannst jetzt nicht vor Angst aufgeben.

Sie musste irgendeinen Weg finden, um Emily und Randy aus dieser Situation zu befreien. Wenn sie sich dazu selbst als Beute und Opfer zur Verfügung stellen musste, dann sollte es so sein. Doch sie würde nicht mit ansehen, wie ihre Freundinnen starben, weil sie die beiden mit ihrem Umzug nach Amesport in diese Lage gebracht hatte. Sie waren ihretwegen in Schwierigkeiten und jetzt musste sie die beiden dort wieder herausholen. Sie hatte nicht gewusst, wie geistesgestört John Thompson wirklich war, doch jetzt war es ihr klar. Er war ein kaltblütiger Mörder und war es immer gewesen. Sie war Ärztin und den Anblick von Blut und Verletzungen gewöhnt. Doch wenn sie daran zurückdachte, wie er einige seiner Opfer zerschnitten und entstellt hatte, bekam auch sie ein flaues Gefühl im Magen und sie stellte sich den Horror vor, den diese Frauen vor ihrem Tod durchlebt haben mussten.

»John, lass Emily und Randi laufen!«, sagte sie ruhig. »Wenn du vorhast, mich zu vergewaltigen, wirst du es nicht leicht haben, wenn die beiden hier sind. Ich tue alles, was du willst.«

»Ich könnte sie jetzt einfach erschießen«, sagte John kaltblütig.

»Wenn du sie erschießt, wird die Polizei die Tür gewaltsam öffnen, und wenn du versuchst, eine von uns mit dem Messer zu attackieren, werden die anderen beiden dich angreifen. Willst du dir wirklich die Chance entgehen lassen, mich auf die Art und Weise zu töten, die du dir seit über einem Jahr vorgestellt hast? Denk darüber nach! Du hast so lange auf diesen Moment gewartet.« Sarah hielt den Atem an und betete, dass er ihre Freundinnen nicht erschießen würde, doch sie war sich auch sicher, dass er ein Eindringen der Polizei nicht riskieren würde, sollte er Schüsse abgeben. Sein gesamter Plan wäre damit zerstört. Ihr Herz schlug ihr bis zum Hals, während sie auf seine Entscheidung wartete. Ihr kam die Galle hoch bei dem Gedanken daran, dass sie gerade ihre eigene Vergewaltigung und den anschließenden Tod besprochen hatte, doch sie schluckte schwer, weil sie wusste, dass sie ihren Freundinnen dies schuldig war. Wenn Emily und Randi erst in Sicherheit waren, würde sie sich mit John und ihrem eigenen Schicksal auseinandersetzen.

»Wenn sie gehen, öffnen sie die Tür«, sagte John und wirkte plötzlich verwirrt und zögerlich.

»Halt mir die Waffe an den Kopf. Sie werden die Tür schließen und sie erneut verriegeln.« Sarah konnte nicht glauben, dass sie das gerade gesagt hatte, doch sie wollte ihre Freundinnen unbedingt aus der Gefahrenzone bringen. Sie würde ohne zu zögern ihr Leben für ihre unschuldigen Freundinnen geben.

»Ist das ein Trick? Du bist eine kluge Schlampe«, fragte John misstrauisch.

»Keine Tricks. Lass sie einfach nur gehen und dann sind wir allein.« Der Gedanke daran ließ Sarah erschaudern, doch sie bemühte sich, teilnahmslos zu wirken.

John wanderte mit der Spitze der Klinge über ihren Oberarm. »Meine Arbeit ist immer noch zu sehen.«

»Ich habe sehr viele Narben«, gab Sarah zu.

»Sie sind verblasst«, bemerkte er unglücklich. »Ein schlechtes Messer.«

»Lass sie gehen und du kannst deine Arbeit dieses Mal so erledigen, wie du es möchtest«, drängte Sarah ihn ruhig.

Emily drückte abermals ihre Hand, dieses Mal jedoch aus Angst. Sarah warf Emily und Randi einen kurzen Seitenblick zu und sah, dass beiden die Furcht offen ins Gesicht geschrieben stand.

Keine Angst. Zeig ihm keine Angst! Bring nur Randi und Emily hier raus!

Emilys Mobiltelefon begann zu klingeln und riss alle aus ihren Gedanken. Die Melodie des Klingeltons hallte durch den Raum und Emily sah den Mörder mit vor Angst geweiteten Augen an. Sarah blickte zu John und bemerkte: »Das ist vermutlich die Polizei.«

»Gib mir das Telefon!«, befahl John nervös.

Sarah sah zu, wie Emily in ihrer Vordertasche nach dem Handy angelte. Ihre Hände zitterten, als sie auf das Display sah. »Es ist Joe Landon, der Polizeichef.«

John riss Emily das Telefon aus der Hand und nahm ab. »Eine unüberlegte Aktion und alle Frauen hier sind tot«, schrie John aufgeregt ins Telefon.

Sarah wusste nicht, was Chief Landon sagte, doch John glaubte ihm kein Wort. »Sag ihm, du lässt die anderen beiden Frauen raus«, schlug Sarah leise vor.

John zögerte, doch er schien über ihren Vorschlag nachzudenken. Schließlich sagte er ins Telefon: »Zwei Frauen kommen raus. Versucht irgendetwas und ich töte die verdammte Einstein-Ärztin. Verstanden, Arschloch?«

Emily lehnte sich an Sarahs Schulter und flüsterte wütend: »Wir können dich nicht hierlassen, Sarah. Er wird dich umbringen. Wir müssen etwas unternehmen.«

»Nein«, zischte Sarah und beobachtete, wie John sich auf einen sinnlosen Streit mit Joe am Telefon einließ. »Tu es für Grady. Tu es für Randi. Es wird einfacher für sie sein, eine Befreiungsaktion durchzuführen, wenn nur ich hier drinnen bin«, flüsterte Sarah leise, aber mit Nachdruck. Ehrlicherweise war sie sich nicht sicher, ob irgendjemand dazu in der Lage sein würde, sie zu befreien, doch es wäre *tatsächlich* leichter, wenn die Polizei sich nur um ein totes Opfer würde kümmern müssen und nicht um drei.

Als Sarah ihren Kopf drehte, bemerkte sie, dass sowohl Emily als auch Randi weinten. Beiden rannen die Tränen über das Gesicht, doch sie machten keinen Mucks.

»Ich kann nicht«, sagte Emily mit sanfter Stimme. »Es ist, als würde ich dich auf der Schlachtbank zurücklassen.«

»Nein. Ihr müsst das tun, um mir zu helfen«, antwortete Sarah im Flüsterton. »Bitte geht und lasst die Polizei sich um den Rest kümmern! Das ist meine beste Chance.« Sarah glaubte nicht wirklich, dass sie den Raum lebend verlassen würde, doch zumindest wusste sie, dass Emily und Randi in Sicherheit sein würden. »Sag Dante, dass ich versuchen werde, ihn so lange wie möglich zum Reden zu animieren. Sag ihm, dass John Thompson der Chicago-Schlitzer ist und dass er nach dem Angriff auf mich Chicago verlassen und in anderen Städten gemordet hat. Er wird den Fall kennen.« Der Fall des Chicago-Schlitzers war vermutlich einer der berühmtesten Mordfälle der jüngsten Geschichte, ganz besonders, weil es nie einen Verdächtigen gegeben hatte.

Emily nickte widerwillig. »Ich sag's ihm.«

»Bewegt euch, Schlampen!«, schrie John aufgeregt. Er beendete das Gespräch und fuchtelte mit der Pistole in Emilys und Randis Richtung. »Geht langsam zur Tür und bewegt eure Ärsche hier raus! Und danach wieder abschließen!«

Mit einem erleichterten Seufzer ergriff Sarah Emilys T-Shirt und zwang sie in die Höhe. Emily stolperte beim Aufstehen und ihre Augen blieben die ganze Zeit auf Sarah gerichtet, während auch Randi sich erhob.

»Geht!«, sagte Sarah fast unhörbar zu Emily, die für einen Moment Johns Blick auf Sarah verdeckte.

John gestikulierte mit der Pistole. »Macht, dass ihr hier rauskommt!«

Sarahs Gesichtsausdruck blieb unbeteiligt, als sie dabei zusah, wie Emily und Randi langsam zur Tür gingen. Beide warfen Sarah einen besorgten Blick zu, die Augen voller Angst. Sie würde verloren sein, wenn ihre Kraft sie nun verließ. Emily und Randi waren fast draußen.

Sie sah zu ihren Freundinnen hinüber und trieb sie im Stillen an, schneller zu gehen, damit sie endlich außer Gefahr sein würden.

Endlich öffnete Randi langsam die Tür und schlüpfte mit einem letzten verzweifelten Blick zu Sarah aus dem Raum. Emily folgte ihr und auf ihrem Gesicht stand eine lautlose Entschuldigung, als ihre Augen auf Sarahs trafen. Als Emily zögerte, schaute Sarah weg, sie sollte nur endlich gehen. Emily musste sich für nichts entschuldigen; es war Sarah, die diesen dreckigen Mörder in ihre Stadt gelotst hatte.

Einen Moment später schloss sich die Tür mit einem Klick und für Sarah war dieser merkwürdige Ton erstaunlicherweise ein Trost.

Sie sind sicher. Sie sind außer Gefahr.

Ihr Körper entspannte sich und sie akzeptierte das Unvermeidliche für sich selbst. Jetzt, da Emily und Randi in Sicherheit waren, würde sie um ihr Leben kämpfen, doch auch wenn sie für Dante kämpfte, war sie sich nicht sicher, ob das ausreichen würde. John Thompson war ein Geistesgestörter, verrückter, als es jemals irgendjemand vermutet hatte.

Denk nach, Sarah, denk nach! Was nützt es dir, ein verdammtes Genie zu sein, wenn du dich jetzt nicht retten kannst?

Sie drehte sich zu John um und begann zu reden.

Kapitel 16

Die zwei Frauen traten zögerlich aus der Tür, doch als Emily Grady erblickte, warf sie sich ihm sofort in die Arme. Randi wurde von einem uniformierten Polizisten in Empfang genommen, der unterstützend den Arm um sie legte und sie von der Tür wegführte.

Joe Landon stand neben Dante. Er wischte sich den Schweiß von der Stirn und sagte: »Gott sei Dank. Zwei von ihnen sind in Sicherheit. Verhandlungsführer und die Spezialeinheit sind bereits unterwegs. Sie werden noch etwa fünfzehn Minuten brauchen. Wir haben niemanden vor Ort. Ich kann die Verhandlungen beginnen, doch der Wichser scheint nichts anderes zu wollen, als dass wir uns zurückziehen. Er stellt keine Bedingungen.«

Emily befreite sich aus Gradys Umarmung und berührte noch immer aufgewühlt Dantes Arm. »Sie hat keine fünfzehn Minuten. Er wird sie vergewaltigen und dann mit einem riesigen Messer umbringen. Er ist nicht der, für den ihr ihn haltet. Es gibt da diesen Chicago-Schlitzer, der Frauen in Chicago vergewaltigt und getötet hat, und dann hat er auf der Flucht noch weitere Frauen umgebracht. Er ist nicht der wütende Vater oder Ehemann, für den wir ihn gehalten haben. Er ist ein geisteskranker Vergewaltiger und Mörder.

Er ist sauer, weil Sarah ihn hat auffliegen lassen, als er sie nach dem Tod seines Sohnes umbringen wollte. Er hält sie nicht nur als Geisel. Er will, dass sie stirbt.«

Der Chicago-Schlitzer? Unmöglich.

Verdammt, es gab keinen einzigen Polizisten im gesamten Land, der nicht über den Schlitzer Bescheid wusste. In Chicago war es immer noch ein ungelöstes Rätsel und das Arschloch war in den vergangenen zehn Jahren für mehr als ein Dutzend Vergewaltigungen und Morde verantwortlich gewesen. »Bist du sicher?«, fragte Dante Emily eindringlich. Er wollte einfach nicht glauben, dass Sarah die Gefangene eines so wahnsinnigen Soziopathen wie dem Schlitzer sein sollte. Doch merkwürdigerweise verriet sein Bauchgefühl ihm, dass Emily die Wahrheit sagte. In Chicago hatte es seit geraumer Zeit kein Opfer des Schlitzers mehr gegeben und die Abstände zwischen den Morden waren normalerweise recht gleichmäßig. Als er für längere Zeit aufgehört hatte zu morden, hatten viele angenommen, er sei entweder tot oder auf der Flucht.

»Ja, ich bin sicher«, schluchzte Emily. »Als Sarah ihn konfrontiert hat, hat er es zugegeben. Dante, sie hat sich ihm als Beute überlassen, indem sie ihm sagte, er könne sie einfacher vergewaltigen und töten, wenn er uns laufen ließe. Sie weiß, dass sie dort niemals lebendig herauskommt. Wir müssen etwas unternehmen. Sie hat mich gebeten, dir mitzuteilen, dass sie ihn so lange wie möglich in ein Gespräch verwickeln wird. Doch er wird nicht sehr lange warten. Er ist zu nervös.«

»Wir müssen auf Unterstützung warten«, sagte Joe streng.

Auf Unterstützung warten. Auf Unterstützung warten. Auf Unterstützung warten.

In einem idealen Szenario war das Warten auf Unterstützung Pflicht. Doch dies war keine richtige Geiselnahme und Sarah lief die Zeit davon. Dante und Patrick hatten auf Unterstützung gewartet, als Dantes bester Freund getötet worden war, und das Warten auf Unterstützung ist für seinen Partner nicht gut ausgegangen. Dante hatte versucht, einen Plan zu entwerfen, doch Joe hatte ihm gesagt, dass sie auf die Ankunft der Spezialeinheit warten mussten. Gut, die war zwar besser bewaffnet, doch das würde Sarah auch nicht weiterhelfen, wenn sie bereits tot war. Thompson war der verdammte Schlitzer und ihm konnten jeden Moment die Sicherungen durchbrennen. Wenn Emily sagte, dass sie keine Zeit hatten, dann meinte sie das auch.

Zum Teufel! Ich gehe alleine rein. Sarah wird nicht sterben, nur weil wir auf Unterstützung warten.

Er schüttelte Emilys Hand ab und verließ, ohne sich noch einmal umzusehen, das Gebäude durch den Haupteingang. Auf gar keinen Fall würde er auch nur noch eine Minute warten. Wenn Joe das Gefühl hatte, er musste auf Unterstützung warten, dann war Dante auf sich allein gestellt.

Der Chicago-Schlitzer.

Ein kalter Schauer jagte ihm über den Rücken, als er zur Seite des Gebäudes ging. Der Schlitzer war ein krankes Arschloch und ließ seine Opfer nur in Einzelteilen zurück. Dante konnte den Gedanken daran nicht ertragen, dass irgendjemand Sarah auch nur anrühren würde, geschweige denn, dass sie sich im selben Raum wie dieser kranke, ekelhafte Verbrecher aufhielt.

Vor seinem inneren Auge bildete sich eine rote Wolke, doch er verdrängte sie. Er musste jetzt genauso kaltblütig und berechnend sein wie der Mörder, der Sarah im Inneren des Gebäudes gefangen hielt.

Er und Joe hatten angenommen, dass John irgendwo auf der Lauer gelegen hatte, doch Dante hatte den Raum überprüft, bevor er Sarah hatte hineingehen lassen. Gut, vielleicht hatte er ein kleines Versteck übersehen, doch sein Bauchgefühl sagte ihm etwas anderes, nämlich, dass es einen Zugang gab, den sie nicht kannten. Er hatte jeden verdammten Zentimeter in dieser Umgebung abgesucht.

Als er draußen die Stelle erreichte, an der Sarah gefangen gehalten wurde, zog er seine Glock und bemerkte sofort das hohe Fenster mit der kaputten Scheibe. Es würde verdammt schwierig werden, seinen großen Körper dort hindurchzuzwängen. Durch dieses Fenster war er hineingekommen. Es war hoch gelegen. Und das Fenster selbst war klein, doch dieses Arschloch hatte es irgendwie geschafft, die

Scheibe zu zerbrechen und sich Zugang zu der kleinen Toilette zu verschaffen, die im Musikzimmer gelegen war, in dem Sarah gespielt hatte. Sehr wahrscheinlich hatte Sarahs Musik das Geräusch von zerbrechendem Glas übertönt und danach hatte er nur noch auf eine günstige Gelegenheit warten müssen.

Drinnen gab es kein Fenster.

Dante erinnerte sich daran, die Toilette kontrolliert zu haben, und von innen war das Fenster nicht sichtbar gewesen. Die gesamte kleine Toilette war tapeziert. Das Gebäude war alt und es war offensichtlich, dass jemand die billigste Arbeit überhaupt geleistet hatte, um die Toilette besser aussehen zu lassen, bevor Grady angefangen hatte, sich um die Renovierung des Zentrums zu kümmern. Grady war noch nicht beim Musikzimmer angelangt.

Warum soll man sich auch die Mühe machen, um das Fenster herum zu tapezieren, wenn man alles gleichmäßig mit etwas Pappe und Tapete abdecken kann?

»Scheiße«, flüsterte er ärgerlich. Dante steckte die Glock zurück in den Hosenbund und griff nach dem Fensterbrett. Gerade als er sich daran hochziehen wollte, wurde er in der Luft hängend wieder heruntergezerrt.

»Was zum Teufel machst du da?«, fragte Jared außer sich und riss Dantes Arme vom Fenster weg.

»Lass mich verdammt noch mal in Ruhe! Ich habe keine Zeit. Ich gehe jetzt rein«, knurrte Dante seinen Bruder an.

»Verstärkung ist schon unterwegs«, erinnerte Jared ihn wütend.

»Zu spät. Ich muss diesen Typen sofort ausschalten.« Dante löste seine Arme aus Jareds Griff und drehte sich zu seinem Bruder um. Er war bereit, ihm eine zu verpassen, wenn es nötig war. »Diese Toilette ist mit dem Raum verbunden, in dem er Sarah gefangen hält. Er ist durch dieses versteckte Fenster in die Toilette eingedrungen. Du kannst mir jetzt entweder helfen oder dich verpissen. Uns läuft die Zeit davon.«

Jared sah ihn böse an, doch er antwortete: »Du wirst dich noch umbringen lassen.«

»Das interessiert mich einen Dreck. Wenn Sarah etwas passiert, dann kann ich auch gleich tot sein. Wenn sie stirbt, sterbe ich mit ihr.« Er würde niemals wieder ein funktionierendes, menschliches Wesen sein. Sie würden ihn in eine Zwangsjacke stecken und weit weg bringen müssen.

»Scheiße! Also gut. Was soll ich tun?«, fragte Jared frustriert. »Ich kann mit dir reingehen.«

»Nein«, sagte Dante schroff. »Geh zurück ins Gebäude. Finde jemanden, der einen Schlüssel zur Tür hat, und versuche, sie aufzuschließen, ohne viel Lärm zu machen. Es könnte sein, dass ich Verstärkung brauche, falls ich mir diesen Wichser direkt vorknöpfe. Lausche an der Tür. Wenn du Geräusche einer Schlägerei hörst oder Schüsse, dann weißt du, dass es soweit ist. Bevor du irgendetwas anderes machst, bring Sarah weg von ihm. Versprich mir das!«

»Versprochen. Sei vorsichtig«, sagte Jared heiser. »Lass dich nicht umbringen.«

»Das habe ich nicht vor«, gab Dante zurück und stemmte sich am Fensterbrett hoch, ohne sich noch einmal umzublicken. Jared war vielleicht nervig, doch Dante wusste, dass er sich auf ihn verlassen konnte, wenn er ihn brauchte.

Während Dante seinen wuchtigen Körper durch die kleine Öffnung zwängte, konnte er Sarahs gespenstisch ruhige Stimme und die Antworten des Mörders hören.

Genau so, Süße. Verwickle ihn in ein Gespräch. Kluges Mädchen.

Als er hörte, wie John über Sarahs Narben sprach und wie sehr er sich darauf freute, dieses Mal eine bessere Arbeit zu leisten und sie in Stücke zu schneiden, verlor Dante fast die Beherrschung. In dem Moment, in dem das Arschloch Sarahs Brustwarzen ansprach, setzte das Polizistendenken bei Dante aus und er reagierte wie ein Mann.

Ich werde dieses verdammte Schwein umbringen.

Als er sich auf den Toilettenfußboden fallen ließ, war er nur noch von wilden Instinkten getrieben und er wusste, dass der Chicago-Schlitzer den Raum nicht lebendig verlassen würde.

Ich darf ihm meine Angst nicht zeigen. Ich muss mehr Zeit schinden.

Sarah wartete auf den richtigen Zeitpunkt und dieser Zeitpunkt war noch nicht gekommen. John hatte die Pistole direkt auf ihren Kopf gerichtet und er war zu weit entfernt, um ihm einen Tritt in die Weichteile zu verpassen. Weil sie nichts hatte, das sie irgendwie als Waffe einsetzen konnte, bestand ihre beste Chance darin, ihn nahe genug an sich herankommen zu lassen, ohne dass die Pistole auf eines ihrer lebenswichtigen Organe zeigte, um ihn dann bewegungsunfähig zu machen. Wenn ihr das auch nur für wenige Sekunden gelang, würde sie fliehen können.

Warte ab, bevor du deinen Plan in die Tat umsetzt. Irgendwann muss er sich bewegen.

Sie sprach unaufhörlich mit ihm, um sich mehr Zeit zu verschaffen, doch er wurde es langsam leid, über sich selbst zu reden. Er hatte ihr befohlen aufzustehen und ihr Schlauchkleid bis zur Hüfte heruntergezogen. In diesem Moment war er dabei, jede einzelne ihrer alten Narben mit der Klinge des riesigen Messers nachzuzeichnen und erzählte ihr, wie genau er sie dieses Mal verstümmeln würde. Während dieser ganzen Zeit drückte er die Pistole mit seiner linken Hand an ihre Schläfe.

»Deine Brustwarzen werde ich als Erinnerung behalten, damit ich nicht vergesse, welchen Spaß ich dabei hatte, dich aufzuschlitzen«, teilte John ihr mit und seine Stimme klang schrill und hysterisch.

Sarah zuckte zusammen, als er mit der Klinge über ihre Brustwarzen fuhr. Das Messer war scharf und sie blutete an einigen Stellen, wo er bei der Begutachtung ihrer alten Narben zu fest mit der Spitze zugedrückt hatte.

»Ich glaube, ich werde dir die Kehle nur soweit aufschneiden, dass ich dir dabei zusehen kann, wie du verblutest, während ich es mit dir treibe«, entschied er und legte das Messer an ihren Hals.

Sarah hatte sich gerade dazu entschlossen, dass sie lieber durch einen Schuss sterben wollte, als zuzulassen, dass er sich an ihrem

Körper verging, während sie ausblutete, da sah sie verschwommen, wie jemand an ihrem Gesicht vorbeilief.

»Das wirst du nicht«, brüllte ein mordlüsterner Dante, als er durch die Luft flog und seinen Körper zwischen sie und John brachte. Er griff nach der Hand mit der Waffe und schleuderte John zu Boden.

Sarah sah schockiert zu, wie beide Männer durch die Luft wirbelten und hart auf dem Boden landeten. Sie hätte schwören können, dass sie hörte, wie Dantes Schädel bei dem Aufprall brach, als er auf der Hartholz-Bühne aufschlug, auf der das Klavier stand.

»Mach, dass du hier rauskommst, Sarah!«, schrie Dante wütend.

Sie konnte nicht. Stattdessen erstarrte sie und sah verängstigt zu, wie John Dantes Griff entkam und aufstand. Er lief in Richtung Toilette und ließ seine Pistole und sein Messer zurück, die bei Dantes Angriff zu Boden geschleudert worden waren.

Dante stand nur langsam auf und Sarah reagierte instinktiv, als John zur Toilette stolperte und versuchte zu entwischen.

Dies ist meine Chance.

Sarah stellte sich ihm in den Weg und rammte ihm ihr Knie mit aller Kraft in die Weichteile. John hielt an und fluchte, seine Stimme ein wütendes Knurren. Sie hatte ihn aufgehalten, doch sie wusste nicht für wie lange.

»Aus dem Weg!«, schrie Dante ärgerlich.

Aus einem Reflex heraus bewegte sich Sarah auf Dantes Kommando zur Seite und ließ sich auf den Boden fallen. Sie sah Dante an und bemerkte, wie das Blut über sein Gesicht lief. Er hob seine Waffe ohne zu zögern an und schoss dem Chicago-Schlitzer mitten ins Herz. Danach fiel er auf den Rücken und brach zusammen.

Die Polizei stürmte zur Tür herein und verteilte sich im gesamten Raum, doch Sarah dachte nur daran, zu Dante zu gelangen. Ohne einen Blick auf den toten Mann am Boden zu werfen, kroch sie quer durch den Raum, bis sie ihren Retter erreicht hatte, kniete sich neben ihn und legte seinen blutenden Kopf auf ihren Schoß.

»Dante«, weinte sie verzweifelt. »Mach die Augen auf!« Sie suchte und fand die Platzwunde an seinem Kopf und spürte ebenfalls eine beginnende Schwellung auf seiner Kopfhaut.

»Zieh dein Kleid hoch!« Dantes Stimme war schwach und undeutlich.

Er hatte die Augen kaum geöffnet, doch Sarah war erleichtert, dass er reagierte. Selbstverständlich war seine erste Sorge, dass sie ihr Kleid hochzog, um ihre Brüste zu bedecken. Rettungssanitäter knieten sich neben sie, um zu helfen. »Haben Sie sterilen Verbandsmull?«, fragte sie die Rettungssanitäterin ängstlich und zog sich hastig ihr Kleid über die Brüste.

»Wir können hier übernehmen«, erklärte ihr die Rettungssanitäterin mit ruhiger Stimme und gab Sarah die Kompresse.

»Ich bin Ärztin«, informierte Sarah sie, während sie den Mull sanft auf Dantes Platzwunde legte und Druck darauf gab. Wie die meisten Kopfwunden blutete sie stark, doch ihr machten seine Schwerfälligkeit und der sich bildende Bluterguss Sorgen. »Dante?«

»Werde ich sterben?«, fragte er wirr. »Wenn ja, dann ist dein Gesicht das Letzte, was ich sehen will. Geh nicht weg!«

»Du stirbst nicht«, sagte Sarah ernst. »Und ich gehe nirgendwohin. Bleib mit mir zusammen wach!«

»Mit was für einer Verletzung haben wir es zu tun, Doktor?«, fragte die Rettungssanitäterin.

Weil Sarah das Krankenhaus nicht betrat, kannte sie den Großteil der Krankenhausangestellten nicht. »Kopfverletzung. Stumpfes Trauma ausgelöst durch einen Sturz. Er hat einen angehenden Bluterguss und eine Platzwunde. Ich mache mir Sorgen um seine mentale Aktivität.« Sie drückte den Mull weiter auf die Wunde und streichelte ihm über die Wange. Er hatte sein Leben für sie riskiert und das offensichtlich ohne die Zustimmung der örtlichen Polizei. Hätte Joe in diesem Moment eine Befreiungsaktion geplant, dann hätte die Polizei das Gebäude gestürmt und es würde überall nur so von Polizisten wimmeln.

»Wir müssen wegen der Wirbelsäule Vorsichtsmaßnahmen ergreifen, Doktor«, erinnerte sie die Rettungssanitäterin.

»Ja«, stimmte Sarah zu und nickte.

Sarah machte Platz und sah dabei zu, wie die Sanitäter Dante auf ein Brett hoben, ihm eine Halskrause anlegten und ihn schließlich mit Gurten festzurrten, damit er sich nicht bewegen konnte, bis eine Röntgenaufnahme gemacht worden war. Sie wusste, dass sie psychisch nicht dazu in der Lage war, sich als Medizinerin um ihn zu kümmern, und ließ die Rettungssanitäter ihre Arbeit verrichten.

»Dante?«, rief sie ihn von ihrem Platz neben seinem Kopf. Dieses Mal antwortete er nicht. Dante hatte das Bewusstsein verloren.

»Sarah?«, sprach sie sanft eine männliche Stimme hinter ihr an.

Sie drehte sich um und sah Jared, der sofort einen Arm um ihre Hüfte legte und ihr auf die Beine half.

»Bist du verletzt? Was ist mit Dante?«, fragte Jared besorgt.

»Er hat mir das Leben gerettet. Er ist zwischen John und mich gesprungen und beide sind zu Boden gegangen. Er hat sich ziemlich heftig den Kopf angeschlagen. Er ist bewusstlos.« Sie wusste, dass sie vor sich hin brabbelte, doch sie versuchte, Jared die Informationen so schnell wie möglich zukommen zu lassen.

»Er muss das Schwein zuerst umgebracht haben. Ich habe ihm versprochen, dass ich dich als Erstes retten würde, doch er hat sich offenbar bereits selbst darum gekümmert, bevor er bewusstlos wurde. Bist du okay? Dieses Arschloch hat dich nicht…« Jareds Stimme brach ab und er sah tatsächlich betroffen aus.

»Er hat mich nicht vergewaltigt. Und ich bin okay, Jared. Ich mache mir nur Sorgen um Dante«, sagte Sarah mit Tränen in den Augen. Jetzt, da ihr Adrenalinspiegel gesunken war, begann ihr Körper, unkontrolliert zu zittern.

»Seine Werte sind stabil«, informierte die Rettungssanitäterin Sarah. »Wir laden ihn jetzt ein. Wollen Sie ihn ins Krankenhaus begleiten?«

»Ja«, sagte Sarah ängstlich und sah Dante ins Gesicht. Seine Augenlider flatterten und öffneten sich kurz, bevor sie sich erneut schlossen. »Er beginnt aufzuwachen.«

Jared legte einen Arm um Sarahs Schultern und sagte fürsorglich: »Er wird schon wieder. Er hat einen Dickschädel.« Er umarmte sie fest und trocknete ihre Tränen mit seinem Hemdsaum. »Bist du sicher, dass du in Ordnung bist? Du hast überall Blut an dir.«

»Das ist von Dante«, erklärte sie ihm und umarmte ihn zurück. Sie wusste, dass Jared sich Sorgen machte, sie konnte es an seinem Gesicht erkennen. »Kopfwunden bluten stark.«

Die Rettungssanitäter legten Dante auf eine Bahre. »Wir sind soweit, Doktor.«

»Ich heiße Sarah«, teilte sie der Sanitäterin müde lächelnd mit. »Gehen wir!« Sie wollte Dante so schnell wie möglich ins Krankenhaus bringen.

»Wir werden hinterherfahren«, sagte Jared schnell.

Sarah ging an der Seite der Bahre zum Haupteingang und wandte ihren Blick nicht von Dantes Gesicht. Ab und zu öffnete er die Augen, sie wusste also, dass er halb bei Bewusstsein war.

»Sarah, wir haben Fragen«, sagte Joe Landon zu ihr und hielt sie am Arm fest, gerade als sie durch die Tür nach draußen gehen wollte.

»Sie finden mich im Krankenhaus. Ich begleite Dante«, ließ sie ihn kurz angebunden wissen. Die Fragen konnten warten. John war tot und die Untersuchung konnte auch noch durchgeführt werden, nachdem sie sich vergewissert hatte, dass Dante nichts Schlimmeres zugestoßen war. Das war in diesem Augenblick ihre einzige Sorge.

»Er hatte keine Berechtigung, das Gebäude zu betreten«, sagte Joe eher ehrfürchtig als tadelnd und schüttelte den Kopf. »Er hat den Chicago-Schlitzer getötet. Ich sollte wütend über seinen Alleingang sein, doch dieser Mann hat Mut. Wir haben nicht einmal in Erwägung gezogen, die Außenseite des Gebäudes zu untersuchen, weil keiner der Räume Fenster haben sollte. Wir sind davon ausgegangen, dass der Mörder sich bereits im Gebäude befunden hat, als Sie ankamen. Er ist ein echter Teufelskerl und großartiger Polizist, auch wenn wir auf die Unterstützung durch unsere Spezialeinheit hätten warten müssen.«

»Ja, das ist er. Und wenn er sich nicht genau so verhalten hätte, wie er es getan hat, dann wäre ich jetzt tot«, antwortete Sarah und wollte Chief Landon sagen, dass Dante generell ein Teufelskerl war, doch sie lief stattdessen der Bahre hinterher. Sie wollte Dante auf keinen Fall aus den Augen lassen.

Sie kletterte in den Rettungswagen und nahm neben Dantes Kopf Platz. Seine Augen waren wieder offen. »Dante? Kannst du mich hören?« Sarah überließ die Untersuchung den Rettungssanitätern, wohlwissend, dass sie gefühlsmäßig zu sehr involviert war, um sich medizinisch um Dante kümmern zu können. In diesem Augenblick war sie keine Ärztin. Sie war eine Frau, die sich mit dem Gedanken quälte, ob der Mann, den sie liebte, wieder in Ordnung kommen würde.

»Ich höre dich. Bist du okay?« Dante zog an den Gurten, die ihn daran hinderten, sich zu bewegen. Auf einmal wurde seine Stimme panisch. »Hat dieses Arschloch dir wehgetan?«

Sarah legte eine Hand auf seine Schulter. »Hör auf zu zappeln! Mir geht es gut. Er hat mich nur berührt, nichts anderes. Du darfst dich jetzt nicht bewegen, bis die Röntgenaufnahmen gemacht wurden.«

»Zum Glück«, murmelte Dante erleichtert und hörte auf, an den Gurten zu ziehen, die seinen Körper fixierten. »Ist das Arschloch tot?«

»Ja. Du hast ihn getötet«, antwortete Sarah. Sie wusste, dass es Dantes Sturheit war, die ihn dazu gebracht hatte zu schießen, bevor er sich dem Schlag auf den Kopf ergeben hatte.

Dante zog die Augenbrauen zusammen, um sich zu konzentrieren. »Ich erinnere mich. Ich habe dir gesagt, dass du abhauen sollst. Du hast ihn mit einem Tritt in die Eier aufgehalten. Verdammt, du hättest weglaufen sollen!«

»Ich musste es tun«, gestand Sarah. »Meine Wut auf das, was er getan hatte, hatte mich übermannt und ich wollte ihn nicht entkommen lassen, um danach wieder in Angst zu leben. Ich wollte nicht, dass er jemals wieder irgendeiner Frau das Leben nimmt. Ich wusste bereits, dass du verletzt bist, und ich war sauer.« Es fühlte sich gut an, das zu sagen. Sie hatte nur nach ihrem Gefühl gehandelt, etwas, das sie noch nie zuvor getan hatte, bevor sie Dante getroffen hatte.

»Es hat funktioniert. Aber mach das bloß nicht nochmal!«, sagte Dante widerwillig. »Meine Güte, er war noch kränker und irrer als ich gedacht hatte. Hat er wirklich zugegeben, der Chicago-Schlitzer zu sein?«

»Ja. Als er über die Frauen sprach, die er in Chicago vergewaltigt und getötet hat, habe ich es mir schon gedacht, noch bevor er es mir gesagt hat. Du hattest Recht. Wenn ein Mann dazu fähig ist, jemanden zu ermorden, dann steckt das Böse bereits in ihm drin. Er hatte mich nicht nur angegriffen, weil seine Frau und Trey gestorben waren. Er war außer sich, weil seine Fassade des freundlichen Ehemanns und Familienvaters dahin war. Er hat sich nicht wirklich für irgendeinen der beiden interessiert.« Sarahs Herz wurde schwer, als sie an Trey und seine Mutter dachte.

»Ein absoluter Soziopath«, sagte Dante wütend.

»Das war er«, stimmte Sarah zu. »Er wollte mich bereits töten, als er mich im Treppenhaus abfing. Und wenn es nicht ein paar Zufälle gegeben hätte, wäre ich heute nicht mehr da. Wenn du nicht gewesen wärst, wäre ich heute gestorben. Er wollte mir die Kehle durchschneiden. Ich hatte mich nur dazu entschieden, dass ich lieber kämpfen und durch eine Kugel sterben wollte, als mich von ihm vergewaltigen zu lassen, während ich verblute.«

»Scheiße. Dieser Gedanke wird mich für immer verfolgen«, sagte Dante und seine Stimme zitterte vor Wut.

»Nein, Dante. Das sollte dich nicht quälen. Ich wollte, dass du weißt, dass du der tapferste Mann überhaupt bist und dass du mein Leben gerettet hast. Ich mache mir nur solche Vorwürfe, dass du dich dabei verletzt hast. Schon wieder. Du warst doch gerade erst wieder gesund geworden.«

»Mir brummt vielleicht der Schädel«, gab Dante zu. »Ich muss mir irgendwo den Kopf angeschlagen haben.«

»Das hast du. Du bist mit dem Kopf auf dem Holzboden aufgekommen, als du dir John gegriffen hast. Ich mache mir Sorgen«, sagte sie und streichelte sanft über seine Wange. »Du warst bewusstlos. Ich verstehe nicht einmal, wie du klar genug bleiben konntest, um ihn zu erschießen.« Eigentlich sollte sie das nicht überraschen. Nur Wochen zuvor, nachdem er selbst mehrfach angeschossen worden war, war es ihm gelungen, den Mann durch einen gezielten Schuss zu töten, der seinen Partner umgebracht hatte. Dante war ein außergewöhnlich sturer Mann und sie würde sich nie wieder darüber beschweren. Es war dieser Starrsinn, der ihr das Leben gerettet hatte.

Er grinste zu ihr herauf. »Keine Sorge. Ich habe einen Dickschädel«, antwortete er amüsiert.

»Das hat Jared auch gesagt.« Sarah lächelte ihn müde an. Sie sorgte sich noch immer, doch ihn so zu sehen, beruhigte sie ein wenig.

»Mistkerl«, murmelte Dante.

Sarahs Lächeln wurde größer. Es war offensichtlich in Ordnung, wenn Dante sich selbst nicht ganz so ernst nahm, doch von seinen Brüdern wollte er das nicht hören. »Er wollte nur helfen. Ich bin ein bisschen durchgedreht.«

»Du? Was ist mit meiner vernünftigen und logisch denkenden Frau passiert?«

Sarah wollte antworten, dass sie nicht mehr klar denken konnte, seit er ihr Leben auf den Kopf gestellt hatte, und dass sie seitdem jeden Tag emotionaler geworden war. »Ich glaube, du hast mich ruiniert.«

»Ich hatte auch Angst. Ich hatte Angst, dass ich dein wunderschönes Gesicht nie wiedersehen würde. Ich muss dich berühren«, sagte Dante heiser und seine Augen suchten nervös ihr Gesicht ab.

Während sie weiter über sein Haar und sein Gesicht streichelte, verstand sie zwar sein Bedürfnis, doch sie antwortete: »Du darfst dich jetzt nicht bewegen.«

»Dann küss mich wenigstens«, verlangte er grimmig.

Sarah warf der Sanitäterin einen Blick zu und diese lächelte zurück. »Ich würde es tun«, sagte sie und zwinkerte Sarah zu.

Sarah lehnte sich vorsichtig über Dante, um nichts anderes als seine Lippen zu berühren, und presste ihren Mund in einer zarten Umarmung auf seinen. Ihr Herz zog sich in ihrer Brust zusammen, als er ihren Kuss erwiderte, als sei sie die begehrenswerteste Frau der Welt.

Als sie sich von ihm löste, sah sie, wie Dante seine Augen schloss und mit einem zufriedenen Lächeln einschlief.

»Wir sind da«, informierte die Rettungssanitäterin Sarah, als der Krankenwagen zum Stehen kam. Die Frau sprang heraus und gemeinsam mit dem Fahrer zog sie Dante auf der Bahre heraus.

Sarah folgte Dante ohne nachzudenken und blieb an seiner Seite, während er in einen Behandlungsraum in der Notaufnahme geschoben wurde.

Kapitel 17

»D antes Tests waren alle negativ, doch er wird ein oder zwei Tage zur Beobachtung hierbleiben müssen«, verkündete Sarah im Wartezimmer, das von den Sinclairs und Freunden in Beschlag genommen worden war. »Er war bewusstlos und sie werden ihn hierbehalten, damit keine Komplikationen wegen der Gehirnerschütterung auftreten.«

»Wie geht es ihm? Kann er sprechen?«, fragte Grady ängstlich.

Sarah lächelte. »Er redet etwas zu viel und ich glaube, dass die Schwestern in der Notaufnahme ihn gern knebeln würden. Er ist… ähm… nicht besonders glücklich darüber, dass er im Krankenhaus bleiben muss und er hat dies auch jedem wortstark mitgeteilt, angefangen bei Dr. Samuels bis hin zu seiner Pflegerin.«

»Dann ist er also wieder ganz der störrische Alte?«, fragte Jared und klang dabei eher erleichtert als zynisch.

»Er wird schon wieder«, versicherte sie der Gruppe im Wartezimmer. »Dass sie ihn hierbehalten ist nur eine Vorsichtsmaßnahme. Eine kluge Vorsichtsmaßnahme.« Ganz egal, wie sehr er fluchte, Dante würde nicht eher aus dem Krankenhaus entlassen werden, bis die Ärzte sich sicher waren, dass er durch die Gehirnerschütterung keine Beeinträchtigungen erleiden würde.

Sarah sah sich im Zimmer um. Grady saß mit Emily auf seinem Schoß da und sah aus, als würde er sie niemals mehr gehen lassen. Jared, Randi, Elsie, Beatrice und Joe Landon hatten alle einen der anderen freien Plätze eingenommen. Sogar ihre medizinische Assistentin Kristin war gekommen und blickte sie besorgt an.

»Wenn er genug Kraft hat, um sich zu beschweren, dann muss es ihm schon besser gehen«, sagte Grady zögerlich. »Ich bleibe heute Nacht bei ihm. Er wird wahrscheinlich aufstehen und verschwinden wollen.«

Sarah hielt die Hand hoch. »Ich bleibe, bis er entlassen wird. Ich brauche nur ein paar saubere Sachen für morgen, wenn es dir nichts ausmacht.« Sie warf Emily einen bittenden Blick zu. Sarah hatte bereits geduscht und war schnell in eine blaue Arzthose und ein dazugehöriges Hemd in gleicher Farbe geschlüpft, doch sie wollte gern ihre eigenen Sachen anziehen.

»Natürlich bringe ich sie dir«, beeilte sich Emily zu sagen. »Ich fahre sogar bei Brew Magic vorbei und bringe dir einen Latte mit.«

»Wir bringen Ihnen etwas zu essen«, versprach Beatrice mit Nachdruck. »Ich war einmal im Krankenhaus und alles, was ich während meiner Zeit dort wollte, war etwas Vernünftiges zu essen. Ich musste meinen Neffen bestechen, damit er mir etwas Genießbares bringt.«

Elsie nickte zustimmend.

»Bist du dir sicher, dass du ihn im Griff hast?«, fragte Jared zweifelnd.

Sarah lächelte Jared an. »Er bleibt hier und wenn ich mit ihm ringen muss, damit er das Bett nicht verlässt. Er wird heute Nacht schlafen. Noch wehrt er sich dagegen, doch er wird nicht ewig wach bleiben können.«

Emily befreite sich aus der Umarmung ihres Ehemannes und warf sich Sarah an den Hals, dicht gefolgt von Randi. Während sie sich an Sarah festklammerte, begann Emily laut zu schluchzen. Sarah drückte ihre Freundin fest an sich und hob den anderen Arm, um Randi ebenfalls an sich zu drücken. Sie war so froh, dass den beiden nichts passiert war.

»Ich hatte solche Angst, Sarah«, weinte Emily.

Randi nickte. »Ich auch. Ich habe keine Ahnung, wie du es geschafft hast, deine Angst zu verbergen, als du quasi dein Leben für unseres geopfert hast.«

Die drei Frauen umarmten sich für einige Minuten, bis Sarah sich schließlich von ihren Freundinnen löste und sagte: »Ich habe euch beide in diese Situation hineingezogen und es tut mir so unendlich leid. Keiner von euch hatte es verdient, dort zu sein und das zu erleben. Ich habe einen Serienmörder nach Amesport gebracht.« Sarah wurde bei dem Gedanken daran noch immer flau im Magen.

»Du hast nichts von dem verdient, was dir zugestoßen ist, Sarah«, sagte Emily und setzte sich auf den Platz neben Grady, nur um von ihm wieder auf seinen Schoß gezogen zu werden. Randi nahm erneut neben Beatrice Platz und die ältere Dame griff nach Randis Hand und hielt sie tröstend fest.

»Sind Sie bereit, darüber zu sprechen, Sarah?«, fragte Chief Landon ernst.

Sarah nickte. »Ich weiß, dass Sie auch mit Dante reden wollen. Wir können uns in seinem Zimmer treffen, wenn Sie solange warten können, bis die Schwestern ihn ins Bett gebracht haben.«

»Kein Problem«, stimmte Joe bereitwillig zu. »Es gibt jedoch ein Problem.« Ihm entfuhr ein langer, frustrierter Seufzer, bevor er sagte: »Wir haben bereits einen riesigen Presserummel. Der Chicago-Schlitzer war lange Zeit ein mysteriöser Fall. Das ist eine große, landesweite Geschichte. Wir werden selbstverständlich niemanden ins Krankenhaus lassen oder Zutritt auf Privatgrundstücke gewähren, doch sie werden jeden von Ihnen bei jeder sich bietenden Gelegenheit belästigen.« Er sah jeden im Raum warnend an.

Sarah sah zu Joe und wandte ihren Blick dann zu Elsie. »Ich bin der Meinung, dass Elsie über die Geschichte berichten sollte. Schließlich war sie dort und sie hat dabei geholfen, die Polizei schnell zu alarmieren.« Sie wusste, dass die alte Dame begeistert darüber wäre, darüber hinaus sahen sowohl Elsie als auch Beatrice verängstigt aus. Es könnte die beiden auf andere Gedanken bringen.

»Ich dürfte exklusiv berichten?« Elsies Gesicht hellte sich auf.

Sarah zuckte mit den Schultern. »Ich finde es nur fair, wenn Amesport als Erstes darüber berichten würde. Und Sie waren eine Augenzeugin. Wer könnte die Geschichte besser erzählen?« Davon abgesehen würden die Mitglieder der Presse vielleicht Abstand nehmen, wenn Elsie exklusiv darüber schrieb, und diese Informationen dazu nutzen, um ihre eigenen Geschichten zu schreiben, wenn sich niemand bereit erklärte, mit ihnen zu sprechen.

Joe erhaschte ihren Blick und zwinkerte ihr zu. Er verstand ganz genau, was Sarah zu erreichen versuchte.

»Natürlich. Ich schreibe den exklusiven Bericht und ihr alle gebt mir die Informationen, die mir nicht vorliegen«, sagte Elsie aufgeregt.

»Ich würde vorschlagen, Sie machen sich so schnell wie möglich an die Arbeit, damit die Geschichte gleich morgen erscheinen kann«, sagte Sarah mit Nachdruck. *Je eher, umso besser.* Sarah hoffte, dass sich der Rummel bis zu Dantes Entlassung gelegt haben würde. »Ich gehe zurück, um ein Auge auf Dante zu haben. Er sollte in ein paar Minuten in seinem Zimmer eintreffen«, sagte Sarah. Sie wusste, dass sie zu Dante zurückgehen und ihm ins Gewissen reden musste, damit er sich anständig benahm. Die armen Schwestern zogen bereits Streichhölzer, um auszulosen, wer sich um ihn kümmern musste. »Joe, wir treffen uns gleich in Dantes Zimmer.«

Joe nickte. »Ich gehe gleich hoch.«

»Sarah?« Emily rief ihre Freundin, als diese gerade zurück in die Notaufnahme gehen wollte.

Sarah drehte sich um. »Ja?«

»Bist du okay?«, fragte Emily nervös.

»Ich komme schon klar«, sagte Sarah und versuchte, ihre Freundin nicht zu beunruhigen. Momentan funktionierte sie automatisch und versuchte an nichts anderes als Dantes medizinische Versorgung zu denken.

»Ich hasse es, das zu sagen, aber du befindest dich in einem Krankenhaus. Ich dachte… ich habe mir Sorgen gemacht… oh zum Teufel, ich habe mich nur gefragt, ob es dir damit gut geht«, sagte Emily außer Atem.

Sarah hielt an und sah Emily verwirrt an. Und dann dämmerte es ihr. Mit Ausnahme von ihrer Mutter und Dante war Emily der einzige Mensch, der die ganze Geschichte über ihre Vergangenheit und ihre Panikattacken kannte.

Ich befinde mich in einem Krankenhaus. Ich drehe nicht durch. Ich habe keine Panikattacken. Alles fühlt sich… normal an.

Sie grinste Emily langsam an. »Dein Schwager hat mich so verrückt gemacht, dass ich nicht einmal darüber nachgedacht habe.« Sarah schüttelte fasziniert den Kopf. »Und ja, es geht mir gut damit.« Merkwürdigerweise fühlte sie sich gut in der Krankenhausumgebung. Sie hatte sich solche Sorgen um Dante gemacht, dass ihr keine Zeit geblieben war, um Angst zu haben.

Emily strahlte sie an und Sarah drehte sich wieder um und ging mit einem erstaunten Gesicht zurück in die Notaufnahme.

Dante wachte entnervt auf. Er befand sich an einem Ort, den er so schnell nicht hatte wiedersehen wollen.

Noch ein verdammtes Krankenhaus.

Es war noch dunkel und durch die Rollläden vor dem Fenster drang kein Licht.

Wie viel Uhr ist es?

Er lehnte sich mit zusammengekniffenen Augen nach vorn, um die Uhr an der Wand zu erkennen, doch die einzige Lichtquelle bestand in einem fahlen Licht in Türnähe, das nicht einmal genügend Helligkeit spendete, um die Hand vor Augen zu sehen.

Es ist nach drei Uhr morgens.

Nachdem er und Sarah mit Joe geredet hatten, um ihm zu berichten, was sich im Zentrum zugetragen hatte, war er bald eingeschlafen.

Sarah?

Er wartete ängstlich eine Minute lang, bis er Sarah neben sich erblickte. Sie schlief in einem Ruhesessel, der neben dem Bett stand.

Gott sei Dank!

Seine Augen streichelten sie zärtlich, er war verdammt froh, dass sie am Leben war. Er ließ sich zurückfallen und stöhnte leise, als sein Kopf das dünne Kissen berührte.

»Dante?«, rief Sarah mit schläfriger Stimme und saß sofort aufrecht in ihrem Sessel. »Was ist passiert?«

Dante grinste sie verlegen an, als ihr Gesicht über ihm erschien. »Nichts. Ich habe nur vergessen, dass ich mir den Kopf angeschlagen habe.«

Verdammt! Sogar erschöpft sieht sie wunderschön aus.

Von Nahem konnte er die dunklen Ringe unter ihren Augen erkennen und ihre Haare waren zerzaust, doch in diesem Moment war sie das schönste Wesen, das er jemals gesehen hatte. Sie war hier. Und sie war atemberaubend.

»Ist alles in Ordnung?«, murmelte sie schlaftrunken und fuhr vorsichtig mit einer Hand durch sein Haar, um nicht die verletzten Stellen auf seiner Kopfhaut zu berühren.

Ihr ängstlicher Gesichtsausdruck überwältigte ihn, denn er wusste, dass das alles ihm galt. In den letzten sechzehn Stunden war sie durch die Hölle gegangen, doch jeder ihrer Gedanken hatte ihm gegolten. Sie hatte nicht eine Träne über das Geschehene vergossen oder darüber gesprochen, wie es sich angefühlt hatte, dem Tod so nahe zu sein. Jeder Gedanke, jede Tat war für ihn gewesen. Sie hatte sich diese ruhige Fassade aufgebaut, um sich um ihn zu kümmern, und genau das Gleiche getan, um Emily und Randi zu beschützen.

»Ich bin einsam.« Er schlug die Bettdecke zurück und rutschte nach links, um in dem schmalen Bett Platz für sie zu machen. »Leg dich zu mir!«

Er trug eine Hose, die aussah wie die Art Kleidung, die Ärzte im OP anziehen. Er hatte sich des nervigen Patientenkittels entledigt und nur die Hose mit Tunnelzug anbehalten, um sein bestes Stück zu bedecken. Sie hatten ihn vom Tropf abgenommen, er hatte also keine Schläuche, mit denen er vorsichtig sein musste – nur die Nadel der Kanüle, die in seinem linken Handrücken steckte, schmerzte leicht. Der vermutlich einzige Grund, warum er für eine ganze Weile geschlafen hatte, bestand darin, dass sie aufgehört hatten, ihn mit irgendwelchen Flüssigkeiten vollzupumpen, die ihn alle fünf Minuten zum Pinkeln ins Badezimmer trieben.

Dante beobachtete, wie Sarah einen Moment lang zögerte. Er nahm ihre Hand und zog sie zu sich. »Keine Analyse. Klettere einfach nur hier rein.« Er hatte Angst, dass sie bei zu langem Nachdenken zurück zu ihrem Sessel gehen würde, und er brauchte sie gerade wirklich einfach nur nahe bei sich. Sie war so damit beschäftigt gewesen, sich um ihn zu kümmern, dass sie sich nicht mit ihrem eigenen Trauma auseinandergesetzt hatte. Sie brauchte Trost und den wollte er ihr spenden. Sie war lange genug stark gewesen.

»Okay«, flüsterte sie und kroch vorsichtig unter die Decke, die er immer noch einladend hochhielt.

Er deckte sie beide zu und drückte ihren Kopf vorsichtig auf seine Brust, damit sie es bequem hatte. »Den ganzen Abend hast du so gleichgültig gewirkt. Willst du darüber reden?«, fragte er leise. Er wusste, dass sie irgendwann etwas sagen musste, um das Geschehene verarbeiten zu können.

Sarah schüttelte den Kopf, doch sie legte ihren Arm um seinem Bauch und drückte ihn fest an sich.

Dantes Herz erweichte, als er die verletzliche Sarah in seinen Armen hielt, eine Seite, die nur wenige Menschen jemals zu sehen bekamen. »Willst du, dass ich dir erzähle, wie ich mich fühle?«

Sie nickte zitternd.

»Ich will dich nie wieder aus den Augen lassen. Aus keinem verdammten Grund. Wenn ich jetzt die Augen schließe, habe ich das Gefühl, dass ich für eine sehr lange Zeit immer nur sehen werde, wie du da mit einer Waffe gegen den Kopf stehst. Ich habe das Gefühl, Thompsons Stimme in meinem Kopf zu hören, wie er darüber spricht, dich aufzuschlitzen, bis ich sie schließlich ausblenden und an etwas anderes denken kann. Ich glaube, dass du die tapferste und klügste Frau der Welt sein musst, weil du ihn so lange in ein Gespräch verwickelt und es geschafft hast, dass deine beiden Freundinnen den Raum verlassen konnten.« Er hielt einen Moment inne. »Und ich glaube, dass ich der glücklichste Mistkerl auf der ganzen Welt bin, weil ich dich gerade tatsächlich in meinen Armen halte.«

»Ich bin nicht tapfer«, flüsterte Sarah eilig. »Ich hatte Angst. Ich hatte schreckliche Angst um Emily und Randi, weil ich sie in solch eine Situation gebracht hatte und es meine Schuld gewesen wäre, wenn sie hätten sterben müssen. Als sie endlich draußen waren, hatte ich gehofft, dass mir nicht schlecht wird und ich mich nicht allein von dem Gedanken übergeben muss, dass er mich anfasst. Die ganze Angst war da, Dante. Ich konnte sie nur nicht zulassen. Er wollte, dass ich Angst habe, und ich konnte nicht zulassen, dass er sie bemerkt. Als ich gesehen habe, wie du dich verletzt hast, ist meine Angst in Wut umgeschlagen und ich wollte ihm irgendwie wehtun. Deswegen habe ich ihm mein Knie in die Eier gerammt. Ich wollte nicht, dass er wegläuft. Ich war froh, dass du ihn erschossen hast. Ich war erleichtert, dass er tot war. Hätte ich eine Pistole gehabt, hätte ich es selbst getan. Danach hat mich Panik ergriffen, weil du verletzt warst, ich hatte solche Angst, dass es dir nicht gut gehen würde.« Sie begann zu weinen und ihre Stimme zitterte. »Jetzt weißt du es, ich bin überhaupt nicht tapfer. Ich hatte Angst, die ganze Zeit so viel Angst«, schluchzte sie mit verzweifelter Stimme. Ihr Damm war endlich gebrochen und sie weinte laut an seiner Brust, während ihr Arm sich noch fester um ihn schlang.

Dante legte beide Arme um ihren zitternden Körper und wiegte sie sanft hin und her, während sie weinte. Ihr Schluchzen war erfüllt mit Schmerz und Angst und es brach ihm fast das Herz, sie so zu sehen. Er hatte sie noch nie so sehr weinen sehen und auch, wenn er sie nie mehr so sehen würde, wäre das immer noch nicht lange genug. Doch sie brauchte es, sie musste alles rauslassen, und sein Herz wuchs an vor Stolz, weil sie es mit ihm tat. »Ich weiß, Baby. Ich weiß. Ich hatte auch Angst. Ich hatte Angst, dass er dir wehtun würde«, sagte er beruhigend und streichelte mit beiden Händen über ihre Haare und ihren Rücken, bis die Sturmflut der Tränen schließlich erst abebbte und dann versiegte. Endlich sagte er: »Du bist hier im Krankenhaus. Verdammt! Ich habe vergessen, wie du auf Krankenhäuser reagierst.« Dante war wütend auf sich selbst. Er war so sehr mit allem anderen beschäftigt gewesen, dass er ihre Panikattacken vergessen hatte.

»Mir geht es gut. Ich habe mir solche Sorgen um dich gemacht, dass ich nicht darüber nachgedacht habe. Und dann hat es irgendwie keine Rolle mehr gespielt. Es fühlt sich gut an, zurück zu sein. Ich habe es vermisst. Ich denke, ich musste einfach nur wieder durch die Tür gehen. Oder vielleicht auch, weil mein Angreifer tot ist. Wie auch immer, es geht mir gut.«

Dante seufzte erleichtert. »Mein Gott. Du bist wirklich durch die Hölle gegangen, Süße.« Ganz egal, wie sehr sie es abstritt, sie war die tapferste Frau, die er je gekannt hatte. Und sie gehörte ihm.

»Ich kann nicht glauben, dass er wirklich der Chicago-Schlitzer war.« Sie schniefte erschöpft.

Dante konnte es ebenfalls nicht glauben. »Sogar in Los Angeles hat die Polizei über diesen Fall gesprochen.«

»Die Presse ist überall. Du bist ein Held«, seufzte Sarah.

»Ich will kein Held sein. Ich wollte nur, dass dir nichts geschieht. Doch ich bin froh, dass er tot ist. Die Frauen, die er getötet hat, verdienten etwas Gerechtigkeit. Es hat jeden Kriminalbeamten im gesamten Land zum Wahnsinn getrieben, dass er nicht geschnappt wurde und nicht für diese Morde bezahlen musste«, erzählte Dante nachdenklich. »Ich hoffe, die Presse verhält sich nicht allzu schlimm.« Er hatte bereits an einer Vielzahl berühmter Fälle gearbeitet, doch sich mit Journalisten auseinanderzusetzen gehörte nicht gerade zu den Lieblingsaspekten seiner Arbeit.

»Ihnen allen wird zuvorgekommen«, sagte Sarah und ihre Stimme klang etwas belustigt. »Elsie veröffentlicht die Geschichte morgen früh. Ich bin mir sicher, dass sich alles beruhigen wird.«

Dante lachte leise. Der Gedanke an die neugierige alte Dame, die endlich ihren großen Artikel bekommen würde, amüsierte ihn. »Deine Idee?« Es war in der Tat brillant. Wenn Elsie als Erste darüber berichtete, würde sich der Presserummel *wirklich* legen.

Sarah zuckte mit den Schultern. »Es sind große Neuigkeiten. Elsie wird für immer darüber sprechen. Ich bin mir sicher, die Geschichte wird an viele Zeitungen verkauft werden.«

»Presse oder keine Presse, morgen früh gehe ich nach Hause«, brummte Dante.

»Du gehst dann nach Hause, wenn Dr. Samuels sagt, dass du nach Hause gehen darfst«, korrigierte Sarah ihn streng.

»Undiplomatische Frau«, antwortete Dante gereizt.

Sarah hob ihren Kopf und sah ihn an. »Ich kann jetzt ja wieder in mein Häuschen zurück. Das hatte ich ganz vergessen.«

»Nein. Noch nicht.« Dante konnte den Gedanken nicht ertragen, dass Sarah nicht bei ihm sein würde, und er verstärkte reflexartig seine Umarmung. Verdammt, er fing sogar an, ihren bescheuerten kleinen Hund zu mögen. »Coco?« Er hasste den Gedanken, dass der Hund eventuell ohne Futter und die Möglichkeit, nach draußen zu gehen, in seinem Haus gefangen war.

»Sie ist bei Emily. Ich bin mir sicher, dass sie ihr genauso viele menschliche Nahrungsmittel geben wird, wie du es tust.«

»Bleib noch ein bisschen bei mir.«, bat Dante. Er würde sehr lange dafür brauchen, um sich zu vergewissern, dass es ihr auch wirklich gut ging.

»Ich muss irgendwann zurück nach Hause.«

Nein, das musst du nicht.

Es fiel Dante schwer, diesen Gedanken nicht laut auszusprechen. Was ihn betraf, gehörte sie zu ihm. Er blieb stumm, doch er war fest entschlossen, dass sie nirgendwohin gehen würde. Sie musste sich an einem sicheren Ort aufhalten, irgendwo, wo sie über das Trauma hinwegkommen konnte, das sie durchlebt hatte. Und dieser Ort war bei ihm. »Nicht jetzt«, sagte er. Sie hatten nicht über die Zukunft gesprochen, weil sie beide zu beschäftigt damit gewesen waren, in der Gegenwart zu überleben. Doch sie würden darüber sprechen. Bald. Er würde auf keinen Fall ohne sie leben.

Dante hörte sie leise seufzen. »Nicht jetzt«, stimmte sie schläfrig zu.

Für den Moment war er zufrieden. Er hielt sie fest und streichelte ihr weiter über Haar und Rücken, so lange, bis sie endlich eingeschlafen war.

Kapitel 18

Am nächsten Tag wurde Dante nachmittags entlassen, sehr zur Erleichterung aller, die auf seiner Station arbeiteten. Es war noch nicht genügend Zeit vergangen, als dass die Stadt sich hätte beruhigen können, und viele der Presseleute waren noch immer da, in der Hoffnung auf ein Interview. Doch Jared und Grady brachten Dante ohne Zwischenfall nach Hause und die Tore zur Halbinsel wurden verschlossen und von einigen der örtlichen Polizisten bewacht. Nachdem sie Dante und Sarah abgesetzt hatten, kehrten die beiden Brüder zum Tor zurück, um sicherzugehen, dass wirklich niemand Zugang hatte, und um der Presse mitzuteilen, dass sie keine Interviews geben würden. Sie würden eine kurze, offizielle Stellungnahme abgeben und darauf hoffen, dass die Journalisten damit zufriedengestellt und nur Elsies Version für ihre Geschichten nutzen würden.

An der Tür wurden Sarah und Dante von einer aufgeregten Coco empfangen. Emily hatte die Hündin schon etwas früher am Nachmittag zurückgebracht.

»Verdammter Köter«, brummte Dante, aber er beugte sich trotzdem herunter und nahm die kleine Hündin auf seine fleischigen Arme, um ihr mehr als nur ein wenig Zuneigung zu geben. Er streichelte Cocos zitternden Körper und kraulte sie am Kopf.

Sarah versuchte, sich ein Grinsen zu verkneifen, als sie den liebevollen Austausch zwischen Hund und Mann betrachtete. Coco hatte Dantes Haus und dessen Besitzer zu einem Teil ihres Reviers gemacht. Sie war verrückt nach Dante und Sarah wusste, dass ihr großer, harter Typ die kleine Hündin liebte, ganz egal, wie sehr er versuchte, dies abzustreiten.

Sie wird ihn so sehr vermissen, wenn er weg ist.

Coco hatte sich genauso an Dante gewöhnt wie Sarah. Jetzt würden sie beide den Preis dafür bezahlen müssen, einen Mann zu lieben, der nicht nach Amesport gehörte.

Ich liebe ihn. Ich liebe ihn wirklich.

Auch wenn sie sich vermutlich schon viel früher in Dante verliebt hatte, traf sie dieses Zugeständnis mitten ins Herz. Sie konnte es nicht länger leugnen. Sie hatte sich voll und ganz und unumstößlich in diesen starken, dominanten Mann verliebt, der aber auch zu solcher Zärtlichkeit imstande war, dass sie weinen wollte.

Er geht zurück nach Los Angeles. Ich wusste, dass er nicht für immer hierbleiben würde.

Sie *hatte* es gewusst. Und doch hatte dieses Wissen ihr Herz nicht beschützt. Dante Sinclair war für eine Frau wie sie eine unwiderstehliche Versuchung gewesen, ein Mann, der ihr Sicherheit gab und sie verehrte, nachdem sie ein Leben lang allein gewesen war. Er hatte sie fest im Arm gehalten, als in der vergangenen Nacht all ihre Dämme gebrochen waren und ihre Gefühle sie übermannt hatten, etwas, das ihr so noch niemals zuvor passiert war. Jetzt, da alles seinen Weg nach draußen gefunden hatte, war sie sich ziemlich sicher, dass sie nie wieder dazu in der Lage sein würde, jedes ihrer Gefühle an einem sicheren Ort zu verstauen und es dort neben Logik und Vernunft zu vergraben. Und das wollte sie auch nicht. Ein Leben ohne Gefühle zu leben war vielleicht einfacher, doch es würde sie niemals glücklich machen.

Ich werde wieder allein sein.

Es war dieser Gedanke, der in ihr den Wunsch wachrief, wieder zurück in ihr kleines Häuschen zu flüchten, wo sie im Stillen und ganz für sich ihr gebrochenes Herz pflegen konnte.

Es wird ja nichts helfen.

Sarah ging in die Küche und lehnte sich seufzend gegen den Tisch. Sie brauchte eine Minute, um ihre Gefühle zu sortieren. Auch wenn es unwahrscheinlich schmerzhaft sein würde, ihn gehen zu sehen, würde es nicht weniger schmerzhaft sein, wenn sie sich jetzt von ihm trennte oder in einer Woche. In diesem Augenblick schien Dante über nichts davon sprechen zu wollen und zog es vor, den Moment zu genießen.

Ich habe das noch nie zuvor gemacht.

Mit Ausnahme der wenigen Male, bei denen sie sich in Dante verloren hatte, hatte sie niemals etwas Spontanes gemacht oder etwas getan, ohne über die Konsequenzen nachzudenken.

»Gehen wir spazieren!«, schlug Dante mit seiner heiseren Stimme aus dem Eingang zur Küche vor.

Sarah drehte sich um und sah ihn an. Seine ausgestreckte Hand wartete nur darauf, von ihrer ergriffen zu werden.

Nimm dir diese Zeit mit ihm. Lebe im Jetzt und Hier und greif dir so viel Glück, wie du kannst!

Als Sarah seinen aufgewühlten Blick sah, wusste sie, dass er spazieren gehen wollte, weil sie es jetzt konnten. John war tot; die Bedrohung war vorbei. Sie konnten zu seinem Privatstrand gehen, ohne sich immerzu über die Schulter hinweg umsehen zu müssen.

Sie wog nicht Für und Wider ihrer Handlungen ab, sondern dachte nur mit ihrem Herzen, als sie seine Hand nahm.

Sie gingen hinaus zum Strand und sprachen über nichts Wichtiges, Coco folgte ihnen hintendrein. Beide lachten, als die kleine Hündin sich vorsichtig den Wellen näherte, als wären sie der Feind, und sie jedes Mal, wenn sie sich wieder zurückzogen, kräftig anbellte und sich freute, dass sie das böse Wasser in die Flucht geschlagen hatte. Dante half Sarah dabei, eine Sandburg zu bauen, die erste ihres Lebens, die am Ende jedoch mehr wie ein Haufen Matsch aussah als eine Festung, doch Sarah war trotzdem stolz auf ihr Bauwerk...

bis Coco sich dazu entschloss, es über den Haufen zu rennen und ihnen beiden einen Lachanfall bescherte.

Sarahs Herz schmerzte jedes Mal, wenn Dante ihr einen Kuss gab. Einige seiner Zärtlichkeiten sollten sie brandmarken, während andere nur leichte Berührungen seiner und ihrer Lippen waren, als wollte er sich noch immer vergewissern, dass sie an seiner Seite war. Sarah nahm jede dieser Liebkosungen in sich auf, speicherte sie in ihrer Erinnerung und ihrem Herzen.

Dante erzählte ihr einige lustigere Geschichten darüber, wie er und seine Geschwister aufgewachsen waren, Geschichten, in denen sein gewalttätiger Vater oder seine gefühlsleere Mutter nicht vorkamen.

Sie haben sich alle gegenseitig beschützt.

Jede Geschichte endete damit, dass irgendeines der Geschwister einem anderen aus der Patsche half. Sie hatten sich vielleicht die ganze Zeit gegenseitig aufgezogen, doch am Ende hatten sie sich niemals im Stich gelassen.

»Ich habe mir immer einen Bruder oder eine Schwester gewünscht«, sagte Sarah schwermütig, als sie nass und sandig zum Haus zurückgingen.

»Deine Mutter wollte nicht noch einmal heiraten?«, fragte Dante neugierig.

»Nein«, antwortete Sarah nachdenklich. »Sie hat sich nicht einmal mit Männern getroffen. Alles drehte sich nur um meine Ausbildung.«

Sarah und Dante hielten vor der Tür an und zogen ihre Jeans aus, um nicht den ganzen nassen Sand ins Haus zu tragen.

Sie liefen nach oben, um zu duschen, und Dante grollte leise, als Sarah ihn in sein eigenes Badezimmer schickte. »Kein Stress heute«, sagte sie streng, als sie ins Gästebad ging. »Das beinhaltet jegliche Form von Anstrengung«, rief sie über ihre Schulter und wusste genau, dass er »Anstrengung« mit Sex gleichsetzen würde.

Er folgte ihr nicht, doch sie konnte seine Augen auf ihrem Rücken spüren, als sie das Gästezimmer betrat und die Tür hinter sich schloss.

Dantes Schlafzimmerfenster war offen, doch heute Abend half ihm das beruhigende Geräusch des Meeres nicht. Er konnte einfach nicht einschlafen und er wusste genau warum.

Ich kann ohne sie nicht schlafen.

Dante rollte sich mit einem genervten Stöhnen auf den Rücken. Es trieb ihn fast zum Wahnsinn zu wissen, dass Sarah nur ein paar Türen weiter im Gästezimmer lag und schlief.

Es gibt nichts Schlimmeres, als von einer Frau besessen zu sein, die eine verdammte Ärztin ist!

Sie hatte darauf bestanden, getrennt zu schlafen, und ihn darüber belehrt, wie wichtig Schlaf und ausreichend Erholung nach seiner Kopfverletzung für ihn seien.

Mein Kopf ist so hart wie eine verdammte Bowlingkugel. Ich muss nicht alleine schlafen und ich will nicht alleine schlafen!

Gut, er hätte sie vermutlich verführen und sie dazu bringen können, bei ihm bleiben zu wollen, doch er hatte es nicht getan. Sie hätte ihm damit gedroht, ihn in seinem Haus alleine zu lassen und zurück nach Hause zu gehen, wenn er sich nicht benahm.

Das wird sie ganz sicher nicht.

Doch bereits der Gedanke daran, sie nicht nahe bei sich zu haben, war für ihn genug, um sich zurückzuhalten. Nach dem Essen hatten sie einen faulen Abend miteinander verbracht, an dessen Ende Sarah zum Flügel hinübergegangen war und gespielt hatte. Dante kannte sich nicht sehr gut mit klassischer Musik aus, doch das musste er auch nicht. Er erkannte ihre Gefühle sofort: alles, was sie spielte, war nachdenklich und düster. Irgendetwas beschäftigte sie und er wusste nicht, wie er es in Ordnung bringen konnte. In der vergangenen Nacht hatte sie ihn im Krankenhaus mit ihren lauten, von Schmerz und Angst erfüllten Schluchzern fast umgebracht und er hatte versucht, alles davon aufzunehmen, während sie weinte, und gehofft, sie niemals wieder so niedergeschlagen sehen zu müssen. Doch dieses Mal war es etwas anderes. Sie machte keinen verängstigten

Eindruck, doch Dante konnte einfach nicht genau sagen, was sie so ungewöhnlich zerbrechlich erscheinen ließ. Es gefiel ihm nicht.

Sie schien... fast schon traurig, melancholisch zu sein. Er hätte sie nicht alleine lassen sollen, doch er hatte Angst gehabt, dass sie verschwinden würde, und er konnte sie nicht mehr am Gehen hindern, weil ihr Leben jetzt nicht mehr in Gefahr war.

Sie kann gehen, wohin sie will.

Während diese Tatsache ihn glücklich machen sollte, machte sie ihm in Wirklichkeit unheimliche Angst. Ja. Gut. Er war froh, dass sie außer Gefahr war und nicht mehr eingesperrt bleiben musste, denn das hatte sie unglücklich gemacht. Doch der Gedanke daran, dass sie tatsächlich gehen könnte, zurück zu einem Leben ohne ihn, machte ihn verrückt.

Hier war er also und starrte an die Decke, während eine Frau, die er mehr begehrte als irgendetwas anderes auf der Welt, im Gästezimmer nebenan schlief. Dante dachte, dass es besser war, sie nahe bei sich zu wissen, als sie nicht einmal mehr im Haus zu haben.

Blödsinn!

Er war nie der Typ gewesen, der sich für irgendetwas niedergelassen hätte, und es verunsicherte ihn dermaßen, dass er es jetzt tat. Die Wahrheit war... der Gedanke daran, sie zu verlieren, ließ ihn erzittern.

Ich werde also die ganze Nacht hier liegen und an die verdammte Decke starren?

Eigentlich hätte er sie so sehr mit sich verschmelzen sollen, dass sie niemals mehr dazu in der Lage sein würde, ihn abzuschütteln. Wann hatte er sich jemals von Angst zurückhalten lassen?

Wann hatte ich jemals so viel zu verlieren?

Die Antwort war: noch nie. Um ganz ehrlich zu sein, war es ihm um ein Vielfaches lieber, Mördern hinterherzujagen, als sich mit der Möglichkeit auseinanderzusetzen, dass Sarah ihn vielleicht verlassen und nie mehr zurückkommen würde.

Auf gar keinen Fall!

Dante rollte sich mit einer Kombination aus Sorge und Entschlossenheit aus dem Bett. Seine Sturheit und Beharrlichkeit erlaubten es ihm nicht länger, hier nur herumzuliegen. Wenn es nötig war, würde er die größte Nervensäge sein, die Sarah Baxter jemals begegnet war. Sie würde nicht dazu in der Lage sein, ihn zu ignorieren.

Dante grinste verwegen, als er seine Tür öffnete und leise den Flur hinunter zu Sarahs Zimmer ging. Dort angekommen umgriff er die Türklinke und betrat das Schlafzimmer. Nachdem er die Tür lautlos geschlossen hatte, lehnte er sich mit dem Rücken zurück. Die Fenster in ihrem Zimmer waren geöffnet und tauchten die Person auf dem Bett in ein gedämpftes Licht. Was er sah, ließ ihn sofort erstarren, und er war nicht fähig, seine Augen von dem abzuwenden, was er in der Mitte der Matratze erblickte.

Sarah war wach, ihr Kopf zurückgeworfen, Augen geschlossen und ihre Hand befand sich zwischen ihren Schenkeln. Sie trug ein kurzes Seidennachthemd und sah aus wie eine feurige Verführerin in rot und schwarz. Das winzige Höschen passte zu dem Set, das neben dem Bett auf dem Boden lag.

Er sah ihr mit geballten Fäusten dabei zu, wie sie ihre Klitoris fester und fester rieb und leise seinen Namen wimmerte. Sie warf ihren Kopf auf dem Kissen hin und her und ihre Locken flogen dabei über ihr Gesicht.

Oh mein Gott!

Er hielt den Atem an und beobachtete, wie sie versuchte, sich zum Höhepunkt zu streicheln.

Sie fantasiert von mir, sie träumt davon, wie ich es ihr besorge.

Dante war zerrissen. Einerseits wollte er sehen, ob sie die Erfüllung fand, andererseits wollte er ihr helfen, diese Erfüllung zu finden. Ein Teil von ihm wollte der Beobachter sein, den rohen, erotischen Anblick genießen, bis sie in kleine Stücke zersprang. Doch sein Schwanz war ein anspruchsvoller Mistkerl und er wollte sie jetzt sofort. Er musste sehen, wie sie kam, während er sich bis zu seinen Eiern in sie hineinschob und sie sich ineinander verloren.

Er atmete endlich aus und traf seine endgültige Entscheidung, als sie aufhörte, sich zu streicheln und sich mit einem leisen, frustrierten Stöhnen unbefriedigt ein Kissen über das Gesicht zog.

Sie lernt noch immer ihren eigenen Körper kennen, sie erkundet sich selbst.

Und Dante würde verdammt sein, wenn er sie in dem Gefühl zurücklassen würde, dass sie versagt hatte.

Er kroch zu ihr aufs Bett und nahm das Kissen von ihrem Gesicht. »Versuch's nochmal!«, befahl er, während er den Saum von ihrem sexy Nachthemd ergriff und es ihr über den Kopf zog. Es landete auf dem Boden, noch bevor sie ein Wort sagen konnte. »Berühr deine Brüste!« Er ließ seine Hand in die Hand neben ihrer Muschi gleiten, verwob seine Finger mit ihren und führte ihre beiden Hände zwischen ihre Schenkel.

»Dante, ich kann nicht –«

Sie klang beschämt darüber, dass er sie dabei sah, wie sie versucht hatte, sich selbst zum Höhepunkt zu bringen, und Dante wollte ihr sagen, dass ihr das nicht peinlich sein musste, dass es der erregendste Anblick war, den er je genossen hatte. »Du kannst es. Berühr dich!«, sagte er, leckte ihre Finger und führte sie schließlich an ihre Klitoris. Sie war bereits heiß und feucht und ihre Finger kreisten problemlos über ihre pulsierende Knospe, was ihr einen kleinen Schrei entfahren ließ.

Er nahm ihre andere Hand und legte sie auf ihre Brust. »Streichele dich!«, wies er sie streng an und war zufrieden, als er sah, wie ihre Hand begann, erst ihre eine, dann ihre andere Brustwarze zu kneifen und zu umkreisen. »Du siehst so wunderschön aus, Süße. Bring dich zum Höhepunkt!«, flüsterte er ihr mit rauer Stimme ins Ohr.

»Ich hab's versucht«, sagte sie atemlos. »Es hat sich gut angefühlt, aber ich konnte nicht –«

Dante zwang ihre ersten beiden Finger über ihre Klitoris und drückte fest zu, damit sie mehr Druck auf die empfindliche Knospe ausübte. »Reib fester!«

Dante sah ihr ins Gesicht, während seine Hand ihr dabei half, sich selbst zu befriedigen. Auf eine gewisse Weise war dies fast noch intimer, als sie zu ficken. Sie so entblößt und verletzlich zu sehen, während sie ihrem Höhepunkt entgegenstrebte. Sie schloss ihre Augen und warf ihren Kopf wieder zurück, während ihre Hüfte sich vom Bett hob, um den Druck ihrer beiden Finger zu verstärken, die über ihre Klitoris streichelten.

»Stell dir vor, wie mein Kopf zwischen deinen Beinen liegt und ich deine Muschi lecke!«, sagte er ihr heiser ins Ohr.

Mein Gott. Genau dort wollte er jetzt sein. Doch dies war Sarahs Moment.

»Ja. Das fühlt sich so gut an«, stöhnte sie leidenschaftlich.

Er beobachtete fasziniert, wie sich ihr Körper anspannte und ihr Rücken begann, sich durchzubiegen. Ihr Stöhnen erfüllte den Raum, während die Finger ihrer beiden Hände ihre Klitoris schneller und fester rieben. Sie kniff sich in die Brustwarzen und ihr Körper begann zu zittern.

Dante drückte ihre Hand fester und sah nach unten, wo sich ihm das erotische Bild ihrer beiden Hände bot, die sie gemeinsam zum Orgasmus brachten.

»Los, Sarah. Lass dich gehen!«, ermutigte er sie.

Sie kam schließlich mit einem erstickten Stöhnen. »Dante.«

Sein Herz schwoll an, als er hörte, wie sie seinen Namen stöhnte, und er küsste sie, um seinen Namen auf ihren Lippen einzuschließen.

Ihr Körper beruhigte sich und ihr Hintern und Rücken senkten sich zurück auf die Matratze. Das einzige Geräusch, das im Zimmer zu hören war, waren ihre angestrengten Atemzüge.

In diesem Moment fühlte sich Dante ihr näher als jemals zuvor. *Sie gehört mir.*

Er wollte sie noch näher an sich heranziehen, sie zusammenschweißen, damit nichts und niemand sie jemals trennen könnte. »Ich brauche dich«, sagte er mit heiserer Stimme.

Sie kam auf alle viere und sah ihn mit einem zärtlichen Blick an. »Ich brauche dich auch. Doch du darfst dich nicht anstrengen.«

»Dann schlaf mit mir, Sarah!« Er rollte sich auf den Rücken und wartete. Eine Minute lang lag er nur da und beobachtete sie wartend mit angehaltenem Atem.

»Wie?«, fragte sie sanft.

Er nahm ihr Bein und schwang es über seinen Körper. »So.« Er positionierte sie über seinem Schwanz. »Reite mich! Du bestimmst das Tempo.« Er spürte ihr Zögern und presste die Zähne zusammen, doch als sie seinen Schwanz schließlich mit der Hand umschloss und ihn an ihrem nassen Eingang positionierte, seufzte er erleichtert. »Bring uns zusammen!«, forderte er und fühlte sich, als würde er den Verstand verlieren, wenn er nicht sofort in sie eindrang.

Sarah senkte sich mit einem leisen Stöhnen langsam auf seinen Schwanz und nahm ihn in sich auf.

Dante krallte sich links und rechts ins Laken, um sich davon abzuhalten, ihre Hüfte zu ergreifen und die Kontrolle zu übernehmen. Stattdessen ließ er sie ihre Hüfte hin und her und vor und zurück bewegen, während er in sie hineinglitt und sie ihren Kopf ekstatisch nach hinten warf. »Ja. So tief und so hart.«

»Fick mich!«, stöhnte er ungeduldig.

Sie hielt sich mit ihren Händen an seinen Schultern fest und begann, sich zu bewegen. Zuerst langsam hoch und runter, indem sie mit ihrer Hüfte jedes Mal über seinen Körper strich, wenn sie ihn noch ein Stückchen tiefer in sich aufnahm. Unfähig, sich selbst zu beherrschen, legte er eine Hand um ihren Nacken und zog ihren Mund zu seinem herunter, wobei sich seine Zunge in einer stillen Forderung einen Weg in ihren Mund bahnte. Sie schmeckte nach Minze und Verlangen, eine Kombination, die dabei war, ihn zum Wahnsinn zu treiben.

»Hilf mir!«, bat Sarah flüsternd, als er ihren Mund freigab. »Ich möchte, dass es sich gut für dich anfühlt.«

Dante stöhnte auf, als ihre harten Nippel über seine Brust strichen. »Baby, wenn es noch besser wäre, würde ich sterben.« Im Schlafzimmer war er dominant und für gewöhnlich vögelte er so nicht, doch mit Sarah fühlte es sich natürlich an, richtig. Er atmete ihren betörenden Duft ein und genoss es, wie sie ihn langsam ritt, auf und ab, und seinen Schwanz in ihrer engen, feuchten Muschi umschlossen hielt.

Sie richtete sich auf, ihre Hände wanderten über seine Brust, ihre kurzen Fingernägel krallten sich in seinen Bauch, wo sie verharrte, um komplett aufrecht sitzen zu bleiben.

Unfähig, diese Qual noch länger zu ertragen, ergriff Dante ihre Hüften und stieß in sie hinein.

»Ja«, schrie sie auf, als er die Kontrolle übernahm und sie festhielt, während er sie von unten vögelte und versuchte, so tief wie möglich in sie einzudringen.

Ihr Körper spannte sich an und Dante wusste, dass der Zeitpunkt ihres Höhepunkts gekommen war. Ihre Muschi verkrampfte sich pulsierend um seinen Schwanz und er stieß noch ein weiteres Mal tief in sie, um sich dann mit einem Stöhnen in sie zu ergießen. Sein Körper zitterte von der Intensität dieses Orgasmus.

»Mist«, sagte er rau, zog Sarah auf sich herunter und umschlang ihren bebenden, schweißnassen Körper.

Sie gehört mir und niemand wird sie mir jemals wegnehmen.

»So viel dazu, dass du Anstrengung vermeiden sollst«, flüsterte Sarah ihm leicht belustigt ins Ohr.

Dante streichelte mit seiner Hand durch ihre dichten Locken. »Die Versuchung war zu groß«, antwortete er heiser.

»Ich wollte nicht, dass du siehst, wie –«

»Es muss dir nicht peinlich sein. Es war nichts falsch an dem, was du getan hast. Süße, es gehört sehr viel mehr zu sexueller Befriedigung als nur das Kopulieren zu Fortpflanzungszwecken«, sagte er mit Nachdruck.

Sie lachte erfreut. »Ich denke, das ist mir in dem Moment klar geworden, als du mich berührt hast«, antwortete sie mit vor Lachen erstickter Stimme.

Dante hielt ihren Körper fest auf seinem und lächelte. Meine Güte, wie sehr er diese Frau verehrte. Diese warmherzige, mutige, intelligente, wunderschöne Frau, die sich weiterhin ihren Sinn von Humor bewahrte nach allem, was sie durchgemacht hatte. »Verbring Zeit mit mir! Nicht, weil du es musst, sondern weil du es willst«, sagte er, unfähig, nicht bettelnd zu klingen. Er und Sarah waren zusammengebracht worden, damit er sie beschützen konnte. Jetzt wollte er sie aus freien Stücken an seiner Seite haben.

Ich will, dass sie sich für mich entscheidet.

Einen Moment lang lag sie still da, mit ihrem Kopf an seiner Schulter, und Dante hatte sich bereits gefragt, ob sie eingeschlafen war. »Okay«, stimmte sie schließlich leise flüsternd zu.

Die Anspannung wich aus Dantes Körper und seine Arme schlossen sich reflexartig noch fester um sie. Auch wenn ihre Antwort nicht so enthusiastisch war, wie er es sich gewünscht hätte, es reichte aus, dass sie zugestimmt hatte. Fürs Erste.

Sie glitt langsam seitlich von seinem Körper herunter und kuschelte sich dicht an ihn. Augenblicke später waren beide in einer festen Umarmung eingeschlafen.

Kapitel 19

»W as siehst du dir an?« Dante schob sich den letzten
Rest seines Hummerbrötchens in den Mund und
kam zu Sarah herüber geschlendert.

Sarah stand am letzten Haus der Main Street und sah ins
Schaufenster. »Ich mag diesen Laden.«

Das monströse Haus am Ende der Straße war alt und verwittert
und die Farbe blätterte von der Fassade ab. Doch jedes Mal, wenn
sie das Geschäft von Mara Ross betrat, spürte sie die Geschichte, die
in diesem Gebäude steckte. *Dolls and Things* war ein zauberhafter
Laden mit vielen verschiedenen Sachen und Sarah liebte ihn.

»Gehen wir rein!«, schlug Dante vor und legte einen Arm um sie.

Sarah zuckte mit den Schultern. »Ich kaufe nie etwas. Ich mag
nur den Laden.« Sie besah sich die Puppen im Schaufenster und
bemerkte, dass ihr Liebling – eine große, blonde, viktorianische
Puppe mit blauen Augen und einem roten Samtkleid – noch immer
nicht verkauft worden war.

Dante öffnete die Tür und hielt sie für sie offen. Sarah ging durch
die Tür und bedankte sich mit einem Lächeln, als sie das Geschäft
betrat.

Sie sah sich um und begutachtete die Bilder an den Wänden und die exzellente Verarbeitung einiger der Puppen. Mara Ross hatte das Geschäft von ihrer Mutter übernommen, als diese vor etwas mehr als einem Jahr gestorben war, und hielt die Tradition eines Puppenmachers im kleinen Städtchen Amesport am Leben. Dieses Können war über zahlreiche Generationen weitergegeben worden. Sarah ließ sich Zeit, während sie sich die neuesten Puppen ansah, eine Gewohnheit, die sie sich angeeignet hatte, seit sie die vergangene Woche in Dantes Gesellschaft verbracht hatte. Es war die glücklichste Woche ihres Lebens gewesen.

Dante hatte ihr beigebracht, wie man Dinge unternahm, nur weil sie einem Freude bereiteten, und er schien es genauso sehr zu genießen wie sie. Sie machten gemeinsam lange Spaziergänge und saßen stundenlang am Strand, nur um dem Rauschen des Ozeans zu lauschen. Dante hatte sich ein Fahrrad zugelegt und sie hatten die meisten Radwege in der Umgebung erkundet und immer dann angehalten, wenn sie die Gegend näher betrachten wollten. Leider bestand Dante noch immer darauf, dass sie ihre Schutzausrüstung trug, doch zumindest hatte er aufgegeben, sie in Jeans und langärmlige T-Shirts zu stecken, nachdem Sarah sich beschwert hatte, bei dieser Hitze in der Kleidung zu ersticken.

Abends spielte sie auf seinem riesigen Flügel oder sie probierten Kinderspiele aus, die vermutlich besser für Grundschulkinder geeignet gewesen wären. Doch Sarah genoss jede Minute. Sie hatte ihr Arbeitspensum zurückgeschraubt, damit sie mehr Zeit mit Dante verbringen konnte, auch wenn sie wusste, dass ihr dies den Abschied nur noch schwerer machen würde. Doch merkwürdigerweise würde sie keinen einzigen Moment ihrer gemeinsamen Zeit eintauschen wollen. Es war eine magische, entspannte Woche gewesen.

Nach Feierabend hatten sie im Brew Magic einen Latte getrunken und waren wie neugierige Touristen die Main Street herunter geschlendert. Sie hatten sich nicht beeilt und waren an jedem Laden stehengeblieben, der ihr Interesse geweckt hatte. Dante hatte nicht widerstehen können und sich ein Hummerbrötchen gekauft – oder auch drei. Sarah war sich ziemlich sicher, dass er bereits süchtig danach war.

Wenn er weg ist, wird er die bestimmt vermissen.

Sie schüttelte diesen Gedanken schnell ab, fest entschlossen, nicht an morgen zu denken, sondern im Hier und Jetzt zu leben.

Sie war noch immer nicht zurück in ihr Häuschen gezogen, auch wenn es renoviert und bereit für ihre Rückkehr war. Auf irgendeine Weise konnte sie nicht widerstehen, jede Nacht mit Dante zu verbringen. Sein Körper war wie eine süchtig machende Droge und jede Nacht mit ihm war anders. Manchmal mochte er es hart, manchmal war es sinnlich und es gab Momente, in denen er so zärtlich war, dass es ihre Seele berührte. Jedes einzelne Mal stellte ihre Welt erneut auf den Kopf.

Sarah kam zurück in den vorderen Bereich des Ladens, gerade als Mara Dante eine große Tüte überreichte. Er hatte offenbar etwas gefunden, das ihm gefiel.

Mara Ross war eine stille, kurvenreiche Frau mit dunklem, schulterlangem Haar, das im Nacken von einer Haarspange zusammengehalten wurde. Ihre aufmerksamen, braunen Augen waren hinter Brillengläsern versteckt und sie lächelte pausenlos, auch wenn sie ein wenig schüchtern war.

Sarah erreichte den Eingangsbereich gerade rechtzeitig, um zu hören, wie Mara zu Dante sagte: »Dieses Haus gehörte einmal einem Sinclair. Ich bin überrascht, dass Sie das nicht wussten.«

Mara kannte die Geschichte der gesamten Stadt, weil ihre Familie seit der Stadtgründung hier lebte. »Ach ja?«, fragte Sarah neugierig.

Mara sah zu Sarah und nickte. »Es gehörte einem Sinclair, der Schiffskapitän war.« Sie sah Dante an. »Was glauben Sie, wie Ihre Familie an die Halbinsel gekommen ist? Der Kapitän hat das Land erworben, um seiner Frau und seinen Kindern ein noch größeres Haus zu bauen, doch er starb auf See, bevor es gebaut werden konnte. Dieses Haus hier wurde irgendwann verkauft, doch das Land auf der Halbinsel blieb im Besitz der Sinclair-Familie.«

»Das wusste ich nicht«, gab Dante zu. »Meiner Familie gehören überall Immobilien. Ich denke, ich habe nie über die Geschichte nachgedacht.«

»Die Halbinsel befindet sich seit vielen Generationen im Besitz Ihrer Familie, Mr. Sinclair«, informierte Mara ihn freundlich.

»Dante, bitte«, korrigierte er sie mit einem charmanten Lächeln.

Mara nickte schüchtern, bevor sie weitersprach. »Ich glaube, Ihr Bruder Jared weiß am meisten über die Geschichte. Er kam einmal herein und fragte und ich habe ihn zum Standesamt geschickt, wo er die alten Stadtunterlagen einsehen kann. Ich kenne die Grundzüge der Geschichte, doch ich dachte, dass einige der Unterlagen ihm vielleicht dabei helfen könnten, seine konkreten Fragen zu beantworten.«

»Jared hatte Fragen?«, wunderte Dante sich.

Mara zuckte mit den Schultern und wurde rot. »Er schien Interesse an der Geschichte der Sinclairs zu haben.«

»Wie gelangte dieses Haus in den Besitz Ihrer Familie?«, fragte Dante neugierig.

»Es gehört uns nicht. Seit Großmutters Zeiten wohnen wir hier zur Miete. Es gehört eigentlich jemand anderem, der hier nicht mehr lebt.« Mara runzelte die Stirn. »Ich weiß, dass an dem Haus etwas gemacht werden muss, und ich tue, was ich kann, doch der Vermieter hat einfach kein Interesse mehr an dem Gebäude. Mehr Geld als für absolut notwendige Reparaturen will er nicht investieren.«

»Es ist ein wunderschönes altes Haus«, sagte Sarah.

»Das ist es«, stimmte Mara zu und nickte begeistert. »Ich wünschte nur, ich könnte mehr tun, um es in Stand zu setzen.«

Dante dankte Mara für ihre Hilfe und verließ gemeinsam mit Sarah den kleinen Laden. Sie winkten Mara durch das Fenster zu, als sie nach draußen traten.

»Was zum Teufel hat Jared vor?«, murmelte Dante leise.

»Vielleicht interessiert er sich nur für die Familiengeschichte der Sinclairs«, entgegnete Sarah und ergriff Dantes ausgestreckte Hand, während sie die Main Street zurück hinaufgingen.

»Das bezweifele ich«, antwortete Dante nachdenklich. »Es ist wahrscheinlicher, dass er sich für Mara interessiert. Hast du ihr Gesicht gesehen, als sie von ihm sprach?«

»Sie ist nett«, sagte Sarah. »Und das ist nicht gerade Jareds Beuteschema.« Sie konnte sich nicht vorstellen, wie Jared eine Romanze mit einem schüchternen Mädchen von nebenan wie Mara anfing. Jared war eher der Typ, der nach stilvollen und erfahrenen Frauen suchte.

»Jetzt, wo ich drüber nachdenke, habe ich Jared mit noch keiner Frau gesehen, seit er hierhergekommen ist. Und du meinst, sie ist nicht sein Beuteschema, weil sie nett ist?«, fragte Dante vielsagend und zog sie in eine kleine Gasse zwischen zwei Läden. Er stellte sich vor sie und drückte sie mit dem Rücken an die Steinwand eines Hauses. »Emily ist nett und schau dir an, was mit Grady passiert ist! Du bist nett und schau dir an, was mit mir passiert! Ich glaube, nette Frauen sind der Untergang für uns Sinclair-Männer«, sagte er grimmig. »Wir werden von netten Frauen angezogen, weil wir alle Arschlöcher sind.«

Sarah sah zu ihm auf und versuchte, den riesigen Kloß herunterzuschlucken, der ihr im Hals steckte. Sein Gesichtsausdruck war zwar normal, doch er sah irgendwie verletzlich aus. »Was ist los mit dir?«

»Ich bin genauso jämmerlich wie Grady«, antwortete er, doch er klang nicht unglücklich darüber. »Und ich will, dass du mich küsst.«

»Was passiert, wenn ich das nicht tue?«, ärgerte sie ihn, musste sich jedoch zurückhalten, um nicht ihren Mund auf seinen zu pressen und ihn mit Haut und Haaren zu verschlingen.

»Dann werde ich vor Sehnsucht zusammenbrechen und vor dir in den Dreck fallen und du wirst mich wiederbeleben müssen«, antwortete er mit einem spitzbübischen Grinsen und schwankte zum Spaß hin und her.

Sie musste lachen, als Dante seine Augen verdrehte und versuchte, schwach auszusehen. Erfolglos.

»Ich werde ohnmächtig«, ließ er sie dramatisch wissen.

»Keine Sorge. Ich bin Ärztin. Du wirst es überleben«, antwortete sie noch immer lachend, während sie ihn an seinem T-Shirt zu sich heranzog, einen Arm um seinen Nacken schlang und seinen Mund zu ihrem herunterbrachte.

Ihr Herz machte einen Hüpfer, weil Dante sofort die Kontrolle übernahm, sie gegen die Wand drückte und sie so heftig küsste, dass ihr der Atem wegblieb. Seine Zunge schlüpfte in ihren Mund, sein Körper drückte hart gegen ihren und sie fühlte seinen steifen Schwanz an ihrem Bauch. Er küsste sie neckend, besitzergreifend und verführerisch, bis es ihr egal war, wer sie sehen konnte. Sie befanden sich versteckt in einer kleinen Gasse und konnten doch die ganze Stadt überblicken. Es spielte keine Rolle. Sie ließ sich von der Kraft von Dantes starker Umarmung davontragen und betrank sich an der Lust, die er ihr bereitete.

Als er endlich ihren Mund freigab, schnappte Sarah nach Luft.

Dante lehnte seine Stirn gegen die Wand und nahm sie fest in seine Arme. »Ich schaffe es nicht. Ich kann nicht ohne dich zurück nach Los Angeles gehen, Sarah.« Seine Stimme klang gequält. »Komm mit mir! Bleib bei mir! Ich muss zurück, doch ohne dich kann ich nicht gehen.«

Sie holte tief Luft und atmete aus, als sie ihren Kopf auf seine Schulter legte. Sie hatten nur im Moment gelebt, doch die Zukunft hatte sie eingeholt. »Wann musst du gehen?«, fragte sie leise.

»Freitag«, antwortete er heiser. »Ich muss mich bei meiner Abteilung melden oder mich weiterhin beurlauben lassen. Die Jungs dort sind unterbesetzt –«

»Ich verstehe.« Sie schnitt ihm das Wort ab, brauchte seine Erklärung nicht zu hören. Dante hatte Verantwortung zu tragen und er dachte an seine Abteilung. Sie hatte nicht erwartet, dass er sich anders verhalten würde. Und doch würde er Freitag abreisen und bis dahin waren es nur noch zwei Tage.

»Ich brauche dich an meiner Seite. Ich weiß, dass ich viel von dir verlange. Doch Geld wird niemals ein Problem sein. Du kannst dir so viel Zeit lassen, wie du brauchst, um dort deine Praxis aufzubauen.

Wir können zusammen sein.« Er klang verzweifelt. »Komm mit mir, Sarah!«

Sie seufzte und versuchte angestrengt, bei dem Gedanken daran, wieder in einer großen Stadt zu leben, nicht zu erschaudern. Sie liebte das Leben in Amesport, doch sie liebte Dante mehr. Ihr Wohnort würde wirklich keine Rolle spielen, wenn sie nicht mit ihm zusammen wäre. »Ich kann am Freitag nicht mitkommen«, sagte sie mit zitternder Stimme. Sie war noch immer erstaunt darüber, dass er ging und sie mitnehmen wollte. »Ich muss meine Patienten an andere Ärzte überweisen, meine Sachen hier erledigen.«

»Aber du kommst mit«, wollte er ungeduldig wissen und drückte sich von der Wand ab, um sie mit ernstem Blick anzusehen.

»Es wird mindestens einen oder zwei Monate dauern«, argumentierte sie.

»Zwei Wochen. Einen ganzen Monat halte ich nicht aus«, sagte er.

»Einen Monat oder zwei«, wiederholte sie keuchend. Sein Drängen beschleunigte ihren Herzschlag so sehr, dass sie das Klopfen in ihren Ohren hören konnte. »Dante, ich kann nicht einfach weggehen. Ich habe Verantwortung gegenüber meinen Patienten.«

Er stöhnte. »Ich weiß. Es wird nur sehr hart sein. Im wahrsten Sinn des Wortes. Die ganze Zeit.«

Sie lachte und drückte gegen seine Brust. »Ist das alles, woran du denken kannst?«

»Seit ich dich getroffen habe… ja. So ziemlich«, antwortete er traurig.

Sarah drückte jetzt fester und brachte ihn dazu, einen Schritt zurückzutreten. »Ich werde so schnell es geht umziehen.« Erleichterung durchströmte ihren Körper und sie war glücklich, dass sie nicht versuchen musste, ohne Dante zu leben.

Er will mich an seiner Seite.

Sie hatten jede Erwähnung der Zukunft bewusst vermieden, doch nun würden sie eine gemeinsame Zukunft haben. »Coco muss raus«, erwähnte sie beiläufig.

»Verdammter Köter«, murmelte er, doch er lächelte. »Mit ihr werde ich schon fertig, wenn du Teil dieser Abmachung bist.«

Sarah wusste, dass Dante Coco vergötterte. Wenn es um ihre Hündin ging, war Dante ein Schwindler. Bei jeder sich bietenden Gelegenheit gab er ihr ein Leckerchen und verwöhnte den Vierbeiner bis aufs Äußerste. »Du würdest sie vermissen, wenn sie nicht mitkäme.« Sarah watete vorsichtig durch die dreckige Gasse und trat zurück auf die Main Street.

»Sarah?« Mit verlockender Stimme ergriff Dante sie am Oberarm. Sie sah ihn fragend an.

»Ich würde mehr als nur den Sex vermissen«, sagte er ernst. »Ich würde dich vermissen.«

Ihr Herz setzte kurz aus, als sie sein aufrichtiges Gesicht sah. »Ich würde dich auch vermissen«, gab sie zu und streichelte mit ihrer Handfläche über seine stoppelige Wange. Jetzt ohne Dante leben zu müssen wäre, als würde jemand das Feuer löschen, das er in ihr entfacht hatte, und sie zurück in die Einsamkeit schicken. Nur dass das Alleinsein jetzt noch schlimmer sein würde, da sie nun wusste, wie es sich anfühlte, nicht einsam zu sein.

Er nahm ihre Hand von seiner Wange und küsste sie, bevor er mit ihr auf den Bürgersteig trat. »Hier.« Er gab ihr die Tüte, die er bei *Dolls and Things* erhalten hatte.

Sie legte den Kopf zurück und sah ihn an. »Was ist das?«

»Etwas, das du schon vor langer Zeit hättest haben sollen«, sagte er.

Sarah öffnete die Tüte und zog die wunderschöne viktorianische Puppe heraus, die sie die ganze Zeit im Schaufenster von Maras Laden bewundert hatte. »Oh mein Gott. Dante«, hauchte sie ehrfurchtsvoll. »Ich liebe sie.« Sie drückte die Puppe einige Augenblicke lang an sich und streichelte über den weichen Samt des Kleides.

Dantes Blick wurde weich. »Warum hast du sie nicht gekauft?«

»Ich bin siebenundzwanzig Jahre alt. Es hat keinen –«

»Sinn gemacht?«, beendete Dante ihren Satz und grinste sie an. »Frau, im Leben machen viele richtig gute Sachen keinen Sinn.«

Hatte sie das nicht bereits begriffen? In Wirklichkeit ergaben sie und Dante als Paar überhaupt keinen Sinn und doch passten sie perfekt zusammen. »Sie wird eine wundervolle Erinnerung an Amesport sein«, sagte Sarah und war noch immer verblüfft darüber, dass Dante ihr etwas so Einfaches gekauft hatte, das sie so sehr berührte. »Danke.«

Dante zuckte mit den Schultern. »Das war doch gar nichts.«

Da lag er falsch. Es war definitiv… etwas. Es war ein Geschenk, das von Herzen kam, und es berührte ihre Seele. Welche Ironie, dass die besten Geschenke, die sie je erhalten hatte, ihr Fahrrad und diese wunderschöne Puppe, beide von Dante gekommen waren. Wie hatte er ihre geheimsten Wünsche nur so schnell erraten können?

Sie steckte die Puppe vorsichtig zurück in die Tüte und Dante nahm sie ihr ab, um sie zu tragen. Er ergriff schnell ihre andere Hand und die beiden gingen weiter bis ans andere Ende der Straße, wo er seinen Geländewagen geparkt hatte.

»Fährst du zurück nach Kalifornien?«, fragte Sarah neugierig.

»Auf gar keinen Fall. Ich lasse mir von Evan den Wagen zurückschicken. Wenn ich fahren würde, hätte ich weniger Zeit hier verbringen können. Ich würde schon unterwegs sein müssen.«

Freitag. Übermorgen.

Sie hatten tatsächlich nur noch morgen, wenn Dante am Freitag früh genug abreisen wollte, um vor dem Wochenende bei der Dienststelle vorbeizuschauen. »Was würdest du morgen gern machen?«, fragte Sarah ernst. »Weil es dein letzter Tag hier ist, werde ich versuchen, meine Termine so gut es geht zu verschieben.«

»Alles, was ich will?«, fragte Dante und grinste sie breit an.

»Ja.« Sarah kannte dieses Grinsen und ihr Herz schlug schneller.

»Das wird dir noch leidtun«, warnte er sie.

Es tat Sarah zwar nicht leid, doch am nächsten Tag war sie etwas wund. Dante bekam seinen Wunsch erfüllt und die beiden verbrachten den ganzen Tag im Bett.

Am nächsten Abend verließen Jared und Grady Dantes Haus, nachdem sie sich von ihrem Bruder verabschiedet hatten. Beide waren etwas nachdenklich.

»Du wirst dich wahrscheinlich auch bald auf den Weg machen«, sagte Grady zu Jared, als er seinen Wagen anließ.

Jared hätte zu seinem Haus zurückgehen können, doch er begrüßte es, noch ein klein wenig länger Gradys Gesellschaft zu genießen. »Dauert nicht mehr lange«, sagte er wage. »Hatte nur ich den Eindruck oder sahen die beiden aus, als hätten sie den ganzen Tag Matratzensport betrieben?« Jared war aufgefallen, dass Dante müde, aber selbstzufrieden aussah, und Sarah war mehr als nur ein klein wenig zerzaust. »Vielleicht hätten wir vorher anrufen sollen.«

Grady grinste, als er Dantes Einfahrt verließ. »Nee. Es war doch lustig zu sehen, wie die beiden wie aufgescheuchte Hühner herumgelaufen sind und es ihnen peinlich war. Ich glaube, wir sind in einen sehr langen Abschied hineingeplatzt.« Er klang nicht so, als täte es ihm im Geringsten leid. »Ihn zu besuchen hätte doch keinen Sinn gemacht, ohne sich darüber zu amüsieren, wie die beiden sich winden.«

Jared blickte in Gradys schadenfrohes Gesicht. Und alle dachten, *er* war gefühlskalt? Dante war ihr Bruder, er wäre fast gestorben und er verließ die Stadt. »Wir wissen nicht, wann wir ihn wiedersehen. Ich wollte ihn nochmal sehen, bevor er die Biege macht.«

»Er wird bis Samstag zurück sein«, sagte Grady lässig.

»Er reist morgen ab«, antwortete Jared verdutzt.

»Und er wird am nächsten Tag zurückkommen. Er ist in Sarah verliebt. Ich bin mir nicht sicher, ob er es schon begriffen hat, doch er wird es nicht schaffen, für einen oder zwei Monate von ihr fernzubleiben, die sie brauchen wird, um ihre Praxis hier aufzulösen«, antwortete Grady ohne Zweifel in der Stimme. »Und davon mal abgesehen weiß er, dass sie hier glücklich ist. Und ich glaube, er ist hier auch glücklich.«

»Was hat Liebe denn damit zu tun? Er hat einen Job, zu dem er zurückkehren muss, und ein Leben in Los Angeles«, brummte Jared und dachte, dass Grady vorübergehend den Verstand verloren haben musste.

»Eines Tages wirst du eine Frau treffen, die dich komplett umhauen wird«, sagte Grady hoffnungsvoll. »Diese Frau wird dich dazu bringen, jegliche Kontrolle zu verlieren, und du wirst an nichts anderes denken können als sie, bis du erkennst, dass Liebe das Wichtigste auf dieser Welt ist.«

»Du träumst«, gab Jared bissig zurück, doch er wand sich etwas auf seinem Sitz und versuchte, nicht darüber nachzudenken, wie gern er zurück in den Laden von Mara Ross gehen wollte, nur um ihr zauberhaftes Gesicht zu sehen oder ihre Stimme zu hören.

Sie wird mich hassen.

Wenn er über seine Pläne nachdachte, gingen seine Chancen, dass Mara Ross jemals wieder mit ihm sprechen würde, gegen null.

Grady bog in Jareds Einfahrt ein und sagte: »Samstag. Wollen wir wetten?«

Will ich wetten? Auf gar keinen Fall. Ich habe gesehen, wie Grady sich mit Emily verhält, und ich sehe den gleichen verdammten Blick auf Dantes Gesicht.

Es war sehr wahrscheinlich, dass seine beiden Brüder nun hoffnungslose Fälle waren. »Scheiße«, murmelte er, als er die Wagentür öffnete. Er hatte Mitleid mit Dante, sollte dieser genauso verweichlichen wie Grady. »Nein danke. Ich passe und schaue mir an, was passiert.«

»Du weißt, dass ich Recht habe«, sagte Grady wissentlich, als Jared ausstieg und die Autotür hinter sich zuschlug.

Jared beobachtete, wie Grady in der Einfahrt wendete und seine Rücklichter in der Ferne verschwanden, und fragte sich ernsthaft, ob sein Bruder wirklich richtig lag.

Noch ein Bruder, der von Amors Pfeil getroffen wurde?

Wenn Dante ein weiteres Opfer war, so hoffte Jared, dass er genauso glücklich werden würde, wie Grady es mit Emily war. Nach all dem, was Dante durchgemacht hatte, verdiente er es. Dem Blick auf Dantes Gesicht nach heute Abend zu urteilen, hatte Grady wahrscheinlich Recht. Dante würde es vermutlich nicht einmal einen Tag ohne Sarah aushalten.

Eines Tages wirst du eine Frau treffen…

Jared musste Grady widersprechen. Glück und Liebe waren nichts für Typen wie ihn. Was er heute getan hatte, hatte die Tatsache, dass er ein komplettes und egoistisches Arschloch war, nur noch untermauert, und er wusste es. Er vergrub die Hände mürrisch in den Hosentaschen und stapfte zum Vordereingang seines Hauses. Er wusste, dass er es verdiente, allein zu sein, und es immer bleiben würde.

Kapitel 20

Ich hätte es ihm sagen sollen. Warum habe ich es ihm nicht gesagt?

Sarah hatte gewartet, bis Dante durch die Sicherheitskontrolle gegangen und hinter Glasscheiben verschwunden war, um Gradys Privatflugzeug zu besteigen. Genau in diesem Augenblick fühlte sie, wie das Bedürfnis an ihr zerrte und die Worte ihr als ein Kloß von der Größe einer Grapefruit im Hals steckten. Sie hatte Angst gehabt, dass es zu früh war, um es Dante zu sagen, zu früh, um es ihn wissen zu lassen. Für sie beide war alles zu neu, zu unwirklich. Sie hatte nicht zerstören wollen, was die beiden gemeinsam hatten, indem sie ihm zu früh sagte, dass sie ihn liebte. Jetzt rumorten diese Worte in ihrer Seele umher.

Ich hätte es ihm sagen sollen.

Sie und Dante hatten nie über Liebe gesprochen. Bedürfnis, Verlangen, Lust... ja... doch niemals über Liebe. Jetzt, da sie es ihm sagen wollte, ihm sagen musste, war es zu spät.

Während ihr die Tränen die Wangen hinunter strömten, verließ sie das Flughafengebäude und ging zum Parkplatz, wo sie geistesabwesend nach ihrem Auto suchte.

Von allen Menschen wusste sie doch am besten, wie kurz das Leben sein konnte. Mit siebenundzwanzig hatte sie dem Tod bereits zweimal ins Auge geblickt und sie wusste, dass alles, das gesagt werden musste, gesagt werden sollte, wenn sie das Bedürfnis dazu verspürte.

Ich hatte Angst.

Sarah gab vor sich selbst bereitwillig zu, dass sie am Boden zerstört wäre, wenn sie diese Worte gesagt und Dante nicht erfreut reagiert hätte. Jetzt erkannte sie, dass es keine Rolle hätte spielen sollen. Tatsache war, dass sie ihn liebte, und er musste es wissen, gerade wenn er wollte, dass die beiden ein gemeinsames Leben beginnen. Er würde ihre Gefühle entweder akzeptieren müssen… oder nicht. Zugegeben, sie war es nicht gewohnt, einen Mann zu lieben, und wusste nicht, was er sagen würde, doch sie hätte es laut aussprechen müssen. Gestern hatte sie versucht, ihm mit ihrem Körper zu sagen, wie sehr sie ihn liebte, doch ihre Lippen hatte sie fest aufeinandergepresst, damit die Worte ihrem Mund nicht entschlüpfen konnten.

Ich hätte es ihm sagen sollen.

Sarah startete ihren Wagen nicht. Sie lehnte ihren Kopf zurück an den Sitz und ließ den Schmerz ihrer räumlichen Trennung von Dante wie eine Welle über sich einbrechen. Die Qual war für die Worte, die unausgesprochen geblieben waren. Hätte sie Dante gesagt, dass sie ihn liebte, würde es vielleicht nicht ganz so sehr schmerzen. Doch jetzt reiste er ab und wusste nicht, was sie fühlte.

Plötzlich spielte es keine Rolle mehr, dass Dante es nie gesagt hatte oder ob es zu früh war. *Sie* musste es sagen und dieser Drang war so stark, dass sie begann, panisch in ihrer Handtasche nach ihrem Mobiltelefon zu suchen. Sie wusste, dass Dantes Flugzeug bereits gestartet war, und schickte deshalb eine Textnachricht. Erleichterung machte sich in ihrem Körper breit, weil sie wusste, dass Dante es erfahren würde, sobald er in Kalifornien landete und sein Telefon einschaltete. Das würde ausreichen müssen.

Sie würde die Worte laut aussprechen, sobald sie mit ihm redete, doch für den Augenblick hatte sie alles getan, was in ihrer Macht stand, um es ihn in der Sekunde wissen zu lassen, in der er wieder Empfang auf seinem Handy hatte.

»Ich liebe dich«, flüsterte Sarah und wünschte sich, sie hätte es ihm sagen können, bevor er gegangen war.

Mit einem langen Seufzer wischte sie sich ihre Tränen ab, ließ ihren Wagen an und machte sich auf den Heimweg.

»Ich bitte für die Verspätung um Entschuldigung, Mr. Sinclair. Wir werden in Kürze abheben.«

Dante nickte Gradys Piloten kurz zu, bevor der Mann mittleren Alters sich ins Cockpit begab. Er wünschte, das verdammte Flugzeug würde endlich starten. Jetzt, da er Sarah nicht mehr sehen konnte, war er unruhig und wollte zurück nach Los Angeles.

Wozu? Damit ich die weißen Wände meines winzigen, leeren Apartments sehen kann, in dem sich nicht ein einziges Bild oder irgendeine Dekoration befindet, die diesen Ort etwas weniger depressiv machen würde?

Zweifellos würde alles, was er in seinem Kühlschrank hatte, Schimmel angesetzt haben, doch das war nichts Neues. Er aß nie in seinem Apartment, es sei denn, er brachte Fast Food mit nach Hause, und die Überreste fingen irgendwann an zu vergammeln. Für gewöhnlich wartete er so lange, bis der Geruch unerträglich wurde, und warf das Zeug dann weg. Meistens kehrte er zu seinem Apartment zurück und war so müde, dass das Einzige, an das er sich dort wirklich gewöhnt hatte, sein Bett war.

Ich muss zurück zur Arbeit gehen.

Gut, Dante hatte seinen Job gemocht, für ihn existiert. Jetzt, da Patrick nicht mehr sein Partner sein würde, war er sich nicht sicher, wie er sich fühlen sollte. Die Leidenschaft für die Polizeiarbeit war noch immer da, doch er konnte nicht mehr den gleichen Enthusiasmus aufbringen, den er einst gehabt hatte, und er freute sich auch nicht mehr darauf, jeden einsamen Tag und jede einsame Nacht mit Arbeit zu füllen.

Jetzt habe ich Sarah.

Dante runzelte die Stirn, lehnte seinen Kopf gegen den Sitz und schloss die Augen. Er versuchte, sich ein Leben mit Sarah in Los Angeles vorzustellen, doch vor sich sah er nur ihr lächelndes Gesicht in Amesport.

Sie gehört nicht nach Los Angeles. Sie hat dem Umzug nur zugestimmt, weil sie mit mir zusammen sein will.

Dantes Brustkorb zog sich zusammen, als er die Schwere ihres Opfers erkannte.

Sie ist keine Großstadtfrau. Sie mochte ihr Leben in Chicago nicht. Amesport ist der erste Ort, an dem sie sich zu Hause fühlt.

Dante musste ehrlicherweise zugeben, dass auch er hier glücklich gewesen war. Wenn er ginge, wäre da kein Meer mehr, dessen Rauschen ihn in den Schlaf begleiten würde, es gäbe keine endlosen Radwege mehr, die darauf warteten, erkundet zu werden, keine freundlichen Kleinstadtmenschen mehr und – verdammt – keine Hummerbrötchen mehr.

Joe Landon hatte ihm erst gestern erneut einen Job angeboten, als sie sich zufällig in der Stadt begegnet waren. Dante hatte ihn automatisch abgelehnt, weil er eigentlich nie über seine Möglichkeiten nachgedacht hatte. Zugegeben, er würde sich nicht mit unzähligen Morden beschäftigen, doch auch die wären weiterhin Teil seiner Arbeit und er wäre dazu in der Lage, an vielen verschiedenen Verbrechensfällen zu arbeiten, was seinen Job abwechslungsreicher und möglicherweise weniger intensiv machen würde. Doch es wäre nicht weniger wichtig als das, womit er sich in Los Angeles beschäftigt hatte. Zum Teufel, er hätte vielleicht sogar Freude daran gehabt.

Und Sarah könnte bleiben, wo sie hingehört. Bei mir.

Dante war sich nun ziemlich sicher, dass auch er nach Amesport gehörte. Irgendein junger, eifriger Detective würde in Los Angeles in seine Fußstapfen treten und Dante könnte mit Sarah hierbleiben. Er würde wieder eine Familie haben: Sarah, Emily und Grady. Jared würde zweifellos irgendwann abreisen, doch Dante vermisste seine Familie mehr, als er jemals zugeben würde. Patricks Gesellschaft hatte damals dieses Gefühl in den Hintergrund rücken lassen, doch sein bester Freund war nicht mehr da.

Dante riss schlagartig die Augen auf, als der Jet sich in Bewegung setzte, bereit, die Startbahn herunterzurollen.

Er wollte gerade aus seinem Sitz aufstehen, da ertönte sein Mobiltelefon. Abgelenkt zog er es aus der Tasche, doch seine Aufmerksamkeit kehrte schlagartig zurück, als er sah, dass er eine Nachricht von Sarah erhalten hatte:

Ich vermisse dich jetzt schon. Ich hoffe, du bekommst diese Nachricht, sobald du in Los Angeles landest. Ich will, dass du weißt, dass ich dich liebe. Ich weiß, du hast nicht darum gebeten, und ich bin mir nicht einmal sicher, ob du es willst. Vielleicht ist es zu früh, doch ich wollte, dass du es weißt. Ich liebe dich, Dante.

Die Nachricht traf ihn mitten ins Herz und es zersprengte fast seinen Brustkorb, während er die Nachricht zu Ende las und mit seinem Zeigefinger über die Worte streichelte.

Sie liebt mich.

In diesem Augenblick war nichts wichtiger, als diese Worte persönlich aus ihrem wunderschönen Mund zu hören. Meine Güte. Es gab nichts, das besser wäre, als zu hören, wie sie es sagte.

»Sie liebt mich«, flüsterte er und versuchte, diese Information in seinem Kopf zu verarbeiten. Verdammt, er liebte sie auch. Hatte es vermutlich schon eine lange Zeit getan, auch wenn er es nie in Worte gefasst hatte. »Ich hätte es ihr sagen sollen.«

Dante fühlte, wie das Flugzeug vibrierte, um mit dem Startvorgang zu beginnen, und drückte den Knopf, der ihn mit dem Cockpit verband. »Drehen Sie das Flugzeug um, Captain! Ich muss sofort aussteigen«, polterte er.

Eine Antwort kam über die Gegensprechanlage. »Haben Sie etwas vergessen, Mr. Sinclair?«

Ich habe eine Menge Dinge vergessen. Ich habe vergessen, der Frau, die ich liebe, zu sagen, wie sehr ich sie liebe. Ich habe vergessen, dass es mir hier in Amesport gefällt. Ich habe vergessen, wie sehr ich meine Geschwister vermisse. Doch laut antwortete er einfach nur, »Ja. Ja, das habe ich.«

Er seufzte erleichtert, als das Flugzeug zurück zum Flughafengebäude rollte. Wieder und wieder strich er mit seinen Fingern über Sarahs Worte auf seinem Mobiltelefon, während er ungeduldig wartete, dass das Flugzeug zum Stillstand kam. Ein Teil von ihm wollte ihr antworten, wollte ihr sagen, wie sehr auch er sie liebte, doch er musste es ihr persönlich sagen und hören, wie sie es laut aussprach. Dies würden die süßesten Worte sein, die er jemals vernommen hatte.

Sobald das Flugzeug zum Stehen kam, lief Dante die Treppen hinunter nach draußen.

»Wann kann ich Sie zurückerwarten, Mr. Sinclair?«, rief der Pilot ihm hinterher.

»Niemals«, rief er mit einem Hochgefühl zurück, das er noch nie zuvor in seinem Leben gespürt hatte, und sein Herz fühlte sich leichter an als jemals zuvor. »Ich bin schon zu Hause«, sagte er zu sich selbst, als er in das Flughafengebäude hineinlief und sich vergeblich nach Sarah umsah. Er wusste, dass sie bereits gegangen war, weil sein Flugzeug Verspätung gehabt hatte, doch die Verzweiflung ließ ihn hoffen.

»Willst du mitfahren?«, fragte ihn eine männliche Stimme amüsiert.

Dante drehte sich um und sah, wie sein Bruder Jared lässig an der Wand lehnte. »Was zum Teufel machst du hier?«

»Ich habe mir bereits gedacht, dass du nicht abheben würdest, weil dir einfallen würde, dass du bleiben willst.« Jared stieß sich von der Wand ab und ging mit wenigen Schritten auf seinen Bruder zu.

»Wie konntest du das wissen?« Verdammt, Dante hatte es nicht einmal selbst gewusst. Wenn er es gewusst hätte, wäre er zu Hause mit Sarah im Bett geblieben. Warum war er solch ein Arschloch gewesen? Warum hatte er nicht über all das nachgedacht, bevor er in das Flugzeug gestiegen war?

Jared zuckte mit den Schultern. »Du liebst sie, oder?«

»Mehr als alles andere«, antwortete Dante aufrichtig. »Ich habe es ihr nicht gesagt.«

»Lass uns gehen! Ich bringe dich nach Hause«, sagte Jared emotionslos zu seinem Bruder, doch seine Lippen zuckten und verzogen sich bereits nach oben zu einem kleinen Lächeln.

Dante lief hinter Jared her, der den Ausgang ansteuerte. Er war zwar noch immer verwundert, warum sein Bruder hier war, doch er war gleichzeitig sehr dankbar dafür. In diesem Moment wollte Dante nur nach Hause gehen zu der Frau, die er liebte, und Jared würde ihn so schnell wie möglich dorthin bringen.

In Dantes Gästezimmer packte Sarah halbherzig ein paar Sachen in einen Koffer und seufzte. Er wollte, dass sie hier in seinem Haus blieb, doch ohne ihn hatte sie nicht wirklich bleiben wollen. Es fühlte sich nicht richtig an. Sie entschied, einige Sachen zu packen und zurück in ihr eigenes kleines Häuschen zu ziehen. Vielleicht würde sie ihn dort nicht ganz so sehr vermissen, wie hier in seinem Heim. Hier gab es einfach zu viele Erinnerungen.

Ich muss aufhören, Trübsal zu blasen. Ich werde ihn ja in ein paar Monaten sehen. Ihn jetzt schon zu vermissen macht überhaupt keinen Sinn.

Sie lächelte traurig, packte ein paar Schuhe in den Koffer und ging über den Flur in Dantes Schlafzimmer. Sie wusste, dass es die alte Sarah, die alles analysierte, nicht mehr gab. Dante zu lieben hatte keinen Einfluss auf ihren IQ gehabt, doch es hatte ihre Prioritäten verändert. Liebe und Vernunft hatten ganz und gar nichts miteinander zu tun. Die Liebe war ein kompliziertes Durcheinander, die ihr alle vernünftigen Gedanken geraubt hatte. Das Problem bestand darin, dass es sie nicht kümmerte, und sie versuchte nicht einmal, es nicht zu fühlen. Sie würde sich sehr viel lieber lebendig fühlen und in Dantes Armen verbrennen, als wieder die Frau zu sein, die sie einmal war: eine Frau voller Vernunft, die… so gut wie gar nichts fühlte.

Sie rollte sich auf Dantes Bett zusammen und presste ihr Gesicht in sein Kissen. Sie atmete tief seinen betörenden Geruch ein, der sie mit Lust erfüllte und die sensible Stelle zwischen ihren Schenkeln zum Leben erweckte.

Sie erschrak kurz, als Coco auf das Bett sprang, doch musste beim Anblick der kleinen Hündin lachen und zog sie an sich, um sie fest zu drücken. »Du vermisst ihn auch, stimmt's?« Sie kraulte Coco am Kopf, so wie es Dante normalerweise tat, und presste ihren kleinen, warmen Körper an sich. Sie war dankbar, dass sie nicht die Einzige war, die sich bereits jetzt nach Dante sehnte.

Im Untergeschoss knallte eine Tür und Sarah setzte sich alarmiert auf. Sie hatte weder die Tür abgeschlossen noch die Alarmanlage eingeschaltet. Sie hatte gedacht, dass sie nur kurz hier sein würde, und die unmittelbare Gefahr war vorbei. Sie setzte Coco auf den Boden, rollte sich vom Bett und ging langsam hinaus auf den Flur, wobei sie vorsichtig einen Fuß vor den anderen setzte. Vielleicht war es Jared oder Grady. Es könnte ebenfalls die Dame sein, die einmal pro Woche bei ihm putzte, auch wenn sie dies für gewöhnlich montags tat.

Bleib ruhig! Es könnte jemand sein, den Dante kennt. Höchstwahrscheinlich sogar.

Als sie am Fuß der Treppe angelangt war, hielt sie an und sah sich um.

Niemand.

Die Glasschiebetür stand offen und sie fragte sich, ob jemand nach draußen gegangen war. Während sie sich der Tür langsam näherte, blieb ihr Herz fast stehen, als sich plötzlich ein großer Körper aus der Küche schob.

»Du hast die Tür nicht abgeschlossen«, sagte die große Gestalt mit böser, dunkler Stimme.

Dante!

Sarahs Herz setzte eine Sekunde lang aus. »Dante. Oh mein Gott. Du hast mich erschreckt«, sagte sie atemlos.

»Du warst alleine und hast die verdammte Tür nicht abgeschlossen«, brummte er.

»Was machst du hier?«, fragte sie noch immer überrascht.

»Ich habe deine Nachricht bekommen«, sagte er heiser und seine haselnussbraunen Augen starrten sie durchdringend an.

Er war noch nicht unterwegs? »Warst du nicht schon längst weg?«

»Fast. Wir hatten Verspätung, doch ich hatte mir bereits vorgenommen zurückzukommen.«

»Warum?«, fragte Sarah, während ihre Augen voller Begierde über das hübsche, geliebte Gesicht wanderten, das sie so schnell nicht erwartet hatte wiederzusehen. »Hast du etwas vergessen?«

»Ja«, antwortete er ruppig. »Dich.«

Sarahs Herz rutschte ihr in die Magengrube. »Dante, ich kann jetzt noch nicht weg –«

»Ich will nicht, dass du weggehst. Ich will, dass du hier bei mir bleibst.«

Sie schüttelte den Kopf. »Ich verstehe nicht.«

»Ich gehe nicht weg, Sarah. Du gehörst hierher und ich gehöre an deine Seite. Ich will, dass wir beide hierbleiben. Ich will, dass du mich heiratest.« Dante sah sie ängstlich an.

Sarah versuchte, das Hochgefühl zu dämpfen, das ihr durch die Adern sauste. Dante konnte nicht hierbleiben. Sie konnte überall praktizieren, doch er hatte eine Karriere in Los Angeles, um die er sich kümmern sollte. »Dein Job –«

»Ich kann hier eine Arbeit annehmen. Joe Landon erinnert mich weiß Gott oft genug daran, dass er eine offene Stelle für einen Detective hat. Ohne Patrick wird meine Arbeit nicht mehr die Gleiche sein. Ich glaube, jetzt ist der richtige Zeitpunkt, um mit allem einen Schritt nach vorn zu machen, uns eingeschlossen. Ich brauche dich, Sarah. Hier sind wir glücklich. Und wenn du mich heiraten würdest, wäre ich sogar noch glücklicher«, sagte Dante nachdenklich.

»Wir haben nie über Hochzeit gesprochen«, antwortete sie, verwirrt und überwältigt zugleich. Es gab nichts, das sie lieber wollte, als für immer mit Dante zusammen zu sein, doch er hatte nie erwähnt zu heiraten. Er hatte ihr nicht einmal gesagt, wie er über ihre Liebeserklärung dachte.

»Ich will nicht, dass du mich später dafür hasst, wenn der Lack dieser neuen Beziehung ab ist und du erkennst, dass du eine Karriere aufgegeben hast, für die du so hart gearbeitet hast.« Würde er es ihr später übel nehmen, wenn er seinen Job in Los Angeles aufgab?

»Ich werde dich nicht hassen. Eigentlich hast du mich sogar gerettet. Ich will nicht zurückgehen«, sagte er. »Meine Güte, bist du stur. Hörst du mir überhaupt nicht zu?«

Sie hörte sehr wohl, was er sagte, doch ein Teil von ihr hatte Angst, dass dies alles nur ein sehr schöner Traum sein würde. Er wollte hierbleiben, sie heiraten und ein gemeinsames Leben aufbauen? »Ich höre zu. Ich habe nur Angst, dass es alles zu schön ist, um wahr zu sein«, sagte sie leise. »Ich habe nie mit dir gerechnet, Dante.«

»Ich habe auch nicht mit dir gerechnet, Süße, doch du bist das beste Geschenk, das ich jemals erhalten habe«, sagte Dante zärtlich und streckte die Arme nach ihr aus.

Sarah dachte nicht nach, sondern sprang mit einem Freudenschrei auf Dante zu. Sie schlang ihre Arme um seinen Hals, schloss die Augen und sog seinen männlichen Geruch ein, der ihr immer das Gefühl gab, zu Hause zu sein, ganz egal, wo sie sich gerade befand. Sie fühlte, wie sich seine Arme um ihren Körper zusammendrückten und sie festhielten, als würde er sie nie wieder gehen lassen wollen.

»Gott sei Dank«, flüsterte ihr Dante rau ins Ohr. »Und jetzt sag es mir!«, forderte Dante, während sein Mund an ihrer Schläfe vibrierte. »Ich will es von dir persönlich hören.«

Sarah zögerte keine Sekunde. »Ich liebe dich«, sagte sie. »Ich weiß nicht, warum es passiert ist oder wann. Ich tue es einfach. Ich kann nichts dagegen tun.«

»Ich will nicht, dass du irgendetwas dagegen unternimmst«, entgegnete Dante mit einem tiefen Brummen und drückte sie zurück, sodass sie mit dem Rücken gegen die Wand stieß. »Ich liebe dich auch. Ich liebe dich so sehr, dass ich nicht vernünftig denken kann. Wenn ich auch nur eine funktionierende Gehirnzelle im Kopf gehabt hätte, wäre mir klar geworden, dass ich nirgendwohin gehen will.«

Sarah lächelte an seine Schulter gelehnt und ihr Herz klopfte wie ein Vorschlaghammer. Er liebte sie ebenfalls!

Er trat einen Schritt zurück, öffnete seine Hose, zog sich sein waldgrünes T-Shirt über den Kopf und ließ es auf den Boden fallen. Dann streifte er ihr das T-Shirt ab und öffnete den BH-Verschluss zwischen ihren Brüsten, ließ die Träger ihre Arme hinunter gleiten und warf alles auf den immer größer werdenden Kleidungshaufen zwischen ihren Füßen.

»Was machst du da?«, fragte sie amüsiert.

Er öffnete den Knopf ihrer Jeans und zog sie ihr mit einem Ruck herunter, wobei ihr knapper Slip mit nach unten rutschte. »Ich muss es hören, während ich in dir drinnen bin«, sagte er und seine Erregung ließ ihn schwer atmen.

»Was, wenn ich es im falschen Moment sage?«, fragte sie scherzhaft.

»Das wirst du nicht«, grunzte er und drückte sie mit ihren Händen über dem Kopf gegen die Wand. »Sag es mir!«, forderte er barsch.

Ein heißer Schauer erfasste Sarahs Körper und ihre Muschi zog sich fest zusammen. Sie sah Dantes leidenschaftlichen Blick und wusste, dass sie nicht lange Stand halten würde. Sie würde es sagen. Sehr viel wahrscheinlicher war, dass sie es herausschreien würde. »Du zuerst«, sagte sie.

»Ich liebe dich«, erklärte er bereitwillig und sein warmer Atem streifte ihre Schläfe. »Und jetzt sag mir, dass du mich heiratest!«

Das würde sie. Oh ja, das würde sie. Sie wollte diese wahnsinnige Lust für den Rest ihres Lebens genießen und irgendwann wollte sie, dass dieser anspruchsvolle und wunderbare Mann der Vater ihrer Kinder sein würde. Doch ihr größter Wunsch war, dass er ihr gehörte.

Sie zitterte, als seine Finger ihren Bauch hinabglitten und das feuchte, empfindliche Fleisch zwischen ihren Schenkeln streichelten, und raunte: »Ich will dich heiraten.«

»Und du liebst mich«, sagte er heiser. »Sag es mir!« Seine Finger fanden ihre Klitoris und streichelten sie.

Sarah legte den Kopf zurück, damit Dante besser ihren Hals küssen konnte. Seine Zunge wanderte an ihr hinab und jagte ihr einen Schauer über den Rücken. »Ich liebe dich«, stöhnte sie und zog seinen Kopf an den Haaren herunter, um ihn zu küssen.

Er hörte auf, sie zu liebkosen, und hob ihren Hintern so hoch, dass sie spüren konnte, wie sein Schwanz zwischen ihren Schenkeln pulsierte. Ohne zu zögern schlang sie ihre Beine um seine Hüfte und er ließ ihre Hände los, um sich zu positionieren und sofort in sie hineinzustoßen. Zur gleichen Zeit erforschte seine Zunge ihre Mundhöhle und er passte die Stöße seines Schwanzes denen seiner Zunge an. Er war nicht zimperlich mit ihr, doch das Letzte, was Sarah jetzt wollte, war Zärtlichkeit. Sie brauchte Bestätigung, einen Beweis, dass dies gerade wirklich geschah, dass er wirklich nur zurückgekommen war, weil er sie liebte. Sie fuhr mit ihren gespreizten Fingern durch sein Haar und ihr Körper presste sich hart an seinen, um alles aufzunehmen, was er ihr geben wollte.

Er befreite seinen Mund von ihrem und atmete schwer. »Sag es mir!«, drängte er sie und stieß erneut fest in ihre enge Muschi.

Sarah war kurz davor zu kommen. »Ich liebe dich, Dante. Ich liebe dich so sehr«, sagte sie mit erstickter Stimme, als ihre Muschi sich endlich fest um seinen Schwanz schloss. Sie legte die Arme um ihn und krallte sich an ihm fest, während ihr Körper durch die Kraft ihres Höhepunktes zu beben begann.

»Für mich wird es nie mehr eine andere Frau als dich geben«, stöhnte Dante und brachte seinen Schwanz ein letztes Mal hart in sie hinein, bevor auch er kam und sich in ihr ergoss.

Sarah schnappte nach Luft und sackte in Dantes Armen zusammen. Er trug sie ins Wohnzimmer und ließ sich gemeinsam mit ihr auf das Sofa fallen. Sarah rollte sich auf die Seite und war gefangen zwischen seinem muskulösen Körper auf der einen und der Sofalehne auf der anderen Seite.

Zufrieden mit der Welt und dem Gefühl von Dante neben sich malte sie die Muskeln auf seiner Brust mit dem Finger nach, während ihr Gesicht vor Freude und Anstrengung glühte. »Ich will nur, dass du glücklich bist«, sagte sie ernst. Sie sorgte sich noch immer darum, dass Dante seinen Job aufgeben würde. »Du liebst deine Arbeit.«

Er legte seinen muskulösen Arm um sie und sah sie an. »Ich *bin* glücklich. Glücklicher als ich es jemals für möglich gehalten hätte. Was ich in Los Angeles gemacht habe, hat mir gefallen, doch ich war nicht glücklich. Ich glaube, ich war von meiner Arbeit besessen, weil sie alles war, was ich hatte. Patrick hat mir immer gesagt, dass ich mit dreißig ausgelaugt sein würde, wenn ich nicht auf die Bremse trete. Ich habe völlig unnötig Nächte im Büro verbracht, bin Beweise wieder und wieder durchgegangen, obwohl ich es schon einhundert Mal zuvor getan hatte. Jetzt frage ich mich, ob der Grund dafür darin bestand, dass ich zu Hause nichts hatte, auf das ich mich freuen konnte. Ich hatte Freunde, doch der Einzige, mit dem ich wirklich eng verbunden gewesen war, war Patrick.«

Dantes Worte versetzten Sarah einen Stich ins Herz und sie fühlte mit diesem Mann, der umringt von fast vier Millionen Menschen in einer Großstadt gelebt und sich noch immer einsam gefühlt hatte. Sie konnte das gut nachvollziehen. In Chicago war sie vermutlich die einsamste Frau gewesen. »Ich habe mich auch leer gefühlt. Vielleicht habe ich nur auf dich gewartet.«

»Du hast mich gefunden. Und was machst du jetzt mit mir?«, fragte er.

»Dich lieben«, seufzte sie glücklich.

»Zeigst du es mir?«, bat er mit einer seltenen Verletzlichkeit in der Stimme.

Sarah zog seinen Kopf zu sich und tat genau das für den Rest des Tages.

Epilog

»Sie kommt zur Hochzeit«, sagte Sarah erstaunt, als sie auflegte.

Am Sonntag waren sie und Dante endlich wieder aufgetaucht und Sarah hatte ihre Nachrichten abgehört, wohlwissend, dass sie ihre Mutter würde zurückrufen müssen. Elaine Baxter hatte fünfmal angerufen. Sarah hatte sich endlich dazu durchgerungen, das Telefon in die Hand zu nehmen und mit ihrer Mutter zu sprechen, auch wenn sie sich nicht auf das Gespräch freute.

Sie konnte nicht sagen, dass ihre Mutter vor Freude an die Decke gesprungen wäre, als sie erfahren hatte, dass Sarah keinen Mensa-Kandidaten heiraten würde, doch sie hatte tatsächlich zugestimmt, zu ihrer Hochzeit mit Dante zu kommen.

Nachdem Sarah ihrer Mutter unmissverständlich klar gemacht hatte, dass sie Dante liebte und ihn heiraten würde, war Elaine Baxter zusammengebrochen und hatte ihr erzählt, wie sehr sie ihren Ehemann, Sarahs Vater, geliebt hatte und wie sehr es sie getroffen hatte, ihn so jung zu verlieren. Das Gespräch war noch immer etwas steif gewesen, doch zum ersten Mal hatte Sarah ihre Mutter sagen hören, welche starken Gefühle sie für ihren Vater empfunden hatte.

»Ist das gut oder schlecht, dass sie zur Hochzeit kommt?«, fragte Dante vorsichtig. Er saß gemeinsam mit Coco auf dem Sofa, die zusammengerollt auf seinen Beinen lag.

»Es ist merkwürdig, doch sie klang fast… glücklich, als sie über meinen Vater sprach. In den letzten Jahren hat sie ihn kaum erwähnt. Vielleicht war es zu schmerzhaft für sie gewesen«, mutmaßte Sarah nachdenklich.

»Freust du dich, dass sie kommt?« Dante nahm Coco, setzte sie vorsichtig auf den Boden und zog Sarah auf seinen Schoß.

»Ja. Sie wird sich vielleicht nicht ändern, aber sie ist die einzige Familie, die ich habe. Sie war nie wirklich schrecklich zu mir. Sie war nur so sehr auf meine Ausbildung konzentriert, dass nichts anderes wichtig war. Ich glaube, sie hat gedacht, das Richtige zu tun, indem sie alles dafür tat, um mir eine exzellente Schulbildung zu ermöglichen.« Elaine Baxter würde niemals eine warmherzige und liebevolle Mutter sein, doch sie war ihre Mutter. »Zumindest muss ich mir keine Sorgen mehr darüber machen, dass sie versuchen wird, mich mit irgendjemandem zu verheiraten.«

»Ganz genau, das musst du nicht«, sagte Dante. »Du gehörst jetzt mir. Und morgen kaufen wir deinen Ring.«

Sarah legte ihren Kopf auf Dantes Schulter und lächelte. »Sie wollte wissen, wann wir heiraten und wie hoch dein IQ ist.«

»Nächste Woche«, sagte Dante entschieden. »Und ich habe mich niemals testen lassen. Meiner Meinung nach bist du so schlau, dass es für uns beide reicht, Süße.«

Sarah rollte mit den Augen. »Auch eine kleine Hochzeit braucht Vorbereitungszeit.« Etwas ernster fügte sie hinzu: »Und ich glaube, du hast mir sehr viel mehr beigebracht als ich dir.«

»Nächsten Monat«, brummte Dante unzufrieden.

Sarah lachte, glücklich darüber, dass Dante es nicht erwarten konnte, sie zu seiner Frau zu machen. »Ich hatte an nächstes Jahr gedacht. Ich hätte mehr Zeit, um alles zu organisieren.«

Er schubste sie sanft von seinem Schoß auf die Couch und beugte sich über sie. »Nächster Versuch, Frau. Ich werden kein ganzes Jahr darauf warten, dich zu heiraten.«

Sarah sah in sein wildes Gesicht und lächelte ihn an. »Nächstes Jahr. Im Frühling«, bot sie ihm einen Kompromiss an.

»Auf. Keinen. Fall«, antwortete Dante streitlustig.

»Ich werde mit Emily sprechen und schauen, wie schnell wir etwas organisieren können. Doch ich glaube, sie wird mir zustimmen«, antwortete Sarah nachdrücklich.

»Ich werde mit meinen Geschwistern sprechen und sie werden mir helfen, alles innerhalb eines Monats auf die Beine zu stellen«, widersprach Dante ihr. »Und ich bezweifle, dass Emily dir zustimmen wird. Grady und Emily haben innerhalb weniger Wochen geheiratet. Wenn wir wissen, was wir wollen, dann lassen wir Sinclairs nichts anbrennen«, warf er großspurig ein.

»Glaubst du, alle deine Geschwister werden kommen können?«, fragte Sarah besorgt. Sie wollte, dass Dante und seine Geschwister wieder besseren Kontakt pflegten. Es war offensichtlich, dass sie einander alle brauchten; sie wollten es nur nicht zugeben.

»Ich werde einen Termin wählen, an dem alle Zeit haben«, sagte Dante und streichelte mit seinem Finger über ihre Wange. »Ich möchte, dass Hope und Evan die Möglichkeit haben, dich kennenzulernen.«

»Und Jared? Glaubst du, er wird noch länger bleiben?«, wollte Sarah neugierig wissen.

»Jared hat irgendetwas vor. Ich bin nur noch nicht dazu gekommen herauszufinden, was das sein könnte. Ich habe das Gefühl, dass er noch länger hier sein wird«, antwortete Dante verschlossen.

»Was? Du weißt doch etwas«, sagte Sarah.

Dante zuckte mit den Schultern. »Nicht wirklich. Doch ich glaube, er hat ein Auge auf eine Frau geworfen, die nicht leicht zu überzeugen ist. Seit Wochen ist er hier und ich habe ihn noch kein einziges Mal mit einer Frau gesehen.«

»So lange ist das jetzt auch wieder nicht«, warf Sarah ein.

»Lange genug«, antwortete Dante verschwörerisch und lehnte sich vor, um sie mit einem Kuss zum Schweigen zu bringen.

Als seine Lippen die ihren berührten, vergaß Sarah alles um sich herum. Sie legte ihre Arme um Dantes Hals und streichelte über seinen nackten, muskulösen Rücken. Sie hatte sich angezogen und trug eine Jeans und ein leichtes Top, doch Dante war nur in seine Jeans gestiegen und ohne Hemd nach unten gekommen.

Er lehnte sich zurück, um ihr in die Augen zu sehen, und sein Blick war ungewöhnlich verletzlich und flehend, als er sie mit heiserer Stimme bat: »Heirate mich, Sarah! Lass mich nicht warten!«

Innerhalb von einem Monat zu heiraten war weder machbar noch war es vernünftig. Es würde wahnsinnig anstrengend werden, alles pünktlich zu organisieren, und sie würde eine Menge Leute in der Gemeinde um Hilfe bitten müssen, einschließlich Emily, Randi und Dantes Geschwister. Nein… es war überhaupt nicht vernünftig. Doch wenn sie in Dantes hoffnungsvolle Augen blickte, sah sie ihre Zukunft, eine Zukunft mit dem Mann, den sie liebte.

Und so verrückt es auch war, sie wollte ebenso wenig warten und murmelte: »Ja. Wir kriegen das schon hin.«

Als seine Augen vor Freude zu leuchten begannen, wurde Sarah ganz warm ums Herz und sie verliebte sich noch ein klein wenig mehr in ihn.

»Ja«, rief er triumphierend, zog ihren Kopf zu sich und küsste sie so heftig, dass ihr die Luft wegblieb.

Durch einen Schleier der Lust entschied Sarah, dass Verrücktheit manchmal besser war als Vernunft. Als Dante sie die Stufen hinauftrug und sie zurück ins Schlafzimmer brachte, um ihr zu zeigen, wie glücklich er über ihre Entscheidung war, war sie sich sicher, dass es sich nie besser angefühlt hatte, unvernünftig zu sein.

~Ende~

Biografie

J.S. Scott ist eine Bestsellerautorin pikanter Liebesromane. Sie ist eine begeisterte Leserin von Büchern und Literatur jeglicher Art. J.S. Scott schreibt, was sie selbst gern liest, und das sind zeitgenössische sowie paranormale erotische Liebesgeschichten. Sie handeln meistens von einem Alphamännchen und haben ein Happyend, denn so schreibt sie sie einfach am liebsten!

Besuchen Sie mich auf:
http://www.authorjsscott.com
https://www.facebook.com/J.S.ScottGermany/

Oder senden Sie eine E-Mail an:
JSScott_author@hotmail.com

Sie finden mich ebenfalls auf Twitter:
@AuthorJSScott

Bitte tragen Sie sich auf meiner E-Mail-Liste ein, um über Neuigkeiten, neue Veröffentlichungen und exklusive Textauszüge informiert zu werden: http://eepurl.com/b2DuYn

Bücher von T. A. Scott

Die Sinclairs – Die Serie:
Kein gewöhnlicher Milliardär (Die Sinclairs, Buch 1)
Der verbotene Milliardär (Die Sinclairs, Buch 2)
(ab Ende Juli 2017 erhältlich)

Ein Milliardär voller Leidenschaft – Die Serie:
Entfesselte Leidenschaft (Buch 1)

Das Herz des Milliardärs:
Ein Milliardär voller Leidenschaft ~ Sam (Buch 2)

Die Erlösung des Milliardärs:
Ein Milliardär voller Leidenschaft ~ Max (Buch 3)

Der Milliardär und sein Spiel:
Ein Milliardär voller Leidenschaft ~ Kade (Buch 4)

Ein Milliardär außer Kontrolle:
Ein Milliardär voller Leidenschaft ~ Travis (Buch 5)

Ein Milliardär ohne Maske:
Ein Milliardär voller Leidenschaft ~ Jason (Buch 6)

Milliardenschwer und ungezähmt:
Ein Milliardär voller Leidenschaft ~ Tate (Buch 7)

Milliardenschwer und ungebunden:
Ein Milliardär voller Leidenschaft ~ Chloe (Buch 8)

Milliardenschwer und unerschrocken:
Ein Milliardär voller Leidenschaft ~ Zane (Buch 9)

Milliardenschwer und unerkannt:
Ein Milliardär voller Leidenschaft ~ Blake (Buch 10)
(ab Mitte Juni 2017 erhältlich)

Und auch die folgenden Bücher von J.S. Scott werden in Kürze auf Deutsch erhältlich sein:

Aus der Reihe »Die Sinclairs«:
The Billionaire's Christmas (A Sinclairs Novella)

The Billionaire's Touch (Buch 3)

The Billionaire's Voice (Buch 4)

The Billionaire Takes All (Buch 5)

The Billionaire's Secrets (Buch 6)

Aus der Reihe »Ein Milliardär voller Leidenschaft«:
Billionaire Unveiled ~ Marcus (Buch 11)

Aus der Reihe »The Walker Brothers«:
Release! (Buch 1)

Player! (Buch 2)

Obwohl die Serie »The Walker Brothers« zwanglos mit der Reihe »Ein Milliardär voller Leidenschaft« verbunden ist, stellt sie eine eigenständige Serie dar, die auch gelesen werden kann, ohne die Bücher von »Ein Milliardär voller Leidenschaft« zu kennen. Es handelt sich ebenfalls um eine heiße Liebesromanreihe mit Alpha-Milliardären.